ro
ro
ro

Einen Moment lang herrschte vollkommene Stille. Maik spürte seinen Herzschlag. Die Sonne ließ Winnis Glatze blinken.

«Was guckst du?»

«Ni… nichts», stotterte Maik.

«Nichts, nichts», äffte Winni ihn nach. «Denkst du, ich merk nicht, dass du mir nachspionierst?» Das Wasser tropfte aus der Alditüte und sammelte sich in einer schmutzigen Pfütze auf dem Boden. Ohne darauf zu achten, kniete Winni sich hinein und begann, an Maiks Arm zu ziehen. «Ist das was Besonderes, wenn einer was auswäscht? He? Musst du deshalb gucken?»

Maik klammerte sich an das hintere Tischbein, das im Boden verankert war, und schüttelte heftig den Kopf. Winni zerrte weiter, aber Maik hielt sich mit allen Kräften fest. Er seufzte vor Erleichterung, als er plötzlich Mamas Stimme von draußen hörte.

Winni schüttelte ihn. «Weißt du, was man mit Kindern macht, die lauschen und glotzen?»

Mama war jetzt fast bei der Tür. Maik umklammerte das Tischbein und riss vor Schreck die Augen auf.

«Die schmeißt man ins Meer, wo die Möwen sie fressen. Das wird aus Kindern, die lauschen: Möwenfraß.»

KLARA HOLM

Möwenfraß

EIN OSTSEE-KRIMI

Rowohlt Taschenbuch Verlag

Originalausgabe
Veröffentlicht im Rowohlt Taschenbuch Verlag,
Reinbek bei Hamburg, April 2014

Umschlaggestaltung any.way, Cathrin Günther
(Foto: mauritius images/Novarc; plainpicture/goZooma)
Satz Arno PostScript, InDesign, bei
Pinkuin Satz und Datentechnik, Berlin
Druck und Bindung CPI books GmbH, Leck
Printed in Germany
ISBN 978 3 499 26694 2

FÜR ANDY

Der See war am Ende der falsche,
aber die Inspiration goldrichtig.

Danke!

Rügen, Mai 2013

Es war ein Tag wie geschaffen zum Sterben. Nicht für einen dramatischen Tod, eher für den kalten, von summenden Maschinen begleiteten in den sterilen Zimmern eines Krankenhauses. Komisch, dass ihr dieser Gedanke kam. Eigentlich neigte sie gar nicht zu depressiven Anwandlungen.

Peggy stieß die Tür des Jaguars auf und schaute auf ihr Elternhaus, das am Rand des kleinen Ostseedorfes Vitt lag. Es war erst gegen sieben Uhr abends und trotzdem schon fast dunkel. Die Regenschauer der letzten Tage hatten den Garten in ein Ödland aus Matsch und schlaffem Unkraut verwandelt. Das Gartentörchen schwang im Wind. Über dem Häuschen mit den dreckigen Fenstern und dem bemoosten Reetdach hing der Himmel so tief, dass er ihr vorkam wie ein Sargdeckel. Sie lauschte, doch bis auf das Pladdern des Regens war kein Geräusch zu hören. Nicht mal das unmelodische Gekrächze der Möwen, das ihr sonst so auf die Nerven fiel. Nur das eintönige, andauernde Rauschen. Kein Wunder, dass sie an Krankenhäuser dachte. *Es ist, als würde im nächsten Moment ein Arzt die Maschinen abschalten.*

Sie gab sich einen Ruck, stieg aus dem Wagen und hastete durch den Regen Richtung Haustür. Das Haus ihrer Eltern war über dreihundert Jahre alt, aber es strahlte keine Idylle wie der Rest des Dorfes aus, sondern war regelrecht verkommen. Von der Tür und den Sprossenfenstern blätterte der Lack ab. Die Fenstersimse waren von Möwen vollgeschissen worden. Überall Dreck und Verfall. Es war ein sterbendes Haus.

Verdammt, da dachte sie schon wieder an den Tod.

Deprimiert kramte sie in ihren Taschen nach dem Schlüssel. Es war eine blöde Idee gewesen, nach Vitt zu kommen. Als sie einen Blick in den hinteren Teil des Gartens warf, wurde ihr sogar ein bisschen unheimlich. Diese Bäume mit den dichten Kronen, die das letzte Licht raubten. Die wuchernden Büsche, hinter denen sich alles Mögliche verbergen konnte. Hatte Klarissa nicht erzählt, dass irgendwelche Penner ein Fenster eingeschlagen und im Haus übernachtet hatten? Peggy schauderte und drehte hektisch den Schlüssel im verrosteten Schloss.

Als die Tür endlich aufschwang, flüchtete sie erleichtert in den Flur. Dummerweise blieb es dunkel, obwohl sie den Lichtschalter drehte. Wahrscheinlich war die Birne durchgebrannt. Doch nach einigen Sekunden hatten ihre Augen sich an die Lichtverhältnisse gewöhnt.

Sie wollte gerade die Haustür schließen, als sie in der Nähe der Gartenpforte eine Bewegung wahrzunehmen meinte. Angestrengt musterte sie das Gesträuch vor der Hecke, konnte aber nichts entdecken. Hoffentlich war das nicht der verfluchte Köter, von dem sie bei ihrem letzten Besuch im Ort gehört hatte. Sein Besitzer ließ ihn streunen, obwohl er aggressiv war und Vögel und einmal sogar eine Katze zerfleischt hatte. Sie schlug mit einem Knall die Tür ins Schloss.

In der Küche funktionierte die Glühbirne zum Glück noch, und kurz darauf vertrieb das kalte Licht der Energiesparlampe die Dunkelheit. Peggy starrte zur Spüle, wo eine Pappschale mit drei Pommesstäbchen und einem Ketchupklecks vor sich hin gammelte. Igitt, wie eklig. Die Sache mit den Pennern schien zu stimmen, und offenbar war das noch gar nicht lange her. Die Vorstellung, dass fremde Menschen sich direkt hier, wo sie stand, aufgehalten und ihren Müll verbreitet hatten, ängstigte sie.

Beklommen kehrte sie in den Flur zurück. Nach dem Tod ihrer Eltern hatten Klarissa und sie vorgehabt, das Haus an Urlauber zu vermieten. Hätte doch möglich sein müssen, wo die Touristen den Ort so liebten. Aber die Renovierung wäre aufwendig gewesen, und Kristof, der das Geld dafür auf den Tisch hätte legen müssen, zeigte kein Interesse.

Aber das war im Moment nicht wichtig. Jetzt wollte sie erst mal den Test machen. Sie tastete sich über die Stiege zum Bad hinauf. Auch hier gab es nur eine deprimierende Sparbirne, die gefühlte fünf Minuten brauchte, ehe sie ihr kümmerliches Licht verstrahlte. Peggy wartete, bis sich die Umrisse der alten Badewanne und des Waschbeckens aus der Dunkelheit schälten.

Gerade kramte sie die Packung mit dem Schwangerschaftstest aus der Handtasche, da fuhr sie zusammen. Knarrte etwas im Erdgeschoss? Sie horchte angespannt. Die Mutigste war sie nicht, und der Gedanke, dass sich dort unten jemand herumtreiben könnte, ließ ihr Herz wummern und die Pappschachtel in ihrer Hand zittern. Aber Klarissa hatte die kaputte Fensterscheibe ersetzen lassen und eigenhändig die Klappläden mit Holz zugenagelt. Da kam doch niemand mehr rein.

Als dem Geräusch kein weiteres folgte, beruhigte sie sich wieder. Sie würde Klarissa gleich morgen anrufen und ihr klarmachen, dass sie die alte Kate endlich verkaufen mussten. Mit Geld war ihrer Schwester doch auch besser gedient, als wenn sie diesen Schrein in Form von Holz und Steinen bewahrten. Klarissa und ihre Sentimentalität!

Mit geübten Bewegungen riss Peggy die Verpackung auf und zog den Teststreifen heraus. Es war nicht ihr erster Versuch, sie wusste also, was sie zu tun hatte. Die Klobrille war schmutzig und der Lack von Rissen durchzogen, sodass sie sich nicht draufsetzen mochte. Sie kicherte nervös. Hoffentlich war der Test positiv. Bitte, lieber Gott, mach, dass er positiv ist!, betete sie im Stillen. Sie war jetzt vierundvierzig, und viele Chancen hatte sie nicht mehr – da gab sie sich keinen Illusionen hin.

Der Strahl rann warm über das Teststäbchen, ein Teil auch über ihre Finger. Sie entdeckte eine alte Zeitung auf der Fensterbank, legte den Test darauf ab und säuberte sich. Dann ging sie zum Waschbecken. Auch die Seife war unangenehm schlierig.

Durch das Dachfenster hörte sie den Nachbarsköter bellen. Dass man solche gemeingefährlichen Viecher nicht einfach einschläferte! Sie ließ Wasser über ihre Hände strömen und wischte sie am Hosenboden trocken, weil sie das Handtuch nicht anfassen wollte.

Plötzlich war ihr schlecht vor Nervosität. Das Testergebnis ließ sich schon nach einer Minute ablesen. Sobald sie den Streifen aufnahm, würde sie Gewissheit haben. Aber jetzt, wo es so weit war, zögerte sie. Anstelle der Ungeduld, die sie in den letzten Stunden geplagt hatte, überkam sie Niedergeschlagenheit. Was, wenn ihre Hoffnung trog? Wenn die Regel nur ausgeblieben war, weil sie sich überanstrengt hatte? Oder weil sie sich so sehr ein Baby wünschte, dass ihr Körper falschen Alarm gab, wie schon so oft?

Gut, dass sie den Test hier in Vitt machte. Kristofs Spott könnte sie nicht ertragen. Falls der Test negativ war, würde sie sich hier ausheulen und dann gefasst nach Hause fahren und einfach den Mund halten.

Peggy stützte sich auf das Waschbecken und starrte auf den alten schwarzen Sprung neben dem Abfluss. Der Hund hatte aufgehört zu bellen. Im Untergeschoss knarrte es erneut. Wir sollten den alten Kasten wirklich verkaufen, dachte sie zerstreut.

Doch dieses Mal stimmte etwas nicht mit dem Geräusch. Es hörte einfach nicht auf. Sie hob den Kopf. Kam es sogar näher?

Das Klopfen ihres Herzens wurde plötzlich zu einem Hämmern. Ängstlich umklammerte sie den Waschbeckenrand. Es war nicht mehr der Dielenboden im Flur, der knarrte – jetzt ächzten die Stufen. Ihre Furcht wandelte sich in schiere Panik. Jemand stieg die Treppe zur ihr ins Obergeschoss hinauf. Peggy war wie gelähmt. Im

Spiegel sah sie, dass ihr Mund zum Schreien geöffnet war, aber sie brachte keinen Laut hervor.

Die Reflexion im Spiegel zeigte ihr auch, dass die Tür aufgeschoben wurde. Ein Schatten füllte den Türrahmen. Und endlich brach ihr Schrei sich Bahn – um sich im selben Moment in hysterisches Gelächter zu verwandeln.

«Herrgott noch mal. *Du* bist das!»

Sie wollte sich umdrehen, mit ihrer Erleichterung herausplatzen. Doch dann sah sie plötzlich einen Gegenstand aufblitzen. Der Schatten schwang etwas über dem Kopf. Und es sah scharf und bedrohlich aus …

EINS

Teresa war mit den Nerven am Ende. Ihre sonst so warme Stimme drang schrill durch das offene Fenster auf die Straße; ein furchtbarer Waschweiberton, der überhaupt nicht zu ihr passte. Luka, der im strömenden Regen zu seinem Touareg lief, unterdrückte einen Seufzer. Ein Umzug bedeutete Stress, darauf hatte er sich eingestellt. Aber die letzten Stunden hatten ihn fertiggemacht.

Im Grunde war Teresa die Coolere von ihnen beiden. Nachdem die Entscheidung gefallen war, nach Rügen umzuziehen, hatte sie eine To-do-Liste angelegt, die sie systematisch abarbeitete. Sie hatte das kleine Reihenhäuschen gefunden, in das sie jetzt einzogen, sie bestellte mit Hilfe eines Vergleichsportals Strom, Gas und Wasser, sah sich nach einem Kindergarten für Matilda um … Selbst als sie herausfand, dass die Plätze auf Rügen Mangelware waren, haute sie das nicht um. «Dann werde ich mir halt was einfallen lassen», verkündete sie lachend.

Zwischen den Telefonaten bereitete sie sich auf ihren neuen Job vor, bei dem es um Offshore-Windenergieanlagen in der Ostsee ging. Vierzehn Tage lang war sie in Aurich beim Hauptsitz ihrer Firma gewesen, um eingearbeitet zu werden, und anschließend renovierte sie die alte Wohnung, als wäre das ein Klacks.

Aber seit sie heute früh Düsseldorf verlassen hatten, war sie wie ausgewechselt. Jede rote Ampel brachte sie auf die Palme, und ihre Kommentare zum Thema Autobahnbeschilderung wären im amerikanischen Fernsehen mit einem langgezogenen *Piiieps* überspielt worden.

Luka Kroczek öffnete die Hecktür seines Autos. Der Umzugswagen war bereits entladen, aber die empfindliche Elektronik und sein Saxophon hatte er vorsichtshalber im Touareg transportiert. Er steckte eine Decke um die Soundbox fest und schaute zum Himmel. Dass sie auch noch so ein Sauwetter erwischen mussten! Hoffentlich überstand das Ding den Transport bis zum Haus.

Er wuchtete den Kasten hoch, presste ihn gegen seine Brust und rannte los. Aus dem Augenwinkel sah er einen Nachbarn durchs Fenster spähen. Hoffentlich nette Leute. Teresa hatte den Kaffeeklatsch mit ihren Freundinnen geliebt. Als er ins Wohnzimmer trat, stolperte er beinahe über Tilda, die wie aufgezogen durch den Raum sauste.

«Es wird noch ein Unglück passieren, wenn das Kind so weitermacht», brummte Teresas Mutter. Rosi Schomaker saß auf der Kante des Ledersofas, das als einziges Möbelstück bereits am vorgesehenen Platz stand – eine graublonde Frau mit einem Kurzhaarschnitt und einem gerade geschnittenen Blazer, der wie eine Uniformjacke wirkte. Sie hatte die Hände auf dem Schoß gefaltet und die Beine ans Sofa gepresst, als hätte sie Angst, von Tilda berührt zu werden. Komisch, dass sie ihre Enkeltochter nie beim Namen nannte. Für sie war die Kleine immer nur «das Kind».

Tilda kümmerte es nicht. Sie hatte ihren Bob den Baumeister aus Plüsch weggelegt und versuchte gerade, die kleine Hand durch das Trageloch eines Umzugskartons zu zwängen.

«Verdammtes Ding!», schimpfte Teresa, die vor der Telefonanlage kniete. «Die haben versprochen, dass alles fertig ist, wenn wir ankommen. Das haben sie versprochen! Was denken die denn? Dass ich trommle, bis sie ihren Hintern bewegen?» Sie hielt die Basisstation des Telefons in der Hand und klopfte frustriert auf das Display. Um sie herum lagen Kabel und diverse Mobiltelefone.

Luka stellte die Anlage ab. Einen Moment überlegte er, ob er ihr seine Hilfe anbieten sollte. Aber Teresa war Ingenieurin und steckte ihn bei allem, was mit Technik zu tun hatte, mühelos in die Tasche.

«Das Kind bringt die Kiste in Unordnung», sagte Rosi.

Gereizt blickte Teresa zu Tilda, die Löffel und Kuchengabeln aus dem Griffloch des Umzugskartons zerrte. «Macht doch nichts, Mutti. Es geht ja nichts kaputt.»

«Wenn du es *so* siehst ...»

«Wie denn sonst? Tilda ist noch nicht mal drei, und wir stecken mitten im Umzug. Ich wüsste außerdem nicht, dass sich der Bundespräsident zum Kaffee eingeladen hätte.»

Rosi presste ihre sowieso schon dünnen Lippen so fest zusammen, dass sie zu einem Strich mutierten.

«Tut mir leid, Mutti», schlug Teresa einen weicheren Ton an. «Ich meine es nicht so. Aber dieses verfluchte Telefon ...» Sie pfefferte die Basisstation beiseite und streckte sich erschöpft auf dem Boden aus. Ihr blondes, kinnlanges Haar bildete einen Kranz um ihr schmales Gesicht, sie lag wie auf einem Heiligenschein.

Herrgott, ist sie hübsch, dachte Luka. Ihre dunkelblauen, fast schwarzen Augen, hinter denen sie ihre Geheimnisse verbarg, die winzige Narbe am Mundwinkel, die Kuhlen zwischen Hals und Schultern, der kleine Busen, der sich gegen das Shirt drückte ...

Sie lachte auf, als Tilda zu ihr gelaufen kam und sich auf ihren Bauch warf. Mit einem kräftigen Schwung schnappte sie sich ihre Tochter und schmatzte ihr eine Kusskaskade unters Kinn.

«Man darf Kinder nicht verwöhnen!», sagte Rosi streng.

«Mutti!» Der kurze Moment der Entspannung war sofort wieder dahin. Teresa ließ Tilda los, gab ihr einen Klaps auf den Hintern und wandte sich wieder der Telefonanlage zu.

Luka machte kehrt und holte den Rest der Anlage aus dem Auto. Dann zog er die schmutzigen Schuhe aus. Ein Blick auf die Armbanduhr zeigte ihm, dass es kurz vor sieben war. Er suchte aus der Kiste mit den Schraubenbeuteln die Packung für die Regalwand heraus und legte sich das erste Brett zurecht. Das Bücherregal könnte er heute noch schaffen.

«Tilda auch!»

«Du willst mir helfen?»

Matilda hielt sich an seinem Arm fest und kletterte ihm über die Beine. Obwohl sie mit den Vögeln aufgestanden war und im Auto kaum geschlafen hatte, war sie wie aufgedreht. Eifrig krallte sie sich eine Handvoll Schrauben und begann, sie in einem der Schuhe zu verstauen. Luka zwinkerte ihr zu, dann machte er sich an die Arbeit.

«Mutti! Du kannst hier doch nicht rauchen!»

Es ging schon wieder los.

Rosi hatte sich eine Zigarette aus ihrer Handtasche geangelt, doch bei Teresas scharfen Worten ließ sie die Hände sinken.

«Jedenfalls nicht, wenn Matilda im Raum ist», meinte Teresa verärgert.

«Es tut Kindern nicht gut, wenn man sie verwöhnt.»

«Das hat doch nichts mit Verwöhnen zu tun. Passivrauchen ist so was von … Ach, lass es doch einfach!»

«Dir hat das bisschen Qualm auch nicht geschadet.»

«Woher willst du das wissen? Warte mal, bis ich vierzig oder fünfzig bin.»

Ungerührt holte Rosi ihr Feuerzeug hervor. «Man hätte das Kind weggeben sollen, bis hier alles fertig ist. Kinder haben bei einem Umzug nichts zu suchen.» Der Anzünder flammte auf.

Luka lehnte das Brett, das er an den Regalboden schrauben wollte, an die Wand. «Nein, wirklich. Du kannst hier nicht rauchen», erklärte er bestimmt und nahm Rosi die aufglimmende Zigarette aus der Hand. Sie hatten die Kücheneinrichtung der Vormieter übernommen, sodass er das Drecksding direkt in der Spüle ausdrücken konnte.

«Wenn ich störe, kann ich auch nach Hause gehen», hörte er Rosi beleidigt sagen.

«Aber wir wollten doch noch zusammen essen», protestierte Teresa.

«Du hast doch gar nichts vorbereitet.»

Luka hatte das Bedürfnis, sich die Ohren zu reiben. Beschwerte Teresas Mutter sich tatsächlich darüber, dass kein Essen auf dem Tisch stand? Warum hatte sie nicht einfach eine Schüssel Kartoffelsalat in die Umzugswohnung mitgebracht?

«Wir lassen uns was kommen, Mutti. Das macht überhaupt keine Mühe.»

«In Restaurantgerichten ist überall Glutamat drin. Das vertrage ich nicht.»

«Wir können bei der Bestellung ja angeben ...»

«Denen ist doch egal, was sie bringen. Die schauen nur aufs Geld.»

«Aber ...»

«Ich will lieber nach Hause.»

«Deine Mutter hat recht», fiel Luka Teresa, die immer noch protestieren wollte, ins Wort. «Es ist schon spät.»

In Teresas Augen glitzerten Tränen. Na wunderbar, dachte Luka. Wie kam ein warmherziger, humorvoller Mensch wie seine Liebste nur an einen solchen Drachen von Mutter? Schweigend zog er die Schuhe wieder an und hielt Rosi die Tür auf. Sie sah aus, als könnte sie gar nicht schnell genug nach draußen kommen.

Während der Fahrt über die im Regen glänzenden Straßen sagte sie keinen Ton. Luka war sicher, dass sie ihn nicht leiden konnte, was ihm allerdings nichts ausmachte. Er suchte keinen Familienanschluss. Aber wie sie mit Teresa und der Kleinen umging, regte ihn trotzdem auf.

Wenig später erreichten sie den Wohnblock mit der grünen Zackenbemalung, in dem Rosi wohnte.

«Bis bald dann.»

«Ja», murmelte sie geistesabwesend, stieg aus, schlängelte sich an einem Bauzaun vorbei und verschwand hinter der Eingangstür, über der eine riesige grüne *15* prangte. Sie kam ihm vor wie ein Maulwurf, der nach einem Ausflug ans Tageslicht glücklich wieder in seine dunkle Höhle kroch.

Als er in die neue Wohnung zurückkehrte, fand er das Wohnzimmer verlassen. Auch aus den übrigen Zimmern war kein Ton zu hören. Er stellte den Fernseher, den er aus dem Wagen mitgenommen hatte, neben die Telefonanlage und machte sich auf die Suche nach Teresa. Sie und Tilda lagen zwischen Kisten und Kartons auf der Doppelbettmatratze. Ihre blonden Haarschöpfe lugten unter der dicken Decke mit dem geblümten Bezug hervor. Tilda hatte sich an ihre Mama gekuschelt und schlief Gott sei Dank bereits. Aber Teresa war mit Sicherheit noch wach.

Luka kniete sich auf die Matratze und streichelte über ihr Haar.

«Sie hat Tilda kein einziges Mal auf den Arm genommen», sagte Teresa leise.

«Ich weiß.»

«Mich hat sie auch nicht angefasst. Ist dir das aufgefallen? Ich rede ja gar nicht von Umarmungen. Aber sie hat mir nicht mal die Hand gegeben. Sie behandelt mich wie eine Fremde.»

«Lass sie doch, Süße. Sie ist, wie sie ist. Und zum Glück zieht sie ja nicht bei uns ein.» Als er Teresa eine Strähne aus dem Gesicht strich, spürte er, wie sie sich steif machte. «Willst du drüber reden?»

Statt einer Antwort zog sie die Bettdecke fester um sich. Er seufzte verhalten. Diese Reaktion kannte er aus der Zeit, als ihre Beziehung noch frisch gewesen war und Teresa nicht wusste, wieweit sie ihm trauen konnte. Tildas Vater hatte sie noch vor der Geburt des Kindes verlassen, und die Verletzung ging tief. Es ist vermutlich auch nicht die erste, die sie erlitten hat, dachte Luka, Rosis bescheuertes Verhalten vor Augen. Er beschloss, sie in Ruhe zu lassen, stand auf und ging in den Flur. Im Wohnzimmer warteten die Regale. Aber er hatte keine Lust mehr, sich an die Arbeit zu machen.

Plötzlich fiel ihm sein Saxophon ein, das immer noch im Auto lag. Er verließ das Haus und kehrte zum Touareg zurück. Der Regen hatte aufgehört, und als Luka zum Himmel blickte, sah er zwischen den aufreißenden Wolken erste Sterne blitzen. Spontan öffnete er die Wagentür und setzte sich hinters Steuer. Einfach losfahren, den verdammten Tag abschütteln und versuchen, den Kopf frei zu kriegen – das war's doch.

Sein Navi war kaputt, aber in der Ablage steckte ein Google-Ausdruck, auf dem der Weg zwischen dem Haus und dem Bergener Kriminalkommissariat eingezeichnet war. Luka studierte die Karte und fuhr los. Wenig später hielt er vor seinem künftigen Arbeitsplatz. Es war ein deprimierender, weiß und braun gestrichener Betonkasten mit einem Parkplatz daneben, dessen Rückseite von einer Betonmauer mit verrosteten Eisentüren begrenzt wurde. Vor dem Haus wuchsen ein paar kümmerliche Büsche, gegenüber lag ein Sportplatz. Na schön.

Er ließ den Motor wieder an, hatte aber keine Lust, nach Hause zurückzukehren. Teresa schlief wahrscheinlich inzwischen. Lustlos kurvte er durch die fremden Straßen. Er kam an einem Bushäuschen vorbei, an dessen Scheiben für Real und einen toom-Markt geworben wurde. Genau wie daheim in Düsseldorf. Aber die Plattenbauten gegenüber stammten mit Sicherheit noch aus DDR-Zeiten. Mit ihren seltsamen Aufsätzen, die wie riesige, gebogene Schiffsschornsteine auf den Flachdächern pappten, wirkten sie fremd und hässlich auf ihn.

Als Teresa ihm vor einigen Monaten gesagt hatte, dass sie sich nach Rügen bewerben wollte, hatte er erst einmal schlucken müssen. Seine Arbeit bei der Düsseldorfer Polizei war nicht besonders gut bezahlt gewesen, unterbesetzt waren sie auch, aber die Arbeit machte Spaß, und mit seinen Kollegen verband ihn echte Freundschaft.

Teresa wünschte sich den Start ins Berufsleben aber brennend. Sie hatte für ihr Studium böse ackern müssen. Ingenieurwesen war ja immer noch eine Männerdomäne, und man hatte ihr auf der Uni das Leben nicht gerade leichtgemacht. Zudem hatte sie sich jahrelang in Nachtjobs aufgerieben, weil das BAföG nicht reichte. Und dann war sie im vorletzten Semester von dem Mistkerl geschwängert worden, der sich davonstahl, als Tilda sich ankündigte. Trotzdem hatte sie weitergemacht und mit dickem Bauch ihre Examensprüfungen abgelegt. Aber danach war sie pfeilgerade in die Arbeitslosigkeit geschlittert. Wer wollte schon eine alleinstehende Ingenieurin mit Baby anstellen?

Als ihr eine große Auricher Firma den Job auf Rügen anbot – wie hätte er sich weigern können, mit ihr zu gehen? Vor allem, da sich bei seiner eher aus Loyalität betriebenen Recherche herausstellte, dass in Bergen zur selben Zeit eine Stelle bei der Kripo frei geworden war. Er bewarb sich also und hoffte dabei insgeheim ein bisschen, dass der Posten mit einem Kollegen aus den eigenen Reihen besetzt würde. Doch offenbar war kein geeigneter Bewerber aufzutreiben gewesen. Man hatte ihn nach Stralsund zu einem Vorstellungsgespräch gebeten und ihn eine Woche später eingestellt. Nun war er also hier.

Ein Blick auf die Uhr verriet ihm, dass es auf elf Uhr zuging. Trotzdem zog es ihn immer noch nicht in sein neues Zuhause zurück. Er passierte das Ortsausgangsschild und fuhr eine unbeleuchtete Allee hinab. Sein Blickfeld reichte nicht weiter als das Licht der Scheinwerfer, undeutlich erkannte er Wiesen hinter den Bäumen. Keine Häuser, keine anderen Autos.

Plötzlich packte ihn eine heftige Abneigung gegen die Insel. Wie hatten seine Düsseldorfer Kollegen gelästert? Du gehst nicht einfach in die Provinz – du betrittst Feindesland. Manfred aus dem K11 war nach der Wende drei Jahre nach Dresden abkommandiert gewesen. Zur «Entwicklungshilfe», wie er es nannte. Er hatte einige drastische Mobbingerlebnisse zum Besten gegeben.

Teresa wurde wütend, als Luka ihr von dem Gespräch berichtete. Der Mann ist bescheuert, die Wende ist zweiundzwanzig Jahre her – das ist doch alles längst Geschichte, meinte sie. Trotzdem diskutierten sie an diesem Abend ein einziges Mal die Möglichkeit, eine Fernbeziehung zu führen. Es war Luka, der am Ende nicht wollte. Teresa war die Frau seines Lebens, und auch Tilda liebte er heiß und innig. Die Aussicht, beide nur noch an den Wochenenden zu sehen, erschien ihm unerträglich. Außerdem war Teresa eine tolle Frau, die sicher auch andere Männer beeindrucken würde. Da machte er sich nichts vor.

Nein, die Entscheidung war richtig, dachte er. Als er einen Seitenweg erspähte, versuchte er, dort zu wenden, um nach Hause zu fahren. Allerdings gestaltete sich das schwieriger als gedacht. Er schien auf einer Art Rad- oder Wanderweg gelandet zu sein. Es gab keinen Asphalt, nur zwei Betonstreifen, die in das nasse Gras eingebettet waren, und die Räder seines Wagens drehten durch, sobald sie auf den matschigen Boden gerieten. Luka murmelte einen Fluch und beschloss, dem Weg zu folgen. Irgendwann würde er schon wieder auf einer größeren Straße landen.

Offenbar war die Strecke Teil des öffentlichen Straßensystems, denn gelegentlich tauchten Häuser am Wegrand auf. Luka fuhr etwa acht Kilometer, wobei er hin und wieder andere Wege kreuzte. Manchmal konnte er zwischen den Bäumen das Meer sehen, das seidig im Mondlicht schimmerte. Schließlich erreichte er einen gepflasterten Pfad und dann einen Platz mit einem Blumenrondell in der Mitte und einem niedrigen Gebäude an der Seite, in dem Garagen untergebracht waren. Sein Scheinwerferlicht fiel auf ein öffentliches WC. Als er eine Runde drehte, erfasste es ein seltsam geformtes, achteckiges Gebäude mit einem Kreuz auf dem Dach – offenbar eine Kapelle.

Plötzlich packte ihn die Neugier. Kurz entschlossen parkte er am Straßenrand, stieg aus und folgte einem Fußweg, der ihn bergab an grasbewachsenen Hängen entlang in ein kleines Dorf führte. Die Wege waren eng, die Häuser geduckt, alles wirkte sehr gemütlich.

Auf dem Dorfplatz stand eine Pumpe, an der ein bemalter, mit Blumen bepflanzter Melkeimer hing. In einem Garten entdeckte er eine Miniaturmühle und Schilder, auf denen Fischbrötchen, Crêpes und Bockwürste angepriesen wurden.

Und dann lag plötzlich das Meer vor ihm. Überrascht und angerührt blieb Luka stehen. Wasser, so weit er blicken konnte, bis hin zum Horizont. Der Mond stand frei zwischen den Wolken und warf einen breiten glitzernden Streifen auf die gekräuselte See. Es war ein Bild, das ihn beruhigte und zugleich erregte. Luka kannte nur die Nordsee von den Urlauben mit seinen Eltern, wo ihn die Spaziergänge über endlose Deiche und eingezäunte Strände angeödet hatten. Aber das hier war anders. Die Rügener hatten ihr Meer nicht abgegrenzt oder dienstbar gemacht. Es schäumte lustvoll gegen das steinige Ufer, und er hätte mit wenigen Schritten im Wasser stehen können.

Aufmerksam schaute er sich um. Offenbar befand er sich in einem kleinen Hafen; sein Blick streifte einen Wellenbrecher aus Bruchstein. Daneben führte ein L-förmiger Holzsteg in die Fluten hinein. Fischerboote waren aufgebockt, und er entdeckte ein Gestell mit Bojen, an denen orange Fahnen flatterten.

Einem plötzlichen Impuls folgend, kehrte er zum Wagen zurück und holte sein Saxophon aus dem Kofferraum. Er schob das Mundstück auf den Korpus, hängte sich das Instrument um den Hals und kehrte zum Hafen zurück. Dort wandte er sich nach links und folgte einem breiten, steinigen Strandstreifen unterhalb einer Klippe, bis er einen Felsbrocken fand, der zum Sitzen einlud. Seine Missstimmung war verschwunden.

Nachdem er eine Weile dem Rauschen der Brandung gelauscht hatte, befeuchtete er das Blättchen, schraubte es am Mundstück fest und dehnte die Finger. Kurz darauf klangen die Töne von *Hey Jude* übers Wasser.

Er spielte lange, sicher eine halbe Stunde, völlig in sich versunken und ohne einen Gedanken daran zu verschwenden, ob er sich mit seinem einsamen Konzert lächerlich machte. Der Umzugsstress, Rosi und das hässliche Kommissariat in Bergen verschwanden aus seinem Bewusstsein. Obwohl er lange nicht mehr geübt hatte, entlockte er dem Instrument schmelzende Melodien. Er verjazzte die Songs, die ihm in den Sinn kamen. Jazz war pures Gefühl, und es tat einfach gut, nicht mehr denken zu müssen. Es war phantastisch. Er kam sich vor wie Robinson Crusoe – als wäre er fernab jeder Zivilisation auf einer Insel gestrandet, die nur ihm allein gehörte.

Dass er hier doch nicht allein war, fiel ihm zunächst gar nicht auf. Er spielte, und irgendwann mischten sich andere Töne zwischen seine eigenen. Der perlende Klang eines Klaviers, so selbstverständlich wie das Rauschen der Wellen.

Als Luka die zweite Stimme registrierte, ließ er das Saxophon sinken. Irritiert und bezaubert zugleich blickte er am Kreidefels hinauf. Oben an der Klippe wuchsen Bäume. Dahinter, nicht sehr weit weg, musste sich der unsichtbare Pianist befinden. Jetzt spielte er einige Takte allein und spann Lukas Improvisation weiter. Dann folgten ein paar irritierte Sequenzen, die sich wie Fragen anhörten. *He, wo steckst du? Keine Lust mehr? Hat doch Spaß gemacht.*

Luka grinste. Offenbar hatte jemand eines seiner Fenster geöffnet und beschlossen, mit dem durchgeknallten Typ am Strand eine Miniband zu gründen. Er setzte das Mundstück wieder an. Der Klavierspieler hielt kurz inne, dann folgte er ihm mit atemberaubender Sicherheit.

Nun gab er allerdings nicht mehr den dezenten Begleiter, sondern mischte selbst mit. Einige Passagen wirkten wie eine Parodie auf Lukas Spiel, in anderen nahm das Klavier sein Thema auf und gab ihm mit winzigen Veränderungen neue Tiefe. Schließlich ergriff der Pianist selbst die Initiative und erfand eigene Motive. Luka folgte ihm fasziniert. Das war Jazz vom Feinsten. Es war … einfach großartig.

Ihm war bald klar, dass der unsichtbare Klavierspieler ein echter Künstler war. Solche Virtuosität und Leidenschaft kriegte man nicht mit gelegentlichem Klimpern hin. Sie spielten und spielten, und als Luka schließlich das Saxophon sinken ließ, geschah es mit gehörigem Bedauern.

Er zögerte kurz, dann lief er in Richtung Hafen zurück, bis er eine grob gehauene Treppe entdeckte. Er hatte keine Mühe, das Haus des Pianisten zu finden. Es lag oberhalb des Dorfes direkt am Klippenweg und war von einer wuchernden Rosenhecke umgeben, die zu dieser Jahreszeit voller weißer Blüten stand. Der Mann erwartete Luka an der Gartenpforte. Neben sich hatte er einen großen, schwarzen Hund, der den Ankömmling mit gesträubtem Fell voller Aggressionen anknurrte.

«Das Schloss von Dornröschens Bruder?», fragte Luka mit einer ausladenden Handbewegung.

Der Mann lachte leise. «Und wer bist du? Einer der wirtschaftsfördernden Touristen, die unsere Strände mit Handtüchern pflastern?»

«Ihr habt vergessen, die Steine wegzuräumen.»

«Ganz im Gegenteil. Wir sind cleverer als die Leute in Sellin. Wir locken die Gäste mit der Idylle an, sorgen aber dafür, dass sie nicht zu lange bleiben, nachdem sie ihr Geld ausgegeben haben.» Er packte den Hund am Halsband und machte den Eingang frei. «Auf ein Bier?» Ohne die Antwort abzuwarten, kehrte er zu seinem Haus zurück, einem kleinen, weiß verputzten Gebäude.

Das gesamte Grundstück war von Rosen überwuchert. Es gab kaum ein Plätzchen, wo nichts rankte oder spross, und die Luft war schwer vom Duft der Blüten. Lukas Vergleich mit dem Dornröschenschloss passte besser, als er gedacht hatte. Der Hund verschwand nach einigem Widerstreben in einer Hütte neben der Tür, und der Mann bat seinen Gast hinein.

In der Diele gab es außer einigen Wandhaken nur eine Matte,

auf der ein paar dreckige, feuchte Stiefel ihre Spuren hinterlassen hatten. Offenbar war der Hausherr ein Freund von Spaziergängen im Regen.

«Lass die Schuhe an. Dornröschens Bruder lebt allein – es stört also nicht», sagte er, als hätte er Lukas Gedanken gelesen.

Luka folgte ihm in einen großen Raum mit dunklen Holzbohlen, weißen Wänden und bodentiefen Fenstern, von denen einige offen standen. Dominiert wurde das Zimmer von einem schwarz glänzenden Konzertflügel. *Schimmel,* las Luka und wunderte sich nicht – das Instrument hatte einen phantastischen Klang. Auf einem verschrammten, dunklen Holztisch lagen Notenblätter verstreut, darauf eine Klarinette, zwei Geigen, eine Konzertgitarre und seltsamerweise auch eine Mundharmonika. An der Wand lehnte ein Kontrabass.

Luka hob das Band seines Saxophons über den Kopf und legte das Instrument zwischen die Geigen. Dann trat er vor die geöffneten Fenster. An dieser besonderen Stelle wurde der Blick auf die Ostsee nicht von Rosensträuchern verstellt, was aber keinem Gartenplaner zu verdanken war – der Hausherr hatte schlicht eine Bresche in die Pflanzen geschlagen, um die traumhafte Sicht aufs Meer genießen zu können.

«Was zahlt man für ein Grundstück in dieser Lage?»

«Ein Vermögen oder gar nichts, wenn man's nämlich geerbt hat wie ich.» Der Mann reichte ihm eine Bierflasche, die er vorher an der Tischkante geöffnet hatte. «David Grosser. Für dich David, wenn's dir recht ist.»

«Luka.» Sie prosteten einander zu. Dann sanken sie in die Ledersessel, die vor den Fenstern standen. Es war sonderbar, bei jemandem im Haus zu sitzen, von dem man kaum mehr als den Namen kannte, aber Luka fühlte sich trotzdem nicht unbehaglich, nicht einmal fremd. Selbst das rasche Du kam ihm in Ordnung vor. So war es eben, wenn man sich mittels Musik unterhalten und prächtig verstanden hatte.

«Was verschlägt dich nach Rügen?», fragte David.

«Woher willst du wissen, dass ich nicht von hier bin?»

«Hört man. Gruseliger Dialekt. Ruhrpott?»

Luka grinste.

«Wo kommst du denn genau her?»

«Aus Düsseldorf.»

«Schönes Symphonieorchester.»

«Stimmt. Ansonsten leider vor allem Lärm und Dreck.»

«Dann bist du also ein gestresster Großstädter auf der Suche nach Ruhe?»

«Na ja, es ist eher … Ich würde sagen, die Liebe.»

David lachte auf. Er war ein Mensch mit sparsamer Mimik. Die dunklen Augen, die unter seinen Brauen fast verschwanden, verbargen mehr, als sie preisgaben. Seine Haare waren zu lang, um modisch zu wirken, und seine Gesichtszüge hatten etwas Weiches. Trotzdem wirkte er nicht wie ein unsicherer Mensch. Dafür beobachtete er seinen Gast zu genau und kommentierte dessen Antworten zu spöttisch. Das Spannendste an ihm waren wohl die Hände. Er besaß lange, feingliedrige Finger, was nicht verwunderte, aber über den Ring- und den Mittelfinger der Linken zog sich eine breite, gezackte Narbe. Die Wunde, die sie hervorgerufen hatte, musste eine Tragödie für ihn dargestellt haben.

«Hast du sie im Urlaub kennengelernt?»

«Was? Oh … Teresa. Nein, sie ist zum Studium nach Düsseldorf gekommen. Aber jetzt will sie Windkraftanlagen in die Ostsee bauen, und da hab ich meine Sachen gepackt und bin mitgekommen.»

«Ist sie's wert?»

Luka lachte. «Wow – das hört sich ja an, als wäre Rügen ein sibirisches Straflager.»

«Jedenfalls kannst du von hier aus direkt rüberschauen.»

«Nach Sibirien?»

«Sagen wir mal: fast.»

«Warum lebst du hier, wenn's dir nicht gefällt?»

Die Antwort kam mit einigen Sekunden Verspätung und einem etwas gezwungenen Lächeln. «Hast du schon mal versucht, mit einem Flügel umzuziehen?»

«Stimmt, das braucht man nicht jede Woche.» Luka trank einen Schluck Bier und sah sich um. Er entdeckte ein vergilbtes Foto, das in einem hellen Rahmen zwischen einem Regal und den Fenstern hing. Sein Blick blieb daran hängen. Es zeigte eine junge Frau mit lockigen, kunstvoll hochgesteckten Haaren, die auf einer Freilichtbühne sang. Sie wurde von drei ebenfalls sehr jungen Musikern begleitet. Trotz der damals noch wilderen Mähne war David deutlich zu erkennen – er spielte Klarinette. Neben ihm traktierte ein Bursche mit Pferdeschwanz einen Bass, und ein pummeliger, pickeliger Knabe zupfte an einer Gitarre. Der Reiz des Bildes bestand aber wohl vor allem in dem Gewitter, in dem man es aufgenommen hatte. Es war Nacht gewesen, und die jungen Leute musizierten ohne sichtbares Publikum unter einem muschelartigen Dach, über dem grelle Blitze den schwarzblauen Himmel teilten.

«Wann ist das gewesen?»

«In den Achtzigern», sagte David, der seinem Blick gefolgt war. «Hast du auch irgendwelche Jugendsünden zu beichten?»

«Ich bin mit ein paar Kumpels durch die Ruhrpottkneipen gezogen. Coleman, Charlie Mariano, Don Byron ... Jazz im Herzen und Gras in der Pfeife, damit auch jeder merkte, was für abgefahrene Kerle wir sind. War 'ne tolle Zeit. Damals hab ich sogar überlegt, Musik zu studieren. Aber mein Vater ...» Luka hob die Schultern und trank noch einen Schluck. «Na ja, mit dem Abstand der Jahre gesehen hatte er wohl recht. Es wäre eine Sackgasse gewesen.» Der Hund im Garten begann zu jaulen, ein jämmerliches Geräusch. «Warum holst du den armen Kerl nicht rein?»

«Benni ist ein Streuner. Er wird verrückt, wenn man ihn ins Haus sperrt. Wie lange wollt ihr denn bleiben?»

«Keine Ahnung. Teresas Vertrag ist erst mal auf zwei Jahre befristet.»

«Und was treibst du? Außer nachts am Strand Saxophon zu spielen?»

«In Bergen war ein Posten bei der Polizei frei.»

«Du bist ein Kriminaler?»

Luka hatte ein feines Ohr für Zwischentöne. Offensichtlich gehörten Polizeibeamte nicht zum Kreis der Menschen, denen David Grosser Sympathie entgegenbrachte. Aber das war ja verbreitet. «Kripo.»

«Donnerwetter.» David wuchtete sich aus dem Sessel und ging zum Flügel. Er stützte sich auf das schwarze Instrument und starrte in die Dunkelheit hinaus, wo das Meer hinter der Klippe schäumte. «Spaß an der Arbeit?»

«Geht so. Doch, ja. Aber *du* hast die Musikerkarriere durchgezogen», stellte Luka fest.

«Auf Umwegen. Für das, was wir damals spielten, kriegte man keinen Orden umgehängt. Vater Staat war angesäuert und hat mich in eine Molkerei gesteckt.»

«Und heute?»

«Spiel ich im Ensemble der Philharmonie Vorpommern und klimpere hier und da mit diversen Bands. Außerdem hab ich ein paar Schüler.» David wandte sich Luka zu. «Warum bist du ausgerechnet Schnüffler geworden?»

«Ist doch 'ne feine Sache. Wir schützen die Braven und geben den Bösen eins auf die Nase. Ich lebe meinen Traum.»

«Herr Jesus!»

«Was?»

«Dafür, dass du Coleman spielst, redest du ganz schöne Scheiße. Wer hätte gedacht, dass so was zusammengeht.» David wandte sich zur Tür.

Das ist dann ja wohl der Rausschmiss, dachte Luka und erhob

sich mit echtem Bedauern. Er stellte seine noch halbvolle Bierflasche ab, schnappte sich das Saxophon und folgte David nach draußen. Sofort kam der Hund aus der Hütte geschossen und kläffte ihn an. Als ihm niemand Aufmerksamkeit schenkte, flitzte er in die Dunkelheit davon.

«Was hat er vor?»

«Keinen Schimmer.» David lehnte sich gegen den Türrahmen. «Kommst du wieder mal vorbei?»

«Ein Kriminaler?», stichelte Luka.

«Irgendeine Macke hat jeder. Doch, es war schön heut Abend. Wenn du willst ...» Er ließ den Satz in der Luft hängen.

Luka hob die Hand zum Abschiedsgruß. Als er durch das Törchen ging und auf die Uhr blickte, sah er, dass es bereits auf drei zuging.

ZWEI

Der Einstieg in den neuen Job am Montag darauf verlief noch beschissener, als Luka befürchtet hatte. Er war spät dran, viel zu spät. Die Frau, deren Stelle Teresa übernehmen sollte, hatte noch vor dem Frühstück durchgeklingelt und erklärt, dass der Schwimmkran aus Kiel, den sie zur Absenkung eines Gittermastes benötigten, schon zwei Tage früher ankommen würde und sie deshalb gemeinsam mit dem Boot aufs Meer zur Baustelle fahren müssten. Die Steppe brannte, oder wie auch immer sie sich ausdrückte.

«Da muss ich hin, darauf muss ich reagieren», hatte Teresa gesagt, und Luka hatte ihr die Angst angehört, man könnte sie für nicht flexibel genug halten. Das war zwar bescheuert, aber Argumente halfen ja selten, wenn jemand sich in etwas verrannte. Sie hatten beide zu Tilda geschaut, und in Teresas Gesicht machte sich Panik breit. «Ich kümmere mich», hatte Luka rasch versprochen. Die Woche nur nicht gleich mit einer Tragödie beginnen.

Jetzt beugte er sich zum Kindersitz. «Alles bereit, Süße?»

«Kann 'leine», erklärte Tilda und fummelte am Verschluss des Kindersitzes. Es klappte nicht. Er ignorierte ihre Proteste, öffnete die Schnalle selbst und hob sie mitsamt Bob dem Baumeister ins Freie.

Im Eingangsbereich des Polizeigebäudes tat eine junge Beamtin Dienst. «Zur Kripo?», fragte sie und blickte verwundert auf Tilda. «Das ist in der zweiten Etage. Aber wenn Sie ...»

«Nee, ist schon richtig.»

Sie sah ihm nach, während er die Treppe hinaufhastete. Schon von weitem hörte er die Stimme einer Frau, die genervt mit jemandem redete. Luka blickte auf die Uhr. Herrgott, schon halb zehn. Aber es dauerte eben, ein kleines Kind in Jacke und Hose zu stecken.

«Die Nummer ist zwei-acht-drei-null, Durchwahl zwei-eins-vier. Ich wiederhole. Zwei-acht ... Was? Das ist die Spurensicherung! Klar braucht ihr die. Die wurde nämlich nicht nur fürs Fernsehen erfunden, du Hasel ... Nee, sag ich doch ... Keine Ahnung, ich glaube, er wohnt hier in Bergen. Was soll ich machen? Ihn aus dem Bett klingeln? ... Auf keinen Fall, Mensch!»

Die Stimme kam aus dem ersten Büro im Flur. Luka sah durch die offene Tür. Die Frau lehnte mit dem Rücken zu ihm an der Schreibtischkante. Sie war schlank und trug eine schlabbrige Jeans und ein T-Shirt mit der Rückenaufschrift *Engel sind auch nur Geflügel.* Darunter befand sich eine entsprechende Comiczeichnung. Ihre Haarfarbe war wohl wegen einer missglückten Tönung ins Karottenrote abgedriftet. Die Locken, die sie wegen der wilden Krause nicht bändigen konnte, hatte sie mit einer hässlichen Spange am Hinterkopf fixiert.

«Kann ich nicht, weil einer nämlich hier die Stellung halten muss!», schimpfte sie ins Telefon. «Quatsch, Kerstin hat ihren Urlaub doch nicht *zufällig* genommen. Und wenn sie hört, dass der Neue zu blöd ist, den Wecker zu stellen, kannst du sicher sein, dass sie gleich noch mal verlängert. Was? ... Nee, lass mal ...»

Luka pochte gegen die Tür.

Die Frau fuhr herum. Ihr Blick fiel auf Tilda, und sie schnauzte: «Verkehrt! Die Wache ist unten. Der Glaskasten. Können Sie doch gar nicht übersehen haben.» Sie winkte genervt, dass er verschwinden sollte.

Luka trat vollends ins Zimmer und setzte Tilda auf dem Boden ab.

«Haben Sie nicht gehört?»

«Hab ich. Seien Sie so gut und richten Sie dem Kollegen aus, dass der Neue jetzt eingetroffen ist und dass er ihn und sämtliche anderen Mitarbeiter um elf Uhr in seinem Büro sehen will.» Luka ging zum Fenster und betrachtete den hinteren Teil des Parkplatzes, an den sich Gärten und schlichte Einfamilienhäuser anschlossen. Als er sich wieder umdrehte, hatte seine neue Kollegin ihr Handy sinken lassen und starrte ihn an.

«Wo ist es denn eigentlich – mein Büro?»

Sie deutete zum Flur. «Direkt gegenüber.»

«Besten Dank. Und was war das eben mit der Spurensicherung? Gibt es ein Problem?»

Sie räusperte sich. «Ja, so kann man das wohl nennen. Wir haben einen Mord. Also einen echten Mord, ganz beschissene Sache. Eine Frau, die regelrecht zerhackt wurde. Conny Böhme übrigens.» Sie reichte ihm die Hand, und er schlug ein.

«Luka Kroczek. Kommen Sie gleich mal mit rüber, ja?» Er nahm Tilda an die Hand und überquerte den linoleumbeschichteten Flur. Die Kleine drehte sich neugierig zu der Kommissarin um. Sie mochte Menschen und eroberte sie mit ihrer guten Laune meist im Sturm. Nur ihre Großmutter nicht, dachte Luka, aber er verscheuchte den Gedanken an Rosi Schomaker, die sich energisch geweigert hatte, auf ihre Enkelin aufzupassen.

Das Büro, in dem er künftig arbeiten würde, war geräumig. Damit hatte er die Liste seiner Vorzüge schon auch schon abgearbeitet. Der Schreibtisch war von Schrammen übersät und viel zu klein, die Wände in einem hässlich beigefarbenen Klinikton gestrichen, Staubflusen säumten die Winkel, und an der Wand hing ein Kätzchenkalender. Neben dem Tisch standen zwei Kartons mit gerahmten Fotos und einige vertrocknete Topfpflanzen. Sein Vorgänger hatte einen tödlichen Hirninfarkt erlitten, und offenbar hatte niemand es für nötig befunden, seine persönlichen Habseligkeiten abzuholen.

Na schön. Luka gab sich einen Ruck. «Also? Was ist los?», fragte er Conny Böhme, die ihm gefolgt war.

«Äh, tja …» Sie riss ihren Blick von Tilda los. «Die Frau wurde in Vitt in einem leerstehenden Haus gefunden. Sie ist gewaltsam zu Tode gekommen.»

«Kann man wohl von ausgehen, nach Ihrer Beschreibung.»

Sie ging auf seine ironische Bemerkung nicht ein. «Aber das da», sie deutete auf Tilda, «geht gar nicht!»

Als wenn er das nicht wüsste. Nur, mit dem Schiff zu den Windkraftanlagen – unvorstellbar. Luka hatte zwar nur eine vage Vorstellung von Teresas Arbeit, aber im Geiste sah er Schiffskräne, die Gittermasten über die Ostseewellen schwenkten und kleine Kinder dabei rasch mal mit ins Meer fegten.

Tilda hatte Bob den Baumeister fallen gelassen und erklomm den Schreibtischstuhl mit dem durchgesessenen Polster. Luka fischte sie wieder herunter. Er zog ein paar Autos aus der Jackentasche, parkte sie auf einem Schubladencontainer und stellte die Kleine davor ab. «Dein Arbeitsplatz – mein Arbeitsplatz. Alles klar?»

«Brummmm …» Tilda baute sofort einen Verkehrsunfall und ließ die Autos durch das Zimmer schießen.

«Wie heißt sie denn?», wollte Conny Böhme wissen.

«Matilda.»

«Hübsch, aber … Keine Chance, dass ich auf sie aufpasse. Ich sag das lieber sofort, damit kein Zweifel aufkommt. Ich sehe zwar aus wie eine Frau, aber diese Hände wurden nicht geschaffen, um Kindernasen zu putzen.»

«Hab ich auch nicht erwartet, keine Sorge. Und nun der Mord – alles, was Sie bis jetzt wissen.»

Also begann sie zu berichten, und er griff zum Telefon.

Wegen des Kindersitzes fuhren sie mit Lukas Auto.

«Vitt ist ein Nest im Norden, direkt an der Küste», erklärte Conny. «So 'ne Art Mekka für Touristen, auch weil der Leuchtturm von Arkona ganz in der Nähe ist. Da oben treten sich die Besucher in den

Ferien gegenseitig in die Hacken. Nur dass Sie vorbereitet sind.» Ungeniert öffnete sie das Handschuhfach. «Haben Sie kein Navi?»

«Hat die Kleine draufgekotzt.»

«Echt?» Sie drehte sich zum Rücksitz. «O Mann, so 'ne Süße. Aber die kann das gleich nicht mit ansehen. Ist Ihnen doch klar, oder? Vielleicht will Olaf sich ja kümmern.»

«Wer ist das?»

«Kollege Dommel. Hat Herzrhythmusstörungen. Darf sich eigentlich nicht aufregen.»

«Warum ist er dann bei der Kripo?»

«Weil es hier normalerweise nix zum Aufregen gibt. Wir sind auf Rügen. Unsere Highlights sind geklaute Kreditkarten und gelegentlich ein paar Einbrüche. Ein Job beim Finanzamt ist dagegen wie 'ne Regenwaldexpedition.»

«Wer ist denn sonst noch vor Ort?»

«Vier von der Streife und Tobias Schneller – der ist auch von uns. Fähig und ehrgeizig, aber leider noch ein halbes Baby. Kerstin Sonntag ist auf Urlaub. Und damit sind wir am Ende der Fahnenstange. Wie gesagt: Hier passiert normalerweise ja auch nichts.»

Luka überholte einen Trecker, der gemächlich über die Landstraße ruckelte. Sein Team bestand also aus einer Frau, die er vielleicht aus dem Urlaub zurückrufen konnte, einem Mann, der gern über seine Wehwehchen plauderte, einem Baby und einer zweiten Frau mit … exorbitantem Rededrang.

Und jetzt gleich ein Mord. In Düsseldorf war er Mitglied einer ständigen Mordkommission gewesen, der Fall an sich schreckte ihn nicht. Aber dort hatten sie routiniert gearbeitet. Jeder wusste, was zu tun war. Hier latschten offenbar als Erstes ein paar Streifenbeamte durch den Tatort und anschließend noch einmal seine Kripokollegen. Die Leute von der Spurensicherung würden kreischen. Gut, es war nicht mehr zu ändern. Er würde dazu was Grundsätzliches sagen müssen, aber er hatte keine Lust, sich bei der neuen Dienststelle gleich als Beißer einzuführen. Was mit einem Kleinkind auf dem Arm wohl auch nicht eindrucksvoll gelingen würde, dachte er sarkastisch.

«Haben Sie mitbekommen, was ich vorhin am Telefon gesagt habe?», fragte Conny Böhme.

«Was denn?»

Sie schaute missmutig aus dem Fenster. Vor ihnen tauchten zwei riesige Seen auf, die akeleienblau in der Vormittagssonne glänzten.

«Ist das schon die Ostsee?»

«Nee, das sind der Große und der Kleine Jasmunder Bodden. Die ganze Insel ist durchlöchert wie ein Käse.»

«Aha.» Er musste sich dringend eine Karte anschaffen, um einen Überblick zu bekommen. Blöd, wenn man sein eigenes Revier nicht kannte.

Sie ließen die Seen hinter sich, und allmählich verschwanden auch die Hügel und wichen einer ebenen Fläche. Goldene Rapsfelder wechselten mit grünen Anbauflächen. Landschaftlich betrachtet schlug Rügen den Ruhrpott um Längen, so weit hatte Teresa recht. Statt überfüllter Straßen gab es hier idyllische Alleen, deren Blätterwerk sich wie ein Dach über ihnen ausbreitete.

«Den letzten Toten hatten wir vor zwei Jahren», nahm Conny die Unterhaltung wieder auf. «War 'ne Kneipenschlägerei. Eine Eifersuchtsgeschichte, aber nicht wegen einem Mädel, sondern einer Harley. Dabei ist einer der Idioten mit dem Kopf auf eine Steintreppe geknallt. War auch nicht schön anzusehen, aber das in Vitt ... Olaf hat's mir geschildert, der war völlig fertig. Wer tut einem Menschen so was an?»

Das war eine Frage, die Luka gewöhnlich von schockierten Zeugen gestellt wurde. Er sparte sich die Antwort. Unauffällig warf er einen Blick in den Rückspiegel. Tilda nuckelte an Baumeister Bob und gab die typisch summenden Töne von sich, mit denen sie sich selbst in den Schlaf sang.

«Einziges Kind?», fragte Conny.

«Jau.»

«Ich würd's dabei belassen. In diesem Alter sind sie zuckersüße Schnuckel, aber zwischen zwölf und achtzehn mutieren sie zu Monstern.»

«Eigene Erfahrungen?»

«Zwei Gören. Fünfzehn und siebzehn.»

Sie durchfuhren ein Städtchen, Glowe. Dunkel erinnerte er sich, dass er Samstagnacht ebenfalls hier durchgekommen war. Auch Juliusruh, der Name des nächsten Ortes, kam ihm bekannt vor. Hatte er hier nicht zu wenden versucht? Dieses Mal fuhren sie weiter geradeaus. In Altenkirchen bogen sie rechts ab, und die Straße verengte sich.

«So, da, vor dem großen Touristen-Parkplatz ... Sehen Sie das? Da müssen Sie sich rechts halten.»

«Ist das schon Vitt?»

«Nee, Putgarten. Aber Vitt liegt gleich dahinter.»

Sie erreichten eine kleine, quer durch die Felder betonierte Straße, neben der getrennt von einem Grünstreifen ein breiter Fußweg verlief.

«Und da sind sie, die Touristen», kommentierte Conny Böhme den Zug der mit Rucksäcken und Fotoapparaten behängten Fußgänger, die offenbar auf dem Weg von einem Dorf ins andere waren. Ein blau-weiß bemalter kleiner Zug mit der Aufschrift *Kap-Arkona-Bahn* kam ihnen entgegen und klingelte. Luka wich an den Straßenrand aus. Kurz darauf erreichten sie einen runden Platz, wo sich die Haltestelle für das Bähnchen befand. Ein paar Dutzend Leute saßen auf einem Geländer aus gefällten Baumstämmen, das ein Beet umfasste, und warteten auf die nächste Abfahrt.

«Ich glaube, wir müssen hier rechts über die Pflasterstraße. Der Tatort liegt am südlichen Dorfrand», meinte die Kollegin.

Luka starrte auf das WC und die Garagen, die sich an das Rondell anschlossen. Dann wanderte sein Blick zu der achteckigen Kapelle. Wie es aussah, befand er sich in dem Dorf, in dem er am Abend seines Umzugs Saxophon gespielt hatte.

«Ist was?»

Er schüttelte den Kopf. Hinter den Garagen konnte er auf einem sanft ansteigenden Hügel David Grossers rosenüberwuchertes Grundstück ausmachen. Es lag zwischen einem Querweg und dem Klippenpfad, auf dem die Touristen in Richtung zweier Leuchttürme wanderten, die in einiger Entfernung in den wolkenlosen Himmel ragten.

Das gab's doch gar nicht. Wie viele Ortschaften mochten sich auf dieser Insel befinden? Vierzig? Fünfzig? Na gut, rein rechnerisch war es vielleicht doch nicht so unwahrscheinlich, dass er bekanntes Terrain erreichte. Jedenfalls wahrscheinlicher als ein Sechser im Lotto.

Er gab wieder Gas und lenkte den Wagen an einer Familie mit kleinen Kindern vorbei, die widerwillig zur Seite wichen. Auch die Pflasterstraße, die Conny Böhme meinte, war er vor zwei Nächten gefahren. Eine Abzweigung nach links endete bei einem Haus. Vor der ungepflegten Hecke parkten mehrere Streifenwagen, auf deren Dächern Warnleuchten ihr blaues Licht kreiseln ließen. Da standen auch seine neuen Kollegen. Sie hatten das Haus auf seinen Anruf hin wieder verlassen und warteten unentschlossen bei den Autos.

Unter einem der Bäume parkte ein silberfarbenes Cabriolet – ein sündhaft teurer Jaguar. Gehörte er dem Opfer? Etwa zwei Dutzend Menschen hatten sich um die Wagen versammelt. Die meisten waren sicher Touristen, aber bei einigen abseits stehenden Männern und Frauen schien es sich um Leute aus dem Dorf zu handeln. Im Gegensatz zu den Urlaubern quasselten sie nicht und stellten auch keine Mutmaßungen an.

Luka lenkte seinen Touareg an den Wegrand. Er stellte den Motor ab und warf einen Blick nach hinten. Tilda war eingeschlafen. «Schön. Das passt ja.»

Seine Kollegin, die gerade die Tür öffnen wollte, starrte ihn entgeistert an. «Wollen Sie die Kleine etwa hier sitzen lassen?»

«Frau Böhme …»

«Das können Sie nicht machen. So was ist verboten.»

Luka stieg aus und beugte sich zu den Rücksitzen herab. «Sieht es so aus, als würde sie in der nächsten Stunde einen Hitzschlag bekommen?»

«Chef, das hat was mit der Psyche zu tun. Das Mädel wacht auf … niemand ist da … fremde Umgebung … großer Schreck …» Sie hielt inne und knurrte dann verärgert: «Verdammt, geht mich doch gar nichts an! Was weiß ich schon von Kindern?» Ihre Tür flog mit einem Knall ins Schloss.

Zum Glück hatte Tilda einen gesunden Schlaf. Luka beobachtete sie einen Moment. Der Kopf war ihr auf die Schulter gesackt, ihr Atem ging ruhig. Alles in Ordnung. Er folgte Conny zu den Kollegen und begann Hände zu schütteln.

Tobias Schneller, den Conny als Baby bezeichnet hatte, war leichenblass und hielt sich den Magen, als müsste er sich im nächsten Moment übergeben. Trotz seiner Übelkeit legte er Wert darauf, cool zu wirken – eine Unstimmigkeit, die ihn noch jünger wirken ließ.

«Tut mir leid, also echt leid!» Olaf Dommel, der ihm als Nächster die Hand reichte, wedelte mit der freien Hand, um sein Bedauern zu unterstreichen. «Wir hatten einen Anruf von einem älteren Herrn, der sich über den Jaguar gewundert hat und ins Haus gegangen ist, um nach dem Rechten zu schauen, weil die Tür offen stand. Also, er hat gesagt, die Frau ist tot, aber man will sich schließlich selbst überzeugen. Es hätte ja auch sein können, dass sie noch lebt.»

«Mit einer Axt im Gesicht?», fragte Conny.

«Ich schau bei so was lieber nach.» Olaf mochte um die fünfzig sein und trug eine Brille mit Goldrand. Seine Hamsterbacken ließen das schmale Gesicht wie aufgeblasen wirken. Er sah aus wie ein Erdkundelehrer vor einer Schulklasse: korrekt und ein bisschen umständlich, aber freundlich. Luka versuchte, ihn sich beim Verhör eines renitenten Verdächtigen vorzustellen – unmöglich. Er blickte sich um.

Sie mussten Zeugenaussagen sammeln, solange die Leute alles noch frisch im Gedächtnis hatten. Das Dorf war winzig und nachts menschenleer, wie er ja wusste. Gut möglich also, dass jemandem etwas aufgefallen war. Zumindest könnten die Anwohner ihm Informationen zum Haus und zu seinen Bewohnern liefern. «Ich habe am Ortseingang eine Kapelle gesehen. Herr Dommel, besorgen Sie bitte den Schlüssel dafür.»

«Wir wollen in die Kirche?»

«Irgendwo müssen wir die Zeugen schließlich befragen.»

«Aber ich glaube, im Moment ist sie für Besichtigungen freigegeben.»

«Dann schmeißen Sie die Besucher raus.»

«Natürlich.»

Luka wandte sich an die Streifenpolizisten. «Bitte finden Sie heraus, wer aus dem Dorf stammt, und erklären Sie den Leuten, dass wir ihre Aussagen benötigen und sie deshalb zur Kapelle kommen müssen. Notieren Sie Namen und Adressen, falls jemand jetzt keine Zeit hat. Und Sie …», er wandte sich an einen der Männer, «sorgen dafür, dass niemand das Grundstück betritt, bis die Spurensicherung eingetroffen ist.» Er zögerte kurz. Mit seinem Wohlstandsbäuchlein, den Lachfältchen und dem selbstgestrickten Pullunder sah der Kollege wie ein gutmütiger Opa aus. Wie ein Mann, den Tilda mögen könnte. Er fragte ihn nach seinem Namen.

«Kummerling. Karl.»

«Ich bin Luka Kroczek. Aber das wissen Sie wahrscheinlich schon.» Kurz entschlossen nahm er ihn zur Seite, legte ihm die Hand auf den Arm und gestand: «Karl, ich fürchte, ich habe ein Problem.»

Die Kapelle bestand aus einem kleinen Raum, in dem die Bänke der Außenmauer entsprechend im Achteck standen. Die Wände trugen schlichten weißen Putz, nur bei der Tür war ein Gemälde von Fischern im Sturm zu sehen. Lukas Kollegen hatten sich jeweils ein Eckchen ausgesucht und mit den Verhören begonnen, während die Dörfler, die warten mussten, im Vorraum beim Ausgang standen und miteinander tuschelten.

Von draußen drangen Möwengeschrei und der eigenartige Geruch herein, den der Wind vom Wasser ins Landesinnere blies. In der Nacht seines Saxophonspieles hatte die Ostsee Luka noch bezaubert, doch mittlerweile stellte er fest, dass sie ihn nervte. Ihm wurde plötzlich klar, dass jede Fahrt durch Rügen unweigerlich zu einem Strand führte. Die Weite, die das Meer scheinbar bot, engte in Wirklichkeit ein. Die Insel war ein Gefängnis, dessen Mauern aus Wasser bestanden.

Energisch verdrängte er den Gedanken und ging zu Tobias Schneller, der eine junge Frau vernahm, eine Apothekenhelferin aus Sassnitz. Sie lebte im Dorf bei den Schwiegereltern, weil sie und ihr Mann noch keine eigene Bleibe gefunden hatten. Von dem Haus wusste sie nur, dass die alten Bewohner verstorben waren und deren Kinder das Gebäude verkommen ließen.

Ein kahlköpfiger, älterer Mann, der von Dommel verhört wurde und nervös mit einem Wanderstock spielte, kannte die Namen der Besitzer: Vogtländer. Zwei Schwestern. Klarissa und Peggy. Dommel notierte es gewissenhaft.

«Wobei die beiden das Haus wohl verkaufen werden. Sie sind ja schon vor Jahren weggezogen und kommen so gut wie nie nach Vitt. Kein Heimatgefühl! Aber Hannes, ihr Vater, war ein grundanständiger Kerl. Der hat sich ehrenamtlich bei der FDJ engagiert. In hoher Position. Einer von den richtig Engagierten.»

«O Gott», entfuhr es Luka.

«Ist dagegen was einzuwenden?», fragte der Mann aggressiv.

«Sie kommen von drüben, ja?» Er wartete die Antwort nicht ab. «Sie hatten doch auch Ihre Pfadfinder. Wir haben uns eben alle um die jungen Leute gekümmert. Ich weiß nicht, warum das, was wir geleistet haben, jetzt schlechtgemacht werden muss.»

«Wird es doch gar nicht», meinte Dommel mit einem verlegenen Lächeln.

«Wissen Sie, wo die Schwestern jetzt wohnen?» fragte Luka.

«Ich hab nichts gegen Westler. Aber es ist nicht alles besser geworden, seit ihr hier seid», drosch der Mann mit hochrotem Kopf die alten Phrasen. «Bei uns hat sich der Staat für die Jugendlichen engagiert. Da gab's keine Drogen und so was. Da hat man zugehört und was unternommen, wenn jemand auf die schiefe Bahn kam. Heute ist das nicht mehr organisiert. Da muss man das schon privat anpacken, wenn man ein Herz ...»

«Ich bräuchte den Wohnort.» Luka versuchte, seine Ungeduld zu unterdrücken.

«Die jüngere, Peggy, lebt in Binz, die ältere auf dem Festland, soweit ich weiß», erklärte der Herr beleidigt.

«Danke.» Luka zog sein Handy aus der Tasche. Natürlich hatte er die relevanten Nummern noch nicht gespeichert, darum lieh er sich Conny Böhmes Apparat und bat die Bergener Kollegen, die Adressen und Telefonnummern der Schwestern herauszufinden.

Die Befragungen zogen sich hin. Offenbar hatte niemand etwas von dem Verbrechen mitbekommen. Es hatte wie aus Eimern gegossen, die Touristen waren weggeblieben, und die Menschen hatten sich in ihre Häuser zurückgezogen. Die meisten hatten ferngesehen. Reichte das Geräusch einer TV-Sendung, um mögliche Schreie zu übertönen? Beim Tatort gab es keine unmittelbaren Nachbarn. Konnte man sich also vorstellen.

Luka musterte die bedrückten, aufgeregten oder sensationsgierigen Gesichter. Kollegin Böhme verhörte den Mann, der das Opfer gefunden hatte und der wie ein Zwilling des Alten mit dem Wanderstock aussah. «Nee, das ist echt nicht der Punkt», beruhigte sie ihn gerade, als Luka zu ihnen trat. «Wenn bei meiner Nachbarin die Tür offen stünde, würde ich auch reingehen und nachsehen. Ist doch selbstverständlich. Sozusagen Bürgerpflicht.»

«Und weil man sich ja sonst ewig was vorwerfen würde.» Der Mann holte ein Pappschächtelchen aus der Hosentasche und warf eine Tablette ein, die er ohne Flüssigkeit herunterschluckte. «Aber das Bild werde ich nicht mehr los. Wie sie da lag. Das Blut. Die Fliegen und all das. Und der Geruch. Den hab ich immer noch in der Nase. Geruch ist aus Molekülen, hab ich mal gehört.» Ihm stand das Grauen ins Gesicht geschrieben.

«In welchen Zimmern sind Sie denn gewesen?», fragte Luka.

«In der Küche und der Stube unten, und dann hab ich ja oben gleich die Sauerei gesehen.»

«Haben Sie viel berührt?»

«Ich hab hier 'ne detaillierte Liste.» Conny Böhme schwenkte ihren Notizblock. «Er kommt morgen nach Bergen, um seine Fingerabdrücke abzuliefern.»

«Schön.»

«Vielleicht sollten Sie psychologische Unterstützung in Anspruch nehmen», schlug sie dem alten Mann vor.

«Ich hab den Krieg mitgemacht. Ich bin dreiundneunzig. Da brauch ich so was nicht. Aber der Geruch …»

Luka bemerkte den Vibrationsalarm seines Handys. Er ging nach draußen. Der Anruf kam von Karl: Die Spurensicherung war eingetroffen.

«Wie geht es Tilda?»

«Ich glaube, sie wird gerade wach.»

Auf dem Weg zum Tatort wurde Luka ein zweites Mal angeklingelt. Die Kollegen in Bergen hatten den Namen des Cabriolet-Besitzers herausgefunden. Er lautete nicht Vogtländer, sondern Kristof

Lenz. Jemand vom Streifendienst war bereits auf dem Weg zu ihm. Luka bedankte sich und setzte seinen Weg fort.

Der weiße Bus der Spurensicherung mit dem Stralsunder Kennzeichen parkte hinter seinem eigenen Auto. Die Türen standen offen, und eine blonde Frau mit einem langen Zopf klappte gerade ihren Tatortkoffer zu. Luka zeigte ihr seinen Ausweis und ließ sich Handschuhe, Schutzanzug und Maske reichen.

«Nicht schön, wenn ein halbes Dezernat durch den Tatort trampelt, bevor wir ihn sichern können», sagte sie. Ihr Mund wirkte für ihr Alter viel zu verkniffen.

«Gar nicht schön. Haben Sie jemanden mit einer Spheron-Kamera reingeschickt?

«Die sind schon durch.»

«Prima.» Damit hatten sie eine 360-Grad-Abbildung für genauere Raum-Informationen. Luka sah aus dem Augenwinkel, wie ihm Karl mit Tilda entgegenkam. Als die Kleine ihn entdeckte, streckte sie ängstlich die Arme nach ihm aus. In ihren Augen schwammen Tränen. «Blöder Luka», gab sie die letzte Vokabel wieder, die sie in der Düsseldorfer Krabbelgruppe aufgeschnappt hatte. Als er sie entgegennahm, krallte sie sich an ihm fest.

«Mist! Habt ihr die Kleine etwa bei der Leiche gefunden?», wollte die Frau aus dem Bus wissen.

Luka schüttelte den Kopf. Er wartete, bis sie mit ihrem Tatortkoffer im Haus verschwunden war.

«Sie kennt mich nicht», seufzte Karl und wischte sich die verschwitzten Hände an der Jacke ab.

Verstohlen schaute Luka auf die Uhr: zwanzig nach zwei. «Hunger?», fragte er Tilda.

«Bobbi», jammerte sie. Bob der Baumeister war offenbar im Auto zurückgeblieben. Sie gingen ihn holen, und sie schlang schon wieder ein bisschen getröstet die Arme um die knuffige Stoffgestalt.

«Vielleicht kann Conny auf sie aufpassen», schlug Karl vor. «Frauen …»

«Nee, die als Letzte.»

«Verstehe», sagte Karl, ohne etwas zu verstehen. «Ist alles irgendwie ganz schön blöd. Mit der Kinderbetreuung hatten wir das früher besser geregelt.»

Luka hievte Tilda auf seine Hüfte und zog wieder das Handy hervor. Sein Vorgesetzter bei der Stralsunder Polizei, Martin Berger, den er nur flüchtig vom Vorstellungsgespräch kannte, war bei einer Fortbildung, würde aber am kommenden Morgen zurück sein. Luka hinterließ ihm eine Nachricht: ein Mordfall, bei dem noch nicht abzusehen war, wie rasch er sich aufklären ließ. Man musste sich absprechen.

Tilda hatte wieder zu weinen begonnen.

«Wasser», sagte Karl.

«Bitte?»

«Kleine Kinder. Geh mit ihnen an den Strand, und sie sind selig. Ich kenne das von meinen Enkeln. Unten ist ein Kiosk. Ich könnte versuchen, eine Schaufel zu besorgen. Wenn Tilda erst mal beschäftigt ist, lässt sie Sie vielleicht ziehen.» Sie betrachteten beide das kleine Mädchen.

«Karl», sagte Luka, «Sie haben bei mir was gut.»

Zwanzig Minuten später konnte er die beiden sich selbst überlassen. Die Kollegen aus Bergen meldeten, dass die Streifenbeamten Kristof Lenz nicht angetroffen hätten. Luka bat darum, jemanden vor seinem Haus zu postieren. Dann zog er die Schutzkleidung über und betrat den Tatort.

Die Kate war von innen so verkommen wie von außen. Die Dielen waren abgetreten, und in den Ritzen hatten sich Dreck und Schimmel festgesetzt – Letzterer sicher, weil niemand mehr heizte. Einzelne Tapetenbahnen begannen, sich von den Wänden zu lösen.

Mäusekot zeugte davon, dass die Zimmer von vierbeinigen Bewohnern erobert worden waren.

«Ausweis?», fragte ein stiernackiger Mann, der gerade einen roten Markierungspfeil bei einem Schmutzfleck unterhalb des Küchenfensters anbrachte.

«Ich bin Luka Kroczek …»

«Ausweis?»

«… der neue Kripochef aus Bergen.»

Der Mann glaubte ihm, auch ohne den Ausweis gesehen zu haben. «Die Treppe ist gesichert. Sie können rauf.»

Luka stieg über die Stufen, auf denen Schuhe und Schmutz ihr jahrzehntelanges Werk verrichtet hatten. An den Decken des Häuschens klebten dunkle Styroporplatten, die Wände waren mit einer Tapete in Steinoptik beklebt, was dem Gebäude etwas Höhlenartiges verlieh. Der obere, längliche Flur war mit einem hellen Teppichboden ausgelegt. Schwarze Plastikschildchen mit weißen Zahlen markierten die Stellen, an denen die Spurensicherer etwas entdeckt hatten: hauptsächlich bräunliche Flecken, Blut. Es gab viele Schildchen. Das Opfer musste noch einen Fluchtversuch unternommen haben. Hier hatte es nicht einfach einen Schlag auf den Kopf gegeben.

Ihr Körper war im Badezimmer gefunden worden. Die Frau mit dem blonden Zopf, von der jetzt nur noch die blauen Augen über dem Mundschutz sichtbar waren, pinselte helles Pulver auf das Waschbecken, ein Mann tütete mit einer Pinzette ein Haar in einen Plastikbeutel.

Als er Luka bemerkte, sah er auf. «Wir sind noch lange nicht fertig. Außerdem brauchen wir die DNA von sämtlichen Idioten, die hier rumgerannt sind, nachdem das Opfer entdeckt wurde.» Man hörte ihm den Frust über die zusätzliche Arbeit an.

Luka blickte zu der Toten. Beim Sterben hatte sich der Darm der Frau entleert. In den Gestank der Fäkalien mischte sich ein süßlicher Verwesungsgeruch, dazwischen nahm er den Schimmel wahr.

Die Mischung war entsetzlich, er wunderte sich, wie die Spurensicherer überhaupt arbeiten konnten. Sie hatten nicht einmal das Fenster geöffnet.

Bemüht, so flach wie möglich zu atmen, zwang er sich, die Leiche anzusehen. Der Kopf war durch mehrere Hiebe zerklüftet worden. Eine Masse aus Knochensplittern, zerrissener Haut und blutigem Fleisch. Das rechte Auge, das die Attacke wie durch ein Wunder unbeschadet überstanden hatte, starrte blicklos zur Decke. Aber der Täter hatte sich nicht auf den Kopf beschränkt; auch an Armen und Unterleib waren Wunden zu sehen. Das würde später eine Rolle spielen, wenn sie sich mit der Psyche des Täters und möglichen Motiven beschäftigten. «Haben Sie die Waffe gefunden?»

«Hat der Täter mitgenommen», nuschelte der Mann durch den Mundschutz. «Wenigstens lag hier im Haus nichts Passendes.»

«Eine Vorstellung, was es gewesen sein könnte?»

«Kann Ihnen später der Rechtsmediziner erklären.» Die übliche Antwort.

Teilweise waren die Blutlachen im Bad und im Flur verschmiert. Hatte der Mörder versucht, der Polizei die Arbeit zu erschweren? Luka fragte nach.

«Am wahrscheinlichsten ist, dass der erste Hieb sie hier im Bad erwischte, aber noch nicht außer Gefecht setzte. Vermutlich entkam sie in den Flur, wo sie weitere Verletzungen erlitt, und dann trieb der Täter sie ins Bad zurück, wo er ihr den Rest gab.» Der Kriminaltechniker zog den Mundschutz herab. «Sie werden Ihren Spaß haben. Die Hintertür ist aufgebrochen worden – und zwar schon vor Wochen oder Monaten. Hier haben sich abenteuerlustige Kinder rumgetrieben, und Penner haben das Haus als Unterschlupf genutzt. Wir werden wahrscheinlich so viel DNA sammeln, dass Sie damit Ihr Büro tapezieren können.»

«Was ist das da auf der Fensterbank?»

«Ein Schwangerschaftstest. Die Frau muss gerade sehr glücklich oder sehr deprimiert gewesen sein. Der Test zeigt eine Niete.»

«Wir brauchen so bald wie möglich ihre DNA, um die Identität festzustellen.»

«Wär ich nicht drauf gekommen.»

«Wie heißen Sie eigentlich?»

Der Mann antwortete nicht, dafür aber die Frau mit dem Pinsel. «Sein Name ist Erik Kuhn, und er ist viel netter, als es scheint. Ich bin Gerhild Sichelmann. Wollen Sie wissen, wie das Opfer ausgesehen hat?»

Unwillkürlich glitt Lukas Blick zu dem zerstörten Gesicht, doch Gerhild nahm eines der Plastiktütchen aus einer Wanne, in der sie die Spuren sammelte, und reichte es ihm. «Hier, das hatte sie in der Handtasche.» Das Tütchen enthielt ein Foto von einem Paar in Sommerkleidung bei einem Gartenfest. Die Frau war zierlich gebaut und offenbar bei bester Laune, sie schwenkte übermütig ein Bierglas. Der Mann stand mit gezwungenem Lächeln neben ihr. Er war korpulent, teuer gekleidet und trug einen welligen Kurzhaarschnitt, der so stark gegelt war, dass er wie aus Beton gegossen wirkte.

«Schauen Sie sich die Schuhe an», forderte Gerhild. «Das Pampelmusengelb der Pumps findet man nicht an jeder Ecke. Und sehen Sie? Die Leiche hat einen davon an. Ich würde sagen, sie ist die Frau auf dem Foto.»

Die Kollegin hatte recht, aber Luka interessierte sich kaum für den Schuh. Er starrte auf das lachende Gesicht und merkte, wie sein Herz zu klopfen begann und sich ein unangenehmes Gefühl in seinem Magen breitmachte.

Er hatte die Frau schon einmal gesehen.

DREI

Maik lag auf dem Bett im hinteren Raum des Caravans und hatte Angst. Seine Mutter, die er seit neuestem Mum nennen musste, weil ein Kind bei *Frauentausch* das immer sagte, stöhnte. Aber das war nicht der Grund für seine Angst. Mama stöhnte ja immer, wenn sie es mit Winni machte. Als er einmal nachgefragt hatte, ob Winni ihr weh tat, hatte sie gekichert. Also ging das wohl irgendwie in Ordnung. Nein, er hatte Angst, weil …

«Verdammt, Winni, du bringst mich um», drang Mums Flüstern in seine Gedanken. Sie und Winni lagen auf dem Doppelbett, das abends immer über dem Esstisch im vorderen Teil des Wohnwagens ausgeklappt wurde. Maik musste nur den Kopf drehen, um sie zu sehen, denn es war noch ganz früh am Abend und hell draußen, aber er traute sich nicht. Winni hätte es ganz sicher bemerkt und ihn ausgeschimpft.

Und das mit dem Umbringen meinte Mama ja auch gar nicht so. Obwohl Maik ihrem Freund so einiges zutraute. Winni hatte Mama zu dem Urlaub auf Rügen überredet, obwohl Maik deswegen die Schule verpasste. Außerdem hatte er ihren Caravan auf dem verwilderten Grundstück abgestellt, was verboten war. Darum mussten sie immer aufpassen, dass niemand sie erwischte, wenn sie durch das Tor in der Mauer fuhren. Und dann hatte er auch noch was anderes getan …

Maiks Atem ging schneller, als er daran dachte. Hastig zog er die Superman-Bettdecke, die Oma ihm geschenkt hatte, über die Ohren. Aber die schrecklichen Bilder, die plötzlich durch seinen Kopf geisterten, ließen sich nicht verscheuchen. Er blinzelte und kniff die Augen so fest wie möglich zusammen und mahlte mit den Kiefern …

Und verwandelte sich in Superman.

Auf einmal trug er das blaue Superman-Kostüm mit dem großen roten *S* darauf, und unter ihm ratterte ein Güterzug durch die Wüste, in den der fiese Lex eine Bombe reingetan hatte, wegen Kät oder wie die Frau hieß. Maik breitete die Arme aus, holte tief Luft und stieß auf den Güterzug herab. In den Abteilen saßen ganz viele Kinder. Staunend blickten sie zu ihm rauf und riefen: «Superman kommt und rettet uns!»

«O Winni, du bist der Beste», gurrte Mama durch seine Decke hindurch.

«Supermaaaan! Hilfeeee … eine Bombeee …»

Mama bewegte sich so doll, dass ihr Bett quietschte.

Energisch stopfte Maik die Finger in die Ohren und versuchte, sich wieder auf den Zug zu konzentrieren. Da Superman bei einem Besuch auf der Festung der Einsamkeit mit grünem Kryptonit verseucht worden war, konnte er mit seinem Röntgenblick nicht erkennen, wo Lex gerade steckte. Aber das hielt ihn nicht davon ab, einen Rettungsversuch zu starten. Unter den entführten Kindern war ein Mädchen, das bis zu den schwarzen Rastalocken wie Manuela Manderscheid aus seiner Klasse in Lübeck aussah. Manuela wurde von Lex gepackt und rief um Hilfe. «Supermaaaaan …»

Ein Stöhnen von Mamas Bett vertrieb das Bild erneut. Maik versuchte, es zurückzuholen, aber dieses Mal schaffte er es nicht. Manuela war mitsamt der Wüste und dem Zug unwiederbringlich entschwunden. Frustriert angelte Maik mit den Zehen nach dem Ende der Decke und rollte sich zu einem Ball zusammen. Eigentlich hatte er auch gar keine Lust mehr, Superman zu spielen. Er hatte viel zu viel Angst.

Einen Moment wurde der Wunsch, wie früher unter Mamas Decke zu schlüpfen, übermächtig. Aber er wusste, dass er sich damit nur eine Ohrfeige einfangen würde. Winni hatte ihm schon zu Beginn des Urlaubs klargemacht, dass im großen Bett kein Platz mehr für ihn war.

In diesem Augenblick schrie Mama auf. Maik hielt vor Schreck den Atem an.

Winni tut ihr nicht weh, ist gut, ist alles gut … Mama hatte das doch selbst gesagt. Aber der anderen Frau, die geschrien hatte, hatte Winni *doch* weh getan. Ganz doll sogar. Die hatte überall geblutet …

Maik biss auf seine Fingernägel, um nicht zu losheulen. Er dachte verzweifelt an Superman und Manuela Manderscheid. Zwischen seinen Beinen wurde es warm, und ihm rann das Pipi runter.

VIER

Es war bereits kurz nach neun, als Luka das alte Haus wieder verließ. Er hatte die Räume durchgesehen, die vom Mord unberührt schienen, aber nichts entdeckt, was ihm weitergeholfen hätte. Dass sich gelegentlich Fremde dort aufhielten, hatte sich bestätigt. Er hatte Plastiktüten mit Abfall gefunden, und im unteren Schlafzimmer hatte jemand die Matratzen aus den Kinderzimmern ausgebreitet und sich eine provisorische Wohnlandschaft gebaut. Persönliche Unterlagen, die ihm über die ursprünglichen Bewohner Auskunft gegeben hätten, waren nicht zu finden gewesen. Die Töchter schienen nach dem Tod der Eltern alles an sich genommen oder weggeworfen zu haben.

Er zog am Gartenpförtchen die Schutzkleidung aus, stopfte sie in die Jackentasche und ging müde durch das Dorf. Trotz der späten Stunde waren immer noch Touristen unterwegs; sie strömten mit der Geschäftigkeit einer Ameisenkolonie durch die Gassen. Überall wurde geknipst und geschnattert. Er fragte sich, wie die Vitter das aushielten – sie mussten sich mit ihren Häusern und Gärten wie Ausstellungsstücke vorkommen.

Schließlich fand er die Treppe, die er in der Nacht, als er am Strand auf dem Saxophon spielte, benutzt hatte. Er stieg hinauf und blieb vor Davids Haus stehen. In der Stube des Pianisten hing ein Jugendbild der toten Frau – das war die Erkenntnis, die ihm das Foto im blutverschmierten Badezimmer beschert hatte. David Grosser hatte vor langer Zeit mit ihr musiziert. Also war er mehr als ein gewöhnlicher Nachbar.

Und nebenbei bemerkt, dachte Luka, bin ich ebenfalls mit ihm bekannt, wenn auch erst seit kurzem. Ich hätte Conny Böhme mitnehmen sollen. In solchen Fällen war man besser vorsichtig.

Andererseits machte das Foto den Mann ja nicht zu einem Verdächtigen. Klar, dass die Jugendlichen sich in einem Nest wie Vitt zusammengetan hatten, gerade wenn sie ihre Hobbys teilten. Daraus sollte man nichts herleiten.

Schade, dass er den genauen Todeszeitpunkt noch nicht kannte. Der Rechtsmediziner, der am späten Nachmittag ebenfalls beim Tatort aufgetaucht war, hatte sich nur eine Schätzung entlocken lassen: Die Totenstarre war bereits gewichen, die Frau also im Lauf des Samstags getötet worden, vermutlich eher zum Abend hin. Auf jeden Fall vor Sonntagmorgen. Luka versuchte, sich zu erinnern, wann er mit David musiziert hatte. Falls der Mord in der Nacht auf den Sonntag geschehen war, konnte er ihm ein Alibi geben, allerdings nur für einen relativ kurzen Zeitraum.

Ach, alles Quatsch! Er wischte seine Gedanken beiseite und öffnete das Gartentor.

Eigentlich hatte er erwartet, dass der Hund anschlagen würde, doch aus dem Garten drang kein Laut. Auch als er zur Haustür ging und klingelte, folgte keine Reaktion. Nur die anfeuernden Rufe einiger Jugendlicher, die wohl ein Wettrennen veranstalteten, tönten durch die Rosenhecken. Luka beschloss, ums Haus herumzugehen. Wenn er David nicht fand, konnte er immer noch morgen wiederkommen.

Doch kaum bog er um die Mauerecke, wurde er fündig. David Grosser stand im weichen Licht des schwindenden Tages und hob im Rasen seines Gartens ein Loch aus. Oder vielmehr: Er war dabei, eines zuzuschütten. Dunkle, mit Steinen versetzte Erde flog in die Grube in der vermoosten Grasfläche. Sie musste tief gewesen sein, denn die krümeligen Reste der Erde bedeckten mindestens zwei Quadratmeter.

Mit berufsbedingtem Misstrauen blickte Luka sich um. An einem Schuppen mit verdreckten Fenstern lehnte ein Fahrrad. Auf der verwitterten Holzbank davor hatte David seine Wolljacke abgelegt. Eine Krähe, die auf der Lehne eines verrosteten Gartenstuhls hockte, flog kreischend auf. Er schüttelte den Kopf, um die billige Horrorfilm-Atmosphäre, die ihn beschlich, zu verscheuchen.

David war zu sehr in seine Arbeit vertieft, um ihn zu bemerken. Als Luka ihm die Hand auf die Schulter legte, zuckte er spürbar zusammen und wich zur Seite. Es dauerte einen Moment, ehe er seinen Besucher erkannte. «Was willst du denn hier?»

«Hast du nicht gesagt: Komm wieder?»

David starrte ihn einen Moment lang an. «Stimmt.» Dann packte er den Spaten fester und begann wieder zu schaufeln. Sein Hemd war verschwitzt. Er hatte die Ärmel aufgekrempelt, und Luka sah, dass über seinen linken Unterarm ein langer Ratscher verlief.

«Was verbuddelst du denn hier?»

Als David schwieg, ging Luka zur Bank, schob die Jacke beiseite und nahm Platz. In der Nähe des Erdlochs stand eine Schubkarre, die offenbar erst vor kurzem benutzt worden war. Ihr Rad hatte einen frischen Abdruck auf dem Gras hinterlassen. Ihm fiel der verschwundene Hund ein. «Ist das Benni?»

David antwortete nicht.

«Begräbst du gerade deinen Hund?»

«Nein.»

Luka stützte sich auf die Unterarme. Das Erdloch maß etwa achtzig mal hundertzwanzig Zentimeter. Für einen Hund wäre der Platz mehr als ausreichend. Er blickte zu dem verbissen arbeitenden Musiker. «Wir haben drüben im Dorf eine Leiche gefunden.»

Die meisten Menschen horchten bei solch einem Satz auf. Aber David schaufelte wortlos weiter, bis Luka aufstand und ihn am Arm packte. «Ich sagte, wir haben eine Tote gefunden. Hier in Vitt.»

David machte sich los. «Wenn ihr sie im Dorf gefunden habt,

wird sie ja wohl kaum hier unten liegen. Oder was geht dir im Kopf rum?»

«Sag mal, wie bist du denn drauf? Ich will einfach nur mit dir reden. Herrgott, die Frau ist in Sichtweite von deinem Haus gestorben! Natürlich klopfen wir rundum an alle Türen.» Luka begann sich zu ärgern. David Grosser mochte wie ein junger Gott Klavier spielen, aber davon abgesehen war er schlicht nervig. «Können wir reingehen?»

David schippte die restlichen Brocken zu einem kleinen Hügel auf und trat ihn fest. Dann bückte er sich, um die Grassoden auf die Erde zu legen. Wäre ich eine Viertelstunde später gekommen, dachte Luka, hätte ich von diesem verdammten Grab – oder was immer es ist – niemals etwas erfahren. Vielleicht hatte David eine Katze oder ein anderes Haustier verbuddelt, das Luka nicht zu Gesicht bekommen hatte? Es war verboten, einen so großen Kadaver zu verscharren, aber er hatte nicht vor, den Ordnungshüter rauszukehren.

Er sah zu, wie David die Hände an der dreckigen Jeans abwischte und den Spaten und die Schubkarre in den Gartenschuppen zurückbrachte. Als er ins Haus ging, folgte Luka ihm, und da er nicht protestierte, betrat er hinter ihm die Diele. Sie gingen in die große Küche, die sich ans Wohnzimmer anschloss.

Offenbar war der Hausherr ein ambitionierter Koch, denn im Gegensatz zur schlichten Einrichtung der Stube fand sich hier modernste Küchentechnik. Eine Waage aus Chrom, ein teurer Messerblock, ein Mixer und ein Fleischwolf … Das Gewürzregal war mit Gewürzen bestückt, von denen Luka teilweise nicht einmal die Namen kannte. Was zum Teufel waren Pandanblätter?

«Sieht aus, als hättest du noch eine zweite Leidenschaft.»

David, der Wasser in einen Kocher füllte, zuckte mit den Schultern. Er schüttete Kaffeebohnen in eine Mühle, das Geräusch des Mahlwerks erklang, und ein unwiderstehlicher Duft zog durch den Raum. «Bleibst du auf einen Kaffee?»

«Wenn ich nicht störe.»

«Red keinen Quatsch. Nun bist du ja schon mal hier. Ich geh mich umziehen.»

«Wäre sicher nicht verkehrt.» Lukas Blick fiel wieder auf die Schramme, die sich über Davids Unterarm zog. Sie war bereits verschorft, er hatte sich also nicht erst gerade bei der Gartenarbeit verletzt. Wann dann?

«Lässt du mich durch?»

«'tschuldigung.» Luka gab die Tür frei.

Anscheinend befand sich das Bad oben im Haus, denn er hörte David die Treppe hinaufsteigen. Als er allein war, zog Luka sein Handy heraus und holte sich das Bild des Paares, das er drüben im Bad abfotografiert hatte, aufs Display. Die Farben waren ins Rötliche verrutscht, doch man konnte die Gesichter gut erkennen. Er ging ins Wohnzimmer und verglich die Frau auf dem Display mit dem Teenager auf dem Bild an der Wand. Er hatte sich nicht geirrt. Das Grübchen, das unvorteilhaft das Kinn kerbte, die vollen Lippen, das ovale Gesicht mit dem hohen Haaransatz, über dem sich das naturgelockte Haar türmte ... Alles identisch – oder zumindest sehr ähnlich. Die Frau war natürlich älter geworden.

Es dauerte eine Weile, bis David aus dem Obergeschoss zurückkehrte. Er trug wieder seine bevorzugte Kleidung: eine Jeans, ein Hemd und einen weiten Pullover, der auch die Schramme an seinem Arm verbarg.

«Du hast überhaupt nicht gefragt, wer gestorben ist», sagte Luka.

«Sollte ich?»

«Kannst du aufhören, dich wie ein Idiot zu benehmen? In diesem Ort leben vielleicht ein Dutzend Familien. Es ist doch wahrscheinlich, dass du die Tote kennst.»

«Vierzehn.»

«Was?»

«Vierzehn Familien.» David ging in die Küche und kochte erneut das Wasser auf. «Also erzähl. Wen hat es getroffen?»

Es gelang Luka nur schwer, seinen Ärger zu unterdrücken. «Kennst du das Haus an der südlichen Straße? Hinter der Kapelle?»

«Da wohnt niemand mehr.»

«Du magst die Dörfler nicht, oder?»

«Nein.»

«Wie kommst du dann an deine Musikschüler?»

David lachte, es hörte sich gekünstelt an. Er goss den Kaffee in der Kanne auf und trug sie zu dem Tisch mit den Musikinstrumenten. Anschließend holte er Tassen und Zucker aus einem Schrank.

«Nun?»

«Klingt dieses Rede-und-Antwort-Spiel nur in meinen Ohren wie ein Verhör?»

«Bullen-Smalltalk. Wir Kriminaler können nicht anders. Im Moment will ich die Identität des Opfers herausfinden.»

«Es war also doch keiner von hier?»

Es dämmerte, und Luka fand es unmöglich, in Davids Gesicht etwas zu lesen. Er unterdrückte einen Seufzer. Es wäre doch besser gewesen, Conny Böhme mitzunehmen. Alles wurde kompliziert, wenn man einen Zeugen persönlich kannte.

«Da du nachfragst: Meine Schüler kommen nicht aus Vitt, sondern vom Rest der Insel. Es gibt nicht viele Musiker auf Rügen, und ich gelte als geduldig, hab also mein Auskommen. Was hat das mit der Toten zu tun?»

Vermutlich gar nichts. Luka hatte keine Lust mehr, seine Zeit zu vertun. Er blickte zu dem Bild an der Wand. «Wer ist die Frau in dem silbernen Kleid?»

«Wieso?»

«Weil sie meiner Leiche verdammt ähnlich sieht.»

David starrte ihn sekundenlang an. Dann sprang er auf und lief zu einem Regal. Hektisch kramte er ein altmodisches Handy hervor und drückte ein paar Tasten. Offensichtlich war die antelefonierte Nummer in seinem Telefonbuch gespeichert. Kurze Zeit später breitete sich Erleichterung auf seinem Gesicht aus. «Tut mir leid, dass ich störe, Klarissa …»

Luka trat hinter ihn und nahm ihm das Handy aus der Hand. «Hallo? Mit wem spreche ich bitte?»

«David? Bist du das?», fragte eine irritierte Frauenstimme. «Verdammt, David, das ist doch deine Nummer, oder?»

«Verzeihung, ich würde gern Ihren Namen wissen.»

«Was soll der Scheiß? Sie haben mich doch gerade angerufen. Wer sind Sie überhaupt?»

«Kripo Bergen, Luka Kroczek. Es geht um ein Haus in Vitt. Das Haus am südlichen …»

«Oh, verdammt! Ist wieder eingebrochen worden oder was? Aber ich erstatte keine Anzeige, um das gleich klarzustellen. Es ist nämlich eine Schande, dass es in diesem Land der dickbäuchigen Spießer ein Proletariat gibt, das nicht mal von einer Vierzig-Stunden-Woche anständig leben kann. Wenn man sich nur anstrengt und blablabla …», tönte sie sarkastisch. «Wissen Sie, um wie viel Prozent die Zahl der Obdachlosen in den letzten sechs Jahren zugenommen hat? Ich will auf keinen Fall, dass ihr den Pennern zu Leibe rückt! Es ist *mein* Haus, und ich werde mich selbst drum kümmern.»

David streckte die Hand aus, und Luka gab ihm das Handy zurück. «Klarissa», sagte der Musiker, «ich fürchte, es gibt schlechte Nachrichten.»

«Was soll der Zirkus?», fragte David, als sie zehn Minuten später sein Haus verließen. «Glaubst du, dass ich türme, wenn ich meinen eigenen Wagen nehme?»

«Kannst du nicht endlich aufhören, so einen Stuss zu reden? Ich bin einfach nett zu dir.» Und außerdem will ich verhindern, dass du dich mit Klarissa Vogtländer absprichst, dachte Luka. Wie es aussah, war sie die Schwester der Toten, und damit gehörte sie automatisch zum engeren Kreis der Verdächtigen. Aber das behielt er für sich.

«Bringst du mich auch wieder zurück?»

«Klar. Die Polizei, dein Freund und Helfer.»

David grinste abschätzig. «Woher kommt denn *dieser* blöde Spruch?»

Richtig, sie befanden sich ja in Ostdeutschland. Luka ging auf, dass er kaum etwas über die Polizei wusste, die hier bis vor fünfundzwanzig Jahren Dienst getan hatte. Über die Stasi wurde ja viel geredet, aber was war eigentlich mit der Volkspolizei gewesen? Wahrscheinlich könnte Olaf ihm etwas darüber sagen, der befand sich im entsprechenden Alter. Aber Luka ahnte schon, dass er ihn nicht fragen würde. Diese Ossi-Wessi-Geschichte ging ihm sowieso schon auf den Geist.

David begann, eine Melodie zu pfeifen.

«Was ist das?»

«Wir haben unsere Freunde und Helfer sogar besungen: Und wenn ich mal groß bin, damit ihr es wisst», parodierte David, «dann werde ich auch so ein Volkspolizist. Wir helfen den Menschen, ich bin mit dabei, beschütze die Kinder als Volkspolizei ...»

«Ist doch schön.»

«Klar. Total.»

Auf dem Weg zu Lukas Auto hatten sie die Treppe hinter sich gelassen und gingen nun an einem Lokal vorbei, dem Goldenen Anker. Aus dem Inneren drang warmes gelbes Licht. Inzwischen waren die Touristen bis auf wenige Abendschwärmer abgezogen, aber in einigen Gärten wurde gegrillt, und die Dorfbewohner schauten ihnen nach.

Als sie den Tatort erreichten, waren die Streifenwagen und der Bus der Spurensicherung verschwunden. Die Tür des Hauses war jetzt versiegelt, das gesamte Grundstück durch ein rot-weißes Flatterband abgesperrt, das eigentlich bereits beim Eintreffen der Streifenpolizisten hätte angebracht werden müssen.

Luka öffnete den Touareg. «Anschnallen, ja?», ordnete er an, während er den Motor startete.

David langte nach dem Gurt, und Luka wartete, bis die Schnalle eingerastet war. Beim Zurücksetzen legte er den Arm auf die Rückenlehne, und dabei fiel sein Blick auf die Bank mit dem leeren Kindersitz.

«Oh, Scheiße», flüsterte er.

David wartete im Auto, während Luka zum Strand lief. Karl und Tilda waren natürlich längst fort. Und er hatte sich noch nicht mal Karls Handynummer geben lassen, verdammt! Wie hatte er seine Kleine nur so komplett vergessen können? Na, dazu würde ihm Teresa was erzählen. Er raufte sich die Haare, während er bei Conny Böhme durchrief. Es war Viertel nach zehn.

«Keine Sorge, Chef, das Mädel ist hier bei mir im Kommissariat.» Etwas knallte zu Boden. «Mensch, Tilda.» Er konnte hören, wie Conny lächelte.

«Wo steckt denn Karl?»

«Der musste nach Hause. Seine Schwiegermutter ist zu Besuch. Die verstehen sich zwar glänzend ...»

«Und niemand hat es für nötig gehalten, mir Bescheid zu geben, ja?»

Es folgte ein Moment der Stille, in dem er förmlich hörte, wie Conny der Kragen platzte. «Sieht so aus. Und nein, es ist *nicht* nötig, dass Sie sich bei mir bedanken. Ich verbringe meine Abende gern mit den Kindern anderer Leute im Kommissariat.»

«Frau Böhme ...»

«Ist Ihnen eigentlich klar, dass ich gerade für mau auf Ihre Tochter aufpasse? Während ich Formulare ausfüllen und telefonieren und eine ganze Menge anderen Kram erledigen sollte? Mann, Herr Kroczek, dass ich da nicht auch noch ans Telefonieren gedacht habe!»

Natürlich hatte sie dran gedacht. Man beaufsichtigte kein Kind, ohne einen Gedanken an den Vater zu verschwenden, der wahrscheinlich panisch nach ihm suchte. Das war wohl ihre Art, ihm zu zeigen, dass er ebenfalls Mist baute, der Kommissar aus dem Westen. So eine Ziege! Aufgebracht drückte Luka sie weg.

Eigentlich hatte er David auf der Fahrt nach Bergen ein bisschen aushorchen wollen. Was waren die Vogtländers für eine Familie? Waren sie ins Dorf integriert? Hatte Peggy Lenz – so hieß die Schwester – Feinde gehabt? Was gab es über den Mann zu wissen, den sie geheiratet hatte?

Aber jetzt war er zu sauer. Glücklicherweise hing auch David seinen Gedanken nach. Luka hätte keinen Nerv mehr gehabt, sich seine Sticheleien anzuhören. Als sie das Kommissariat erreichten, brachte er David in sein Büro und lief rüber zu Conny Böhme. Tilda lag auf einem Stuhlkissen auf dem Boden und schlief.

«Na endlich», ätzte die Kollegin.

Er hatte sich eigentlich zu einer Entschuldigung durchgerungen. Aber so nicht! Wortlos nahm er Tilda hoch. Sie wachte auf und verzog den Mund. Als sie ihn erkannte, begann sie zu weinen und klammerte sich an ihm fest. Zum zweiten Mal an diesem Tag. Scheiße, wirklich! Er quetschte Bob den Baumeister in seine Armbeuge.

«Gern geschehen, für Sie immer!», brüllte Conny ihm nach, während er das Zimmer verließ.

Olaf Dommel lief ihm im Flur entgegen. «Die Zeugin, die Sie vorgeladen haben, ist eingetroffen. Frau Vogtländer. Ich habe sie ...»

«Bringen Sie sie zu mir ins Büro.»

Die Bitte war überflüssig – Klarissa Vogtländer kam bereits auf ihn zu. In ihrer Hand glomm eine Zigarette, aber Luka hatte keine Lust, auch noch einen Streit zum Thema Rauchverbot in öffentlichen Räumen vom Zaun zu brechen.

«So ein Mist, dass ich keine Kamera bei mir habe», begrüßte sie ihn mit einem Blick auf Tilda. «Das wäre ein 1-a-Foto zum Thema Vereinbarkeit von Kindern und Beruf.» Ihre Hand zitterte, und Asche fiel von der Zigarette zu Boden.

«Wenn Sie bitte mitkommen würden ...» Luka nickte in Richtung seines Büros.

Tilda hörte auf zu weinen, aber sie hielt sich weiter eisern an ihm fest. Mit dem Kind auf dem Arm bugsierte er einen dritten Stuhl aus dem Nachbarraum in sein Büro, damit auch Klarissa sich setzen konnte. Dann ließ er sich auf den Schreibtischstuhl fallen. Sein Vorgänger musste kurze Beine gehabt haben, aber Luka brachte nicht die Energie auf, die Sitzhöhe zu verstellen.

Gestresst betrachtete er die beiden Menschen, die er in sein Kommissariat gebeten hatte. Klarissa Vogtländer wäre sowieso hergekommen, das hatte sie ihm bereits bei ihrem Telefonat zu verstehen gegeben. Wer ging schon schlafen, wenn er glauben musste, dass die eigene Schwester ermordet worden war? Und es wäre dumm gewesen, wenn er die Befragung auf den nächsten Tag verschoben hätte. Der frische Eindruck war der beste.

«Ich bräuchte zunächst mal Ihre Personalien», begann er das übliche Vernehmungsprozedere und zog ein Formular aus einer Schublade.

Klarissa sog an ihrer Zigarette. «Ist das nötig?»

«Das weiß man ja immer erst hinterher. Sie sind also Klarissa Vogtländer?» Er notierte es. Tilda vergrub ihr Gesicht in seiner Halskuhle und wischte die Schnoddernase an ihm ab.

Widerwillig rückte die Zeugin mit den Angaben heraus. Sie war zweiundvierzig Jahre alt, wohnte in Stralsund in der Rudenstraße 168 und arbeitete für den Kommunalen Sozialverband

Mecklenburg-Vorpommern. In ihrem Zuständigkeitsbereich lag die Jugend- und Familienarbeit. «Und warum ist das bitte wichtig?»

Luka zog sein Handy aus der Tasche, holte das Foto von der Sommerparty aufs Display und reichte es über den Schreibtisch. Klarissa nahm es wortlos entgegen. Während sie das Bild betrachtete, kaute sie auf ihrer Lippe. Schwer einzuschätzen, ob ihre Beklemmung echt war. «Ja, das ist Peggy. Und der Kerl neben ihr ist ihr beschissener Ehemann Kristof Lenz. Das wäre mal ein Name, den Sie sich aufschreiben sollten.»

«Warum?»

«Weil er ein Arschloch ist. Einer von den Wende-Gewinnern. So gierig, dass man kotzen könnte.»

«Waren er und Ihre Schwester miteinander glücklich?»

«Vielleicht. Er hat Peggy den Lebensstil geboten, den sie ...» Plötzlich kamen Klarissa Tränen, die sie mit einem erneuten Zug an der Zigarette zu überspielen versuchte. «Er hat sie ein paarmal betrogen. Peggy hat gesagt, das ist ihr egal. Keine Ahnung, ob man so was Glück nennen kann. Für mich wär's ein Grund gewesen, ihn hochkant aus der Bude zu schmeißen. Wobei die Bude natürlich *ihm* gehörte – das war wahrscheinlich ein Teil des Dilemmas.» Sie drückte die Kippe in einer der gusseisernen Schalen aus, die den Fuß der Schreibtischlampe bildeten. Ihre Hände zitterten.

Luka blickte zu David. Seit sie mit dem Auto losgefahren waren, wirkte er abwesend. Was mochte ihm durch den Kopf gehen? Warum machte er keine Anstalten, seiner Freundin ein bisschen Wärme entgegenzubringen? Luka hielt sich zwar nicht für den Gott der Empathie, aber er selbst wäre in solch einer Situation wenigstens aufgestanden und hätte den Arm um die Frau gelegt. Vielleicht waren die beiden gar keine Freunde? Sie konnten auch geschiedene Eheleute sein.

Als er danach fragte, lachte Klarissa auf. «Quatsch. Wir kennen uns einfach ewig.»

«Sind Sie am vergangenen Samstag in Vitt oder überhaupt auf Rügen gewesen?»

«Nein, war ich nicht», fauchte sie ihn an.

Tilda versuchte, eine von Lukas Haarsträhnen um ihren Finger zu wickeln. Er nahm ihre Hand und hielt sie fest.

«Noch ist übrigens nicht völlig sicher, ob es sich bei der Toten tatsächlich um Ihre Schwester handelt. Der Wagen vor Ihrem Elternhaus ist auf Kristof Lenz zugelassen, und wir haben ähnliche Schuhe wie auf dem Foto bei der Leiche gefunden.»

Klarissa starrte das Bild an. «Niemand außer Peggy steht auf solche Farben.»

Er nickte. «Wissen Sie, ob Ihre Schwester Streit mit jemandem hatte?»

«Ich hab sie in den letzten Jahren …»

Plötzlich wurde die Tür aufgerissen. «Ich bin weg. Hab nämlich seit vier Stunden Feierabend», schnauzte Conny Böhme in den Raum und knallte die Tür wieder zu. Tilda verzog weinerlich das Gesicht, und Luka konnte nur mühsam seinen Ärger unterdrücken. Herrgott, was war das für ein Weib! Teresa hatte einen Zweijahres-Arbeitsvertrag unterschrieben. Mit einem Mal kam ihm der Zeitraum wie eine Ewigkeit vor.

«Ich hatte selten Kontakt mit Peggy», erklärte Klarissa. «Kristof ist wie gesagt ein Scheißkerl, und dass sie sich von ihm aushalten ließ, fand ich eklig. Aber sie ist meine Schwester. Ich will nicht, dass er sie jetzt noch mit seinen dreckigen Händen begrapscht. Ich werde sie selbst identifizieren. Ist sie drüben im Krankenhaus? Ich mach das.» Das Edelstahletui, aus dem sie eine neue Zigarette angeln wollte, rutschte ihr aus der Hand und fiel klappernd zu Boden. Sie bückte sich. «Am besten sofort. Natürlich ist die tote Frau Peggy. Solche bescheuerten Schuhe gibt's doch nicht im Dutzend. Und wenn sie auch noch in unserem Haus lag und ihr Auto vor der Tür stand …»

Nachdem sie zweimal vergeblich versucht hatte, das Etui aufzulesen, erhob David sich endlich von seinem Stuhl und reichte es ihr. Als er zu seinem Platz zurückwollte, hielt sie ihn fest. «Was ist eigentlich los mit dir? Sagt man bei solchen Gelegenheiten nicht, dass es einem leidtut oder so was? Peggy ist tot. Jemand hat meine Schwester umgebracht.»

«Natürlich tut es mir leid.»

«Sie war doch nicht *nur* blöd. Sie hatte auch viele gute Seiten. Weißt du, dass sie mir ihren Teil vom Haus unserer Eltern schenken wollte? Das hätte sie auch trotz Kristofs Stänkereien durchgezogen. Brauchst nichts Falsches zu denken – ich habe es nicht angenommen. Aber es war nett von ihr.»

«Sicher.»

«Vielleicht hat sie Kristof ja tatsächlich geliebt. Ich meine, ich hab ihr hundertmal gesagt, dass ich ihr helfe, wenn … Was ist denn los, David?»

Der Musiker war nicht mehr nur blass; aus seinem Gesicht war jede Farbe gewichen, und er atmete mit geöffnetem Mund.

«David?»

Hyperventilation, schoss es Luka durch den Kopf. Er hatte mal eine Reportage darüber im Fernsehen gesehen. Panikattacke und so. Man brauchte kein Bulle zu sein, um auf unschöne Gedanken zu kommen. Er entschied sich für die direkte Frage.

«Hast du mit dem Tod der Frau etwas zu tun?»

Die Antwort bekam er nicht von David, sondern von Klarissa. «Ich fass es nicht», brüllte sie ihn an. «Läuft das *so* bei euch, ja? Den Erstbesten beschuldigen? Einfach mal aufs Geratewohl jemanden in die Mangel nehmen, damit man die Arbeit vom Tisch kriegt? Nein, David, lass mich. Ich krieg das Kotzen! Das sind ja Stasimethoden.»

David sackte auf seinem Stuhl zusammen und fuhr sich mit beiden Händen über das Gesicht, gleichzeitig begann Tilda wieder zu weinen. «Niemand wendet Stasi-Methoden an», versuchte Luka, Klarissa zu beruhigen. «Aber es sollte auch in Ihrem Interesse liegen …»

«Wir fahren nach Hause. Es sei denn, Sie haben einen Haftbefehl. Haben Sie nicht? Komm, David, ich bringe dich nach Vitt. Das mit dem beknackten Krankenhaus kann ich mir auch morgen antun.»

Luka überlegte kurz, ob er sie aufhalten sollte. Aber mittlerweile hatte Tilda ihr Jammern zu einem schrillen Kreischen gesteigert. «Ist schon gut, Schätzchen», sagte er leise, während er zusah, wie die beiden sein Büro verließen.

FÜNF

Mama ging nach draußen, aber Maik kriegte es nicht mit. Er spielte in der Ecke zwischen dem Tisch und der Sitzbank mit ein paar Angelködern, die Mama ihm in einem Supermarkt gekauft hatte, und war deshalb abgelenkt.

Das waren aber auch tolle Fische, in Blau und Rot, glatt, aber mit Rillen in den Schwanzflossen. Einer sah aus wie ein Hai. Vielleicht war es auch nur ein Hering oder so. Aber Maik machte einen Hai daraus, der von Lex mit Augen aus grünem Kryptonit ausgestattet worden war. Wenn Superman ins Meer eintauchte und auf den Hai zuschwamm, würde das grüne Kryptonit ihn lähmen. So dachte Maik sich das, und weil die Sache ihn komplett gefangen nahm, kriegte er nicht mit, dass Mama rausging.

Er merkte auch nicht, wie die Tür sich wieder öffnete und Winni reinkam. Aufmerksam wurde er erst, als Mamas Freund den Wasserhahn über der kleinen Spüle aufdrehte. Maik lugte unter dem Esstisch hervor. Er fühlte, wie sich beim Anblick des glatzköpfigen Mannes alles in ihm zusammenkrampfte.

Winni packte seinen gelben Rucksack auf die Kühlbox und zog ein schmutziges Hemd und eine ebenso schmutzige Jeans heraus. Außerdem beförderte er noch ein paar Taschentücher zutage, die er in den Mülleimer warf. Dann stöpselte er das Abflussloch zu und begann, die Sachen auszuwaschen. Dabei schaute er immer wieder zur Tür, als hätte er Angst, dass jemand reinkommen könnte.

Sein Hemd war mehr als dreckig. Er musste das Wasser einige Male ablassen, und obwohl Maik es nicht sehen konnte, war er sicher, dass es sich immer wieder blutig rot färbte. Winni öffnete das

Schränkchen unter der Spüle, wahrscheinlich wollte er Waschpulver ins Wasser schütten. Er fluchte und schaute erneut zur Tür. Mama hatte das Waschmittel in eine alte Nesquikdose umgeschüttet, aber das wusste er wohl nicht.

Maik beobachtete, wie er etwas Spüli aus der Plastikflasche in seine Hand tropfen ließ und damit über die Flecken wischte. Er rubbelte, sah dabei aber nicht besonders zufrieden aus. Schimpfend ging Winni zum Kleiderschrank und kramte eine Alditüte hervor. Da stopfte er die nassen Sachen rein. Er bückte sich, um sie in einem der unteren Fächer zu verstauen – und in diesem Moment entdeckte er Maik.

Einen Moment lang herrschte vollkommene Stille. Maik spürte seinen Herzschlag. Die Sonne ließ Winnis Glatze blinken.

«Was guckst du?»

«Ni … nichts», stotterte Maik.

«Nichts, nichts», äffte Winni ihn nach. «Denkst du, ich merk nicht, dass du mir nachspionierst!» Das Wasser tropfte aus der Alditüte und sammelte sich in einer schmutzigen Pfütze auf dem Boden. Ohne darauf zu achten, kniete Winni sich hinein und begann, an Maiks Arm zu ziehen. «Ist das was Besonderes, wenn einer was auswäscht? He? Muss man deshalb gucken?»

Maik klammerte sich an das hintere Tischbein, das im Boden verankert war, und schüttelte heftig den Kopf. Winni zerrte weiter, aber Maik hielt sich mit allen Kräften fest. Er seufzte vor Erleichterung, als er plötzlich Mamas Stimme von draußen hörte.

«Es ist toll hier. Warum kommt ihr nicht raus und genießt die Sonne? Wir haben schließlich Urlaub.» Sie näherte sich dem Caravan und sang dabei: «Don't worry, be happy.»

Da ließ Winni von Maik ab und sprang auf. Er stopfte die Alditüte unter die Spüle, schnappte sich ein Geschirrtuch und wischte den nassen Fleck vom Boden. Dann ging er wieder auf die Knie. «Du schnüffelst mir also nach!»

Noch einmal schüttelte Maik den Kopf. Tat er ja auch nicht. Jetzt nicht, und vorgestern Abend schon gar nicht. Da hatte er auf seinem Bett gelegen, und plötzlich wollte er gern zum Strand runter, aber nicht wegen Winni, sondern weil es dort Muscheln gab. Und er hatte sich gedacht, dass eine davon eine Kryptonitmuschel sein könnte, von Lex versenkt, um … egal. Als er sah, dass Mama vor dem kleinen Fernseher eingedöst war, schnappte er sich seine Regenjacke und schlich raus, um die Muschel zu suchen. Und dann entdeckte er Winni. Er war ihm wirklich nachgegangen, aber nur, weil Winni so heimlichtat. Dann war Winnie plötzlich weg gewesen, und als er ihn auf dem Rückweg noch einmal sah …

Winni schüttelte ihn. «Weißt du, was man mit Kindern macht, die lauschen und glotzen?»

Mama war jetzt fast bei der Tür. Maik umklammerte das Tischbein und riss vor Schreck die Augen auf.

«Die schmeißt man ins Meer, wo die Möwen sie fressen. Das wird aus Kindern, die lauschen: Möwenfraß.»

«Was macht ihr denn da?», fragte Mama, die endlich die Tür aufstieß. Das Sonnenlicht fiel von hinten gegen ihren Körper, sie sah aus wie ein Engel. «Spielt ihr?»

Winni drückte Maiks Arm, so tüchtig, dass es weh tat.

«Ja», brachte Maik heraus.

Mama lachte ihn an.

SECHS

Der neue Chef war auch am zweiten Tag unpünktlich. Die Uhr zeigte zwar erst fünf Minuten nach Dienstbeginn, aber wenn jemand einen Mordfall leitete, sollte er wenigstens in der brandheißen Phase der ersten Ermittlungen immer vor Ort sein, sozusagen das Bett neben dem Schreibtisch aufstellen, fand Conny.

Jedenfalls hätte sie es so gemacht. Ihre Auffassung, wie man seinen Job erledigte, war rigoros: Man hängte sich rein. Nicht, dass ihr das jemals gedankt worden wäre. Vor der Wende war sie zu jung für eine Leitungsposition gewesen, und danach … Dass man sie bei der Bergener Kripo nie hatte hochkommen lassen, lag daran, dass sie eine Frau war. Und zudem eine ohne Talent, etwas aus ihrem Äußeren zu machen. Natürliche Schönheit besaß sie nicht, und zu dem ganzen Tamtam der Schönheitsindustrie hatte sie schlicht keine Lust. Ihre Töchter, besonders Nina, trieb das manchmal zur Weißglut. Sie sagte: «Gib dir einfach mal Mühe. Geh zum Friseur. Lackier dir die Nägel!» Aber allein die Vorstellung, mit einem Pinsel auf ihren Fingernägeln herumzufuhrwerken, machte sie verrückt vor Ungeduld. Und gar mit der linken Hand auf den rechten Nägeln – das war doch Akrobatik!

Kerstin Sonntag, die Kollegin, die vor zwei Jahren aus Dresden rübergekommen war, kriegte das besser hin. Die war allerdings schon von der Natur so ausgestattet, dass sie in jedem Lumpen eine prima Figur machte und selbst ohne Make-up wie die Venus aus dem Bade aussah. Aber am Ende hatte ihr das auch nichts genutzt, und der Job war nach draußen an den Kollegen aus Düsseldorf vergeben worden.

Conny beschloss, sich nicht aufzuregen. Mein Plus ist mein Gehirn, dachte sie, und wenn man das in den Chefetagen nicht merkt, dann können die mich mal kreuzweise.

Missmutig starrte sie auf ihren Computerbildschirm. Die Vernehmungsprotokolle warteten auf sie. Tobias hatte seine gleich auf einem Tablet-PC in der Kapelle ausgefüllt, im Beisein der verhörten Zeugen, die dann gleich noch einmal drüberschauen konnten. Das war effektiv und sparte Zeit. Man müsste sich so ein Ding kaufen, überlegte sie, aber es ärgerte sie schon vom Grundsatz her, dass sie dafür aus der eigenen Tasche blechen sollte.

Sie hatte acht Zeugen befragt: fünf Frauen und drei Männer. Alles für die Tonne. Interessant war nur der Klatsch, den ihr der ältere Herr, den Olaf Dommel bereits vernommen hatte, beim Verlassen der Kapelle zuflüsterte: Er war bei einem Spaziergang vor einigen Jahren am Grundstück der beiden Schwestern vorbeigekommen und hatte die ältere, Peggy, mit ihrem Ehemann gesehen. Weil er merkte, dass die beiden miteinander stritten, hatte er nicht grüßen mögen. Und dann hatte Kristof Lenz zugeschlagen. Und zwar richtig heftig.

Der Zeuge ... Sie blätterte in ihrem Notizblock nach dem Namen. Günther Winkelmann, aha. Der Zeuge Winkelmann hatte sich entschuldigt, weil er dem Herrn Dommel nicht gleich von dieser Beobachtung erzählt hatte, aber es sei ihm unangenehm gewesen, jemanden schlechtzumachen.

War seine Aussage glaubwürdig? Conny fand schon. Man konnte ein Gespräch missverstehen oder eine Geste, aber einen Schlag ins Gesicht wohl kaum. Sie vermerkte die Attacke in einem gesonderten Vernehmungsprotokoll und notierte in einer Fußnote, dass Olaf den Mann ebenfalls verhört hatte.

Draußen wurde es laut, durch ihre geöffnete Tür sah sie ein paar Leute den Gang entlanglaufen. Sie klopften bei Luka Kroczek, stellten fest, dass der Chef der Abteilung noch nicht im Haus war – Conny lächelte grimmig –, und gingen weiter zum Konferenzzimmer am Ende des Flurs. Ein Mann winkte ihr im Vorübergehen zu, Martin Berger aus Stralsund. Das war ein netter Kerl. Wahrscheinlich sollte er die Ermittlungen leiten. Dem Trüppchen aus Bergen traute man bestimmt nicht zu, den Fall allein zu wuppen. Na, wäre ihr nur recht. Mit Martin kam sie klar. Kroczek war ein Idiot.

Sie dachte mit Unbehagen an ihren Abgang vom Vorabend. Das würde er ihr sicher nachtragen. Ihr fehlte nicht nur das Talent, sich die Haare zu machen, sondern auch die Gabe, mit Vorgesetzten klarzukommen. Aber egal. Sie erledigte ihren Job, und das war das Wichtigste.

Hungrig fischte sie aus dem Leinenbeutel unter ihrem Schreibtisch ein Fischbrötchen in einer Papiertüte. Wie gewöhnlich hatte es fürs Frühstück nicht gereicht, und sie hatte einen Mordshunger.

«Morgen!»

Sie zuckte zusammen.

Kroczek trat ins Zimmer. Ein verstohlener Blick zur Uhr verriet ihr, dass er mittlerweile achtzehn Minuten zu spät war. «Ich will, dass Sie nach Binz fahren, Frau Böhme. Jemand muss diesen Kristof Lenz vernehmen.»

Sie schluckte den Happen runter, an dem sie gerade gekaut hatte. «Ich soll weg? Jetzt?»

«Ist was dagegen einzuwenden?»

Das weißt du genau, du Idiot, dachte sie aufgebracht. Gleich würde im Konferenzraum die Versammlung beginnen, bei der die Strategie für die Ermittlungen abgesprochen wurde. Man würde Aufgabengebiete abstecken, Kompetenzen verteilen … Und in diesem Fall würde auch noch geklärt, wer in der Kripo Bergen künftig welchen Platz in der Hackordnung einnahm. Und gerade da schoss Kroczek sie vom Feld. Verdammt, das hätte sie sich ja denken können. Sie hätte Karl mit dem Mädchen einfach stehenlassen sollen. Brachte eben nichts, sich zu engagieren.

«Abschieben, ja?», meinte sie bitter, während sie das Fischbrötchen in den Papierkorb warf.

Er war schon halb wieder zur Tür raus. «Was?», fragte er scharf.

Sie zuckte mit den Schultern.

«Herrgott, hören Sie auf! Jemand muss den Mann über den Tod seiner Frau informieren.»

«Er weiß noch gar nicht Bescheid?»

«Wie denn? Er hatte sein Handy ausgeschaltet.»

«Mann, Sie wollen doch nicht sagen, dass Sie einem Hinterbliebenen per Telefon ...»

«Seh ich aus, als wär ich bescheuert? Er war nicht zu Hause. Einer von der Streife, die vor seinem Haus steht, sagt, dass er vor einer Viertelstunde aufgetaucht ist. Fahren Sie also hin und überbringen Sie die traurige Nachricht. Beobachten Sie dabei, ob er gebührend schockiert ist, und schaffen Sie ihn anschließend hierher. Sammeln Sie auch was für die Kriminaltechnik ein, damit wir die Identifizierung der Toten abhaken können.»

«Mann, da wär ich jetzt selbst gar nicht drauf gekommen.»

«Darum sag ich's ja!» Er ließ sie stehen, und sie machte sich wutentbrannt auf den Weg.

Inka Bauer, die Kollegin von der Streife, stand immer noch vor dem Haus in Binz, oder vielmehr in einer Seitenstraße, von der aus man Kristof Lenz' Haus beobachten konnte. Sie trug eine pfiffig geschnittene Kurzhaarfrisur – mit der sie bestimmt alle zwei Wochen zum Friseur muss, dachte Conny übellaunig – und wirkte hellwach, obwohl sie mittlerweile seit mehr als vierundzwanzig Stunden Dienst schob.

Conny klopfte ans Fenster und wartete, bis die Scheibe heruntergefahren war. «Hallo, Inka.»

Inka lächelte sie an und öffnete die Tür, um auszusteigen. «Der Verdächtige ist in einem roten Porsche vorgefahren. Das Auto steht jetzt in der Garage. Und ich glaube, der Mann ist betrunken. Hätte ich ihn wegen Fahrens unter Alkoholeinfluss festnehmen sollen?»

Besorgnis klang aus ihrer Stimme, und Conny unterdrückte ein Lächeln. Bei den ersten Einsätzen war man immer so eifrig. «Wir knöpfen ihn uns vor und schauen mal.» Und wenn er seine Angst wegsaufen war, weil er seine Frau umgebracht hat, dann würde ich das nur zu gern aus ihm rauskitzeln, dachte sie.

«Die Nachbarn haben ihn das letzte Mal am Samstagmorgen gesehen. Da ist er mit dem Auto weggefahren. Er hatte einen kleinen Koffer dabei – ich weiß nicht, ob das wichtig ist.»

«Finden wir raus.»

Sie gingen auf das Haus zu, und Inka öffnete das Gartentor, das in eine niedrige weiße Sandsteinmauer eingelassen war. Dieser Lenz musste richtig Knete haben. Er wohnte in bester Lage in einer der für Rügen typischen weißen Bädervillen mit den filigranen Holzschnitzereien an Veranden und Balkonen. Das Haus war gründlich renoviert und mit jedem Schnickschnack wie Alarmanlage, Sensorleuchten und so weiter ausgestattet. Links im Vordergarten plätscherte ein barocker Brunnen, der aussah, als wäre er aus einem Schlosspark geklaut.

Conny warf einen Blick durch das Garagenfenster. Lenz' Porsche war ein tolles Gefährt: Scheinwerfer, mit denen man einen kompletten Tatort ausleuchten konnte, und gewienert, dass sich das Werkzeug an der Wand darin spiegelte. War der Besitzer damit gerade in einer Waschanlage gewesen? Und wenn ja, spielte das eine Rolle? Wahrscheinlich nicht. Die Frau war im Haus umgekommen und zudem mit einem anderen Auto nach Vitt gefahren. Außerdem wusste inzwischen jeder Depp, dass die Polizei auch Spuren finden konnte, nachdem gründlich geputzt worden war.

Conny ging zur Tür und wollte klingeln, hielt dann aber mit ausgestrecktem Arm inne. Durch eines der auf Kipp stehenden Fenster neben der Veranda drang eine Stimme.

«… hab ich dir tausendmal gesagt. Wein im Kühlschrank! Da kannst du gleich Spülwasser trinken. Wein ist kein Getränk, sondern eine Philosophie. Eine Lebensauffassung. Der muss atmen und … Sag mal, ist kein Joghurt da? Ist das echt zu viel verlangt, dass du dich um den Einkauf kümmerst? Gott, was bist du eine Kuh. Wo steckst du denn? Peggy, verdammt!»

Conny merkte, wie sich ihr Nackenhaar sträubte. Kerle, die ihre Frauen wie einen Dreck behandelten, hatte sie gefressen. Ihr Vater war so einer gewesen. Sie hatte geheult, als er beim Planieren einer Straße mit dem Bein unter eine Dampfwalze geraten und zwei Tage später gestorben war. Aber im Grunde war sie froh gewesen.

«Er denkt, dass seine Frau zu Hause ist», flüsterte Inka.

«Oder er hat uns von drinnen kommen sehen und glaubt, er kann uns verscheißern.»

«Peggy, krieg endlich deinen Arsch hoch. Schon mal dran gedacht, dass ich Hunger haben könnte? Peggy! Bist du oben?» Eine Tür knallte. Der Mann brüllte weiter, aber jetzt konnten sie die Worte nicht mehr verstehen.

Conny klingelte und wartete.

«Steht er im Verdacht … Also, glaubt ihr, dass er sie umgebracht hat?», fragte Inka.

«Verdächtig ist erst mal jeder, der Samstagabend diesseits der Rügenbrücke war.»

«Klar.»

«Du also auch.» Conny lachte, als sie Inkas Gesicht sah, dann klingelte sie Sturm.

Der Kerl im Bademantel, der ihnen schließlich öffnete, stierte sie an. Er war korpulent, die braunen Haare hatte er aus der Stirn nach hinten gekämmt, wohl, um die ersten kahlen Stellen zu kaschieren. Er war geduscht und frisch rasiert. Sie meinte, sogar noch einen Hauch Rasierwasser zu riechen. Aber seine Fahne überdeckte den Duft.

«Kristof Lenz?» Conny zwang sich, daran zu denken, dass sie einen Hinterbliebenen vor sich hatte, der sich womöglich beschweren würde, wenn sie ihm zu ruppig kam.

«Und wer will das wissen?», fragte er mürrisch. War er zu besoffen, um Inkas Polizeiuniform zu erkennen? Oder wollte er den Coolen raushängen lassen? Conny zeigte ihren Ausweis. Lenz starrte darauf, als müsste er kyrillische Buchstaben entziffern.

«Können wir reinkommen?»

Lenz trat zur Seite und ließ sie in den Flur, der mit dicken Teppichen ausgelegt war und von vergoldeten Strahlern beleuchtet wurde. Sie gingen an einer offenen Tür vorbei, hinter der sich eine Bibliothek befand. Donnerwetter, dachte Conny. Der Raum war mit deckenhohen Regalen bestückt, in denen uralte Lederwälzer standen. Das Ganze wirkte ebenso überproportioniert wie der whirlpoolgroße Brunnen im Vordergarten. Wahrscheinlich machte der Kerl einen auf Kunstliebhaber oder so.

Als sie ins Wohnzimmer kamen – einen auf Antik getrimmten Raum mit Ölschinken an den Wänden und einem beige-honigfarben gestreiften Sofa vor dem Kamin –, bat Conny ihn korrekt, sich zu setzen. Spätestens wenn ein Bulle dem Hausherrn einen Sessel empfiehlt, sollte dem eigentlich dämmern, was Sache war. Sah man doch in jedem *Tatort*.

Kristof dämmerte nichts, oder er tat zumindest so. Ungeduldig trat er eine Teppichecke gerade und brüllte: «Peggy!»

«Hören Sie …»

«Sie ist nicht da.» Lenz kratzte sich bei der Tolle und strich die Haare sofort wieder über die kahle Stelle. «Was ist los? Hat meine Frau was angestellt? Ich sag ihr dauernd, sie soll den Wagen stehenlassen. Wer zu dämlich ist, ein Parkhaus …»

«Dürfte ich wissen, wann Sie sie zum letzten Mal gesehen haben?»

«Was?»

«Wann haben Sie Ihre Frau zum letzten Mal gesehen?»

Vielleicht fiel Lenz jetzt doch der *Tatort* ein, jedenfalls weiteten sich seine Augen. Er starrte zur Dielentreppe, als erwartete er, Peggy die Stufen hinabkommen zu sehen. «Hatte sie einen Unfall?»

Conny räusperte sich. Sie schaute zu Inka, die fasziniert einen goldenen Kronleuchter mit geschliffenen Glastropfen in Form kleiner Fische betrachtete. «Ich fürchte, wir müssen Ihnen etwas mitteilen.»

SIEBEN

Der Konferenzraum war ein mittelgroßes Zimmer am Ende des oberen Flures. Sie saßen inzwischen seit geschlagenen zwei Stunden zusammen, tranken Kaffee und kauten die immer gleichen Fakten durch, die zudem von Staatsanwalt Meyer, der eine Vorliebe für Diagramme hatte, auf dem Whiteboard aufgelistet und mit immer neuen Frage- und Ausrufezeichen und Querverbindungen versehen wurden.

Der Kollege Berger, den die Polizeiinspektion Stralsund rübergeschickt hatte, hielt sich im Hintergrund. Offenbar hatte er Kopfweh, denn er presste zwei Finger gegen seine Schläfe und vermied auffällig den Blick zum Fenster, durch das das helle Vormittagslicht fiel.

«Noch einen Kaffee?», fragte Luka leise.

Berger schob ihm die Tasse hin und ließ sie sich füllen. Luka schaute zu Meyer, der sich nach dem Beispiel der Journalisten einen Fragenkatalog für Ermittler ausgedacht hatte – Wer? Was? Wann? Wo? Wie? Warum? – und ihn an die Tafel schrieb, als wären sie bei der Volkshochschule. Dabei rann ihnen die Zeit durch die Finger. Zeugenerinnerungen verblassten. Der Täter hatte Zeit, sich Dinge zurechtzulegen oder sich gar abzusetzen. Luka musste an sich halten, nicht laut zu werden.

Berger beugte sich zu ihm. «Wussten Sie, dass es eine Frühlingsgrippe gibt?», flüsterte er. «Ich kenne die Wintergrippe, wegen der Schutzimpfung, und die Sommergrippe. Aber eine Frühlingsgrippe ...»

«Irgendwelche Fragen?», erkundigte Meyer sich mit dem Blick

eines Oberlehrers, die seine Schüler beim Schwatzen erwischt hat. Er zwirbelte gereizt seinen schwarzen Ziegenbart. Berger winkte ab, und Meyer wandte sich wieder nach vorn, um eine Verbindungslinie zwischen seinen W-Wörtern und der Aufschrift *Täter* zu ziehen.

«Bei uns gibt es elf Krankmeldungen, Tendenz steigend», murmelte Berger nach einer Anstandsminute.

«Nicht schön.»

«Keinen Schimmer, wie wir das hier auch noch schaffen sollen.»

«Ich habe fünf Leute. Das ist nicht schlecht.»

«Taugen sie was?»

Luka blickte zu Olaf Dommel, der die Kaffeekanne im Auge behielt wie ein Kellner, der sein Café vor der Pleite retten muss. Er hatte sich noch kein einziges Mal zum Fall geäußert. Tobias schrieb mit einem Gesicht, als stünde er kurz vor der Erleuchtung, die Diagramme vom Whiteboard ab. Kerstin Sonntag kannte er noch nicht. Und Conny Böhme ... «Klar», sagte er.

«Das wissen Sie schon nach einem Arbeitstag?»

Luka grinste.

«Dürfte ich mich an der Unterhaltung beteiligen?», fragte Meyer. Dieses Mal winkten sie beide ab. Sie warteten, bis sich der Staatsanwalt wieder auf sein Whiteboard konzentrierte, dann gab Berger Luka die Hand. «Martin, mein Name. Du kommst aus Düsseldorf?»

«Luka. Ich war acht Jahre beim Morddezernat.»

«Hm.»

«Lass mich das hier machen. Ich krieg's hin.»

Martin lächelte und schloss die Augen.

Unauffällig zog Luka sich die ausgedruckten Vernehmungsprotokolle heran, die er bisher nur überflogen hatte. Conny Böhmes fehlten, die anderen hatten abgeliefert. Wahnsinnserkenntnisse lieferten sie nicht, aber damit hatte er auch nicht gerechnet. Zur Tatzeit hatte es ja wie aus Kübeln gegossen. Einer der Vitter hatte auf einen Mord aufmerksam gemacht, der vor fünfundsechzig Jahren in der Nähe des Dorfes begangen worden war. Kaum anzunehmen, dass da ein Zusammenhang bestand.

Meyers Handy klingelte. Der Staatsanwalt nahm das Gespräch an und drückte nach mehrmaligem Nicken den Anrufer weg. «Das war die Rechtsmedizin. Die Tote wurde von einer nahen Verwandten identifiziert. Offenbar handelt es sich bei dieser Verwandten um Klarissa Vogtländer. Wäre schön gewesen, wenn man mir mitgeteilt hätte, dass das Opfer mit einer unserer Politikerinnen …»

«Klarissa Vogtländer war in der Rechtsmedizin?», fiel Luka ihm ins Wort.

Meyer verdrehte genervt die Augen.

«Mist!»

«Wie bitte?»

«Nichts, ich wäre nur gern dabei gewesen.»

«Steht Frau Vogtländer unter Verdacht?»

«Es steht doch erst mal jeder unter Verdacht, der die Tote kannte.»

«Herrgott!» Meyer beugte sich vor und stützte die Hände auf den Tisch. «Ich glaube, ich sollte erst mal kurz eine Einführung fürs Inselkommissariat geben. Mir war entfallen, dass Sie hier über keinerlei Erfahrung verfügen. Mein Fehler, tut mir leid. Wir haben also eine Frau, die in dem unbewohnten Haus ihrer verstorbenen Eltern auf gewaltsame Art ums Leben gebracht wurde», fuhr er in gelangweiltem Dozententon fort. «Das ist vielleicht nicht gerade Routine, aber auch nichts Außergewöhnliches. Es kommen zwei Täter in Frage: jemand, der unberechtigterweise ins Haus eingedrungen ist und die Frau zufällig angetroffen und dann erschlagen hat. Das müssen Sie ausschließen. Ansonsten war es der Ehemann.»

Luka war zu verblüfft, um zu antworten.

«Wissen Sie, ich mache diesen Job seit zwanzig Jahren, Herr ...»

«Kroczek.»

«Und ich kann Ihnen versichern: Abgesehen von Verbrechen im Milieu und den typischen Schlägereien unter Jugendlichen ist der Täter fast immer ein naher Angehöriger», erklärte Meyer mit einem überheblichen Grinsen. «Ehepartner, Eltern, Kinder – das ist die Reihenfolge. Kinder und Eltern sind in diesem Fall nicht vorhanden, also steht der Ehemann im Fokus. Peggy Lenz wurde mit einer Axt verstümmelt, was auf enorme Leidenschaft und Wut schließen lässt. Kristof Lenz hat das Verschwinden seiner Frau nicht gemeldet. Zudem ist er nach der Tat geflüchtet ...»

«Das wissen wir doch noch gar nicht», protestierte Luka.

«Er *ist* geflüchtet, ich sage es Ihnen. Er hat seine Frau umgebracht, und als er realisierte, was er getan hat, ist er auf und davon. Dann redet er sich ein, dass man ihm vielleicht nichts nachweisen kann, und er kehrt zurück. Ist das eigentlich schon passiert?»

«Heute Morgen», meldete Tobias sich zu Wort, und man merkte ihm an, wie beeindruckt er war.

«Na bitte. Es ist keine Kunst, zu wissen, wie es weitergeht. Er wird Ihnen eine Geschichte präsentieren, die er sich ausgedacht hat, um sein Verschwinden zu erklären, und möglicherweise ein falsches Alibi ...»

Die Tür ging auf. Conny Böhme huschte herein. Sie setzte sich, ohne zu grüßen. Die Spange in ihrem Haar, eine Hässlichkeit aus Strass und falschem Elfenbein, war verrutscht, und auf ihrem T-Shirt prangte ein rosa Fleck, den sie vergeblich herauszuwaschen versucht hatte. Sie sah aus, als hätte sie dringend etwas mitzuteilen.

«Er wird Ihnen also ein Alibi präsentieren, das Sie dann natürlich akribisch unter die Lupe nehmen müssen. Schön, dass Sie auch schon hierhergefunden haben.» Der Seitenhieb ging an Conny. «Finden Sie heraus», dozierte Meyer weiter, «ob Kristof Lenz oder alternativ seine Frau fremdgegangen ist. Rache, Eifersucht ...

Das sind die typischen Motive. Ich hoffe, da muss ich nichts mehr erklären. Untersuchen Sie außerdem die Finanzen der beiden. Den Klassiker Lebensversicherung, aber auch den Rest. Setzen Sie einen Ihrer Leute ausschließlich auf das Vermögen an. Ferner befragen Sie die Nachbarn …»

«So eine Ahnung, wie das geht, habe ich schon», unterbrach ihn Luka. Es war blöd, sich provozieren zu lassen. Er versuchte sich zu bremsen und lehnte sich zurück.

«Ich glaube nicht, dass es der Lenz war», mischte Conny sich überraschend ins Gespräch.

Meyer nahm sie übertrieben aufmerksam ins Visier. «Und worauf, bitte, gründen Sie diese Überzeugung, Frau …?»

«Na, wie der sich benommen hat. Also, ich bin gerade eben bei ihm gewesen und …»

«Wie war bitte Ihr Name?»

«Polizeioberkommissarin Böhme.» Conny merkte nicht, wenn sie in ein offenes Messer lief. «Ich bin also hin und habe dem Kerl erklärt, dass seine Frau tot ist. Und ich sage Ihnen: Er war geschockt.»

«Oder er hat diesen Schock nur vorgespielt?»

«Quatsch. Das merkt man doch, wenn jemand Theater spielt. Das ist immer irgendwie übertrieben. Der Mann hat keinen Heulkrampf vorgetäuscht, sondern … Ich kann das gar nicht erklären. Er war echt getroffen.»

«Was Sie mit Hilfe der vielbeschworenen weiblichen Intuition eindeutig feststellen konnten.»

Endlich horchte Conny auf und wurde rot. «Scheiße, ja, das war so.»

«Hm. Herr …» Meyer schaute auf sein Tablet. «Kruz …»

«Kroczek.»

«Erklären Sie bitte Ihrer Beamtin, dass es durchaus nicht einfach ist zu unterscheiden, ob eine Emotion echt oder vorgespielt ist.

Wir beauftragen nicht umsonst Psychologen mit aufwendigen und teuren Untersuchungen, um diesen Punkt abzuklären.»

Conny biss sich auf die Lippe.

Meyer blickte in die Runde. «Da die Kripo Bergen, was Kapitalverbrechen angeht, keinerlei Erfahrung besitzt, will ich detailliert über alles auf dem Laufenden gehalten werden. Ich denke an eine wöchentliche Sitzung und ständigen telefonischen Kontakt. Bei Fragen oder für relevante Entscheidungen bin ich über mein Büro erreichbar. Ich schlage vor, dass Sie eine Sonderkommission einrichten, Herr Berger. Wir nennen sie Soko …», er dachte einen Moment nach, «Peggy.»

Nachdem Meyer den Raum verlassen hatte, schwiegen alle. Der Erste, der sich rührte, war Martin Berger. Er zog ein paar eingeschweißte Tabletten aus der Hosentasche, drückte zwei davon aus der Verpackung und spülte sie mit einem Schluck Kaffee herunter. «Tut mir leid. Migräne. Ich sehe euch irgendwie nur noch durch Zacken, Leute. Hat keinen Sinn.»

«Fahren Sie ihn nach Hause, Olaf», ordnete Luka an.

Martin grinste gequält, während er nach seiner Aktentasche griff. «Wenn ihr das Ganze ohne unsere Hilfe packt, würde ich nicht weinen – ist doch rübergekommen, ja?»

Olaf öffnete ihm hilfsbereit die Zimmertür. Kaum waren die beiden draußen, hielt Conny es nicht mehr aus. «Verflucht, das war wirklich so!», empörte sie sich. «Ich seh doch, was ich sehe. Dieser Lenz ist komplett zusammengebrochen. Mann, der wäre in Hollywood, wenn der so was spielen könnte. Außerdem hat er zu Anfang, als er noch nicht wusste, was mit Peggy los ist, den miesen Macho raushängen lassen. Das hätte er doch nicht getan, wenn er vorgehabt hätte, hinterher den verzweifelten Romeo zu markieren. Das gibt doch keinen Sinn.»

«Was macht Klarissa Vogtländer?», fragte Luka.

«Bitte?»

«Die Schwester der Toten. Sie ist Politikerin?»

«Ja, eine ziemlich bekannte sogar. Von den Linken.»

«Gut. Und nun schließen Sie bitte die Augen.»

«Was?»

«Sie sagen, dass Lenz völlig fertig war. Machen Sie die Augen zu und schildern Sie, wie er sich benommen hat, als Sie ihm die Nachricht vom Tod seiner Frau gebracht haben. Ich will alles wissen, woran Sie sich erinnern. Jedes Detail.» Luka zog einen Kugelschreiber aus der Hemdtasche.

Sollte Kristof Lenz tatsächlich bei der Nachricht vom Tod seiner Frau einen Nervenzusammenbruch erlitten haben, dann hatte er sich erstaunlich schnell wieder erholt. Luka, der in sein Büro zurückgekehrt war, betrachtete ihn aus halb geschlossenen Augen, während Kristof von der Firma erzählte, die er nach der Wende praktisch aus dem Nichts aufgebaut hatte.

Es war eine Geschichte wie aus einem Seminar über den schnurgeraden Weg zum Erfolg. Kristof war knapp dreißig gewesen, als die Mauer fiel. Aber er hatte sofort erkannt, dass Rügens Zukunft im Fremdenverkehr lag. Er hatte das Haus seiner Eltern in kräftezehrender Muskelarbeit zu einem Ferienhaus umgebaut und mit Hilfe eines Kredits – «Man muss groß denken, darin liegt das Geheimnis!» – weitere Häuser hochgezogen. Nun direkt am Meer und mit Bootsstegen, weil die Leute, die ihm das Geld bringen sollten, halt welches haben mussten. Seine Zielgruppe waren nicht die Familien, die sich den Urlaub das ganze Jahr über zusammenknauserten, sondern die Erfolgreichen mit den dicken Portemonnaies.

«Schön. Sie sind also clever und haben es zu was gebracht», brach es aus Conny, die sich mit ihrem Stuhl neben die vertrockneten Zimmerpflanzen zurückgezogen hatte, heraus. «Was könnte Peggy dazu veranlasst haben, das Haus ihrer Eltern aufzusuchen?»

Luka warf ihr einen warnenden Blick zu. Im Gegensatz zu Conny fand er das, was Kristof sagte – und vor allem, was er *nicht* sagte –, durchaus interessant. Wie war ein Mensch gestrickt, der von Häusern redete, nachdem seine angeblich geliebte Ehefrau gerade ermordet worden war?

Es konnte natürlich sein, dass Kristof unter Schock einfach abspulte, was er schon tausendmal erzählt hatte: die Story seines Erfolgs. So ähnlich wie die Mutter, der Luka bei seinem ersten Einsatz vom Tod ihres kleinen Sohnes berichten musste. Die Frau hatte ihnen Mineralwasser serviert, imaginäre Staubflusen von der Fensterbank gewischt und über die Qualität von Kinderregenjacken geredet, bis sie schließlich zusammengebrochen war.

War Lenz klug und einfühlsam genug, sich so eine Schocksituation vorstellen und sie spielen zu können? Einfühlsame Menschen neigten allerdings nicht dazu, anderen mit ihren Erfolgsgeschichten auf den Wecker zu fallen. Oder doch?

Der Mann drehte nervös an einem der gelb lackierten Knöpfe seines Jacketts. «Ich weiß nicht, warum sie nach Vitt gefahren ist. Das Haus ihrer Eltern ist doch nur noch ’ne Bruchbude. Ich habe immer zu Peggy gesagt, sie und ihre Schwester sollen das endlich abstoßen. Für das Grundstück hätten sie etwas bekommen. Das wäre finanziell ...»

«Wussten Sie, dass Ihre Frau vermutete, sie könnte schwanger sein?», unterbrach ihn Luka.

«Bitte?»

«Sie hat im Badezimmer einen entsprechenden Test gemacht. Falls er positiv ausgefallen wäre – wären Sie der Vater gewesen?»

Lenz starrte Luka an. Die gegelte Tolle war ihm verrutscht und hing wie ein schiefes Fragezeichen in seine Stirn.

«Oder war Ihr Verhältnis zueinander so, dass man Ihre Vaterschaft sicher ausschließen ...»

«Was reden Sie denn? Mann, wenn sie wirklich ... *Natürlich* wäre das Kind von mir gewesen. Peggy vögelt doch nicht rum. Ich verbitte mir das!»

«Warum hat sie den Test dann nicht zu Hause gemacht?», fragte Conny. «Die Hütte in Vitt ist ja nicht gerade ein Hort der Gemütlichkeit.»

«Ich weiß es nicht. Vielleicht ... Keine Ahnung.»

«Hatte sie Freunde in Vitt?», wollte Luka wissen.

«Nein. Sie war nur selten dort. Das sind doch alles dröge Spießer. Peggy hatte Klasse.»

«In diesem Fall müssen wir wohl davon ausgehen, dass sie den Test deshalb nicht zu Hause durchführte, weil sie verhindern wollte, dass Sie erfahren ...»

«Seien Sie doch nicht so verdammt blöd», fuhr Kristof Lenz auf. «Wenn sie nicht gewollt hätte, dass ich was mitkriege, dann hätte sie sich einfach im Bad einschließen können. Das erregt ja wohl keinen Argwohn, oder? Außerdem haben wir uns geliebt!»

«So innig, dass Sie tagelang nichts von ihrem Verschwinden bemerken?»

«Aber das ist doch ...»

Luka beugte sich vor. «Wann haben Sie sie das letzte Mal gesehen?»

«Das habe ich schon Ihrer Kollegin erklärt. Am Samstagmorgen, beim Frühstück.»

«Und wo waren Sie anschließend?»

«*Das* hat er mir nämlich nicht sagen wollen.» Conny zückte ihren Kugelschreiber, um klarzumachen, dass jede Angabe, die er jetzt vorbrachte, überprüft würde, was auch den Tatsachen entsprach.

«Ich war geschäftlich unterwegs. Bei meinen Häusern. Ich habe nachgeschaut, ob alles in Ordnung ist.»

«Und in den Nächten?», fragte Luka.

«Die habe ich in einem der Häuser verbracht.»

«Weil Ihr eigenes so ungemütlich ist?»

«Verdammt, nein, aber …» Lenz suchte nach Worten – oder wohl eher nach einer glaubhaften Lüge. «Wenn ich in den Häusern schlafe, bekomme ich am besten ein Gefühl dafür, ob alles so ist, dass meine Kunden sich wohlfühlen können. Vermutlich verstehen Sie das nicht.»

«Nee, tu ich nicht», blaffte Conny ihn an.

«Das hätte ich von Ihnen auch nicht erwartet.»

«Dann schlage ich vor, dass Sie mit Zeugennamen rausrücken, damit wir Ihre Angaben überprüfen können – was mir trotz meines eingeschränkten Horizonts gelingen dürfte, falls Sie nämlich die Wahrheit sagen.» Wieder rutschte die Spange aus Connys Haar. Sie hob sie vom Boden auf und legte sie auf die Fensterbank, ohne ihr Gegenüber aus den Augen zu lassen.

«Zeugen, Zeugen … Auf so was achtet man doch nicht, wenn man nichts zu verbergen hat.»

«Kennen Sie David Grosser?», mischte Luka sich ein. Für den Bruchteil einer Sekunde glaubte er, einen Ausdruck der Überraschung im Gesicht des Mannes zu sehen.

«Nie gehört. Wer ist das nun schon wieder?»

«Sie sind nervös.»

«Bitte?»

Luka deutete auf den gelben Knopf, den Kristof immer noch zwirbelte und der inzwischen nur noch an einem dünnen Faden hing.

«Ist das ein Wunder? Ich werde hier verhört, als wäre ich … Wie ein Krimineller, und … Mann, meine Frau wurde ermordet. Peggy ist tot.» Der Knopf riss ab. Lenz ballte die Faust darum.

«Haben Sie Ihre Frau geschlagen?», fragte Conny.

Luka warf seiner Kollegin einen überraschten Blick zu. Fragte sie ins Blaue, oder hatte sie ihm etwas verschwiegen? Kristof Lenz blinzelte, als hätte er selbst einen Schlag erhalten. Dann sprang er auf. Er räusperte sich, nicht aus Verlegenheit, sondern weil ihm die

Stimme wegblieb. Als er sich gefasst hatte, erklärte er rüde: «Ohne Anwalt sag ich gar nichts mehr.» Im nächsten Moment war er aus dem Zimmer.

«Soll ich hinterher?», fragte Conny.

Luka schüttelte den Kopf. «Was war das mit dem Schlagen?»

«Hat ein Zeuge beobachtet. Der Vorfall ist schon ein paar Jahre her. Wirft aber ein bezeichnendes Licht auf den Kerl, würde ich mal sagen.»

«Warum habe ich davon nichts erfahren?»

«Weil ich das Protokoll noch nicht fertig schreiben konnte. Wenn Sie sich erinnern: Sie haben mich losgeschickt, den Kerl zum Verhör zu schleppen.»

«Und da war kein Augenblick Zeit, mich zu informieren?»

«Nein, ich ...» Luka konnte ihr ansehen, wie sie die verschiedenen Reaktionsmöglichkeiten abwog. Empört, weil man sie überforderte, patzig, eingeschüchtert ... Sie rang schwer mit sich, ehe sie ein «Tut mir leid, Chef» über die Lippen brachte. Er blickte ihr stirnrunzelnd nach, als sie das Zimmer verließ.

Die vertrockneten Pflanzen mussten aus dem Zimmer. Luka stellte sie in eine Ecke des Flurs und steckte für die Putzfrauen ein Eckchen Papier mit der Anweisung *Bitte entsorgen* zwischen die bröselnden Blätter. So, das war zumindest *ein* Fortschritt. Er starrte den Gang hinauf. Alles in diesem Gebäude wirkte alt und miefig. Die Fenster am Flurende waren an den Stellen beschlagen, wo Luft und Feuchtigkeit in die Zweifach-Verglasung eingedrungen waren, und das Linoleum stammte wahrscheinlich noch aus DDR-Zeiten.

Seine Stimmung sank bei diesem Gedanken noch weiter. Herrgott, was sollte eigentlich der ganze Mist mit Osten und Westen? Er war bei der Wende knapp zwölf Jahre alt gewesen. Dunkel erinnerte er sich, wie seine Mutter in Tränen der Rührung ausgebrochen war, als die Bilder vom Mauersturm über den Fernsehbildschirm flimmerten. Er hatte die Tränen nicht verstanden. Sie hatten nicht einmal Verwandte im Osten gehabt.

Im Lauf der Jahre kamen einige Mitschüler an seine Düsseldorfer Schule, die so ähnlich wie Conny Böhme sächselten. Einer davon, Clemens Bauer, wurde sein Freund, und sie gingen einen Sommer lang zusammen baden, bevor Familie Bauer nach München weiterzog, wo der Vater eine Niederlassung als Chirurg gekauft hatte. Die DDR war ihnen nie ein Gespräch wert gewesen.

Als Luka sich für Politik zu interessieren begann, schaute er mehr in den Nahen Osten und nach China. Seinen Urlaub verbrachte er in Frankreich. Und selbst als er Teresa kennenlernte, wurde Ostdeutschland nicht zum Thema. Der Dreckskerl, der sie sitzengelassen hatte, war aus Gelsenkirchen gekommen.

Mittlerweile regierten in Deutschland eine ostdeutsche Kanzlerin und ein ostdeutscher Bundespräsident, die im Westen wie im Osten gemocht oder zumindest respektiert wurden. Die DDR existierte nur noch in gelegentlichen Fernsehreportagen mit seltsamen Schwarz-Weiß-Filmen aus den siebziger und achtziger Jahren, und manchmal tauchten Diskussionen über Ost und West in den Nachrichten zum Soli oder über die Arbeitslosenzahlen auf. Höchste Zeit, das alles endlich abzuhaken. Eigentlich hatte er angenommen, es wäre längst geschehen. Er selbst war jedenfalls entschlossen, keine mimosenhaften Gefühle zu entwickeln oder sie bei den Kollegen zu dulden. Sie lebten im einundzwanzigsten Jahrhundert. Punkt.

Als er in sein Büro zurückgekehrt war, setzte er sich an den Computer und googelte nach Kristof Lenz. Die Suche war ergiebig: Lenz war offenbar der Versuchung erlegen, sich und seinen Erfolg möglichst breit zur Schau zu stellen. Luka fand ihn bei diversen sozialen Netzwerken, wo er für seine Firma Werbung betrieb. Seine Häuser waren allesamt mit Adressen angegeben. Luka druckte die Liste aus, um seine Leute damit auf den Weg zu schicken.

Zusätzlich zu den Häusern hatte Kristof ein Bild von sich und seinem roten Angeber-Porsche eingestellt. Was dem Großwildjäger der Fuß auf dem toten Elefanten, war Lenz offenbar die elegante Pose neben der Kühlerhaube. Luka musste sich ein Grinsen verkneifen.

Auch bei diversen Personensuchmaschinen wurde er fündig. Über yasni.de fanden sich Bilder, die Kristof und Peggy beim Skiurlaub in Davos zeigten. Ein teures Reiseziel, und die Fotos legten nahe, dass sie tatsächlich reichlich Knete für ihren Urlaub aufgebracht hatten. Hatte Kristof Lenz vor dem Nobelrestaurant nur der Form halber den Arm um die Taille seiner Frau gelegt?

Luka lehnte sich zurück und betrachtete das letzte Foto. Die Ähnlichkeit zwischen Peggy und ihrer Schwester war gar nicht so groß, wenn man genauer hinsah. Peggy war durchtrainierter, und sie hatte offenbar auch nicht geraucht, denn ihr Gesicht wirkte glatt und frisch. Außerdem sah sie nicht so verbissen aus. Nur die Kopfform, die Augenpartie und die Kerbe im Kinn teilten die beiden. Und natürlich die langen blonden Locken, die Peggy allerdings geschickter frisiert hatte. Bei Klarissa hingen sie langweilig über die Schultern.

Hat Peggy Botox benutzt, um Kristof zu gefallen?, fragte er sich. Hat sie auf eine Schwangerschaft gehofft, um ihn an sich zu binden? Sie war nicht hässlich, aber auch nicht besonders hübsch. An der Seite eines Porsche-Angebers stellte man sich automatisch ein blondes Busenweib vor. Hatte sie sich wegen einer möglichen Konkurrenz Sorgen gemacht? Andrerseits konnte Kristof trotz seines Gehabes natürlich ein biederer Ehemann sein.

Aber da war die Zeugenaussage aus Vitt, der zufolge er Peggy geschlagen hatte. Das konnte natürlich auf einem Irrtum oder sogar auf einer Lüge beruhen. Aber wenn es stimmte, warf es ein ungutes Licht auf den Ferienhausbesitzer. Gab Kristof den liebevollen Ehemann für die Öffentlichkeit und wurde privat zum gewalttätigen

Kotzbrocken? War der Fall doch so simpel, wie Meyer vermutete: ein Ehemann, der seine Frau in einem Wutanfall erschlagen hatte?

Und auf ihre Beine und Arme eingehackt und ihr Gesicht gespalten? Zweifelnd ging Luka weiter die Bildersammlung durch.

Als Olaf an seiner offenen Bürotür vorbeikam, winkte er ihn herein und übergab ihm die Adressenliste. «Einen Moment Zeit für eine Frage?»

«Was denn, Chef?»

«Wie alt sind Sie?»

Olaf blickte ihn überrascht an. «Letzte Woche fünfzig geworden.»

«Haben Sie schon immer auf Rügen gelebt?»

«Ich komme aus Rostock. Warum?»

«Spielt es eine Rolle für Sie, dass ich aus dem Westen ... also, aus den alten Bundesländern komme?»

Olaf kratzte sich überrascht am Ohr. Er sah plötzlich vorsichtig aus, nicht mehr ganz so offen wie vorher.

«Nun mal ehrlich.»

«Über den einzelnen Menschen sagt es doch wenig aus, wo er geboren wurde.»

«Aber?»

«Ich sehe da kein Aber.»

«Hätten Sie lieber einen ostdeutschen Vorgesetzten?»

Olaf schüttelte den Kopf. «Wie jemand ist – fair, umgänglich oder eben anders –, das hat ja nichts mit der Herkunft zu tun. Ich mag keine Vorurteile. Ist sonst noch was, Chef?»

Luka deutete auf die Adressen. «Wir müssen die Nachbarn der Ferienhäuser abklappern. Vielleicht kann jemand Kristofs Alibi bestätigen. Es geht um die Zeit von Samstagmorgen bis Sonntagmittag. Nehmen Sie Frau Böhme mit.»

«Ist mir ein Vergnügen», tönte es aus dem Flur. Conny kam herein und klatschte Luka einige DIN-A4-Blätter auf den Tisch. «Hier, die Protokolle – tut mir leid, dass Sie warten mussten.» Grußlos marschierte sie wieder hinaus.

Luka ließ sich von der Kollegin unten im Glaskasten eine Pizzeria empfehlen. Nach dem späten Mittagessen, das beinahe schon ein Abendessen war, kaufte er im Real-Markt – dem einzigen größeren Kaufhaus, das er entdeckte – ein Navi und bei einer Touristeninformation mehrere Karten und Prospekte von Rügen, in die er sich noch im Auto vertiefte.

Kurz dachte er an Teresa, die sicher nicht begeistert sein würde, wenn er spät nach Hause kam, aber das ließ sich nicht ändern. Zum Glück hatte sie ihre Mutter überreden können, Tilda bis Anfang Juni tagsüber zu nehmen. Er hielt das zwar für keine besonders glückliche Lösung, aber zumindest konnten Teresa und er so beide ihrer Arbeit nachgehen.

Vitt befand sich am nördlichsten Punkt der Insel. Die beiden Türme, die er gesehen hatte, waren der Schinkelturm und der Leuchtturm von Arkona; gemeinsam mit zwei Bunkern und den Dörfern Vitt und Putgarten bildeten sie eine Touristenattraktion. Gut, so ungefähr war ihm das ja schon bekannt gewesen.

Er machte sich auf den Weg. Auch dieses Mal lag das Dorf im Abendlicht, als er es erreichte. Der Himmel war allerdings grau, und darüber zogen zerrissene Wolken in seltsamer Färbung. Es sah aus, als hätte jemand mit Schwung einen Eimer schmutzig oranger Leuchtfarbe ausgegossen.

Luka parkte seinen Wagen bei den Garagen, anschließend schlenderte er durch den Ort. Eigentlich hatte er vorgehabt, sich im Goldenen Anker umzuhören, wo vermutlich der Dorfklatsch ausgetauscht wurde, doch er verwarf den Gedanken wieder. Das aufziehende Unwetter, das das Tageslicht vertrieb, täuschte. Es konnte kaum acht Uhr sein. Das Gasthaus wurde sicher noch von den

Touristen in Beschlag genommen, und die Einheimischen kamen wahrscheinlich erst ein oder zwei Stunden später.

Also entschloss er sich zu einem Gang um das Dorf herum. Er traf auf einen Bauern, der mit seinem Trecker den Weg befuhr, auf dem Luka vor ein paar Tagen den Ort erreicht hatte. Der Mann grüßte freundlich. Auf einem verwilderten, mit einer Mauer eingegrenzten Grundstück jenseits der Straße stand von Büschen fast versteckt ein Campingwagen mit einem vollbehängten Wäscheständer unter dem Vorzelt. Dahinter begannen die Rapsfelder, die die Insel um diese Jahreszeit mit ihrem Gold überzogen. Jetzt war davon allerdings nicht mehr viel übrig. Das Grau des Himmels hatte die Insel infiziert. Als Luka zum Himmel blickte, sah er, wie sich im Westen tintenschwarze Wolken zusammenballten. Da würde ordentlich was runterkommen.

Er blieb stehen, um seine Gedanken zu ordnen.

War es möglich, dass nicht Kristof, sondern Peggy ein Verhältnis gepflegt hatte? Vielleicht war schon beim Frühstück ein Streit darüber ausgebrochen. Kristof war nach Vitt gefahren, weil Peggy erwähnt hatte, dass sie in ihrem Elternhaus nach dem Rechten sehen wollte. Dort hatte er den Schwangerschaftstest entdeckt und war durchgedreht.

Vorstellbar? Zu früh, um das zu beurteilen.

Kurz entschlossen kehrte er ins Dorf zurück und erklomm die Treppe mit den breiten Stufen, die hinauf zum Klippenweg führte. Vor Davids Haus blieb er stehen. Durch die Rosenbüsche drangen die Klänge des Flügels. Die Tonfolgen und Läufe wurden mit berauschender Fingerfertigkeit gespielt, aber nach kurzer Zeit brachen sie in Misstönen ab. Auch wenn Luka nicht jahrelang in einer Band gespielt hätte, wäre ihm klar gewesen, dass der Mann, der dort auf die Tasten eindrosch, mit sich selbst nicht im Reinen war. Alles klang nach Verzweiflung oder Wut.

Als der Deckel zuknallte, zog er sich hinter eine Hecke zurück.

Wenig später sah er, wie David das Haus verließ. Luka hielt nach dem Hund Ausschau, konnte Benni aber nirgends entdecken. David hatte die Hände in den Hosentaschen seiner Jeans vergraben, und der Stoff beulte sich, als hätte er die Fäuste geballt. Mit gebeugten Schultern lief er die Treppe hinunter und tauchte wenig später bei den Garagen wieder auf, wo er sich in einen kleinen silbergrauen Golf setzte und davonfuhr.

Als Luka die beiden winzigen Gaststuben des Goldenen Ankers aufsuchte, waren die Touristen tatsächlich verschwunden. Er zog sich auf eine Bank an einem runden Tisch zurück, von der aus er die anderen Plätze im Auge hatte, die mittlerweile von Einheimischen besetzt worden waren.

Unauffällig begann er, den Raum zu mustern. Die Mauern waren weiß gekalkt, die niedrige Decke von braun gebeizten Stützbalken durchzogen. An den Wänden hingen Ölbilder, vorwiegend von Segelschiffen und Meeresszenen. Fürs Ambiente hatte man Fischernetze aufgehängt, und an einem der Deckenbalken baumelten ein Fisch und eine Fischgräte aus blauem Porzellan. Ein Schild auf seinem Tisch empfahl ihm warmen Sanddornsaft und warmen oder kalten Holundersaft. Er bestellte bei der Kellnerin, die auf dem Weg zu ihm mit den anderen Gästen scherzte, ein Bier.

Es waren etwa ein Dutzend Menschen anwesend, die den Raum aber füllten. Wie nicht anders zu erwarten, erkannten ihn die Leute wieder. Er bemerkte die Blicke, die sie ihm zuwarfen, und musste an das Klischee des Ermittlers denken, der in einem einsamen Küstendorf auf eine Mauer des Schweigens trifft.

So war das hier nicht. Er hatte sein Bier kaum zur Hälfte geleert, als zwei Männer, die wie Vater und Sohn aussahen, und eine Frau, die dem Alter nach zum Vater gehörte, aufstanden und zu seinem Tisch kamen.

«Haben Sie etwas dagegen, wenn wir uns zu Ihnen setzen?»

Er wies einladend auf die freien Plätze.

Die drei rückten auf die Sitzbank, und der Mann warf einen Blick in den hinteren Teil des Raumes, als wollte er sich der Unterstützung der anderen Gäste vergewissern.

«Hartmut Grödel. Ich betreibe die Waffelbäckerei neben der kleinen Treppe», stellte er sich vor. «Das ist meine Frau Rita. Und der junge Mann hier heißt Sven. Was dagegen, wenn ich eine rauche?» Luka schüttelte den Kopf, und Grödel zog umständlich eine Zigarettenschachtel aus der Tasche. «Wir nehmen das mit dem Rauchverbot nicht so ernst.»

«Schaut so aus.»

«Weil wir hier immer schon geraucht haben.»

Erstklassige Erklärung. Luka sah zur Tür, wo ein junger schwarzhäutiger Kellner nach draußen auf die kleine Terrasse eilte, um Bestellungen aufzunehmen. Vom Hafen zog der Geruch von geräuchertem Fisch in die Gaststube.

«Man traut sich abends nicht mehr aus dem Haus. So ist das nämlich», erklärte Rita unvermittelt.

«Wegen des Mordes?»

«Der Mörder läuft ja immer noch frei draußen rum. Ich meine, Sie haben ihn doch nicht, oder?»

«Sonst würde der Kommissar ja nicht hier sitzen, Mutti», meinte Sven. In seinen rundlichen Käuzchenaugen lag etwas Hinterlistiges; vielleicht war es aber auch nur Unsicherheit.

Die Frau wischte einen unsichtbaren Krümel von der Tischplatte. «Sie müssen nicht denken, dass wir neugierig sind. Aber abgesehen davon, dass wir über Peggys Tod natürlich schockiert sind – sie hat ja früher hier gewohnt, ist also praktisch eine von uns –, hat dieser Mord auch was mit uns selbst zu tun. Da ist jemand umgebracht worden, genau auf dem Grundstück, wo ich ein paar Stunden früher den Wildwuchs aus unserem Garten hingeschüttet habe. Das haben die Vogtländers übrigens erlaubt», fügte sie rasch hinzu. «Nicht dass Sie was Falsches denken. Jedenfalls, ich bin dort gewesen, und seit sie die arme Peggy gefunden haben, geht mir ständig durch den Kopf, dass es auch *mich* hätte erwischen können. Ist doch möglich, dass der Mörder vom Festland kam. Ein Triebtäter oder so. Hat man denn Spuren gefunden, ob Peggy …» Sie schwieg verlegen.

«Kannten Sie sie gut?», fragte Luka.

«Nur von früher. Sie war ein Jahr älter als ich, aber sie ist sitzengeblieben und so in meine Klasse gekommen. Da ging sie allerdings schon mit diesem Kristof und hatte gar nichts anderes mehr im Kopf. Mit uns Lütten wollte sie sowieso nichts zu tun haben.»

«Und Klarissa?»

«Ihre Schwester?»

Luka nickte.

«Tja, wie war Klarissa? Die hatte schon immer was Rebellisches. Oder, Hartmut?»

Ihr Mann nickte. «Die war wie aufgedreht, ständig am Provozieren. Weißt du noch, was sie für einen Aufstand gemacht hat, damals, bei ihrer Jugendweihe?»

«Sie war betrunken», meinte Rita nachsichtig.

«Man rennt nicht durchs Dorf und grölt ‹Schwerter zu Pflugscharen›. Vor allem, wenn man nicht mal christlich gesinnt ist. Die wollte einfach nur ihre Eltern auf die Palme bringen.»

«Und erinnerst du dich daran, wie sie nackig auf das Heringsfest gekommen ist?», fragte Rita. «Nur mit einem roten Hut auf dem Kopf? An den Stränden war FKK bei uns ja üblich», erklärte sie Luka. «Aber bei einem Fest? Sie hätten mal sehen sollen, wie die Mannsleut Stielaugen gekriegt haben.»

«Ich war letztens mit Günther baden, da waren wir auch nackt», erklärte Sven, und man merkte ihm die Freude an der Provokation an.

«Ach du meine Güte.»

«Günther sagt, ohne Klamotten sind die Menschen gleich, und

das ist das Einzige von der sozialistischen Kultur, was uns noch geblieben ist.»

«Günther Winkelmann, das ist ein älterer Herr hier aus Vitt, der hat in Sassnitz einen Jugendclub aufgebaut», erklärte Rita, die es unhöflich fand, am Gast vorbeizureden. «Sie gehen zelten und werkeln in seinem Schuppen und gucken sich die Sterne an.»

«Wir machen *Astrologie*. Er hat ein Spiegelteleskop. Ein echtes.»

Luka erinnerte sich dunkel an den älteren Herrn, der bei seiner Befragung die FDJ erwähnt hatte.

«Es gibt jedenfalls nicht mehr viele, die bereit sind, ihre Freizeit für was Ehrenamtliches zu opfern. Aber das mit dem FKK finde ich nicht richtig», wandte Rita sich wieder an ihren Filius. «Früher war so was üblich, aber heute kann man dabei auf komische Gedanken kommen. Das sag ich Günther auch noch.»

«Wir kommen auf keine Gedanken, die wir nicht schon hätten.» Sven grinste und duckte sich weg, als seine Mutter ihm eine Kopfnuss geben wollte. In diesem Moment zuckte vor dem Fenster ein Blitz über den Himmel. Fast zeitgleich begann der Regen niederzuprasseln, und die wenigen Gäste, die noch auf der schmalen Terrasse zur Straße hin saßen, flüchteten ins Haus.

«Klarissa war also eine Aufmüpfige?», brachte Luka die Familie auf das Thema zurück, das ihn interessierte.

«Und jetzt ist sie bei den Linken. Das ist typisch für sie», meinte Hartmut Grödel abfällig. «Erst will sie ums Verrecken nicht zur Jugendweihe und in die FDJ, aber nun macht sie auf Sozialismus!»

«Hier auf Rügen?»

«Nee, irgendwie ein bisschen größer. Auf Landesebene oder so. Hatte die nicht auch mal was mit dem Musiker, der oben auf der Klippe wohnt, Rita?»

«Das läuft immer noch. Jedenfalls hat Marie sie letztens erst zu seinem Haus raufgehen sehen.»

«Wann war das denn?», hakte Luka nach.

«Keine Ahnung. Muss schon ein paar Wochen her sein.»

«Dieser Mann bleibt ja sehr für sich», sagte Hartmut. Es klang missbilligend. Man schätzte im Dorf offenbar keine Eigenbrötler. Er begann in seiner Gesäßtasche zu kramen und zog ein Lederetui hervor. Schlüssel und Fahrzeugpapiere. «Komm, Sven, nimm das Auto und hol Louise ab. Ich will nicht, dass sie bei diesem Sauwetter durch die Felder geht.»

Die Augen des Sprösslings leuchteten auf. Luka sah ihm nach, wie er mit eingezogenem Kopf in den Regen hinausrannte.

«Würden wir es denn erfahren, wenn der Mörder gefasst ist?», fragte Rita.

«Ganz sicher.» Luka trank sein Bier aus. Mehrere Männer an den Tischen erhoben sich und gingen in ein Nebenzimmer.

«Heute Abend spielt Hansa Rostock», erklärte Hartmut, der ebenfalls aufstand. «Drüben ist ein Fernseher. Haben Sie Lust mitzugucken?»

Luka hob abwehrend die Hände, und Hartmut nickte mit einem Grinsen.

«Was ist dieser Grosser eigentlich für ein Mensch?», fragte Luka, als er mit Rita allein am Tisch saß.

«Ich weiß nicht.» Sie zögerte. «Da wurde mal was geredet, aber …»

«Was denn?»

«Eigentlich nur Klatsch und Tratsch. Es war etwas Böses passiert, und … Tja, das ist die Krux, wenn man in einer so kleinen Gemeinschaft lebt. Die Leute interessieren sich zu sehr füreinander. Ich fand Grosser immer in Ordnung. Zumindest war er höflich, wenn ich ihm auf der Straße begegnete.»

«Was muss man sich denn unter etwas Bösem vorstellen?»

«Nein, bitte, ich mag das nicht weitertragen. Schlimm genug, was man damals draus gemacht hat. Über mich und Hartmut haben sie sich auch mal das Maul zerrissen. Ich hasse das. Jemand redet blöd daher, und einen Tag später ist alles wirklich passiert.» Sie stand auf, das Thema war ihr sichtlich unangenehm. «Ich übernehme Ihre Rechnung, ist das in Ordnung für Sie?»

Luka winkte bedauernd ab.

«Aber Sie sagen Bescheid, wenn wir uns nicht mehr sorgen müssen, ja?» Sie ging hinüber ins Fernsehzimmer, ohne seine Antwort abzuwarten.

ACHT

Das war toll, das war ja wirklich toll! Conny hätte Feuer spucken können. Klinken putzen bedeutete, sich an den Türen misstrauischer Mitbürger den Mund fusselig zu reden, ohne dass was bei rauskam. Den zerstreuten Zeugen, dem beim Nachbohren das eine wichtige, den Fall aufklärende Detail einfiel, den gab's doch nur im Märchen und in den bescheuerten Fortbildungen, die sie alle paar Jahre abzusitzen hatten. Zudem waren Kristofs Ferienhäuser auch noch über die halbe Insel verstreut.

Kroczek hatte offenbar vor, sich um alles Wichtige selbst zu kümmern, und seine Kollegen wimmelte er mit der langweiligen Routine ab. Wahrscheinlich hielt er seine neuen Mitarbeiter für Inseltrottel, zu blöd für einen intelligenten Gedanken.

«In zwei Kilometern rechts, das geht schneller», sagte Olaf, der das Navi ausgestellt hatte, weil ihn das Gerede nervte. «Siebzehn Häuser», seufzte er. «Das schaffen wir heute auf keinen Fall. Nicht mal mit Überstunden.»

Und die würden sie natürlich trotzdem abreißen müssen. Weil Kroczek ehrgeizig war und es diesem arroganten Schnösel von Staatsanwalt zeigen wollte. Dass er sich profilieren wollte, fand Conny in Ordnung. Aber dass er dafür den Feierabend seiner Kollegen opferte, stank ihr gewaltig. Selbst war er wahrscheinlich längst zu Hause bei seiner Kleinen und der dazugehörigen Mutter, die zweifellos Modelmaße besaß und irgendeinen wahnsinnig beeindruckenden Job hatte. Die drei würden in ihrer designten Wohnung …

«Conny, du hast die Abzweigung übersehen», beschwerte sich Olaf. «Dahinten kommt eine Tankstelle. Dort kannst du wen … »

Ihm blieb das Wort im Hals stecken, und er umklammerte vor Schreck den Türgriff, als Conny die Bremse durchtrat. Die Reifen kreischten, und sie wurden beide in die Gurte geschleudert, während Conny mit Schwung über einen gemähten Rasenseitenstreifen kurvte.

«Wie findest du eigentlich den neuen Chef?»

«Conny», sagte er, «manchmal bist du irre.»

«Liegt am Beruf. Kann ich nichts für. Nun sag schon: Wie findest du ihn?»

«Keine Ahnung. Er scheint ganz nett zu sein.»

Klar, dachte sie. Das ist auch leicht, wenn man seinen Feierabend selbst bestimmen und sich auf was Schönes zu Hause freuen kann. Auf sie warteten nur zwei Mädels, die todsicher keinen Handschlag im Haushalt getan und wahrscheinlich auch noch nicht mit den Schulaufgaben angefangen hatten.

Nina hatte am Morgen gekotzt. Ob das was zu bedeuten hatte? Lieber Gott, lass sie nicht schwanger sein, dachte Conny. Da gab es diesen Kerl, einen Griechen, mit dem sie rumhing. Leandros. Jungs sind in diesem Alter nur auf ihren Unterleib fixiert, hatte sie Nina gesagt, aber die wollte davon natürlich nichts hören. Sie war überhaupt so unzugänglich in letzter Zeit.

«Und jetzt noch mal links.»

Sie holperten über das Kopfsteinpflaster in Bobbin, passierten ein Verkehrsschild mit dem diskreten Hinweis *Kein Ort zum Sterben* und erreichten schließlich Glowe, das schnieke Ferienparadies für Reiche. Hier also, in einer dieser neuen Ferienhaussiedlungen in Sichtweite zum Strand, hatte Kristof eines seiner Häuser gebaut.

Wehmütig dachte Conny daran zurück, wie sie mit den Mädchen früher ganz in der Nähe picknicken gewesen war. Aber daran hatten die beiden kein Interesse mehr. *Bitte, lass Nina nicht schwanger sein!*

«Und nun rechts», sagte Olaf, der die Hausnummern im Blick behielt. Conny fuhr in eine kleine Sackgasse. Die Hausbesitzer liebten es bunt: Jedes Haus hatte eine andere Farbe. Rot, Grün, Hell- und Dunkelblau, alles dabei. Die Fenster und die Terrassentüren besaßen hölzerne, weiß gestrichene Läden.

«Das ist aber mal hübsch», fand Olaf.

Sie parkte den Wagen am Ende der Siedlung in einer Ecke, in der er nicht sofort zu sehen war.

«Ich schätze mal, es ist das grüne dahinten – Nummer siebzehn.» Missmutig trottete Conny hinter Olaf den Weg entlang. Das Haus, das er meinte, trug sogar einen Namen, der mit schwungvoller Schönschrift auf die weiße Haustür gemalt worden war: *Möwennest*.

Sie klingelten. Als sich niemand rührte, gingen sie um das Gebäude herum und schauten durch die beiden großen Fenster, die zum Strand zeigten. Sie fanden aber keinen Hinweis, dass die Unterkunft momentan vermietet war. Die Stühle standen ordentlich um den mit Platzdeckchen bestückten Tisch. Auf dem Sofa lagen sorgfältig arrangiert ein paar Seidenkissen.

«Wie findest du das Teil? Ich meine das Sofa?», fragte Conny ihren Kollegen.

«Wieso? Ganz normal.»

«Ist von IKEA. Aber keins von den billigen. Rate mal, was du dafür blechen musst.»

Olaf versuchte, gespannt auszusehen, obwohl ihn Sofas wahrscheinlich einen Dreck interessierten.

«Für das Geld könntest du ein Jahrhundert lang den afrikanischen Kontinent ernähren», verriet ihm Conny trotzdem. «Es hat sogar einen Namen – obwohl die ja wohl alle irgendwie heißen. Nina ist jedenfalls versessen darauf. Seit Wochen pflastert sie meinen Wohnzimmertisch mit Katalogen und jobbt dafür an den Wochenenden. Ich kapier das nicht. In ihrem Zimmer sieht es aus wie Sau. Warum räumt sie nicht erst mal auf?»

«Kinder halt», sagte Olaf.

«Hm.» Conny ging zum nächsten Fenster und legte eine Hand

als Schutz gegen die Spiegelungen über die Augen, aber auch im Schlafzimmer konnte sie nichts Bemerkenswertes entdecken. Alles picobello aufgeräumt. Hier war mit Sicherheit als Letztes die Putzfrau durchgegangen. «Findest du das nicht komisch?»

«Was?»

«Dass das Haus jetzt im Mai leer steht? Ist doch schönes Wetter.»

«Vielleicht weil keine Ferien sind. Werden solche Ferienhäuser nicht meistens an Familien mit Kindern vermietet?»

«Kann sein. Keine Ahnung.» Conny hatte ihren letzten Urlaub damit zugebracht, die Wohnung zu streichen. «Dann lass uns mal anfangen, Klingelknöpfe zu drücken.»

«Ich glaub, ich muss erst noch mal für kleine Hasen.» Olaf wurde rot. Man munkelte, dass er an einem chronischen Blasenleiden litt, und einer der Kollegen von der Streife hatte ihn mit der Frage aufgezogen, ob er nun Damenbinden tragen müsse.

«Klar, kein Problem», sagte Conny rasch. «Ich fang schon mal an.» Während der Kollege hinter ein paar Büschen verschwand, ging sie zu einem der Nachbarhäuser. Aber hier und auch bei den nächsten beiden Häusern klingelte sie vergebens. Kein Wunder – es war eine beschissene Zeit. Die meisten Leute waren noch auf Achse, einkaufen oder schwimmen oder so.

Olaf kehrte zurück, und sie klapperten gemeinsam die Häuser auf der anderen Seite der Siedlung ab. Schließlich fanden sie einen Kioskbesitzer, der zwischen Tageszeitungen, Zigaretten und Süßigkeiten Langeweile schob. Conny reichte ihm ein Foto von Kristof, aber der Mann schüttelte den Kopf. «Hier sind ja ständig andere Leute, immer wieder neue Gäste.» Klar. Und es war wohl auch eher unwahrscheinlich, dass Kristof Lenz seinen Wein am Kiosk kaufte.

Also stiegen sie wieder ins Auto und fuhren nach Wiek, wo sie in Kristofs zweitem Ferienhaus, das er *Ostseeperle* getauft hatte, ein polnisches Ehepaar beim Puzzeln antrafen. Die beiden urlaubten hier bereits seit zehn Tagen; demnach hatte Kristof mit Sicherheit nicht in Wiek übernachtet, um den Komfort seiner Häuser zu testen. Conny zeigte ihnen trotzdem sein Foto, aber das Paar war dem Vermieter nie begegnet. Der Schlüssel war ihnen von einer Putzfrau übergeben worden.

Olaf nutzte die Gelegenheit für einen Toilettenbesuch.

In Schaprode, wo es einen richtig schicken Yachthafen gab, hatte Kristof gleich fünf Häuser nebeneinander hochgezogen. Vier davon waren belegt; dort standen Autos mit auswärtigen Kennzeichen vor der Tür. Und die anderen? Conny blickte auf ihre Uhr. Es war kurz vor sechs. «Wir kriegen's schneller durch, wenn wir uns trennen.»

«In Ordnung», stimmte Olaf zu und machte sich auf den Weg zu einem der bewohnten Häuser. Sie selbst nahm sich das leerstehende vor und schaute wieder durch die Fenster. Kristof kalkulierte knallhart. Die Einrichtung war relativ neu, sah auch alles gut aus, aber man merkte, dass er kein Vermögen dafür hingelegt hatte. Was natürlich einleuchtete. Ganz der clevere Kaufmann, der er war, wollte er mit einem Minimum an Aufwand maximalen Gewinn erzielen. Nur bei dem Sofa in Glowe hatte er den Großzügigen rausgekehrt. *Wie hieß das gleich? Göteborg? Stockholm?* Irgendeine skandinavische Stadt. Wie bescheuert musste man sein, um einem Sofa wie einem Baby einen Namen zu geben?

Conny starrte auf die Sitzkombination, die sorgfältig um einen billigen Kieferntisch arrangiert war. Komisch. Sie hätte angenommen, dass Kristof seine Häuser ökonomisch immer auf gleiche Weise ausstattete. Konnte natürlich sein, dass er das Möwennest in Glowe zuerst eingerichtet hatte und damals noch großzügiger gewesen war. Andererseits gab es das Luxussofa bei IKEA noch gar nicht so lange; da hatte der blaue Aufkleber *Neu* drangehangen.

Und da traf es sie plötzlich wie ein Blitz. «O Mann», flüsterte sie. «O Mann, du Dreckskerl.» Ihr lief ein Schauer den Rücken hinab, und sie begann zu lächeln.

In der von Olaf angelegten Tabelle hielten sie fest, dass vier der fünf Häuser zum Tatzeitpunkt definitiv belegt gewesen waren. Bei dem leeren Haus am Rand der Minisiedlung war Kristof von niemandem gesehen worden – auch sein roter Porsche nicht, der ja ein richtiger Hingucker war. Pech für ihn, aber andererseits auch kein Beweis, dass er für sein Alibi gelogen hatte, wie Olaf richtig bemerkte. Er konnte in einer anderen Straße geparkt und sich in einem unbeobachteten Augenblick im Haus einquartiert haben.

War aber nicht so!, dachte Conny. Die Idee, die ihr gekommen war, geisterte immer noch durch ihren Kopf. Sie wendete sie hin und her – es passte.

Und dann fasste sie einen Plan. Er war verrückt und konnte sie schlimmstenfalls den Job kosten. Doch die Aussicht, einen verzwickten Mordfall sozusagen im Alleingang zu lösen, versetzte sie in Euphorie. Na gut, nicht lösen, schränkte sie ein. Aber es wäre ein entscheidender Hinweis. Sie hätte den Kerl beim Lügen erwischt. Ihre Sehnsucht, den Typen im Kommissariat endlich zu beweisen, was sie auf dem Kasten hatte, war riesig!

Sie verbarg ihre Aufregung, so gut es ging, kehrte mit Olaf nach Bergen zurück und rief dann von ihrem eigenen Wagen aus zu Hause an. Katja hatte eine Mathearbeit zurückbekommen, eine Eins, alles paletti. Sie war ehrgeizig und ging aufs Gymnasium, im Gegensatz zu Nina, die nur mit Glück den Realschulabschluss schaffen würde.

«Du, Mama, die haben uns heute was von einem Austauschprogramm erzählt. Nach Kalifornien, in eine Kleinstadt. Wir haben Broschüren bekommen.» Katja schwärmte, und Conny überlegte kurz, was so ein Amerikaaufenthalt wohl kosten würde. Wahrscheinlich ein Vermögen. Aber ihre Gedanken wanderten sofort wieder zu Kristof und seinem Sofa.

«Schätzchen, ich brauch hier noch ein bisschen.» Sie hörte, wie Katja aufstöhnte, und bekam sofort ein schlechtes Gewissen. «Aber wenn ich heimkomme, bringe ich eine Pizza mit.»

«Thunfisch für mich?»

«Was denn sonst.»

«Wann kommst du, Mama?»

«In zwei Stunden vielleicht. Nicht mehr.» Conny hörte eine Jungenstimme lachen – Leandros war bei den Mädels. «Sag Ninas Lover, um zehn muss er die Kurve kratzen.»

Katja brummelte etwas. Im Hintergrund quietschte Nina, als würde sie gekitzelt. Na, sie und Leandros würden ja wohl keinen Mist bauen, während Katja mit in der Wohnung war. So viel Anstand besaßen sie hoffentlich! Conny drückte die Familie weg, steckte sich die Stöpsel ihres MP3-Players in die Ohren und machte sich auf den Weg.

Sie parkte den Wagen vor einem Supermarkt, wo er nicht auffiel. Der Himmel hatte sich verdunkelt, ein Gewitter kündigte sich an. Aber noch war alles trocken. Rasch lief sie zur Ferienhaussiedlung hinüber. Ihr Herz klopfte, als sie das grüne Möwennest erreichte. Obwohl es dämmerte, hatte niemand im Haus Licht angeschaltet. Es stand auch kein Auto auf dem dazugehörigen Parkplatz. Genau wie sie erwartet hatte.

Eilig angelte sie ein paar Gummihandschuhe aus ihrer Jackentasche, zog sie über und umrundete einmal komplett das Haus. Sicherheitshalber schaute sie dabei durch sämtliche Erdgeschossfenster und dann zu den Nachbarhäusern, aber nirgendwo rührte sich etwas. Gegenüber saß eine Familie beim Abendbrot, doch die Leute waren mit sich selbst beschäftigt. Entschlossen zog Conny eine Haarklemme aus ihrer krausen Mähne, bog sie zurecht und nahm sich die Terrassentür vor.

Sie hatte ein paar Jahre lang Bürgerveranstaltungen zum Thema Einbruchssicherung abgehalten. Das Ganze war zwar schon eine Weile her, aber sie brauchte trotzdem keine halbe Minute, um die Tür zu öffnen. Einen Moment wartete sie auf das Schrillen einer

Alarmanlage, die man für ein paar Euro in jedem Baumarkt bekommen konnte, doch alles blieb still.

Als Erstes schlich Conny in die Küche. Sie mochte keine Lampe einschalten, aber das Licht von draußen reichte, um eine Kaffeemaschine zu erkennen, die nach purem Luxus aussah – alles Chrom und groß genug, um halb Berlin mit Kaffee zu versorgen. Sie lächelte grimmig.

Durch den Flur tastete sie sich ins Schlafzimmer vor. Hier war es noch dunkler, weil das Fenster nach Norden zeigte. Ein Donnerschlag ließ sie zusammenschrecken. Hinter dem Fenster zuckten mehrere Blitze gleichzeitig. Mann, da zog ja was ran!

Aber damit konnte sie sich jetzt nicht aufhalten. Der Kleiderschrank stand links von der Tür. Conny strich mit der Hand über etwas Glattes. Ihr Herz klopfte schneller. Das war kein Kiefernholz für lau, sondern Glas. Und sicher ebenfalls sündhaft teuer, davon war sie überzeugt.

Sie schob eine der Schiebetüren beiseite. Ein feiner Parfümduft zog ihr in die Nase. Volltreffer! Als sie triumphierend ins Schrankinnere griff, ertastete sie Stoff und bekam Rüschen und etwas Langes, Seidiges wie ein Abendkleid zwischen die Finger. Zu schade, dass sie keines der Kleidungsstücke als Beweisstück an sich nehmen konnte. Aber wenn jemand darauf kam, dass sie hier illegal eingedrungen war, flog sie aus dem Job. Da gab es kein Vertun.

Wie sollte sie Kroczek später ihr Wissen überhaupt erklären? Ach, egal, das würde sich schon finden. Wichtig war, dass sie ab jetzt in die richtige Richtung dachten. Kristof hatte eines der Häuser luxuriös ausgestattet, weil er es als Liebesnest benutzte. Und zwar mit immer derselben Frau – das bewiesen die Kleider im Schrank.

Wahrscheinlich war es so gelaufen: Kristof hatte sich eine Freundin zugelegt und beschlossen, mit ihr ein neues Leben zu beginnen. Aber dabei war Peggy im Weg gewesen, denn bei einer Scheidung hätte er einiges an Geld rüberwachsen lassen müssen. Das zu zahlen war er aber nicht bereit, also hatte er sie aus dem Weg geräumt. Vielleicht war sie ihm auch auf die Schliche gekommen und hatte gedroht, ihn so richtig ausbluten zu lassen. In diesem Fall leuchtete ein, warum die Axtattacke so heftig ausgefallen war.

Ärgerlich, dachte Conny, dass der Idiot von Staatsanwalt dann recht behält und ich mich in Kristof Lenz getäuscht habe. Aber darum ging's ja nicht. Sorgfältig schloss sie die Türen des Kleiderschrankes wieder.

Sie wollte sich gerade auf den Rückweg nach draußen machen, da hörte sie, wie ein Schlüssel ins Haustürschloss geschoben wurde. Sie erstarrte. Ihr Herzklopfen setzte wieder ein, nun aber doppelt so heftig. Ihr war klar, dass sie aus dem Obergeschoss nur herauskam, wenn sie die Treppe benutzte.

Aber unten, am Fuß der Treppe, stand jetzt jemand.

NEUN

Es war Mittwochvormittag, und das Faxgerät spuckte den vorläufigen Obduktionsbericht aus. Fünf Minuten später rief die Ärztin an, die die Leichenschau durchgeführt hatte.

«Leidenschaft ist das richtige Wort», bestätigte sie Luka. «Es ist nicht ganz einfach, eine Reihenfolge im Tötungsablauf festzulegen, aber die Beine waren mit Sicherheit nicht zuerst dran. Sonst hätte die Frau es nicht in den Flur geschafft, und die Hiebe hätten auch einen anderen Einschnittswinkel aufgewiesen. Das Blut verteilte sich über mehrere Räume – das ist doch korrekt, oder?»

Luka bejahte es.

«Ich würde gern noch einen Blick in die Unterlagen der Spurensicherung werfen, bevor ich meinen Abschlussbericht schreibe. Wenn das Opfer versucht hat zu fliehen, sollte der erste Hieb die Frau in den rechten Arm getroffen haben. Dort ist auch eine typische Abwehrverletzung zu erkennen. Die vier Hiebe auf den Schädel wären jeder für sich tödlich gewesen. Meiner Vermutung nach hat der Täter aber nicht gezielt auf eine Tötung hingearbeitet ...»

Luka lauschte und betrachtete dabei das Fax mit dem Umriss der Frauenfigur, bei dem die Wunden mit Zahlen versehen und kommentiert worden waren. «Gibt es Hinweise auf die Körpergröße und die Kräfte des Täters?»

«Sie suchen einen durchschnittlich großen Menschen, vermutlich einen Mann oder eine kräftige, sehr erregte Frau. Wobei der Mann wahrscheinlich ebenfalls aufgewühlt ...»

«Schon verstanden, ja. Wie genau können Sie den Todeszeitpunkt eingrenzen?»

«Samstagabend zwischen fünf und neun Uhr. Auf keinen Fall später als zwölf.»

«Na, das ist doch schon was.» Luka legte auf und versuchte, Kristof Lenz zu erreichen, um ihn zu einem erneuten Verhör vorzuladen, mit dem Vorschlag, seinen Anwalt gleich mitzubringen. Der Hinweis auf den Anwalt wirkte bei manchen Leuten ja Wunder, da sahen sie sich schon in der Gerichtsverhandlung sitzen. Doch Lenz ging nicht ran.

Na schön. Luka nahm sich die Zeugenaussagen vor, die Olaf ihm während des Telefonats auf den Schreibtisch gelegt hatte. Er und Conny Böhme hatten nicht viel herausgefunden. Sie würden noch weiter bohren und vor allem die Nachbarn aufsuchen müssen, die sie nicht angetroffen hatten, aber Luka beschloss, das auf den folgenden Tag zu verschieben. Mit etwas Glück hatte Lenz bis dahin seine Aussage zum Alibi revidiert. Diese Geschichte vom Testen der Ferienhäuser stank doch zum Himmel.

Außerdem brauchten sie Einsicht in Lenz' Versicherungsunterlagen, seine Steuererklärungen und seine Kontoauszüge, was ihnen möglicherweise beim Mordmotiv weiterhelfen würde. Das konnte Tobias übernehmen. Falls Kristof Lenz sich weigerte, den Kram vorzulegen, war Staatsanwalt Meyer sicher zu entsprechenden Zwangsmaßnahmen bereit.

Luka sah zum Whiteboard, das er vom Konferenzraum in sein Büro geschafft hatte. Dort stand der Name *Lenz* mit einem roten Kreis umkringelt. Meyer hatte schon recht: In einem Fall wie diesem landete man fast immer bei den Angehörigen. Kristof war ihr Hauptverdächtiger. Sein Blick schweifte weiter: *Klarissa Vogtländer*. Hatte Peggy möglicherweise ein Testament zugunsten ihrer Schwester verfasst? Und wenn ja, hatte Klarissa davon gewusst? Auch das wäre ein Motiv. Musste man rausfinden.

Und David Grosser?

Auf ihn gab es überhaupt keine konkreten Hinweise, außer dass er in der Nähe des Tatorts wohnte und Klarissa kannte. Warum zur Hölle ging ihm dieser Mann nicht aus dem Kopf? Einen Moment sah er ihn wieder im Garten graben, aber das hatte ja mit dem Mordfall nichts zu tun.

Erneut versuchte Luka, Kristof zu erreichen, doch der ging immer noch nicht ans Handy. Verärgert machte er sich auf den Weg zu Connys Büro. Sie war nicht da. Im Nebenzimmer versuchte Olaf gerade gemeinsam mit Tobias herauszufinden, ob die Kollegen aus Sassnitz etwas von verdächtigen Personen wussten, die in leerstehenden Häusern übernachteten.

«Schon was gefunden?»

«Eine ältere Obdachlose hat sich eine Weile in Vitt und Putgarten rumgetrieben, aber als Täterin kommt sie wegen ihrer geringen Körperkraft nicht in Frage», erklärte Tobias und bemühte sich, professionell auszusehen. «Außerdem gibt es ein Brüderpaar aus dem Milieu, das immer gemeinsam aufgetreten und mit Taschendiebstählen aufgefallen ist, aber sie sind seit ein paar Monaten nicht mehr aktenkundig und von den Streifenkollegen nicht gesehen worden. Die Kollegin in Sassnitz meinte, die beiden sind vielleicht zum Festland rüber. Ich überprüfe gerade, ob da was dran ist.»

«Ausgezeichnet. Es wäre mir lieb, wenn Sie sich anschließend mit Kristofs Vermögensverhältnissen befassen könnten.»

«Natürlich, gern.»

«Wenn Sie Fragen haben, melden Sie sich.»

Tobias nickte. Er schien entschlossen, allein zurechtzukommen.

«Wo steckt eigentlich Frau Böhme?», erkundigte Luka sich bei Olaf, der errötete.

«Sie ist … na ja.» Er deutete vage in Richtung der WCs gegenüber der Treppe.

«Kommen Sie mit ihr rüber, wenn sie zurück ist.»

«Worum geht's denn, Chef?», wollte Olaf wissen.

«Sie sollen nach Sassnitz. Kristof Lenz hat dort ein Büro. Der Mann veralbert uns.»

«Und was sollen wir konkret …?»

«Ihm eine schriftliche Vorladung übergeben – mit ein bisschen Tamtam dabei.»

Olaf blickte ratlos.

«Sie stellen sich beim Personal als Kripobeamte vor … Sie sorgen dafür, dass möglichst viele Menschen das mitbekommen … Sie erklären lautstark, dass er unverzüglich antanzen muss. Machen Sie ein bisschen Wind.»

«Warum?»

Hatte Olaf das wirklich gerade gefragt? Luka verkniff sich eine bissige Bemerkung. «Aber bevor Sie losfahren, kommen Sie erst noch mal zu mir, ja?»

Als Luka zehn Minuten später wieder über den Akten brütete und zufällig aus dem Fenster blickte, sah er Olaf in Richtung Dienstwagen gehen. Herrgott, war dieser Mann anstrengend. Was war an ‹Kommt erst noch mal zu mir› so schwer zu verstehen? Und wo steckte überhaupt diese unmögliche Conny?

«In Düsseldorf war auch nicht alles gut», murmelte er wie ein Mantra vor sich hin, griff zum Telefon und wählte Olafs Nummer.

«Was soll das heißen, sie ist nicht zur Arbeit gekommen?», herrschte er den Kommissar kurz darauf in seinem Büro an. Olaf blickte betreten auf die eigenen Füße, was Luka noch wütender machte. «Hat sie sich krankgemeldet?»

«Nicht direkt.»

«Dann indirekt?»

«Bitte?»

Luka knirschte mit den Zähnen. Conny Böhme! Allmählich hatte er diese Frau gefressen. Ach was – die ganze Abteilung.

«Sie macht das sonst nie, Chef», murmelte Olaf.

«Dann freue ich mich ja, dass sie gerade jetzt damit anfängt, wo ich sie dringend brauche. Dürfte ich erfahren, warum Sie so was decken?»

«Na ja ...»

«Hat sie ein Alkoholproblem?»

«Aber doch nicht Conny!»

«Haben Sie versucht, sie anzurufen?»

«Schon, aber sie geht nicht ans Telefon.»

«Sehen Sie zu, dass Sie sie erreichen. Auf jeder Nummer, die Ihnen bekannt ist oder die Sie rauskriegen können. Ich will die Frau innerhalb der nächsten dreißig Minuten vor meinem Schreibtisch haben.»

«Und die Vorladung?»

«Ja, es wäre schön gewesen, wenn Sie sie hätten zustellen können!»

Als Olaf zur Tür hinaus war, machte Luka sich wieder an die Aktenarbeit, doch er war zu wütend, um sich zu konzentrieren. Wieder blickte er zum Whiteboard, und wieder blieb er beim Namen des Pianisten hängen.

David Grosser. Ein sympathischer Kerl, den man gernhaben konnte. Hatte er vielleicht ein Verhältnis mit Peggy gehabt? Und sie in einem Streit erschlagen? Grosser war impulsiv und zu starken Gemütsregungen fähig, davon konnte man wohl ausgehen. Luka überlegte, ob die Indizien ausreichten, um sich seine DNA zu verschaffen, ließ dann aber die Idee, die ihm sowieso extrem gegen den Strich ging, wieder fallen.

Stattdessen rief er einen Pizzadienst an. In Düsseldorf hätte er für die Kollegen etwas mitbestellt. Sie hätten zusammen gegessen und sich die Pause gegönnt, die man so dringend brauchte, wenn man im Dreck wühlte. Bei der Vorstellung, sich mit Olaf oder gar Conny eine Pizza reinzuschieben, lachte er freudlos auf.

Würde Klarissa es decken, wenn David ihre Schwester umgebracht hatte? Keine Ahnung. Man müsste die beiden verhören und schauen, ob sie sich in Widersprüche verwickelten. Vor allem mussten sie sich Peggys Freundinnen vornehmen. Wenn Peggy fremdgegangen war, hatte sie eventuell eine Busenfreundin eingeweiht, da ihr Verhältnis zu Klarissa ja eher kühl gewesen war. Doch dafür brauchten sie Namen. Verdammt, ihm fehlten die Leute!

Luka zog sich das Handy ran und klingelte zum dritten Mal bei Kristof durch. Nichts. Der Kerl stellte sich taub. Er schaute zur Uhr. Anderthalb Stunden waren vergangen, seit er Olaf beauftragt hatte, Conny herbeizuschaffen. Aufgebracht stand er auf.

Seine beiden Kollegen blickten ihm bedröppelt entgegen, als er das Zimmer betrat. «Tut mir leid, Chef. Es ist mir nicht gelungen …»

«Vergessen Sie Conny. Sobald Sie hier das Dringendste erledigt haben, fahren Sie nach Binz und quetschen die Nachbarn aus. War Peggy berufstätig? Mit wem war sie befreundet? Bekam sie Männerbesuch, wenn Kristof unterwegs war? Und falls Sie Lenz selbst erwischen: Schleppen Sie ihn hierher und lassen Sie ihn in meinem Zimmer warten, bis ich wieder zurück bin. Und wenn es bis Mitternacht dauert!»

«Was haben Sie denn vor, Chef?», fragte Tobias.

«Das, was hier jeder machen sollte – meinen Job erledigen!», schnauzte er.

Es war heller Nachmittag, als er das kleine Dorf in der Küstenschlucht erreichte. Vor dem Tatort stand wieder der Wagen der Spurensicherung, und Luka ging zur Haustür, die Gerhild auf sein Klopfen hin öffnete.

«Irgendetwas Neues, das uns weiterbringen könnte?»

«Wir haben achtzehn relativ frische Fingerabdrücke, die zugeordnet werden müssten. Außerdem mehrere DNA, die interessant sein könnten.» Sie lachte kehlig. «Aber ist alles noch ein bisschen früh.»

«Schon klar.» Luka hob die Hand zum Gruß und machte sich auf den Weg zum Dornröschenhaus.

Beim Öffnen der Gartenpforte wartete er auf Benni, doch der Hund blieb auch dieses Mal verschwunden. Luka zögerte und schaute sich um. Was ihm durch den Kopf schoss, war nicht ganz korrekt, aber er war zu neugierig. Rasch schlüpfte er in den Garten und lief zur Hundehütte, um sie zu untersuchen. David hatte sie provisorisch aus alten Brettern zusammengehämmert. Das Ende einer Eisenkette schlängelte sich durchs Gras, was darauf hinwies, dass Benni möglicherweise ein Beißer war. Aber Luka interessierte sich mehr für den Trinknapf. Und tatsächlich: Er enthielt keinen Tropfen Wasser und war von den gelblichen Blütenpollen überzogen, die momentan auch die Autos bedeckten. Dieser Napf war mit Sicherheit seit Tagen nicht benutzt worden.

Luka machte sich zur Rückseite des Hauses auf. Das Rad rostete immer noch am Schuppen vor sich hin, und auch sonst hatte sich seit seinem letzten Besuch nichts verändert. Sosehr David die Musik liebte, so wenig hatte er anscheinend für Gartenarbeit übrig.

Luka schaute zum Himmel, wo die Möwen kreisten. Vom Weg drang Kinderlärm herüber. Wo steckte der verdammte Hund? Wie magisch wurde sein Blick von der zugeschütteten Grube angezogen. Er zögerte. Ohne die Erlaubnis des Besitzers oder einen Durchsuchungsbefehl hatte er hier nichts zu suchen. Es grummelte in seinem Magen. Ach, scheiß drauf!

Er ging in den Schuppen und schnappte sich einen Spaten. Hoffentlich blieb David noch eine Weile fort. Und wenn nicht, würde er sich wohl kaum über ihn bei der ungeliebten Polizei beschweren.

Die Arbeit ging in die Knochen, schon bald geriet Luka ins Schwitzen. Er brauchte mehr als eine Viertelstunde, bis er den Boden des Lochs erreichte. Zuerst roch er es. Dann, während er mit der Schaufel die Erde beiseitekratzte, erkannte er nach und nach die grausigen Einzelheiten. Er ließ den Spaten fallen, presste die Hand vor Nase und Mund und starrte auf das verwesende Fleisch, an dem sich Maden und anderes Gewürm gütlich taten. Ihn packte eine heftige, unprofessionelle Wut.

David kehrte eine halbe Stunde später zurück. Luka hörte das Tor quietschen. Er erhob sich von der Gartenbank, auf der er gewartet hatte, und ging ums Haus herum. Als David ihn erblickte, war er überrascht – und keinesfalls erfreut.

«Hallo?», fragte er abweisend. Sein Haar war zerzaust, und in seinem Hemdkragen hatte sich ein Blatt verfangen. Er war wohl den Uferweg entlanggegangen. «Was machst du denn hier?»

Statt zu antworten, wandte Luka sich wieder zum Garten. David steckte die Hände in die Hosentaschen. Einen Moment sah es aus, als wollte er zur Haustür gehen, aber dann folgte er ihm doch. Als er das offene Grab erblickte, blieb er stehen, und seine Miene verhärtete sich. «Du gräbst hier rum? Ohne mich zu fragen?»

Das war frech. «Erklärst du's mir?»

«Wonach sieht es denn aus?»

«Dein Benni streunt also durch die Gegend, ja?»

David zuckte mit den Schultern. Er sah jetzt ausgesprochen arrogant und kühl aus. Seine Haltung – die Hände immer noch in den Hosentaschen – war eine einzige Provokation. «Spricht etwas dagegen, dass wir ins Haus gehen?»

«Ja, nämlich ein Loch in deinem Garten, in dem ein Kadaver verwest.»

«Ach, leck mich doch!» David wandte sich zum Gehen.

So nicht!, dachte Luka. Mit wenigen Schritten war er bei ihm. Es war sicher übertrieben, den schmerzhaften Polizeigriff anzuwenden, aber er war in der Stimmung dazu. Ungestüm drängte er David zum Grab zurück, aus dem ein bestialischer Geruch drang. «Du hast mich angelogen. Dein Hund ist nicht am Streunen, er liegt dort unten – oder das, was von ihm übrig ist.»

«Und? Was kriegt man aufgebrummt, wenn man sein Haustier im Garten verscharrt?»

«Hör auf, wie ein Idiot zu reden. Benni ist nicht einfach gestorben. Er wurde mit einem Beil praktisch zerhackt. Und nun warte ich auf eine Erklärung von dir.»

«Könntest du mich, verdammt noch mal, loslassen?»

Luka zögerte. Dann hob er die Hände und trat einen Schritt zurück, um Davids Gesicht zu mustern. Der Mann war kreidebleich. «Also?»

«Benni wurde erschlagen. Aber bild dir nichts ein: nicht von mir! Ich hab ihn tot bei der Klippe gefunden.»

«Warum hast du mich angelogen?»

«Herrgott, lass uns ins Haus gehen.»

Luka schüttelte den Kopf.

«Weil ich nicht mit dir reden wollte. Weil ... du gehst mir auf die Nerven!»

«Klar, leuchtet mir ein.» Luka hatte keine Mühe, ironisch zu klingen. «Auf der anderen Seite des Dorfes wurde eine Frau mit einer Axt erschlagen, und hier liegt dein Hund, der auf die gleiche Art ums Leben gekommen ist. Was du vor mir verheimlichen wolltest. Los, Mann, das hier ist zwar ein bisschen provisorisch, aber trotzdem ein Verhör. Und für dich übrigens eine Möglichkeit, reinen Tisch zu machen. Das kommt gut – später vor Gericht. Die werden mich fragen, wie du heute reagiert hast.»

Anstelle einer Antwort rannte David plötzlich zur Hauswand und begann zu würgen. Er besaß also zumindest einen Geruchssinn. Luka wartete, bis er sich fertig übergeben hatte. Dann ging er mit ihm ins Haus und folgte ihm ins Bad, wo der Musiker sich den Mund ausspülte und anschließend den Kopf unter den Wasserhahn hielt, wahrscheinlich, um wieder klar denken zu können. Das Wasser tropfte ihm über den Kopf in den Pullover. «Ich brauch einen Kaffee.»

«Nicht jetzt. Ich will wissen, was sich am vergangenen Samstag abgespielt hat.»

«Aber ich weiß es nicht. Was bildest du dir ein? Dass ich Klarissas Schwester ermorde und anschließend hier rüberkomme, um, Feingeist, der ich bin, mit dir Charlie Mariano zu spielen?»

«Warum nicht? Jedenfalls hast du mich kackfrech angelogen. Ich hab danebengestanden, als du den Köter vergraben hast. Ich habe nachgefragt! Und außerdem …» Luka packte Davids Arm und schob den Pulloverärmel hoch. «Was ist das?»

David starrte auf die Wunde, als sähe er sie zum ersten Mal. «Pech bei der Gartenarbeit.»

«Natürlich!»

«Worauf läuft das raus? Willst du mich festnehmen?»

«*Vorläufig.* Wir nennen es eine *vorläufige* Festnahme. Und ja – genau das werde ich tun.»

Kristof Lenz hätte jetzt einen Anwalt gefordert, aber David Grosser fehlte wohl das Wissen oder die Coolness. Wobei Letzteres ja zu einem Menschen passte, der jähzornig mit dem Beil dreinschlug, wenn beispielsweise eine Frau sich gegen ihn auflehnte oder ein Hund nicht gehorchte.

Luka griff zum Handy. Während er die Streife in Sassnitz alarmierte, behielt er David im Auge. Vielleicht spielst du Charlie Mariano, dachte er bitter, aber du bist trotzdem nichts als ein jämmerlicher Mistkerl, der sich an Wehrlosen vergreift. Was für eine idiotische Vorstellung, die Musik hätte etwas Besonderes zwischen ihnen geschaffen. Seine Wut, das wurde Luka plötzlich klar, rührte vor allem von der eigenen Enttäuschung.

ZEHN

Winni wollte nach Sassnitz, U-Boote anschauen. Aber er wollte nicht allein fahren. Maik sollte mitkommen.

«Und Mama», bettelte Maik.

«Du sollst Mum sagen», schimpfte Mama, die sich ärgerte, weil die Fliegen schon wieder auf das Fenster zur Fahrerkabine geschissen hatten.

«Komm auch mit, Mum.»

Mama packte die blaue Fliegenklatsche und schlug gegen das Fenster. Zwei Fliegen sirrten davon. Sie war nicht schnell genug. Winni auch nicht. Nur Maik schaffte es, die Viecher zu erwischen. Er fragte sich, ob er auch ein paar Superkräfte besaß. Vielleicht war er ja genau wie Superman von einem fremden Planeten gekommen, und Mama hatte ihn nur gefunden und aufgenommen, weil sie ihn so lieb hatte.

«Nun mach schon», fuhr Winni ihn an.

Maik blickte zu Mama, die vorsichtig auf der Bank neben dem ausklappbaren Tisch balancierte, um die schwarzen Flecken wegzuwischen. «Mum, ich will lieber bei dir ... »

«U-Boote sind was für Kerle. Wir beide fahren da jetzt hin, und zwar allein.» Winni klang böse, und in seinen Augen blitzte ein Ausdruck, vor dem sich Maik fürchtete. Winni konnte gemein sein. Richtig gemein. Mama kriegte das nicht mit, weil er sich vor ihr zusammenriss. Aber letztens hatte er Maik am ausgestreckten Arm über eine Klippe gehalten, weil der ihm nicht die Muschel geben wollte, die er gefunden hatte. «Möwenfraß», hatte er leise gezischt und dabei kein bisschen gelächelt.

Jetzt öffnete er die Tür des Caravans. Draußen war es sonnig, aber windig und nicht mehr ganz so warm wie in den vorigen Tagen.

«Mum …», startete Maik noch einen Versuch.

«Also hör mal», sie fuhr zu ihm herum, «jetzt will der Winni mal was mit dir unternehmen, und da ist es dir auch nicht recht. Du nervst echt. Abmarsch! Und kommt mir nicht vor heute Abend zurück. Ich leg mir ’ne Maske auf. Das hier ist ja wohl auch *mein* Urlaub!»

«Mama …»

«Haut endlich ab!» Wenn Mama schrie, klang ihre Stimme so ähnlich wie das Kreischen der Möwen. Maik wusste, dass er dann keine Chance mehr hatte. Widerwillig folgte er Winni ins Freie.

Er musste Schmiere stehen, als Winni den klapprigen Peugeot durch das Mauertor auf den Weg fuhr. Winni scheuchte Maik, damit er endlich einstieg. Der Junge setzte sich auf das Kissen auf der Rückbank und schnallte sich an, während Winni aufs Gas drückte und einen Schnellstart hinlegte.

Eigentlich fuhr Maik gern Auto. Mama hatte ja keins, und da genoss er jede Fahrt doppelt. Aber heute hätte er sich sogar in der Schule besser gefühlt.

Winni schwieg, während er die nächste große Straße ansteuerte. Maik starrte auf seine Nackenfalten und den Teil der Glatze, der über der Kopfstütze zu sehen war. Im Rückspiegel konnte er erkennen, wie es in Winnis Gesicht arbeitete. Er schien wütend zu sein und auch ein bisschen unentschlossen. Maik fand nicht, dass Winni besonders gut nachdenken konnte. Wenn sie ein Problem hatten, schlug immer Mama die Lösung vor. Aber jetzt ging Winni etwas durch den Kopf. Seine Augen waren riesig, während er grübelte. Schon bald verließ er die große Straße wieder und bog auf eine kleinere ab. Ging es hier zu den U-Booten?

Maik starrte auf die Wiesen, die links und rechts den Weg säumten, so weit man gucken konnte. Ein paar Kühe grasten auf den Feldern, und hier und da wuchs ein krüppliger Baum. «Wo fahren wir denn hin?»

«Schnauze», zischte Winni.

Ihr Weg wurde immer enger und war bald nicht mehr geteert. Sie ruckelten durch Sandlöcher und über Grasnarben. Gelegentlich tauchten in der Ferne Häuser auf, aber die waren weit weg. Einmal musste Winni sogar wenden, weil der Weg im Nichts endete.

Dann fuhren sie in einen Wald. Es wurde mit einem Schlag dunkel, und Maik kam es vor, als wäre er im Magen eines riesigen Tiers gelandet. Ängstlich schaute er sich um. Waren U-Boote nicht immer im Wasser?

«So, wir sind da. Du rührst dich nicht vom Fleck!», herrschte Winni ihn an, während er sich abschnallte.

«Wo sind denn die U-Boote?»

Winni drehte sich um. «Was wird aus Jungs, die die Klappe nicht halten?» Er wartete. Als Maik nicht antwortete, holte er aus und scheuerte ihm eine. Es tat nicht weh, weil er sich dabei verrenken musste, aber Maik heulte trotzdem auf. «Möwenfraß!», schnauzte Winni.

Maik nickte.

«Sag's!»

«Möwenfraß», brachte Maik hervor.

Winni brummte besänftigt. «So, und jetzt wartest du, bis ich zurückkomme. Kapiert?»

Wieder nickte Maik.

«Du gehst nicht aus dem Auto.»

Es wurde still, als Winni fort war. Maik sah, wie Mamas Freund sich misstrauisch umblickte und dann einen Seitenweg einschlug. Was hatte er vor? Ohne es zu merken, steckte Maik den Daumen in den Mund und begann, daran zu lutschen. Angestrengt kämpfte er gegen die Tränen an. Was, wenn Winni dort zwischen den Bäumen ein Grab für ihn grub? Würde Mama ihrem neuen Freund glauben, wenn er behauptete, Maik wäre weggelaufen?

Als Maik es kaum noch aushielt, kam plötzlich Superman durch die Luft geflogen. Er zerschlug die Fensterscheibe und setzte sich neben ihm auf die Bank. «Du musst jetzt abhauen, Kumpel», erklärte er freundlich, «weil Winni dir nämlich todsicher kein U-Boot zeigen will. Das hast du doch verstanden, oder?»

«Ja.»

«Er ist ein böser Mann. Du hättest deiner Mama sagen sollen, was er getan hat.»

«Das glaubt sie mir nicht.»

«Vielleicht ja doch», sagte Superman.

Maik starrte auf die Büsche, hinter denen Winni verschwunden war. Wenn er jetzt abhaute, und Winni erwischte ihn dabei … *Möwenfraß*. Das Wort tuckerte durch seinen Kopf. Er hoffte inbrünstig, dass Winni nie zurückkommen würde.

ELF

Wieder saßen sie im Konferenzzimmer am Ende des Flurs. Der Rest der Etage war wie leergefegt. Tobias und Olaf waren immer noch mit der Nachbarschaftsrecherche beschäftigt, und Conny … Luka kochte mittlerweile, sobald er nur ihren Namen dachte.

Weil kein Protokollant mehr im Haus war, hatte er Karl von der Streife zu sich nach oben gebeten. Keine Ahnung, wie Davids Verhör ablaufen würde, aber er wollte einen Zeugen an seiner Seite haben, damit nachher nicht von einem gewieften Anwalt irgendwelcher Murks behauptet werden konnte. Innerlich verfluchte Luka den Abend, den er mit dem Musiker verbracht hatte. Apropos Anwalt …

«Wollen Sie einen Anwalt?», fragte er und fühlte sich lächerlich, weil er zum distanzierten Sie überging.

«Ich hab nichts getan.»

«Was hat das damit zu tun?» Luka wartete kurz, dann klärte er David über seine Rechte auf, legte sich einen Schreibblock zurecht und begann mit dem Verhör. «Alles von Anfang an: Seit wann kennen Sie Peggy Lenz?»

Es stellte sich heraus, dass David sie und ihre Schwester Klarissa zum ersten Mal während eines Besuchs bei seinem Onkel getroffen hatte. Irgendwann zu Beginn der Achtziger. Peggy hatte ihn nicht interessiert, sie war in einem anderen Freundeskreis unterwegs gewesen. Mit Klarissa hatten er und ein paar andere Jungs Musik gemacht.

«Klarissa Vogtländer? Etwa die, die jetzt bei den Linken Politik macht?» Karl lachte. «Dann wart ihr das wohl auch, die damals in Bergen die Gaststube vom Roten Reiter zerlegt habt. Mitte der Achtziger? Vor dem Tag der Republik?»

«Ist lange her», sagte David abweisend.

«Mann, wart ihr besoffen. Ich musste damals mit zum Einsatz. Hat mich den Geburtstag meiner Oma gekostet. Sachertorte, sag ich nur. Und einen der Kollegen aus Stralsund einen Schneidezahn, wenn ich's noch richtig im Kopf hab.»

David reagierte nicht.

«Wie viel Kontakt hatten Sie später zu Peggy?», wollte Luka wissen. Er wartete, aber David, der den Blick zum Fenster gewandt hatte, blieb stumm. «Ich habe was gefragt!»

«Nicht viel.»

«Wann haben Sie sie zum letzten Mal gesehen?»

David schüttelte den Kopf.

«Und wie stehen Sie zu Klarissa Vogtländer?»

«Das geht dich nichts an.»

«Ein Mensch wurde umgebracht. Mich geht alles etwas an. Was haben Sie am vergangenen Samstag gemacht?»

«Nichts Besonderes.»

«Das hätte ich gern detaillierter und mit Uhrzeiten.»

David schaute immer noch zum Fenster, hinter dem die Straße und der Sportplatz im Sonnenschein lagen.

«Denken Sie doch mal nach», schlug Karl freundlich vor. «Gemeinsam kriegen wir das schon zusammen.»

David blieb stumm. Er umklammerte mit der rechten Hand den Saum seines Pullovers. Auf seinem Gesicht stand der Schweiß.

«Gibt es jemanden, der bezeugen kann, dass er Sie am Samstag vor allem gegen Abend und in der Nacht gesehen hat?», bohrte Karl weiter.

Das Schweigen zerrte an Lukas Nerven. Sie kamen nicht weiter.

«Hören Sie, wenn Sie mit der ganzen Sache nichts zu tun haben, ist es nur zu Ihrem Vorteil, wenn Sie mit uns zusammenarbeiten», redete Karl ihrem Verdächtigen ins Gewissen. «Und falls doch ...» Er schüttelte den Kopf mit dem weißen Haarkranz. «Am Ende kommt sowieso alles raus. Erleichtern Sie Ihr Herz. Jeder kann die Fassung verlieren, wenn man ihm nur genügend zusetzt.»

Die Fassung verlieren, Scheiße, dachte Luka. Peggy war mit dem Beil durch Flur und Bad verfolgt worden. Wenn jemand so die Fassung verlor, hatten sie es mit einem Irren zu tun.

«Schauen Sie mich an», forderte er ungeduldig. Als David immer noch nicht reagierte, wiederholte er die Worte lauter. Schließlich stand er auf, stellte sich direkt vor ihn hin und versperrte ihm damit die Sicht zum Fenster. Er beugte sich vor. «Als ich nach dem Spaten gesucht habe, hab ich in Ihrem Gartenhaus eine Axt gefunden. Sie war entweder rostig, was ich nicht annehme, oder mit Blut befleckt. Die Spurensicherung ist bereits unterwegs, um das Beweisstück – das ist es nämlich, ein Beweisstück in einem Mordfall! – zu sichern. Wenn wir feststellen, dass das Blut von Peggy stammt, sind Sie dran.»

Endlich zeigte sich bei David eine Regung. «Ich besitze keine Axt.»

«Natürlich nicht. Und wie ist das Ding in Ihr Gartenhaus gekommen?»

«Das weiß ich nicht.» Der Schweiß rann ihm mittlerweile in den Pulloverkragen, sein Adamsapfel zuckte. Er war aufs äußerste angespannt. Aber das bewies noch nicht, dass er log.

Luka deutete auf seinen Block. «Soll ich das so festhalten? Sie behaupten, von der Axt in Ihrem Gartenhaus nichts gewusst und sie noch nie zuvor in der Hand gehabt zu haben?»

«Schreib, was du willst!»

«War Klarissa am Tag des Mordes in Vitt?»

«Nein.»

«Sind Sie selbst letzten Samstag im Haus der Familie Vogtländer gewesen?»

«Nein, verdammt!»

«Haben Sie …»

«Nein!»

Luka reichte es. Er kehrte zum Tisch zurück und notierte die Aussagen. Dann schob er David das provisorische Protokoll zu. «Lesen Sie sich das bitte durch und unterschreiben Sie, wenn alles korrekt wiedergegeben wurde. Sie bleiben fürs Erste hier.»

«Du bist ein Scheißkerl», sagte David.

«Kann sein, tut aber nichts zur Sache.»

David stand auf. Um seine Unterschrift zu leisten, wie Luka annahm. Aber das war ein Irrtum. Ohne Vorwarnung schubste er Karl, der neben ihn getreten war, zur Seite und rannte in den Flur.

Luka brauchte einen Moment, dann packte ihn eine Wahnsinnswut. Conny mit ihren verdammten Allüren, der verwesende Hund, dessen Geruch er immer noch in der Nase hatte, die kackfreche Lügerei …

Er war in weitaus besserer Form als sein Verdächtiger. Nach einem kurzen Sprint die Treppen hinab warf er ihn mit dem Gewicht seines ganzen Körpers zu Boden. Es gab einen kurzen Kampf, bei dem er nicht zimperlich war. Als David von zwei Beamten, die Luka zu Hilfe kamen, in Handschellen gelegt wurde, hatte er eine Platzwunde am Kopf.

Bis der Arzt gekommen und unverrichteter Dinge wieder abgezogen war, weil David eine Behandlung verweigerte, war es neun Uhr geworden. Luka ging zum Parkplatz. Er sehnte sich nach Teresa, die Tilda Mortadella in Herzchenform aufs Brot legte, sich von ihr die Hautcreme im Gesicht verschmieren ließ und an ihrem Bettchen vom Zeiselein im Mondenschein sang. Warum hatte er sich keinen verdammten Beruf mit einem geregelten Feierabend zugelegt?

Ein Blick aufs Handy zeigte ihm, dass Teresa schon dreimal versucht hatte, ihn zu erreichen. Es lohnte nicht zurückzurufen, in der Zeit wäre er fast schon zu Hause. Nur noch eben dem Staatsanwalt Bescheid geben, dass sie einen Verdächtigen hatten, der in der Arrestzelle schmorte – bevor auch noch von dieser Seite Ärger drohte. Meyer war natürlich nicht mehr im Büro. Luka sprach auf den Anrufbeantworter und steckte das Handy in die Tasche zurück, in dem Bewusstsein, sämtliche Pflichten erledigt zu haben.

Das Navi lag auf dem Beifahrersitz, und da fiel ihm wieder Conny Böhme ein, die tatsächlich den ganzen Tag blaugemacht hatte. Er klopfte mit den Fingerspitzen auf das Lenkrad. Schlecht gelaunt fischte er erneut nach dem Handy und ließ sich von der Kollegin, die die Wache besetzt hielt, Connys Adresse geben.

Sie wohnte im Norden der Stadt in einem weiß und rosa gestrichenen Mehrfamilienhaus mit Balkonen, die zur Straße zeigten. Luka parkte und suchte neben den Klingelknöpfen nach Conny Böhmes Namen. Unter einer der Plastikabdeckungen klemmte ihr handgeschriebenes Namensschild, aber als er gerade klingeln wollte, wurde die Tür bereits von innen geöffnet. Ein junger, bärtiger Mann mit einem Baseballcap hielt ihm die Tür auf, und Luka betrat das Treppenhaus. Zwei Kinderkarren zwangen ihn zu Ausweichmanövern.

Conny Böhme wohnte im dritten Stock links. Auf dem Fußabtreter stand in gelben Buchstaben *Der Schlüssel liegt unter der Matte.*

Haha. Übellaunig drückte Luka die Klingel. Ein etwa fünfzehnjähriges Mädchen öffnete ihm. Es hatte ein hübsches, schmales Gesicht und lange schwarze Haare, die zu seinen dunklen Augen passten. Der Vater schien ein gut aussehender Kerl zu sein. Wahrscheinlich ein Asiate, dachte Luka. Mit Conny bestand nicht die geringste Ähnlichkeit. «Ich suche deine Mutter.»

«Sie ist nicht da.» Unwillkürlich schaute das Mädchen bei diesen Worten zu einer Tür am Ende des engen, mit Garderobenhaken gesäumten Flurs.

«Schon gut, ich bin ein Kollege von ihr.» Luka drängte sich an ihr vorbei. Da die Tür geschlossen war, klopfte er, wartete aber keine Antwort ab.

Conny Böhme saß in einem kleinen Wohnzimmer auf einem Rundsofa mit abgenutztem Mikrofaserstoff. Auf dem Kieferntisch vor ihr stand eine Schale mit getrockneten Blüten. Zwischen dem Fenster und der obligatorischen Wohnwand war ein elektrisches Klavier mit verstaubten Tasten untergebracht. Den Balkon, zu dem die Tür offen stand, hatte sie mit mehreren Plastikstühlen und einem Metalltischchen mehr als reichlich möbliert. «Scheiße», sagte sie müde, als sie Luka erblickte.

Auf dem Weg zu ihrer Wohnung waren ihm ein paar gepfefferte Formulierungen durch den Kopf gegangen, doch nun blieben sie ihm im Hals stecken. Conny war keine Schönheit mit ihren rotorangen Fissellocken, wahrhaftig nicht. Aber jetzt, mit den fleckigen Wangen und den geschwollenen Augen, sah sie furchtbar aus.

«Genug gesehen?», fragte sie sarkastisch.

Er blickte sich unauffällig nach Schnaps- oder Weinflaschen um, doch auf dem Teppichboden stand nur ein Papierkorb voller zerknüllter Taschentücher. «Was ist los?»

«Jedenfalls bin ich nicht krank.»

Bei dem patzigen Satz kehrte sein Ärger zurück. «Das heißt?»

Sie zuckte mit den Schultern.

«Ist Ihnen eigentlich klar, was im Kommissariat gerade los ist? Wir haben einen komplizierten Mordfall zu bewältigen. Und außerdem sitzt uns noch jede Menge anderer Arbeit im Nacken. Wenn uns die Kollegen von der Streife …»

«Bleib draußen, Katja», unterbrach ihn Conny Böhme. «Ist schon in Ordnung – ist mein Chef. Und mach die Tür zu. Beide Türen, wenn ich bitten darf!»

Ihre Tochter, die ins Wohnzimmer gelugt hatte, gehorchte widerstrebend.

«Und nun?», fragte Lukas Kollegin grimmig. «Brauchen Sie was für meine Personalakte? Ich habe blaugemacht, stimmt genau.»

«Zum ersten Mal?»

«Nee, ist meine Gewohnheit. Wundere mich, dass überhaupt noch jemand meinen Namen kennt.»

«Herrgott», entfuhr es ihm. «Ich bin hier, um mit Ihnen zu reden. Kommt es häufiger vor, dass Sie der Arbeit fernbleiben?»

Mit einer trotzigen Geste strich sie die filzigen Locken aus dem Gesicht und schaute zum Balkon. Vor ihr auf dem Kieferntisch lag ein Tablet-PC, auf dem eine Wikipedia-Seite mit dem Foto einer Pflanze zu sehen war. Luka wollte ihn aufnehmen, aber Conny schob seine Hand beiseite und klappte den Lederdeckel über die Abbildung.

Luka trat zur Balkontür. Gott, was hatte ihn dieser Tag erschöpft. Und nun auch noch eine Kollegin mit einem Papierkorb voller zerknüllter Taschentücher. Er glaubte nicht, dass Conny leicht die Fassung verlor. Sie hatte auf ihn eher wie jemand gewirkt, der die Zähne zusammenbiss und die Dinge stemmte.

Im Nebenzimmer wurde Musik aufgedreht; Katja hörte Elvis Presley. *Can't help falling in love …* Ganz schön verdreht für eine Fünfzehnjährige, oder wie alt sie war. Luka starrte auf den Balkontisch, wo ein Rosenstrauß in einer silbernen Vase verwelkte. Daneben lag eine Zeitschrift mit Mangabildern, dann noch zwei geöffnete Coladosen, ein Vokabelheft, eine Zahnspangendose … «Ziehen Sie sich was über und kommen Sie mit!»

«Bitte?», fragte Conny verblüfft. «Bin ich nun verhaftet oder was?»

Er seufzte. «Gibt es in der Nähe einen Ort, wo man in Ruhe was trinken kann?»

Sie saßen nebeneinander an der Theke einer düsteren Kneipe. Die Gäste waren mit dem Wirt per du und sahen überwiegend aus, als lebten sie von der Rentenkasse. Ein paar jüngere Männer droschen Skat. Die Wände waren gelb vom Zigarettenrauch, obwohl niemand hier mehr qualmte. Auf einem Regal hinter der Theke standen mehrere Pokale, darüber hing das Emblem des VFL Bergen 94 und daneben eine Tabelle, die anzeigte, dass der Fußballverein gegen Binz eine Niederlage hatte einstecken müssen.

«Wie kann sie das machen? Wie kann sie nur so bescheuert sein?», fragte Conny und starrte trostlos auf ihr Bierglas. «Ich bin doch für sie da. Ich hab ihr das tausendmal gesagt: Ich bin für dich da, Nina. Warum sagt sie mir nicht, dass sie was geschluckt hat? Denkt sie denn, ich mach ihr die Hölle heiß, während sie auf dem Klo …?» Ihre Stimme begann zu zittern.

«Kinder in diesem Alter sind wohl so», sagte Luka und dachte an die völlig verdrehten Jugendlichen, die ab und zu in seinem Düsseldorfer Büro auf der anderen Seite seines Schreibtischs gesessen hatten. Irgendwo hatte er mal gelesen, dass sich das Gehirn während der Pubertät völlig umstrukturierte. Seitdem brachte er ein bisschen mehr Verständnis für Chaoten auf.

«Ich war selbst mal schwanger, in Ninas Alter», meinte Conny dumpf. «Sechzehn, verliebt und blöd wie Brot. Damals gab's noch kein Internet, aber der Kerl hat in der Schule rumerzählt, wie er es geschafft hat, mich rumzukriegen. Ich weiß, was man durchmacht.»

«Hast du ihr das erzählt?»

«Quatsch. Ich breite doch nicht mein Seelenleben vor den Gören aus.»

«Na dann …»

«Na dann, na dann», äffte Conny ihn nach. «Wart's ab, bis dein süßer Fratz in Ninas Alter ist. Da wird nämlich alles gegen einen verwendet … oh, verdammt.» Sie rieb sich die Stirn, als hätte sie Kopfweh.

«Rizinusöl, sagst du?»

«Eine halbe Flasche. Wie kann man nur …»

«… so bescheuert sein?»

«Hey, die Einzige, die über meine Töchter ablästert, bin ich selbst.»

«Schon klar.»

Einer der Skatspieler brach in dröhnendes Gelächter aus und schlug mit der flachen Hand auf den Tisch; er hatte wohl clever abgelegt. Der Wirt trug ein Tablett voller Biergläser zu der Runde hinüber.

«Hat der Arzt gesagt, ob deine Tochter irgendwelche Schäden zurückbehält?»

«Nee. Vielleicht kann sie keine Kinder mehr kriegen, wenn sie später welche will – hab ich nicht genau mitgekriegt. Ich konnte gar nicht zuhören. Nina war doch die ganze Zeit am Kotzen und so bleich. Ich dachte, sie stirbt mir unter den Händen weg.» Conny kämpfte mit den Tränen, und der Wirt, der gerade vom Skattisch zurückkehrte, schob ihr wortlos eine Haushaltsrolle zu. Sie riss ein Stück ab, schnäuzte sich hinein und schob das Papier in die Jeanstasche.

«Wenn dieser griechische Amor dran schuld ist, wenn Leandros ihr diesen Quatsch mit dem Rizinus eingeredet hat, reiß ich dem persönlich die Eier ab.»

Luka musste grinsen.

«Aber der ist viel zu blöd, um so was rauszufinden. Ich hab in Ninas Tablet nachgeguckt. Die hat sämtliche Suchmaschinen und Foren nach ‹sanfter Abtreibung› durchgekämmt. Nach ‹*sanfter* Abtreibung›! Das ist doch wie ‹liebevolles Halsabschneiden›. Wie kann man nur …»

«… so bescheuert sein.»

Conny nickte müde. «Ich hab zu wenig Zeit für die Mädels. Das ist das Problem. Ich schiebe Überstunden vor mir her wie ein Ozeandampfer ’ne Bugwelle. Katja will unbedingt nach Amerika. Sie will dort Englisch lernen, weil man das angeblich überall braucht. Ich wollte gestern Abend mit ihr darüber reden, ob wir das finanziell hinkriegen. Wurde aber nichts draus. Da war Nina nämlich schon am Kotzen. Die wollte das vor mir verheimlichen! Kann man sich das vorstellen? Schließt sich im Klo ein und reihert, dass die Bude kracht, und als ich wissen will …» Conny bediente sich erneut an der Haushaltsrolle. «Ich hab immer geglaubt, ich wupp das schon, die Arbeit und die Kinder. Als sie klein waren, dachte ich, jetzt ist es blöd, aber die werden schließlich größer …»

«Du hast die Lage erkannt und sie ins Krankenhaus gebracht. Das ist doch das Wichtigste.»

«Toll, ja, das hab ich gerade noch geschafft.»

«Wann kommt sie denn wieder raus?»

«Keine Ahnung. Morgen hat sie noch einen Termin beim Frauenarzt. Die Schwangerschaft ist jedenfalls definitiv vorbei.»

«Hat Nina keinen Vater, der sich ein bisschen um sie kümmern kann?»

«Nicht jeder führt dein perfektes Leben, Kollege!» Connys Stimme klang bitter.

«Ich wünschte, ich könnte sagen: Nimm dir ein paar Tage frei.»

«Du, da frag ich überhaupt nicht. Ich hab meine Kraft lang genug in den beschissenen Job gesteckt. Und? Dankt mir das jemand? Für die Gesellschaft bist du der blöde Bulle, der den Leuten in die Vorgärten kackt, und befördert wirst du als Frau sowieso nicht.»

«Na, na …»

«Außer du siehst aus wie Jodie Foster oder hast ’n Uniabschluss in der Tasche wie unsere Kanzlerin. Willst du ’nen Witz hören?»

«Wenn es die Stimmung hebt …»

«Also: Was bekommt man für einen Polizisten – eigentlich für einen Volkspolizisten, ist noch ein Witz aus den alten Zeiten, aber egal. Was bekommt man also für einen Polizisten beim Altstoffhändler?» Sie legte die übliche Pause ein. «Sechzig Euro für die Uniform, fünf Euro fürs Funkgerät und dreißig Cent Flaschenpfand.»

Luka lachte.

«Nee, das ist nicht komisch. In DDR-Zeiten haben sie uns verarscht, weil wir die Staatsmacht vertreten haben, über die ja immer gern gefrotzelt wurde. Und heute finden sie uns genauso blöd und können uns außerdem nicht leiden, weil wir für die Klugscheißer aus dem Westen einstehen, deren Kneipenrauchverbote und Nacktbadevorschriften wir verteidigen sollen, als wär's 'ne göttliche Weisung vom Himmel. Frag mich nicht, wie das sein kann, aber wir sind und bleiben die Deppen der Nation. Noch ein Bier, Mucke!»

Der Wirt füllte ein Glas, schob es Conny hin und ging wieder zum Waschbecken, um abzuspülen.

«Vielleicht können wir den Fall Peggy bald abhaken», sagte Luka leise, nachdem er sich überzeugt hatte, dass niemand in Hörweite saß.

«Wie das?»

«Ich habe David Grosser festgenommen.»

«Wen?»

«Den Musiker, der in dem einsamen Haus oben am Klippenweg lebt.»

Conny schien schon ein bisschen angetrunken zu sein, sie musste nachdenken, ehe sie sich erinnerte. «Du meinst den Kerl, den du zusammen mit seiner Tussi aufs Revier geschleppt und verhört hast?»

«Klarissa Vogtländer, das ist die Schwester ... »

«Ganz bin ich noch nicht weggesackt. *Den* hast du verhaftet? Was hast du denn für Beweise?»

Luka fasste zusammen, was er gesehen und gehört hatte: Er berichtete vom Grab mit dem Hundekadaver, von der Axt, dem auffälligen Verhalten des Verdächtigen ... Aber vor allem von der Axt.

«Die kann ihm jeder in den Schuppen gelegt haben.»

«Conny, du hast ihn nicht gesehen. Auf seiner Stirn stand in riesigen Lettern *schuldig* geschrieben.»

«Hast du 'nen scharfen Blick, Mann! Gut, jetzt werde ich dir auch was erzählen. Und reg dich nicht auf, weil du es erst jetzt hörst. Ich hatte verflucht noch mal 'nen Scheißtag ...»

«Nun leg schon los.»

«Hör mich bis zum Ende an und unterbrich mich nicht. Ich brauche noch ein Bier.»

«Brauchst du ganz sicher nicht.»

«Wir sind doch gestern zu den Ferienhäusern gefahren, der Olaf und ich ...» Conny war heiß darauf zu berichten und beharrte nicht auf dem Gebräu. Sie begann zu erzählen, wie sie nach Glowe gefahren und in das Ferienhaus von Kristof Lenz eingestiegen war.

«Hast du sie noch alle?», fragte Luka entgeistert.

«Ich sagte, unterbrich mich nicht.»

«Und ich sage dir, dass ich es nicht komisch finde, wenn meine Leute ... Du bist wirklich dort eingebrochen?»

«Ich habe mich nur *umgesehen*. Es ist nichts passiert, ich hab nichts kaputt gemacht und keine Spuren hinterlassen. Lass mich zu Ende reden!»

Ungläubig hörte Luka zu, wie Conny von einer teuren Kaffeemaschine erzählte – hatte sie überhaupt eine Ahnung, worin sich eine teure Kaffeemaschine von einer billigen unterschied? – und dass sie den Kleiderschrank durchwühlt hatte.

«Und da waren Frauenkleider drin! Teures Zeug, alles Edelboutiquenkram.»

Luka unterdrückte ein Stöhnen. «Um es klarzustellen, Conny: Ich bin nicht der Chef, der bei solchen Aktionen wegschaut. Mach so was noch einmal ...»

Der Wirt hatte wohl gehört, wie Luka lauter wurde, und kam zu ihnen. «Alles in Ordnung?», fragte er mit einem beiläufigen Blick auf Connys verheultes Gesicht.

Sie winkte ab.

Luka wartete, bis der Mann sich wieder einem anderen Gast zugewandt hatte. «Mach das noch einmal, und du kriegst ein Disziplinarverfahren an den Hals», flüsterte er dann. «Nur dass du es kapierst.»

«Kein Grund, den Oberbullen rauszukehren», zischte sie zurück. «Wäre ich wie Olaf brav nach Hause gefahren, läge meine Tochter jetzt nicht im Krankenhaus. Jedenfalls nutzt Kristof dieses Haus nicht zum Vermieten, sondern um sich dort mit einer Geliebten zu lusti …»

«… zu verlustieren.»

«Sag ich doch. Und damit hat er ein Motiv.»

«Und wenn die Kleider Peggy gehörten und die beiden das Haus als Wochenendsitz benutzt haben?»

«Weil sie sich ’nen Trip nach Mallorca nicht leisten können?»

«Alles möglich.»

«Wenn es so wäre, warum ist der Scheißer dann mitten in der Nacht zurückgekommen, um heimlich den Kleiderschrank leer zu räumen?» Conny lachte triumphierend, als sie Lukas überraschtes Gesicht sah. «Das hab ich nämlich beobachtet, Chef. Kristof ist in sein eigenes Ferienhaus geschlichen, ohne Licht zu machen, ist gegen jede Wand gerannt und hat die Klamotten in große Abfallsäcke gestopft und mitgenommen. Und die Sachen waren teuer, ich bin doch nicht blöd. Der hat Angst, dass wir ihn unter die Lupe nehmen.»

«Er ist im Haus gewesen, während du dort rumgeschnüffelt hast?»

«Ich konnte gerade noch ins Bad rein. Wenn der hätte pinkeln wollen … Aber es gab ja ein Fenster, dann wär ich eben da raus.»

Luka rieb sich die müden Augen. «Ich dachte, du hältst Kristof Lenz für unschuldig.»

«Bin ich der Papst? Unfehlbar? Ich hab mich eben geirrt. Und wenn ich merke, dass ich falschliege, dann denke ich um. Die Klamotten haben einem Liebchen von Kristof gehört, und das hat was zu bedeuten. Punkt, Schluss!» Sie trank den Rest des Biers in einem Zug aus und rutschte vom Hocker. «Ich bin morgen früh wieder im Büro, Chef. Aber wenn Nina durchruft, hol ich sie vom Krankenhaus ab. Und wenn dir das nicht passt, dann schmeiß mich eben raus.»

Die Wohnung war dunkel, als Luka nach Hause kam. Er ging vom Flur aus direkt ins Kinderzimmer. Tilda lag in ihrem Bettchen, Bob der Baumeister neben ihr auf dem Kissen mit dem Sternenmuster. Eine kleine Nachtlampe, die Teresa gekauft haben musste, spendete weiches Licht.

Luka zog sich einen Stuhl heran und setzte sich neben das Bett. Selbst wenn Tilda fest schlief wie jetzt, lag um ihren Mund etwas Entschlossenes. Sie war ein energischer kleiner Mensch. Er hatte sie so verflucht gern. Ob sie mit ihrer Großmutter inzwischen zurechtkam? Ging es ihr bei Rosi gut? Verdammt, er hatte einfach zu wenig Zeit, sich zu kümmern. Das war nicht anders als bei Conny.

Irgendwie schien in seiner Kindheit alles unkomplizierter gewesen zu sein. Seine Mutter hatte nur halbtags gearbeitet, und das auch erst, als er zur Schule ging. Er hatte sie kaum vermissen müssen. Sie war da gewesen, wenn er aus der Schule kam, und hatte ihn getröstet, wenn er eine schlechte Arbeit nach Hause brachte oder sich die Knie aufschlug.

Verstand Rosi sich darauf, einen kleinen Menschen zu trösten? Lachte sie mit Tilda? Zeigte sie ihr die Vögel, die jetzt in den Bäumen herumschwirrten, und ließ sie sie im Sandkasten matschen? Lobte sie sie für ihre kleinen Bilder? Nee, tut sie mit Sicherheit nicht, dachte Luka mit einem schweren Gefühl im Magen und kam sich hilflos und wie ein Verräter vor. Zum Glück war Tilda nur für zwei Wochen bei ihr, und die erste war schon zur Hälfte um.

Teresa wurde wach, als er zehn Minuten später zu ihr ins Bett kroch. Sie kuschelte sich an ihn.

«Alles gut?», fragte er leise.

«Hm, jetzt ja.»

Er küsste sie in den Nacken. «Tut mir leid, dass es so spät geworden ist. Ich musste noch zu einer Kollegin.»

Sie lachte verschlafen. «Der Satz, den jede Frau nach Mitternacht hören möchte.»

«Süße, mach mich nicht fertig.»

Teresa langte nach seinem Arm und legte ihn um ihre Brüste. Er war nicht mehr so blöd, das als Aufforderung zum Sex misszuverstehen, obwohl er Lust drauf gehabt hätte.

«Du weißt, wie sehr ich dich liebe, ja?»

Sie murmelte etwas und rieb ihr nacktes Bein an seinem. Im nächsten Moment war sie schon wieder eingeschlafen.

ZWÖLF

Conny brummte der Schädel. Sie vertrug keinen Alkohol, nicht mal in kleinsten Mengen. Steif kletterte sie aus ihrem Wagen. Die Karre machte schon wieder Probleme beim Anlassen, dabei war sie damit schon zweimal in der Werkstatt gewesen. Aber dort nahmen sie einen ja doch nur aus.

Egal. Wenigstens ging es Nina wieder einigermaßen; Conny hatte noch vor dem Frühstück in der Klinik angerufen. Ihre Große hatte ein bisschen geheult und gefragt, ob Conny sie besuchen könne, aber sie hatte verstanden, dass ihre Mutter nach dem Schwänztag dringend im Kommissariat antanzen musste. «Ich komme heute Abend, und falls sie dich schon früher entlassen, nimmst du ein Taxi nach Hause und legst dich ins Bett!», hatte Conny angeordnet, und Nina hatte schniefend zugestimmt. Besser war das jetzt nicht zu organisieren.

Als Conny die Treppe ins Kommissariat hinaufstieg, grübelte sie, was genau sie am vergangenen Abend zum Chef gesagt haben mochte. Sie hatte ihm was von ihrem Leben vorgejammert und ihm dann sogar von dem Baby erzählt, das sie abgetrieben hatte. Wie bekloppt bin ich eigentlich?, dachte sie, während ihr Schädel beinahe platzte. Sie hatte es echt drauf, sich das Leben schwerzumachen.

Vage erinnerte sie sich, dass sie sich geduzt hatten. Hoffentlich war das nicht von ihr ausgegangen. Ach, scheiß drauf. Sie würde Kroczek einfach wieder siezen und hoffen, dass er den Abend möglichst rasch vergaß. Wieso waren sie überhaupt in der Kneipe gelandet? Vielleicht war das ein Versuch vom Chef gewesen zu testen, wie sie es mit dem Kumpel Alkohol hielt? Sein Blick in ihrem Wohnzimmer war ja nicht misszuverstehen gewesen.

Kroczek kam aus seinem Zimmer, gerade als sie die letzte Treppenstufe nahm. «Ich brauch dich, komm mit», ordnete er statt eines Grußes an und lief auch schon an ihr vorbei nach unten.

Schön, damit hatten sie zumindest den peinlichen Augenblick des ersten Wiedersehens hinter sich. Der Chef sah übrigens verdammt gut aus in seinen engen Jeans, für die er die richtige Figur besaß. Unauffällig zog Conny ihr Shirt zurecht, das zu bügeln sie leider nicht mehr geschafft hatte. Nicht dass es eine Rolle spielte. Sie wurde von Männern sowieso nicht wahrgenommen und war außerdem zehn Jahre älter als Kroczek.

«Was ist denn los?», fragte sie auf dem Weg zum Auto.

«Kennst du die Strecke zum Krankenhaus?»

«Ist ja schon lange her, dass ich die gefahren bin», sagte sie sarkastisch.

«Tut mir leid, natürlich. Wie sieht's aus, bei Nina?»

Das ging ihn einen feuchten Kehricht an. Sie hatte nicht die Absicht, ihre chaotischen Familienverhältnisse noch einmal vor ihm auszubreiten. «Was wollen wir denn im Krankenhaus?»

«David Grosser ist eingeliefert worden.»

«Dein Verdächtiger? O Gott, hat er etwa versucht, sich was anzutun?»

«Die Kollegen sagen, er ist durchgedreht.»

«Vielleicht ist ihm klargeworden, was er getan hat, und dann hat ihn sein Schuldbewusstsein oder Reue oder die nackte Angst gepackt, weil er sich hinter schwedischen Gardinen gesehen hat.»

«Ich dachte, du hast dich auf Kristof Lenz als Mörder eingeschossen.» Der Chef warf ihr einen raschen Blick zu, während er den Autoschlüssel aus der Hosentasche fischte.

«Ich sag doch, ich lege mich nicht fest. Deshalb sind wir Frauen auch die besseren Polizisten – wir bleiben objektiv.»

«Dann hab ich ja Glück mit dir.»

Haste auch, dachte Conny brummig. Das Sana-Krankenhaus lag fast um die Ecke vom Kommissariat. Kaum losgefahren, waren sie schon da. Kroczek bremste scharf, bog in die kleine Straße zum Haupteingang ein und parkte am Straßenrand – und zwar direkt im Halteverbot. *Aber mich anmachen, weil ich mir ein Ferienhaus ansehe.* Sie stiegen aus.

«Die Kollegen sind gegen vier Uhr auf Grosser aufmerksam geworden», erklärte Kroczek. «Er war ausgerastet, keine Ahnung. Sie sind in die Zelle, und er lag blutend auf dem Boden. Da haben sie den Notarzt gerufen.»

«Und was hat der gesagt?»

«Ihnen jedenfalls nichts.»

Sie zeigten dem Krankenhauspförtner in dem lichtdurchfluteten Eingangsbereich ihre Ausweise, und er gab ihnen eine Stations- und eine Zimmernummer. Seine Blicke folgten ihnen, als sie die Halle durchquerten.

«Und nun?», fragte Conny.

«Wird Grosser entlassen. Und zwar nach Hause.»

«Was?» Sie blieb wie angewurzelt stehen. Kroczek nicht, weswegen sie ihm nacheilen musste. «Wieso nach Hause?»

«Ich habe heute Morgen mit Meyer telefoniert. Der Staatsanwalt findet meine Vorgehensweise befremdlich, die Beweislage gegen Grosser dünn und die Tatsache, dass ich ihm noch keine detaillierte Auflistung über das Lenz'sche Vermögen gemailt habe, ärgerlich.»

«Wadenbeißer!»

Kroczek grinste schwach.

Sie erreichten das Zimmer, das der Pförtner ihnen genannt hatte. Maibloom saß vor der Tür, einer der Kollegen von der Bereitschaft, der David Grosser in die Klinik begleitet hatte. Er gähnte herzhaft und freute sich, als Kroczek ihm sagte, er könne nach Hause gehen.

Grosser lag im Bett, mit einem Klammerverband am Kinn und einer bandagierten rechten Hand. Wortlos ging Kroczek zum Fenster und versuchte, es zu öffnen.

«Gib dir keine Mühe, es ist verriegelt.»

«Ausprobiert?», fragte Kroczek, ohne zu lächeln.

«Als Erstes. Bedauerlicherweise ist dies der Raum, in dem sie verhinderte Selbstmörder unterbringen.»

«Was glauben Sie denn, wie weit Sie gekommen wären, wenn Sie es rausgeschafft hätten?»

Grosser schwieg, und Kroczek zog sich, von ihm beobachtet, den einzigen Stuhl im Raum neben das Bett. Er ließ sich nieder, stützte die Arme auf die Oberschenkel und starrte auf den Boden. Eine frühe Wespe, die den Weg durch den Kippspalt des Fensters gefunden hatte, sirrte durch das Zimmer. Conny lehnte sich an den Türrahmen, verschränkte die Arme vor der Brust und kam sich überflüssig vor.

«Das ist aber mal ein langweiliger Krankenbesuch», meinte Grosser schließlich.

«Was war das heute Nacht? Ein Anfall von Klaustrophobie?»

Grosser zuckte mit den Schultern.

«Warum sagen Sie nicht, wenn Sie Schwierigkeiten mit geschlossenen Räumen haben?»

«Hätte das was geändert?»

«Keine Ahnung. Aber Sie hätten es immerhin erwähnen können.»

Der Verdächtige duzte den Chef? Interessant. Das kannte Conny normalerweise nur von Maulhelden, die in der Regel auch gern traten und spuckten. Aber dieser einsame Randalierer kam ihr eher korrekt vor. Dass der Chef das duldete! Irgendwas Komisches war zwischen diesen beiden Männern.

«Und nun?», wollte Grosser wissen.

«Haben Sie etwas mit dem Mord an Peggy zu tun?»

«Hab ich doch schon gesagt: nein.»

«Und Klarissa?»

«Selbst wenn es so wäre – was nicht der Fall ist –, würde ich es dir nicht sagen.»

«Natürlich. Warum glauben Sie, dass es nicht Klarissa war, die über Peggy hergefallen ist?»

«Du bist ein Idiot.» Grosser setzte sich auf, was mit Schmerzen verbunden zu sein schien. Sorgfältig vermied er es, die bandagierte Hand zu benutzen. Was hatte er getan? Hatte er versucht, die Wände mit den bloßen Fäusten zum Einsturz zu bringen?

«Ist Ihnen bekannt, ob Kristof Lenz etwas mit anderen Frauen hatte?», fragte Conny. Dieser Punkt lag ihr am Herzen, und wo der Chef sie nun schon mitgenommen hatte, wollte sie auch nachhaken.

Grosser blickte sie an. «Wer sind Sie?»

«Ihre gute Fee. Hatte er?»

«Keine Ahnung.»

«Wann haben Sie den Mann denn das letzte Mal gesehen?»

«Weiß ich nicht, ist Jahre her.»

«Und was für ein Mensch ist er?»

«Was das Fremdgehen betrifft?» Grosser zögerte, dann zuckte er mit den Schultern. Er beugte sich zu einem kleinen Glasbehälter, in dem eine Tablette lag, und spülte sie mit Wasser runter. «Wie geht es jetzt weiter?»

«Sie können nach Hause gehen», sagte Kroczek.

Grosser stellte sein Glas auf den Rollwagen zurück. Man merkte ihm nicht an, ob er sich freute. «Wie kommt's?»

«Nicht meine Entscheidung. Anweisung vom Staatsanwalt.»

«Oh! Wie peinlich für dich.»

«Kann ich mit leben. Passiert gelegentlich. Aber es bedeutet nicht, dass ich meine Meinung geändert hätte. Ich hab dich immer noch auf dem Kieker.»

Conny merkte auf – jetzt war der Chef ebenfalls beim Du angelangt.

Um Grossers Lippen spielte ein Lächeln, als er fragte: «Kann ich mich eigentlich über dich beschweren?»

«Jederzeit. Versuch's am besten direkt beim Staatsanwalt, da findest du Gehör.»

Grosser lachte. «Könnten Sie bitte einen Moment nach draußen gehen?», fragte er Conny höflich. «Ich würde mich gern anziehen.»

Verblüfft schaute sie zu ihrem Chef.

Der zuckte mit den Achseln. «Dass wir dich entlassen, heißt übrigens nicht, dass die Ärzte dich ebenfalls loswerden wollen. Ist dir doch klar, ja?»

«Völlig.»

«War das in der Zelle nur gespielt? Tamtam?»

«Frag den Doktor.»

«Dem du natürlich die Erlaubnis zur Auskunft geben würdest?»

Grosser schaute ihn kurz an, dann begann er, eine Melodie zu pfeifen. Kroczek schien sie zu kennen, denn er grinste widerwillig.

Blödmänner!, dachte Conny und öffnete die Tür, obwohl dieser Grosser wahrhaftig nicht der erste Mann wäre, den sie in Unterhosen sah.

«Warten Sie, bitte», rief Grosser ihr nach. Als sie sich umdrehte, erklärte er mit dunkler Stimme: «Ich traue Kristof Lenz alles zu, was irgendwie dreckig oder gemein ist. Er ist ein Scheißkerl. Falls das irgendwie weiterhilft.»

«Was war das denn eben?», fragte sie Kroczek später auf dem Weg aus dem Krankenhaus.

«Hm?»

«Was hat der Kerl gepfiffen?»

«*The rest is silence* von Hacke Björksten.»

«Muss ich wissen, was das heißt?»

«Bitte?»

«Wir hatten hier Russisch als erste Fremdsprache.»

«Der Rest ist Schweigen. Hacke Björksten ist ein ...»

«Schon gut, ich wollte kein komplettes Musikstudium absolvieren. Was ist das eigentlich zwischen dir und diesem Musikanten?»

«Warum?»

«Ihr duzt euch.»

Kroczek sah aus, als hätte sie ihn bei etwas ertappt. «Ist mir gar nicht aufgefallen.»

«Echt?» In einer Nische seitlich des Ganges befand sich der Fahrstuhl. Abwesend schaute Conny zur Tafel neben den Türen. Nina lag auf Station 11.

«Geh schon, das Wichtigste ist ja erledigt», sagte Kroczek. Er drückte ihr den Autoschlüssel in die Hand. «Ich vertrete mir die Beine. Aber komm ins Kommissariat, sobald du wegkannst.»

«Was? Mensch, das ist aber gar nicht nötig», sagte sie verdattert. «Also ... na ja, besten Dank ...» Sie starrte ihm nach, während er sich rasch entfernte. Wider Willen wurde ihr warm ums Herz.

Sie sprach mit dem Arzt, der ihr einen Vortrag über die Gefahren des Konsums von Rizinusöl hielt – als wenn sie das nicht wüsste, dieser Idiot! – und sie dann mit Nina im Schlepptau entließ.

«Wir besprechen alles in Ruhe heute Abend», sagte sie zu ihrer Tochter, als sie auf dem Weg zum Wagen waren, aber es klang mehr wie eine Drohung als wie ein Versprechen auf Zuwendung. Warum sie bloß immer den falschen Ton erwischen musste? Nina zog einen Flunsch.

Nachdem sie den Motor angelassen hatte, versuchte sie es noch einmal. «Man schluckt nicht einfach irgendwelches Zeug, nur weil man in saublöden Foren die Ratschläge irgendwelcher saublöder Idioten gefunden hat.»

«Weiß ich jetzt auch», blaffte Nina zurück.

«Warum hast du mir nicht gesagt ...?»

«Mama, ich habe gerade mein Kind verloren», unterbrach Nina sie dramatisch. «Kannst du nicht einfach mal still sein?»

Dafür hast du das Zeug schließlich geschluckt, hätte Conny am liebsten geantwortet, aber sie bremste sich und hielt die Klappe. Zu Hause kochte sie Spaghetti bolognese, weil das Ninas Leibspeise war, dann warf sie Leandros raus, der die Stirn hatte, mit einem Blumenstrauß in der Wohnung aufzukreuzen, und anschließend stritt sie mit Nina, die das furchtbar fand.

«Lass sie, dann kommt sie am schnellsten wieder zu sich», meinte Katja, und das war vielleicht der klügste Satz, der an diesem Tag gesprochen wurde.

Am späten Nachmittag fuhr Conny los, um wenigstens noch einmal im Kommissariat vorbeizuschauen und den Wagen zurückzubringen. Aber als sie die Abzweigung nach Binz erreichte, änderte sie ihre Meinung.

Ihr war klar, dass sie nicht besonders vernünftig handelte. Kroczeks Ärger über ihre eigenwillige Aktion im Ferienhaus war nicht gespielt gewesen. Der Mann wollte, dass es in seinem Kommissariat korrekt zuging, und damit hatte er ja recht. Aber es kribbelte ihr in allen Fingern. Seit sie die seidigen Stoffe im Kleiderschrank des Ferienhauses ertastet hatte, war sie überzeugt, dass Meyer richtiglag. Es war eben doch eine der üblichen Geschichten: Mann geht fremd, Frau regt sich auf, Mann schlägt zu. Dass Kristof gewalttätig war, hatte ihnen ja schon der Zeuge aus Vitt bestätigt. Damals war es die Faust gewesen – dieses Mal eine Axt, die irgendwo herumstand.

Was, wenn sie Kristof direkt mit der Tatsache konfrontierte, dass sie ihn in Glowe gesehen hatte? Er würde es leugnen, und daraufhin würde sie ihn auf den Sack ansprechen, den er aus dem Haus getragen hatte. Das hätte sie ja ebenso gut vom Auto aus beobachten können. Danach konnte man ihn bestimmt irgendwie in die Enge treiben.

Dann kam ihr noch ein weiterer Gedanke. Was wäre, wenn seine Geliebte gerade jetzt bei ihm war? Conny grinste über ihre übertriebene Hoffnung. So spielte das Leben dann doch nicht.

Als sie vor Lenz' Haus anlangte und den Porsche in der offen stehenden Garage sah, leckte sie sich über die Lippen. Zumindest war er daheim. Jetzt also los und klingeln? Sie könnte vorgeben, dass sie sich in Peggys Schlafzimmer und den anderen Räumen umsehen müsse, was tatsächlich jemand tun sollte, falls Kroczek es nicht schon angeordnet oder selbst erledigt hatte. Und wenn sie dann die Geliebte fand …

Aber sie zögerte. Dass Kroczek mit ihr ein Bier getrunken und ihr wegen Nina freigegeben hatte, hieß nicht, dass sie jetzt Kumpel waren. Ihr Blick fiel auf die braune Ledertasche auf dem Beifahrersitz. Das Ding hatte sie von Trãi geschenkt bekommen, kurz nach Katjas Geburt. Es war wahnsinnig praktisch. Früher hatte sie darin Windeln, Schulhefte und Akten transportiert – und heute befand sich Ninas Tablet darin, das sie ihr am Abend in die Klinik hatte vorbeibringen wollen, falls sie länger hätte bleiben müssen.

Conny verschob ihre Entscheidung wegen Lenz auf später, startete stattdessen das Tablet und klickte sich durch die Systeme, die nur halb so intuitiv waren, wie immer behauptet wurde. Sie fand Google und begann, nach Peggy Lenz zu suchen, doch die Frau war im Netz so gut wie unsichtbar. Der Chef hätte nicht so schnell auf einen Alleingang der Kripo Bergen setzen sollen, dachte Conny. Auch wenn sie noch nie einen Mordfall wie diesen bearbeitet hatte – ihr war klar, dass sie tausend Sachen recherchieren mussten. Irgendwann würden sie Hilfe aus Stralsund brauchen.

Außer natürlich, sie fand jetzt etwas in der Villa, das die Ermittlung wirklich weiterbrachte. Sie gab sich einen Ruck, packte das Tablet in die Tasche zurück und stieg aus.

Auf ihr Klingeln meldete sich niemand. Was bedeutete, dass Kristof sie auf ihrem Weg zum Haus gesehen hatte und nicht aufmachen wollte. Oder dass er zu Fuß unterwegs war. Oder dass sich wirklich seine Geliebte bei ihm befand und er sich nicht stören lassen wollte. Bitte, bitte, lass es so sein, betete sie inbrünstig. Dann hätten sie den Punkt, an dem sie ansetzen konnten.

Versuchsweise ging sie in den Garten. Konnte ja sein, dass die beiden es sich auf der Terrasse bequem gemacht hatten. Doch die Liegestühle lehnten zusammengeklappt an der Hausmauer, eine Tischgruppe stand einsam in der Sonne. Ein älterer Nachbar mit blassen Beinen und kurzen Shorts, der gerade Rindenmulch auf einem Beet verteilte, schaute neugierig zu ihr hinüber. Sie winkte, vielleicht beruhigte ihn das. Wenn ja, dann war er ein Depp. Winken konnte schließlich jeder.

Die Seeluft wehte den Klang eines Orchesters zu ihr herüber, offenbar gab es im Pavillon vor dem Kurhaus ein Konzert. Conny spähte durch ein Fenster in die Bibliothek: Kein Mensch zu sehen. Wofür bewahrte man wohl so viele Bücher auf? Irgendwie konnte Conny sich weder Peggy noch Kristof als Bücherwurm vorstellen. Ein Blick ins Wohnzimmer bestätigte ihr, dass sich auch dort niemand aufhielt.

«Suchen Sie wen?», rief der Nachbar ihr zu.

«Ist Herr Lenz zu Hause?»

«Wer will das denn wissen?» Die typische pseudoschlaue Frage aus jedem neueren Film.

«Die Polizei», antwortete Conny, ging zur Hecke, die die beiden Grundstücke voneinander trennte, und zeigte dem Kerl, der bereitwillig den Rindenmulchsack stehen ließ, ihren Ausweis. Bei der Gelegenheit spulte sie auch gleich die üblichen Fragen ab, obwohl ihre Kollegen die Nachbarn sicher schon verhört hatten. Aber man konnte ja nie wissen.

Sie erfuhr, dass Peggy nicht berufstätig gewesen war, was sie bei dem Einkommen ihres Mannes auch nicht nötig gehabt hatte, und dass sie eine nette, umgängliche Person gewesen sei. Sie hatte die Blumen der Kürschners gegossen, wenn die im Urlaub gewesen waren. Das sollte wohl als Beweis für ihren untadeligen Charakter gelten.

«Und Herr Lenz?»

«Er ist, wie gesagt, beruflich sehr erfolgreich.»

Aber leiden kannst du den Knaben nicht, dachte sie. «Hatte er eine Geliebte?»

Bei der direkten Frage errötete der Mann. Er schaute sich um. Eine Frau, die von Conny unbemerkt in den Garten gekommen war und plötzlich neben ihm stand, widersprach energisch. «Peggy und Kristof waren glücklich. Das merkte man ihnen an!»

Aha? Conny schaute zu Herrn Kürschner, doch der nickte nur. Enttäuscht verabschiedete sie sich. Mit wenig Hoffnung lugte sie noch einmal durch die Erdgeschossfenster. Nach wie vor keine Menschenseele zu entdecken. Sie wollte sich schon abwenden, da brachten die letzten Sonnenstrahlen, die ins Zimmer fielen, etwas auf dem Boden zum Schimmern.

Conny schirmte mit den Händen die Augen ab und drückte die Nase gegen das Fenster. Neben dem Ledersessel im Großvaterstil schwamm eine kleine, weißgraue, mit Stückchen versetzte Pfütze. Genauso ein Ekelzeug, wie sie es am Abend vorher in ihrem eigenen Bad weggeputzt hatte. O Mann …

Sie versuchte zu erkennen, ob jemand im Sessel saß, aber das Ding stand mit dem Rücken zum Fenster. «Na dann», sagte sie leise, holte sich einen Blumentopf, schüttete die gelbe Rose darin auf die Terrasse und warf das Ding beherzt gegen die Scheibe.

DREIZEHN

«Winni ist so nett zu dir. Ich verstehe nicht, warum du immer bockig bei ihm bist», sagte Mama aus der Dusche.

Maik kaute auf seinen Fingernägeln. Er befand sich in einer Zwickmühle. In einer doppelten. Zum einen ahnte er, dass Mama gleich wieder nackig aus der Dusche steigen würde, um sich abzutrocknen, und das fand er megapeinlich. Zum anderen wollte sie, dass er mit Winni auf der Cap Arkona eine Schiffsrundfahrt machte, zu der sie aber nicht mitkonnte, weil sie ihre Tage hatte – was auch immer das bedeutete. Doch, das wusste er schon: Es hieß, dass Mama mit einer Wärmflasche im Bett lag und Winni schlechte Laune hatte. Deshalb sollte er wieder allein mit Winni los.

Und das wollte er auf keinen Fall.

«Menschenskind, machst du ein Gesicht!», ärgerte sich Mama, als sie aus der Dusche trat. Sie hatte sich nicht mal ein Handtuch umgetan. Maik schaute angestrengt aus dem Fenster, doch der Caravan war so eng, dass er trotzdem aus den Augenwinkeln Mamas Bauch und ihre Beine und all das andere sah.

«Du bist ja ein Schamhafter. Ist doch alles Natur», lachte Mama, während sie sich abrubbelte. «Sag mal, Maiki, was hast du nur gegen Winni? Vorgestern war er mit dir zum U-Boot, jetzt macht er mit dir eine Schiffsfahrt. Der gibt sich so was von Mühe.»

Maik, der immer noch krampfhaft aus dem Fenster starrte, sah Winni am Auto werkeln. Mamas Freund füllte etwas aus einem schwarzen Kanister ein, wahrscheinlich Öl oder Benzin oder so. Maik lief ein Angstschauer über den Rücken. Er hatte mal gesehen, wie jemand in einem Film mit Benzin übergossen und angezündet wurde. Davon hatte er noch lange nachts geträumt. «Er war gar nicht mit mir beim U-Boot!», platzte es aus ihm heraus.

«Was?»

«Winni war nicht mit mir auf dem U-Boot. Das hat er gelogen.»

«Du spinnst ja wohl!» Mama hatte sich abgetrocknet und zog ihre Wäsche an.

«Er ist mit mir in einen Wald gefahren. Und …» Maik schwankte. Sollte er sagen, was er glaubte? Dass Winni wahrscheinlich irgendwo für ihn ein Grab geschaufelt hatte und dass er, Maik, wahrscheinlich nur deshalb noch lebte, weil plötzlich ein Jäger mit einem Hund aufgetaucht war und sich mit Maik unterhalten hatte, als Winni zurückkehrte? Unsicher schaute er zu seiner Mutter.

«Winni war mit dir im Wald? Warum das denn?» Zum ersten Mal glaubte Maik, in der Stimme seiner Mutter einen Anflug von Besorgnis zu entdecken. Vielleicht hatte Superman ja doch recht, und sie glaubte ihm. Ein Blick aus dem Fenster zeigte Maik, dass Winni immer noch mit dem Auto beschäftigt war. «Er hat mich im Wald allein gelassen. Und ich glaube, er wollte mich ermorden.» Das klang sehr erwachsen und hoffentlich so, dass Mama kapierte, wie ernst das alles war.

Sie lachte auf. «Sag mal, hast du sie noch alle?»

«Jedenfalls war er nicht mit mir auf dem U-Boot», erklärte Maik trotzig.

«Und was ist das?» Mama deutete auf Winnis Handy, mit dem er Fotos von dem U-Boot geschossen hatte, nachdem sie aus dem Wald wieder weggefahren waren. Aber nur Fotos von außen, weil das U-Boot schon abgeschlossen gewesen war. Da hatte Winni später frech geflunkert. «Und du hältst die Klappe!», hatte er Maik zuvor eingebläut. «Was wird aus Kindern, die den Mund nicht halten können? Genau: Möwenfraß!»

Aber nun hatte Maik sich schon so weit vorgewagt. «Er hat jemanden totgemacht.»

Die Worte standen im Raum. Mama schwieg. Sie starrte Maik an, die Jeans, die sie sich gerade überstreifen wollte, in den Händen.

«Vor ein paar Tagen, da war er weg. Abends. Und da hat er jemand totgemacht.» Maik wagte kaum zu atmen.

«Hast du das gesehen?»

«Es war eine Frau. Die hat geschrien. Und Winni ist aus dem Haus gekommen. Und überall war Blut.»

Mama hielt sich mit einer Hand am Stuhl fest. «Du darfst mich bei so was nicht anlügen, Maik. Wieso warst du überhaupt nachts da draußen?»

Es war ja noch gar nicht Nacht gewesen, nur Abend. Umständlich begann Maik, von den Muscheln zu erzählen, die er hatte suchen wollen. Kryptonitmuscheln.

«Sprichst du jetzt von dieser Superman-Scheiße?» Mama ließ den Stuhl wieder los.

«Dann ist Winni aus diesem Haus gekommen, und überall war Blut.»

«Und du hast gesehen, wie Winni diese Frau umgebracht hat, ja?»

Er nickte und versuchte, ein ehrlich wirkendes Gesicht zu machen, aber es fühlte sich irgendwie steif an.

Mama fixierte ihn mit den Augen. «Da bist du dann wie Superman los und hast versucht, die Frau zu retten?»

Maik wurde rot.

«Na, das ist ja toll. Du hast dich also am Strand rumgetrieben und Superman gespielt, und plötzlich bist du zum Helden geworden, der fremde Frauen rettet. So wie du im Winter die kleine Manderscheid aus einem Eisloch gezogen und bei Oma Krüger einen Dieb vertrieben hast, ja? Weißt du eigentlich, wie mir das auf den Keks geht, diese Geschichten, die du dir immerzu ausdenkst?»

Mama zog sich die Hose an. Dann langte sie über Maik hinweg und machte das Fenster auf. «Los, Winni, beeil dich. Es geht mir beschissen. Ich muss mich hinlegen.»

Als sie das Fenster wieder geschlossen hatte, beugte sie sich zu Maik herab. «Dass du mir zu Winni kein Wort über diesen Unsinn sagst. Weißt du eigentlich, wie wenig Chancen man als Frau mit Kind hat, jemanden fürs Leben zu erwischen? Vielleicht ist Winni der letzte Mann, der mit mir zusammenleben will. Du, deiner Oma werd ich was erzählen – dir immer diesen Comicscheiß mitzubringen!» Gereizt richtete sie sich wieder auf und zog ihr T-Shirt über. «Nimm deine Schulsachen mit, wenn ihr zum Schiff fahrt, und lern ein bisschen. Nicht dass es da auch noch Ärger gibt.»

Winni kam rein, und Mama scheuchte sie beide nach draußen, damit sie das Bett herunterklappen konnte. Die Wärmflasche lag schon auf der Bank.

«Na, dann wollen wir mal», sagte Winni mit einem Grinsen.

Dieses Mal fuhren sie zu Maiks Erleichterung tatsächlich in die Stadt mit dem U-Boot. Winni stieg aus und machte mit seinem Handy Fotos von einem weißen Schiff. Dann befahl er Maik, sich auf die kleine Brücke zu stellen, die den Anleger mit dem Boot verband und wo sich schon eine Menge Leute drängelten, und knipste ein paar weitere Fotos.

Maik starrte in das trübe Wasser unter ihm. Möwenfedern trieben auf den Wellen. Die Möwen hockten auf Pfählen, die im Wasser standen. Fraßen diese Vögel wirklich Fleisch? Pickten sie das aus den toten Ertrunkenen raus?

Ohne auf Winnis Protest zu achten, quetschte Maik sich an den Menschen vorbei ans sichere Land zurück. Auf keinen Fall würde er mit Winni auf das Schiff gehen. Wenn der ihn ins Wasser schubste, könnte er ja immer behaupten, dass das ein Unfall gewesen wäre. Maik konnte zwar ein bisschen schwimmen, aber nicht sehr gut.

Jedenfalls bestimmt nicht in diesem riesigen Wasser, das sicher tausend Meter tief war und über dem die Möwen kreisten und nach Beute Ausschau hielten.

Winni klickte die Fotos durch. «Na, das sollte reichen. Dann wieder ab ins Auto!»

Unglücklich blickte Maik zu einer Familie, die einen Jungen in seinem Alter hatte. Warum nur war Mama nicht mitgekommen? Ob sie sich an das, was er ihr gesagt hatte, erinnern würde, wenn Winni ... Wenn Winni was mit ihm anstellte? Der andere Junge bekam von seiner Mama eine Postkarte in die Hand gedrückt und rannte damit zu einem Briefkasten. Dann verschwand die Familie in einem Laden, wo es Möwen aus Holz und Badesachen zu kaufen gab.

«Nun komm schon!» Winni schubste ihn zum Auto.

«Wo fahren wir denn hin?», traute Maik sich zu fragen, nachdem er auf sein Schaumstoffkissen auf der Rückbank gerutscht war.

Winni lachte. Es klang nicht besonders freundlich. Sie fuhren eine Weile durch die Stadt, dann kamen sie in eine Straße, in der schäbige Häuser standen. Vor einem davon hielt Winni an. «Du bleibst hier drin», befahl er und verschwand im Haus. Die Eingangstür gehörte zu einem Geschäft wie dem draußen bei den Schiffen, aber hinter den schmutzigen Scheiben waren Bilder von nackigen Frauen und lauter Dinge, die Maik nicht kannte. *Sexshop*, entzifferte er.

Und wenn er jetzt einfach abhaute? Maik schaute die Straße hinunter, die richtig lang war und aus der Stadt rausführte. Bestimmt würde Winni ihn sofort wieder einfangen. Und auch wenn nicht – was sollte er denn machen? Er kannte ja den Weg zum Caravan nicht. Bei fremden Leuten klingeln, das traute er sich nicht. Mama sagte immer, man weiß nie, ob man nicht an die Falschen gerät. Auch Menschen, die nett aussahen, nahmen kleine Kinder mit und taten mit ihnen furchtbare Sachen. Einige davon hatte sie ihm ausführlich geschildert, damit er ja nicht auf die Idee kam, einem Fremden zu vertrauen.

Maik legte die Hände auf den Bauch. Ihm war ein bisschen übel. Was würde Winni wohl machen, wenn Maik ihm sein Auto vollkotzte? Als er darüber nachdachte, wurde ihm noch schlechter.

Neben dem Laden, in dem Winni einkaufen war, entdeckte er einen Briefkasten. Neidisch dachte er an den Jungen beim Schiff. Die Karte war wahrscheinlich für seine Oma gewesen.

«Und du? Würdest du deiner Oma auch gern schreiben?», fragte Superman, der die Autotür geöffnet hatte und sich nun neben ihn setzte.

«Ich hab ja keine Karte», sagte Maik.

Superman deutete auf seinen Rucksack mit den Schulsachen. «Du kannst ihr auch einen Brief schreiben.»

«Und dann?»

«Erklär ihr das mit Winni. Sie könnte die Polizei anrufen, und die würde Winni dann verhaften.»

«Aber meine Oma weiß doch gar nicht, wo ich bin.» Winni starrte auf den Rucksack mit den abgeschabten Ecken. Dann blickte er wieder zum Briefkasten. Und plötzlich kam ihm eine Idee. Er fuhr sich mit der Zunge über die Lippen. Schließlich zerrte er den Rucksack vom Wagenboden, zog ein Schulheft und einen Filzer heraus und begann zu schreiben.

VIERZEHN

Schon wieder hockten sie im Konferenzsaal. Dieses Mal war Meyer allerbester Laune und rieb sich die Hände. «Gute Arbeit, Männer. Ausgezeichnet. Das war's dann wohl!»

Luka blickte zu Conny. Er erwartete halb, dass sie sich über das machohafte und ungerechte «Männer» aufregen würde, aber sie strahlte. Offenbar fühlte sie sich als Heldin. Kristof Lenz, der allem Anschein nach versucht hatte, sich umzubringen, lag im Krankenhaus. In der Whiskeyflasche neben seinem Sessel war ein Sammelsurium verschiedener Medikamente gefunden worden. Die entsprechenden Schachteln hatten unter einem Badezimmerschrank gelegen: Schlaftabletten, ein Antidepressivum, Schmerztabletten – ein Cocktail aus allem, was giftig war.

Hätte Conny ihn nicht gefunden, wäre er gestorben. Sie hatte ihm den Mund ausgeräumt und heldenhaft mit der Reanimierung begonnen. Innerhalb von Minuten war eine von der Alarmanlage herbeigerufene Streife zur Stelle gewesen und hatte den Krankenwagen gerufen. Man hatte Kristof noch in der Notaufnahme den Magen ausgepumpt. Für das, was er mitgemacht hatte, ging es ihm inzwischen wieder erstaunlich gut.

Leider hatten sie ihn weder am Abend noch heute Morgen verhören können – das hatten zunächst eine resolute Florence Nightingale und dann ein junger Arzt verhindert.

Meyers selbstzufriedenes Dröhnen drang in Lukas Gedanken. «... kann man den Selbstmordversuch wohl getrost als Schuldeingeständnis auffassen.»

Man kann, muss aber nicht, dachte Luka. Falls Kristof Lenz den

Mord weiter bestritt, würde sein Anwalt die Vergiftung sicher als Tat eines gebrochenen Ehemannes werten, der ohne seine Frau nicht weiterleben wollte. Außerdem war noch nicht einmal sicher, dass es sich tatsächlich um einen Suizidversuch gehandelt hatte.

«Ich wünschte mir allerdings, Sie hätten ihn vernommen, sobald er ansprechbar war», mäkelte Meyer.

«Ich auch.» Luka verbarg seine Frustration hinter einem Lächeln. Eigentlich sollte er froh über die Entwicklung sein. Er konnte Lenz nicht ausstehen und würde drei Kreuze machen, sobald seine Täterschaft bewiesen und die anderen Verdächtigen entlastet wären. Vielleicht konnte er dann sogar mit David Grosser wieder Jazz spielen. Nein, diesen Gedanken schlug er sich aus dem Kopf. Selbst für jemanden, der nicht nachtragend war – und bei Grosser tippte Luka auf ein gutes Gedächtnis –, wären die vergangenen Tage starker Tobak gewesen.

Connys Handy klingelte; mit einer entschuldigenden Geste ging sie hinaus.

«Holen Sie die Vernehmung umgehend nach, bevor der Mann Zeit hat, sich etwas zurechtzulegen», ordnete Meyer an.

«Irgendwelche Einwände?», erkundigte Martin Berger sich bei Luka.

«Das Beil in Grossers Schuppen.»

«Damit hat dieser Irre offenbar seinen Hund erschlagen. Kassieren Sie ihn wegen Tierquälerei», empfahl Meyer.

«Ich denke …»

«Falls es sich tatsächlich um die Mordwaffe handeln sollte, können wir wohl davon ausgehen, dass Lenz sie bei Grosser abgelegt hat, um den Verdacht von sich abzulenken.» Muss eigentlich jeder intelligente Gedanke von *mir* stammen?, besagte Meyers gequälte Miene.

Luka trank einen Schluck Kaffee. Das Ergebnis der kriminaltechnischen Untersuchung war noch nicht eingetroffen. Was, wenn die Kollegen Blut von Peggy *und* Benni an der Axt fanden? Dann stellte sich die Frage, warum Kristof einen fremden Hund erschlagen haben sollte.

Conny kehrte zurück. «Das Krankenhaus war dran. Es ist alles in Ordnung.»

«Das heißt, Kristof Lenz kann jetzt verhört werden?», fragte Meyer.

«Was? Nö. Ich meinte den Arzt, den ich gestern Abend gefragt hab, ob ich mir was weggeholt haben könnte, als ich Lenz beatmet …»

«Gut, das interessiert jetzt eher weniger.»

«Echt?», meinte Conny stirnrunzelnd.

«Wie gesagt: Ich erwarte rasche Ergebnisse!» Meyer klappte seine Aktentasche zu und machte sich auf den Weg nach draußen.

«Arschloch», fauchte Conny, als die Tür hinter ihm ins Schloss fiel.

Berger legte den Finger auf den Mund und wandte sich an Luka. «Was ist los, Mann? Du siehst nicht aus wie einer, der auf die Ziellinie draufhält.»

«Hast du die Möglichkeit, die Kriminaltechnik wegen des Beils auf Trab zu bringen?»

«Bezweifelst du, dass es sich um die Mordwaffe handelt?»

Luka fuhr mit dem Finger einen verblassten Ring auf der Tischplatte nach und spitzte die Lippen. «Wieso hat der Täter es nicht einfach im Meer versenkt?»

«Hat Meyer doch gesagt: um den Verdacht von sich abzulenken. Das hat ja auch bestens geklappt.»

«Und was ist mit dem Hund?»

«Welcher Hund?», fragte Conny dazwischen.

Hatte sie das noch gar nicht mitbekommen? Schnell klärte er sie über seinen Fund in Davids Garten auf.

«Vielleicht wurde Lenz von dem Vieh angefallen, als er das Beil in den Schuppen bringen wollte», schlug Martin vor. «Er hat das Tier erschlagen, und Grosser hat es später gefunden und beerdigt.»

Und warum hat er mir das nicht einfach gesagt? Es klopfte, und Luka schaute zur Tür.

«Kann ich mal kurz stören?»

Warum benahm Olaf sich eigentlich wie ein Besucher im eigenen Kommissariat? «Schießen Sie los», sagte Luka ungeduldig.

«Es geht um die Geliebte von Herrn Lenz, nach der wir uns umhören sollten.» Olaf lächelte breit. «Diese Frau scheint tatsächlich zu existieren. Ich habe von einer der Nachbarinnen sogar eine Personenbeschreibung bekommen. Die Dame ist etwa zwanzig Jahre alt und fährt einen blauen Citroën.»

«Jepp!» Conny schlug so hart mit der Hand auf den Tisch, dass die Tassen klirrten.

«Im Haus von Kristof ist irgendwas gewesen», berichtete Conny, die auf dem Weg ins Krankenhaus neben Luka auf dem Beifahrersitz saß.

«Was denn?», fragte Olaf von der Rückbank.

«Keine Ahnung. Weiß ich nicht mehr. Ich hab draufgeguckt und gedacht: Das musste dir merken. Aber dann war ich auch schon wieder mit Kristof beschäftigt. Boah, dieser Kotzegeruch ... Ich hasse das. Heute Abend will ich übrigens pünktlich nach Hause, Chef.»

Luka hielt nach einem Parkplatz Ausschau. «Mit ein bisschen Glück haben wir in einer Stunde ein Geständnis.»

«Wieso hast du eigentlich nichts davon gesagt?»

«Was?»

«Von diesem Hund?»

«Hab ich doch.»

«Aber erst vorhin. Also, ich will da jetzt nicht drauf rumreiten, aber ich bin anders sozialisiert. Ich glaube ans Kollektiv. Man arbeitet zusammen, tauscht sich aus ...»

«Na, ganz so auf Augenhöhe war's bei uns auch wieder nicht, damals», warf Olaf von hinten vorsichtig ein.

«Und? Ist aber gedanklich die richtige Einstellung.»

Luka hatte eingeparkt. Er stellte den Motor aus und drehte sich zu Conny um. «Anders sozialisiert – schön, dass du es ansprichst.» Er suchte nach einer verbindlichen Formulierung, fand aber keine und platzte heraus: «Was hattest du gestern Abend in Binz zu suchen?»

«Wieso? War doch gut, dass ich da war.»

«Darum geht es nicht. Du hattest keinen Grund, hinzufahren. Schon gar nicht um diese Zeit. Sollte das eine Neuauflage von deinem Abenteuer in Glowe werden oder wie?»

«Ich hab mich doch nur mal umgeschaut.»

«Ohne mir Bescheid zu sagen und mein Okay einzuholen?»

Sie rollte mit den Augen. «Mann, werd nicht pingelig. Ich hab mir einfach gedacht: Uns läuft die Zeit davon, also frage ich mal bei dem Verdächtigen nach, ob ihm noch was eingefallen ist, das er gern zu Protokoll geben würde. Was ist dagegen einzuwenden? Als er auf mein Klingeln nicht reagiert hat, hab ich durchs Fenster geschaut und ihn am Boden entdeckt. Und ich hoffe mächtig, dass es in diesem Fall korrekt war, die Scheibe einzuschmeißen», fügte sie sarkastisch hinzu. «Andernfalls würde mir das natürlich wahnsinnig leidtun, Herr Kroczek.»

Luka legte die Hände aufs Lenkrad und atmete zweimal tief durch. «Du hast es nicht kapiert, Conny. Dieser Mordfall ist *groß*. Unser Verdächtiger besitzt Geld und wird sich erstklassige Anwälte leisten. Das heißt, dass die Verteidigung die Polizei während des Prozesses auf die Streckbank legt. Illegale Aktionen unsererseits sind für die eine Steilvorlage, ein Präsent mit Schleifchen und Blumen dran. Das ist das Eine. Zweitens: Illegal beschaffte Beweise werden vom Gericht nicht anerkannt. Und drittens: Wenn auf unsere Vorgehensweise auch nur der Verdacht der Voreingenommenheit fällt, werden unsere Ermittlungsergebnisse bis auf die Atome zerpflückt. Das ist übrigens auch gut so, so was nennt man nämlich Rechtsstaat.»

«Ich war einfach nur da, hab geklingelt und mich bei den Nachbarn umgehört. Was ist daran unkorrekt?»

«Verkauf mich nicht für dumm. Du hattest Feierabend und außerdem 'ne Menge eigener Sorgen am Hals. Da fährst du doch nicht los und spulst überflüssige Routine ab. Das ist ein Scheiß, Conny. Und was das Thema Sozialisierung angeht – für mich gibt es im Kommissariat einen Chef, der entscheidet, wo es langgeht. Und die anderen haben sich daran zu halten!» Hoffentlich war das deutlich genug.

Wutschnaubend stieg Conny aus. Am Türenknallen und an ihrem Hüftschwung konnte Luka erkennen, wie sauer sie war. Er biss sich auf die Lippe.

«Sie meint es nicht so», murmelte Olaf vom Rücksitz.

«Was?» Er drehte sich um. «Quatsch. Conny Böhme meint alles, was sie sagt.»

«Schon, nur … Sie ist eher ornithologisch veranlagt.»

«Hä?»

«Wie die Vögel, meine ich. Sie redet, wie ihr der Schnabel gewachsen ist. Da kommt alles ungefiltert genau so raus, wie es ihr gerade durch den Kopf schießt. Aber sie meint es nicht böse.»

Luka starrte Olaf an. Wollte der ihn veräppeln? Aber sein Kommissar guckte treuherzig wie immer. Gerade wollte Luka etwas Ironisches loslassen, als Conny zum Wagen zurückgerannt kam. Sie winkte und angelte im Laufen nach ihrer Haarspange. Atemlos blieb sie neben Lukas heruntergefahrenem Fenster stehen.

«Das werdet ihr jetzt nicht glauben, aber unser möglicher Mörder hat 'ne flinke Sohle gemacht und dem Arzt dabei eine blutige Nase verpasst.» Sie grinste über das ganze Gesicht. «Wenn das kein Schuldeingeständnis ist!»

Während er ins Krankenhaus sprintete, gab Luka per Handy Anweisungen durch. Flucht eines Tatverdächtigen aus dem Krankenhaus – sämtliche Streifen sollten die Straßen nach dem Mann kontrollieren. Außerdem mussten die Kollegen bei den Taxizentralen durchrufen, denn Lenz hatte ja seinen Wagen nicht dabei. Hoffentlich kam der Kerl nicht auf die Idee, jemanden zu kidnappen.

«Was ist mit den Brücken?», fragte Conny, die Mühe hatte, mit ihm und Olaf Schritt zu halten.

«Bitte?»

«Nach Stralsund rüber. Das ist unser Nadelöhr. Wenn der Mann nicht gerade eine Fähre nimmt, muss er über den Rügendamm oder die Hochbrücke.»

Inzwischen hatten sie das Stationszimmer erreicht, in dem der Arzt, der am Morgen die Vernehmung des Tatverdächtigen verweigert hatte, von seiner Kollegin einen Nasenverband angelegt bekam.

«Ruf Berger an, dass er jemanden dort postiert. Die Streifen sollen nach Taxis Ausschau halten und brauchen außerdem das Kennzeichen von Kristofs Wagen», sagte Luka und reichte ihr sein Handy.

Der Arzt blickte ihn an seiner mit Pflaster hantierenden Kollegin vorbei an. «Bevor Sie sich in etwas verrennen, Herr …?»

«Kroczek.»

«Unser Patient hat einen Schock erlitten und steht immer noch unter den Nachwirkungen der Medikamente. Für seine Handlungen ist er also nicht verantwortlich.»

«Mann, der hat Ihnen eins auf die Nase gegeben», murmelte Conny, die noch auf die Verbindung wartete.

«Wie ich gerade eben erklärte …»

«Wann ist er verschwunden?», unterbrach Luka den Arzt.

Der Mann schaute unwillig zur Uhr. «Vor etwa einer Dreiviertelstunde.»

«Dürfte ich erfahren, warum Sie uns nicht umgehend benachrichtigt haben?»

Conny, die mittlerweile die Wache an die Strippe bekommen hatte und zum Telefonieren in den Flur ging, hielt mit grimmiger Miene einen Daumen hoch.

«Wir sind kein Gefängnis», erklärte der Arzt steif. «Wenn Sie jemanden festhalten wollen, müssen Sie schon selbst einen Aufpasser hier abstellen.»

Hätte ich auch getan, wenn du mir nicht gesagt hättest, dass Kristof für die nächsten Tage außer Gefecht gesetzt ist. Luka schluckte den Vorwurf herunter. Er hatte einen Fehler gemacht. Natürlich hätte ein Polizist vor Kristofs Tür gehört.

«Was genau war denn der Auslöser für seine Flucht?»

«Wir hatten Visite, und ich habe ihn über seinen Zustand aufgeklärt.»

«Der Mann ist in die Luft wie eine Rakete», ergänzte die Ärztin, die mit dem Verband fertig war und die Handschuhe abstreifte. «Dann wollte er sich anziehen, und als Dr. Kammerer versuchte, ihn daran zu hindern, hat er zugeschlagen.»

«Wirkte er auf Sie wie ein Selbstmörder?»

«Woran bitte erkennt man so was denn?», fragte Kammerer eingeschnappt.

Seine Kollegin schüttelte den Kopf. «Der hat nicht versucht, sich umzubringen, nie im Leben. Er war kreidebleich, als er kapierte, wie knapp er dem Tod von der Schippe ist. Den hätten Sie mal fluchen hören sollen!» Sie ging zur Tür und drehte sich noch einmal um. «Ich glaube, dabei ist auch der Ausdruck ‹Schlampe› gefallen. Keine Ahnung, was Herr Lenz vermutet. Aber ich möchte nicht in der Haut der Person stecken, die er verdächtigt, ihm das Zeug untergejubelt zu haben.»

«Egal was war, jetzt klärt sich's auf», meinte Conny unternehmungslustig, als sie wieder im Dienstwagen saßen. Sie hatte sich selbst hinters Steuer geklemmt, und weil ihre Haarspange, der Fluch ihres Lebens, unter den Sitz gerutscht war, strich sie sich unentwegt die Wolle aus der Stirn.

Sie fuhren in Richtung Binz, denn um mobil zu sein, brauchte Kristof Lenz sein Auto. Todsicher hatte er zuerst sein Zuhause angepeilt, um sich den Porsche zu schnappen.

«Hat er wirklich», bestätigte wenig später Olaf, der auf der Rückbank telefonierte. «Die Kollegen haben einen Taxifahrer gefunden, der Kristof vor seiner Haustür abgesetzt und noch gesehen hat, wie der Mann zur Garage gelaufen ist.»

Luka informierte Berger, der mittlerweile von Stralsund aus die Überwachung der Fähren und der Brücken organisierte. Gleich darauf rief Tobias durch und erklärte, dass er vier blaue Citroëns ausfindig gemacht habe. «Wir suchen nach einer jüngeren Frau, oder?»

«Ungefähr zwanzig Jahre alt, wenn das, was Olaf …»

«Wie denn nun weiter?», quasselte Conny dazwischen. «Fahren wir trotzdem nach Binz?»

«… rausgefunden hat, stimmt.» Luka stopfte sich einen Finger ins linke Ohr. «Was sagen Sie? Noch mal, bitte.»

«Die Fahrzeughalterin, die am ehesten in Frage kommt, ist fünfundzwanzig Jahre alt», berichtete Tobias. «Hab sie mir auf Facebook angeschaut. Die ist rattenscharf. Könnte genau der Typ sein, auf den Lenz steht.» Luka konnte ihn förmlich durch den Hörer grinsen hören. «Ihr Name ist Nicole Basewitz, und sie wohnt in Hagen.»

«Also ab nach Hagen», ordnete Luka in Connys Richtung an.

«Hagen beim Nationalpark?»

Er wiederholte die Frage ins Telefon.

«Ja, nordwestlich davon.» Tobias nannte ihm die Adresse, und Luka beugte sich vor, um das Blaulicht anzustellen.

«Stubbenkammerstraße. Hier ist es.» Conny trat auf die Bremse. Das Haus war von einem grünen Jägerzaun umgeben, hinter dem gepflegte Stiefmütterchenrabatten sprossen. An der Hausmauer lehnten zwei weiße Säcke Zement. Ein großer brauner Hund lief die Straße entlang. Vom Porsche weit und breit keine Spur.

Luka bat seine Kollegen zu warten, lief zur Haustür und klingelte. Sein Blick schweifte über die Felder zu den Waldrändern, die den Ort umgaben. Was, wenn sie irrten und Kristof unterwegs zu Klarissa war? Vielleicht dachte er, sie hätte erst ihre Schwester erledigt und dann auf ihn selbst den Anschlag verübt? Aber das wäre doch idiotisch gewesen. Als Erbin hätte man sie sofort verdächtigt.

Hinter der Tür wurden schlurfende Schritte hörbar. Es gab zwei Klingelknöpfe beim Eingang. Nicole Basewitz schien im oberen Geschoss des Einfamilienhauses zu wohnen, aber die Schritte kamen aus der unteren Etage. Gerade als eine alte Frau mit Gehstock öffnete, steckte Conny den Kopf aus dem Wagenfenster. «Komm. Wir haben ihn. Mach schnell!»

Luka nickte der Frau wortlos zu und lief rasch zum Wagen zurück.

«Unsere Leute aus Sassnitz haben durchgerufen. Er ist in einem Restaurant aufgetaucht, dem Baumhaus. Offenbar randaliert er da – keine Ahnung.» Conny trat das Gaspedal durch. «Die Chefin vom Laden hat bei der Wache angerufen. Sie kannte seinen Namen, vielleicht ist er Stammgast dort. Brauchst nicht zu suchen», sagte sie, als Luka nach dem Navi griff. «Das ist gleich um die Ecke. Haste die Knarre parat?»

«Was?»

«Denk dran, wie der Kerl bei Peggy durchgedreht ist. Oder im Krankenhaus. Wann hast du das letzte Mal geschossen? Überhaupt schon auf einen Menschen?» Sie wartete seine Antwort nicht ab; aufgeregt quasselte sie weiter. «Ich hab mal auf den Anführer einer Motorradgang gezielt, nicht Hells Angels, sondern was Lokales.

Der wollte mir blöd kommen, weil ich ihm nur bis zur Brust reichte. Gott, dass ich mein eigenes Ding nicht dabeihab! Aber damit rechnet man doch nicht. Mann, Mann, Mann …»

Sie ließen das Dorf hinter sich und fuhren in einen Wald, es wurde schlagartig dunkler. Nach wenigen Metern trat Conny erneut auf die Bremse und fuhr in einer scharfen Kurve auf einen Parkplatz. Vor ihnen lag ein schmuckes, weiß verputztes Restaurant mit einem leuchtend rot gestrichenen Dachfirst – das *Baumhaus*. Der Name prangte in weißen Buchstaben auf dem First.

Im Vordergarten des Restaurants, zwischen einer Kinderschaukel, einem Strandkorb und einem blühenden Busch, hatten sich etwa zwanzig Menschen versammelt, die meisten wohl Restaurantgäste.

Einer – der fleckigen Schürze nach zu urteilen, der Koch – hielt sich den blutenden Mund, eine alte Frau mit lilaweißem Pagenkopf sprach hektisch in ihr Handy, die übrigen Anwesenden starrten auf Kristof Lenz, der schwer atmend auf dem Rasen saß. Sein Hemd war aufgerissen, über seine Wange zogen sich mehrere Ratscher.

«Das da muss Nicole sein!» Conny sprang aus dem Wagen.

Die Frau, die sie meinte, war eine der Kellnerinnen. Ihr Ohrläppchen blutete. Das blonde Haar, das sie ursprünglich hochgesteckt hatte, hing ihr wie ein zerzaustes Vogelnest um den Kopf. Sie war zweifellos eine hübsche, nein, eine schöne junge Frau, aber Tränenspuren, Wut und Angst hatten ihr Gesicht wie in einem Picassogemälde verzerrt – alles wirkte schief.

Luka tastete nach seiner Waffe, dann folgte er Conny. Kristofs Auge schwoll bereits zusehends an. Die Geltolle hing ihm in verklebten Strähnen ins Gesicht. Der Koch, der ihn offenbar niedergeschlagen hatte, musste ordentlich zugelangt haben. Lenz kam taumelnd auf die Füße.

«Nicole Basewitz?», fragte Luka die junge Frau in dem amtlichen Tonfall, der die Gemüter normalerweise abkühlte.

«Gibt esch gar nicht, so was», ereiferte sich der Koch. «Diese … Lümmel ist über sie 'ergefallen … So ein Kerl über eine so zarte Mädchen!» Als er sah, dass Olaf einen Notizblock zückte, ließ er von Luka ab und begann, leise mit seinem französischen Akzent auf ihn einzureden. «Schlägt eine Frau … Canaille, Schwein, grobes …»

«Gottverdammte Schlampe!» Kristof wollte sich erneut auf Nicole stürzen und stierte Luka, der ihm den Weg verstellte, irritiert an. «Die hat versucht, mich umzubringen, diese verfickte Nutte.» Staunen und Wut mischten sich in seiner Stimme. Vergeblich versuchte er, an Luka vorbeizukommen.

«Nun mal sachte!»

«Ja, habt ihr denn immer noch nicht kapiert? Dieses Weibsbild … Die ist komplett verrückt. Die hat einen an der Waffel!»

«Du hast gesagt, du liebst mich.» Der erste Satz aus dem Mund der jungen Frau. Vielleicht klang er deshalb so tragisch, weil sie ihn völlig ausdruckslos von sich gab.

«Sag mal, hast du sie noch alle? Wir hatten ein Arrangement. Mann, das fass ich nicht. Wie naiv kann man denn sein? Wir haben *gefickt*, Mädel!»

Nicole gab ein Geräusch von sich, halb Schrei, halb Schluchzer, und stürzte auf Kristof zu. Der hob aggressiv die Fäuste. Es gelang Luka, seinen Schlag mit dem Arm abzufangen, doch er hatte nicht mit der Wucht des Angriffs gerechnet. Einen Moment schnappte er atemlos vor Schmerz nach Luft. Dann packte ihn die kalte Wut.

Die Griffe, die er während seiner Ausbildung gelernt und immer wieder geübt hatte, saßen. Eigentlich hätte er Kristof ruck, zuck zu Boden schicken müssen. Doch er hatte die Folgen des Schlags nicht einkalkuliert. Als er den Mann greifen wollte, fehlte ihm im rechten Arm die Kraft, fest zuzupacken. Kristof riss sich ohne Mühe los.

Einen Moment sah es so aus, als wollte er erneut auf Nicole losgehen, dann siegte sein Fluchtreflex. Fluchend nahm Luka die Verfolgung auf. Ein Kind begann zu weinen. Scheiße.

Kristof besaß keine Kondition. Er schaffte es um das Haus bis zu den Mülltonnen, dann stolperte er und sackte in die Knie. Luka zog seine Pistole. «Kristof Lenz, ich nehme Sie vorläufig fest, wegen Körper...»

«Mich? *Mich* nehmt ihr fest? Habt ihr nicht kapiert, dass die Schlampe ...? Das gibt ein Disziplinarverfahren, Mann! Ich lass mir das nicht ...»

Der Schmerz im Arm war schauderhaft. Lenz musste einen Nerv getroffen haben. Luka nickte Conny, die ihnen gefolgt war, zu. Sie zog Plastikhandschellen hervor, und Luka spannte die Muskeln, um ihr nötigenfalls beizuspringen. Aber Kristof war endgültig die Puste ausgegangen. Conny zog die Schellen fest.

«Geht's, Chef?»

Luka merkte, dass die Waffe in seiner Hand zitterte. Ungelenk steckte er sie in das Holster zurück und hielt sich den Arm. Aus der Ferne ertönten Polizeisirenen. Sicher die Kollegen aus Sassnitz.

Sie erreichten den Parkplatz zeitgleich mit dem Streifenwagen. «Der ist gefährlich. Sei auf alles gefasst!», riet Conny dem Polizisten, der dem Gefangenen den Kopf auf die Brust drückte, um ihn ins Auto zu befördern. Schwungvoll versetzte sie dem Reifen einen Tritt.

«Haben Sie sich verletzt?», erkundigte sich der ältere Streifenbeamte bei Luka.

«Geht schon.»

«Chef?»

Luka drehte sich zu Olaf um, der mit bekümmertem Gesicht auf ihn zueilte.

«Sie ist weggelaufen.»

«Was?» Luka atmete gegen den Schmerz an.

«Tut mir leid. Die Wirtin wollte sie aufhalten, ich auch. Aber sie hat einfach nicht gehört. Und dann war sie auch schon im Wald. Aber sie kann ja nicht weit kommen, ohne Auto», meinte Olaf hoffnungsvoll.

Auch die alte Frau mit dem Pagenschnitt trat zu ihnen. «Nicole ist ein gutes Mädchen. Nur manchmal furchtbar impulsiv.»

Luka starrte sie an. Und endlich begriff er, was ihm sofort hätte auffallen müssen: dass ihnen ihre Hauptverdächtige im Mordfall Peggy Lenz soeben durch die Finger gewischt war.

In Sichtweite des Baumhauses begann eine Straße, die durch einen Schlagbaum für den öffentlichen Verkehr abgesperrt war. «Ihr fahrt dort lang, für den Fall, dass sie den Wald verlässt. Und wir brauchen Verstärkung!», rief Luka der Kollegin zu, die unentschlossen neben dem Streifenwagen stand.

Dann rannte er los. *Dieser gottverdammte Schmerz.* Der Wald bestand fast ausschließlich aus Buchen mit hohen, schlanken Stämmen, die sich über ein hügeliges Gelände verteilten. Das Licht, das dort herrschte, war merkwürdigerweise grün wie in einem Fantasy-Zeichentrickfilm. Unter seinen Tritten zerbröselten Blätter. Staub segelte in Lichtinseln, und Flecken hellvioletter Waldblumen nisteten an sonnigen Flecken.

Von Nicole war weit und breit nichts zu sehen.

«Das geht hier endlos so weiter», keuchte Conny, die plötzlich neben ihm war. «Ist ’n riesiges Waldgebiet, ohne Häuser und so. Kommst du zurecht, Kroczek?»

Er antwortete nicht. Wahrscheinlich wäre es sinnvoller gewesen, beim Baumhaus zu warten und die Suche zu koordinieren. Aber er konnte den Ausdruck im Gesicht der jungen Frau nicht vergessen. Sie war zu allem entschlossen. Wenigstens konnte sie hier nicht vor ein Auto laufen oder sich von einer Brücke stürzen. Sie mussten sie nur rasch finden.

«Da ist sie!», brüllte Conny.

Zwischen den schwarzen Stämmen auf einem Hügel leuchtete Nicoles weiße Bluse auf.

«Bleiben Sie doch stehen, Herrgott!», brüllte Luka.

Die Frau schaute über die Schulter und rannte umso schneller weiter.

«Scheiße, vor uns liegt der Herthasee. Das ist gar nicht weit ...» Conny stolperte über eine Baumwurzel, rappelte sich auf und kam wieder neben ihn. «Für so was bin ich nicht gebaut.» Schwitzend riss sie ihre Jacke auf. «Die wird doch keine Dummheiten machen? He! Wir wolln Ihnen nichts Böses. Lassen Sie uns doch reden», brüllte sie, obwohl die junge Frau gar nicht mehr zu sehen war.

Sie erklommen den Hügel und rannten auf der anderen Seite wieder hinab. Noch ein Hügel ... und noch einer ... Luka blieb stehen. Es hatte keinen Sinn, planlos umherzuirren. Außerdem konnte er nicht mehr. Dass Conny sich die ganze Zeit neben ihm hatte halten können, bewies, wie angeschlagen er war. Der Schmerz zog ihm inzwischen über den Nacken in den Kopf.

«Der See ist nicht mehr weit.» Mit den Händen auf die Oberschenkel gestützt nickte Conny zu einem Wall aus Büschen, von dem der Wind weiße Blütenblätter in die Luft wirbelte. «Wir müssen sie abfangen, Kroczek.»

Sie setzten sich erneut in Bewegung und überquerten einen Waldweg. Dahinter ging es plötzlich steil bergab. Vor ihnen schimmerte eine riesige grüne Wasserfläche, aus der umgestürzte Bäume und Moosinseln ragten. «Ist er das?»

«Nee, noch ein Stück!» Conny begann, den Tümpel zu umrunden. «Die ist so jung. Die ist kaum älter als meine Nina ...»

Hinter dem Weiher mussten sie wieder einen Hang hinauf, und dann lag der See vor ihnen: ein dunkles, von allen Seiten mit Bäumen und Büschen umsäumtes Gewässer. Die Wasseroberfläche kräuselte sich im Wind, Enten zogen auf den Wellen ihre Kreise, Blätter hatten sich in Schilfinseln verfangen, und aus dem schlammigen Ufer ragten Holzstämme. Nicole stand jenseits des Weges auf einem Steg, der ins Wasser führte. Sie hatte die Arme um sich geschlungen, als würde sie frieren.

So leise wie möglich näherten sie sich der Frau. Sie ist impulsiv, hatte ihre Chefin gesagt. Hatte Kristof ihr von der Liebe vorgeschwärmt, die man nur einmal im Leben erlebt? Die Wahrheit über ihre Beziehung hatte sie jedenfalls bis ins Mark getroffen.

Luka und Conny schafften es nicht, jedes Geräusch zu vermeiden. Nicole drehte sich zu ihnen um. Was für ein schönes, madonnenhaftes Gesicht, schoss es Luka durch den Kopf. Tausende Männer würden ihr zu Füßen liegen, wenn sie es nur zuließe. Was hatte sie an diesem Dreckskerl Kristof gefunden?

Plötzlich sah Luka ein eigenartiges Leuchten in ihren Augen. Er blieb stehen und hob die Arme, um zu signalisieren, dass er sie nicht bedrängen wollte.

Sie nickte kurz. Dann rannte sie los und sprang ins Wasser.

Noch im Laufen streifte er Jacke und Pistolenhalfter ab. Sein Arm ließ sich kaum bewegen, und Luka stieß einen leisen Fluch aus, als er dem Mädchen hinterherhechtete. Das Wasser war eiskalt, und um ihn wurde es auf einen Schlag völlig dunkel. Er war praktisch blind. Der See war erstaunlich tief, und der Boden, den er mit wenigen Schwimmzügen erreichte, so schmoddrig, dass er ihm kaum den nötigen Widerstand bot, um sich wieder abzustoßen. Wasserpflanzen streifen seine Hände und sein Gesicht.

Plötzlich traf ihn ein Stoß gegen die Schulter. Nicole musste irgendwo über ihm sein. Er tastete nach ihr, erwischte erst ein Bein und gleich darauf ihren Arm. Sie schafften es an die Wasseroberfläche. Das Mädchen griff panisch um sich und wollte sich an ihn klammern. Ein Blick zeigte ihm, wie erschreckend weit sie sich vom Ufer entfernt hatten.

Fesselschleppgriff anwenden … Kannte er aus der Ausbildung. *Die Hand der Ertrinkenden in Höhe der Schulterblätter auf dem Rücken halten …* Wusste er alles wie im Traum. Jetzt, im See, scheiterte er an seinem Arm, der nicht mehr nur schmerzte – er war wie gelähmt.

«Wir kriegen das hin!» Er schluckte Wasser. «Ich schlepp dich zum Ufer. Halt dich fest. An meinen … Schultern …»

Noch während er sprach, schwamm das Mädchen los. Sie war also gar nicht hilflos, Gott sei Dank. Er dachte, sie würde auf das Ufer zuhalten, doch dann sah er, dass sie weiter hinaus in den See wollte. Entsetzt folgte er ihr. Die Sonne blendete ihn. Als er wieder etwas erkennen konnte, hatte Nicole sich deutlich von ihm entfernt.

«Komm zurück, Kroczek! Du schaffst das nicht», hallte Connys Stimme über den See.

Luka arbeitete sich mit den Beinen und dem heilen Arm voran. Im Zeitlupentempo hielt er auf die Lebensmüde zu. Hätte die Kälte seinen Kopf nicht so klar gemacht, hätte er sich in einem Albtraum gewähnt.

Als er nur noch wenige Meter von ihr entfernt war, sackte Nicoles Kopf plötzlich weg. Luka tauchte reflexhaft in die Richtung, in der sie untergegangen war. Hilflos paddelte er durch das Wasser. Wo war sie? Er merkte, dass er sich im Kreis drehte. Sein lahmer Arm raubte ihm auf verwirrende Art die Orientierung. Er schwamm zum Licht, oder zumindest dorthin, wo es nicht ganz so dunkel zu sein schien. Sekunden verstrichen, Panik ergriff ihn.

Dann wurde er plötzlich selbst gepackt und hochgerissen. Luft schoss in seine brennenden Lungen. Conny hatte sich an einem schwimmenden Baumstumpf aufs Wasser gewagt. Sie presste seine Hand gegen die Wurzelstränge, bis er zugriff. «Nicht schlappmachen! Mach mir keinen Kummer, Junge. Ich kann nicht …» Sie spuckte Wasser. «Nicht besonders gut …»

Luka keuchte und hustete.

Gemeinsam gelang es ihnen, den Baumstamm an eine Stelle zu bugsieren, wo sie stehen konnten. Sie schafften es durch eine Schilfkette ans Ufer und ließen sich auf den Waldboden fallen.

«Mann, Scheiße!» Conny war kaum zu verstehen. Sie drehte

sich zu ihm und starrte ihn an. «Du hast getan, was du konntest, Kroczek. Mehr war nicht drin.»

Luka versuchte, sich aufzusetzen, aber sein Arm brach unter ihm weg. Mit leerem Blick starrte er auf den See, der bis auf das leichte Kräuseln so glatt war wie zuvor. Ein blauer Vogel glitt darüber hinweg.

«Sie wollte einfach nicht, verstehst du?»

Der Vogel zog nach oben und verschwand über den Baumkronen.

«Manchmal kann man sie nicht halten, egal, wie sehr man es will.» Conny kroch zu ihm. Sie zog seinen Kopf auf ihre Knie und fuhr ihm ungeschickt durch die Haare, was ihm merkwürdig vorkam, aber trotzdem irgendwie tröstlich war. «Lass gut sein, Kroczek, lass gut sein.»

Er tätschelte ihr Bein, bis er merkte, dass er selbst es war, der heulte.

FÜNFZEHN

Hier steht was in der Zeitung über den Mord», sagte Teresa. Es war Samstagmorgen, sie hatten ausgeschlafen – was mit einem Wirbelwind wie Tilda bedeutete, dass sie bis um sieben in den Betten geblieben waren. Die Kleine tanzte in der Küche herum, in der Teresa Eier und Speck briet. Luka deckte den Tisch. Die Sonne schien. Ein schöner Tag.

«Ist es wahr, dass eine Geliebte von Lenz seine Frau umgebracht hat?»

«Die Zeitung ist immer klüger als die Polizei.»

«Sie schreiben ...»

«Ich weiß, Teresa, ich hab vorhin schon einen Blick drauf geworfen.» Wahrscheinlich hatte Meyer die Journalisten informiert. Der Staatsanwalt war zwar enttäuscht gewesen, dass er mit Kristof falschgelegen hatte, aber vor allem triumphierte er, weil «sein» Fall in relativ kurzer Zeit gelöst worden war.

Tilda zupfte an Lukas Ärmel. Sein rechter Arm lag in einer Schlinge. Also zog er sie mit dem linken hoch, und da sie mit dem Hintern wackelte, nahm er an, dass sie den Tanz mit ihm fortsetzen wollte. Ihr Gesichtchen leuchtete, als er mit ihr zwischen Küchentisch und Balkon weiterschunkelte, und ein Teil seines Ärgers löste sich. Die Kleine roch wunderbar nach Babycreme und süßer Unschuld. «Tilda Lillifee!», kreischte sie. Deutete sich da eine Wandlung an? Weg von Bob dem Baumeister zu Elfen und Prinzessinnen?

Teresa, die ihnen aus dem Augenwinkel zusah, sagte: «Ich hab gehört, es gibt irgendwo hier auf Rügen ein Haus, das auf dem Kopf steht. Also alles. Unten ist das Dach, oben das Fundament, und die Möbel kleben an der Decke.»

«Im Ernst?»

«Wollen wir mit Tilda hin?»

Er zögerte.

«Dein Fall lässt dich noch nicht los, was?»

«Lenz' Geliebte hat sich umgebracht. Aber ist das ein Geständnis? Sie hat vor ihrem Tod gar nichts Konkretes gesagt.» Luka blinzelte, weil er plötzlich wieder Nicoles Gesicht vor Augen hatte, ihren Kopf mit den angeklatschten Haaren, der sich in hastigen Stößen über die Wasseroberfläche bewegte.

Teresa legte einen Untersetzer auf den Tisch und stellte die Pfanne darauf. «Ihr habt gestern noch lange drüber gesprochen, oder?»

«Ich hatte die Hoffnung, sie könnten die Tote vor Einbruch der Dunkelheit bergen. War aber nichts. Du, ich muss gleich wieder ins Kommissariat. Tut mir leid, mit dem Haus wird es heute nichts.»

«Arbeitet ihr alle durch?»

«Conny wird kommen. Die anderen wohl nicht, keine Ahnung. Es gab keine Gelegenheit zum Absprechen. Ich muss vor allem meine Gedanken sortieren. Und natürlich will ich in Sassnitz vorbei, zu Lenz.»

«Ich dachte, er wohnt in Binz.»

«Du, der hat mich angegriffen. Jetzt sitzt er erst mal ein.»

«Will sie nicht mal zu uns zu Besuch kommen?»

«Wer?»

«Deine Kollegin. Conny. Wir könnten uns einen gemütlichen Abend machen.»

Luka stellte sich Conny mit einem Glas Wein in der Hand beim Smalltalk mit Teresa vor. Er grinste schief.

«Warum nicht?»

«Schaun wir mal», wich er aus. Er ließ sich von Teresa notgedrungen das Ei klein schneiden. Als sie Tilda Jeans und Pulli anzog, streifte er sich die lästige Schlinge über den Kopf und machte sich wieder auf den Weg zum Kommissariat.

Conny saß bereits im Büro und nahm die Aussagen der Gäste und Angestellten vom Baumhaus auf. Er setzte sich dazu.

Offenbar war Nicole bis über beide Ohren verliebt gewesen. Sie hatte ihrer Chefin erzählt, dass sie im kommenden Frühling kündigen müsse, weil sie dann heiraten werde. Ihr Freund brauche nur noch ein wenig Zeit, um seine Frau auf den Schock der Trennung vorzubereiten. Er sei ein so rücksichtsvoller Mensch, aber er wolle im Sommer schon mal mit ihr einen Trip nach Ibiza machen, damit sie dort ein Kuschelnest für die Flitterwochen aussuchen könnten.

«Isch 'ab ihr gesagt, du bist zu gutgläubig», klagte der Koch, der sich für den Gang ins Kommissariat einen Anzug angezogen hatte. «Das war sie nämlisch: 'erzensgut. Eine reine Seele.»

«Er hat dem Mädchen einen gebrauchten Citroën geschenkt», erklärte die Wirtin bitter. «In Nicoles Augen war das der endgültige Liebesbeweis. Leider hat sie mir nie gesagt, dass er ein reicher alter Sack ist, dann hätte ich ihr schon erklärt, wie sie das einordnen muss. Wobei, auf mich gehört hätte sie wohl trotzdem nicht. Was sag ich nur ihrer Großmutter?»

«Bitte?», fragte Conny.

«Nicole kam aus dem Erzgebirge. Offenbar die Dorfschönheit, die von allen Jungs angehimmelt wurde. Ihre Großmutter hatte mich angerufen, weil sie nicht wollte … Ach, das interessiert Sie sicher nicht.»

Sie hörten es sich trotzdem an. Die Großmutter hatte nicht gewollt, dass Nicole in den Bergen versauerte. Aber da sie den Menschen außerhalb ihres Dorfs misstraute, hatte sie im Baumhaus angerufen, das sie von einer ihrer Urlaubsreisen kannte, und dort um eine Lehrstelle für ihr Enkelkind gebeten.

«Ich ruf da nicht an. Das schaff ich nicht», sagte die alte Dame.

«Ist schon gut. Wir müssen sowieso mit ihr sprechen.» Conny ließ sich Adresse und Telefonnummer nennen und notierte sie unter der Aussage.

«Trauen Sie Nicole zu, dass sie Frau Lenz ermordet hat?», wollte Luka wissen.

Der Koch protestierte mit einem französischen Fluch, die Wirtin, indem sie heftig den Kopf schüttelte.

Als sich hinter den beiden die Tür schloss, stieß Conny einen Seufzer aus. «Wenn jemand so unschuldig dargestellt wird wie diese Nicole, bin ich skeptisch. Das ist zwar keine berufliche Erkenntnis, ich hab ja noch nie 'nen Mordfall bearbeitet. Aber Lebenserfahrung.»

Luka nickte. Er stand auf, ging in sein eigenes Büro und verstaute die lästige Dienstwaffe in der Schreibtischschublade. Sicher gab es hier auch einen Waffenschrank, aber er hatte keine Lust, danach zu suchen.

Tobias steckte den Kopf zur Tür herein. «Chef, ich hab die Vermögensaufstellung von Kristof Lenz fertig. Der Mann hat richtig Kohle. Der hat sich über die Jahre praktisch aus dem Nichts ein Vermögen zusammengearbeitet.»

Luka wies auf den freien Stuhl in seinem Zimmer.

«Aber das ist noch nicht alles.» Tobias ließ sich auf der Stuhlkante nieder. «Hier! Eine Lebensversicherung von Peggy zu Kristofs Gunsten.» Stolz reichte er ihm einige Papiere in einer Prospekthülle.

Luka überflog die Zahlen. «Gute Arbeit. Jedenfalls hat der Mann ein Motiv. Immer noch. Sag mal, wäre es nicht an der Zeit, dass wir zum Du wechseln?» Tobias strahlte und reichte ihm über den Tisch die Hand. «Luka. Aber das weißt du ja sicher schon.»

Tobias nickte.

«Sag mal, könntest du zum See rausfahren, damit einer von uns dabei ist, wenn sie die Leiche bergen?»

«Klar. Gibt es etwas, auf das ich besonders achten soll?»

Was denn? «Sei einfach dabei, ja? Und sag mir Bescheid, wohin sie das Mädchen bringen.»

Tobias verließ mit federnden Schritten das Zimmer. Im selben Moment drängelte Conny sich an ihm vorbei. «Nee», murmelte sie in ihr Handy. «Ich glaube ganz und gar nicht, dass ihm das gefällt.» Sie nickte Luka mit hochgezogenen Augenbrauen zu. «Könnt ihr den Mann noch eine Stunde festhalten?» Sie wartete die Antwort ab, nickte erneut und drückte den Anrufer weg. «Wie es aussieht, hat unser großartiger Staatsanwalt Meyer angeordnet, dass Lenz unverzüglich auf freien Fuß gesetzt wird», erklärte sie finster.

Die Nebenstelle in Sassnitz bestand aus dem gleichen graubraunen Beton wie das Kommissariat in Bergen. Sie hatte auch den gleichen Klotzcharme und sogar dieselbe Geschosszahl: drei Etagen mit einem Flachdach.

Einer der Kollegen, die Kristof am Vortag im Streifenwagen mitgenommen hatten, begrüßte sie im Treppenhaus. «Wir haben ihm noch nicht gesagt, dass er rauskommt. Wollt ihr ihn in der Zelle verhören?»

Er führte sie eine Treppe hinab in einen muffigen, düsteren, verwinkelten Gang. Irgendwo rumorte eine Heizungsanlage; es klang, als wären sie in den Verdauungstrakt eines riesigen stählernen Tiers geraten. Das Licht, das durch die wenigen schmalen Fenster unterhalb der Decke fiel, wurde durch die Gitter in Rauten geteilt. Zwischen Mauern und Decke spross grüner Schimmel. Kein schöner Ort.

«Wir haben ihm heute Nacht die Fesseln nicht abgenommen. Zu seiner eigenen Sicherheit, versteht sich.» Der Kollege zwinkerte ihnen zu.

Luka war kein Heiliger. Warum sollte der verdammte Kerl besser geschlafen haben als er selbst? Trotzdem sagte er in einem Ton, der ähnliche Aktionen für die Zukunft hoffentlich unterband: «Dann holen Sie das bitte augenblicklich nach.»

Die Tür quietschte. Kristof kochte vor Wut, während der Beamte die Handschellen öffnete. Mühsam hielt er sein Bedürfnis auszurasten unter Kontrolle, und wohl auch nur, weil er fürchtete, sofort wieder gefesselt zu werden.

Luka zweifelte nicht mehr daran, dass er auch Peggy gegenüber gewalttätig geworden war.

Er fragte ihn danach.

«Lassen Sie gefälligst diese Unterstellungen. Ich habe meine Frau *geliebt*!»

«So wie Nicole Basewitz?», erkundigte Conny sich sarkastisch.

«Das kann man doch gar nicht vergleichen! Dieses Biest war ein kleines Abenteuer, mehr nicht. Und das hat sie auch gewusst. Sie hatte den gleichen Spaß …»

«Wir haben gehört, dass Sie schon die Flitterwochen mit ihr planten.»

«Behauptet sie das? Völliger Quatsch.»

Luka beobachtete, wie Kristofs Fäuste unablässig arbeiteten, selbst wenn er sie auf dem Schoß hielt. «Ich hab der Frau gesagt, was sie hören will. Das gehört schließlich zum Spiel. Aber jeder weiß doch … Die hat von mir ein paar schöne Monate geschenkt bekommen, klar? Sie wurde gut bedient.»

«Glauben Sie, dass Nicole Basewitz Ihre Frau ermordet hat?», fragte Luka.

«Blödsinn! Die war doch bei mir, als das passiert ist. Das leugnet sie jetzt hoffentlich nicht? Ich war mit ihr in Glowe in meinem Ferienhaus. Aber ich wollte nicht, dass das publik wird. Ich hab was am Laufen bei der katholischen Kirchengemeinde in Sellin. Da will ich investieren, ein Grundstück kaufen. Ich konnte mir also nicht leisten, dass die sich wegen meiner Lebensführung anstellen.» Er sprach gehetzt und starrte vom einen zum anderen. «Ich hab angenommen, Sie finden den Mörder schnell. Das war todsicher einer von den Pennern. Und heute kriegt man das mit der DNA doch ruck, zuck raus. Nicole hatte ich mir als Joker zurückbehalten, verstehen Sie? Für den Fall … Sie hat doch ausgesagt, dass wir die Nacht zusammen verbracht haben, oder? Sie hat Ihnen doch nicht was vorgesponnen?»

Das kann sie nicht mehr, weil sie tot ist. Mit trockener Stimme sagte Luka: «Ich würde vorschlagen, Herr Lenz, Sie informieren einen Anwalt, und wir nehmen Ihre Aussage erst einmal zu Protokoll.» Und zwar bevor du erfährst, dass deine Zeugin sich umgebracht hat, dachte er.

Drei Stunden später befanden sie sich auf dem Rückweg nach Bergen. Conny hatte sich wieder hinters Steuer gesetzt, und langsam gewöhnte Luka sich daran, in haarnadelengen Kurven gegen den Sitz gepresst zu werden.

Er nutzte die Zeit, um Meyer zu informieren. Der Staatsanwalt schien sich in einem Schwimmbad zu befinden. Luka hörte kreischende Kinder und gedämpft die von einem Lautsprecher verzerrte Ansage des Bademeisters.

«Kristof Lenz hat kein Alibi. Also jetzt hat er wirklich keins mehr.»

«Was?», brüllte Meyer gegen den Lärm an.

Luka schilderte ihm, was inzwischen durch das Protokoll, das Lenz in Anwesenheit seines Anwalts unterschrieben hatte, schriftlich festgehalten worden war: Nicole Basewitz hatte durch Kristof ein Alibi erhalten, wodurch sie als Täterin vermutlich ausschied. Damit rückte allerdings Lenz selbst wieder ins Zentrum der Ermittlungen.

«Verstehe ich nicht. Wenn er mit dieser Nicole zusammen war …»

«Das haben wir eben noch nicht gesichert.»

«Warum sollte er es sonst behaupten?»

«Weil er nicht weiß, dass Nicole tot ist, und hofft, dass sie begreift, wie sehr ihnen beiden gedient ist, wenn sie sich gegenseitig ihre Alibis bestätigen.»

«Aber in diesem Fall können wir auch nicht ausschließen, dass es sich bei Nicole Basewitz um die Mörderin handelt. Und davon gehe ich immer noch aus. Es wäre doch möglich, dass Herr Lenz … Verdammt, können Sie nicht auf Ihre Gören aufpassen? Hier ist doch keine Rennbahn!»

Eine weibliche Stimme erwiderte etwas Schnippisches.

«Ja, ich kann mich durchaus an den Bademeister wenden», schnauzte Meyer. «Und das werde ich auch tun. – Kroczek, hören Sie, dieser Fall muss endlich professionell bearbeitet werden. Sie können mir doch nicht täglich neue Verdächtige präsentieren. Ist Ihnen klar, welchen Eindruck das in der Öffentlichkeit schafft? Wie konnte das mit dem Selbstmord überhaupt passieren? Sie waren mit fünf Mann vor Ort, um die Frau festzunehmen. Was brauchen Sie, damit so was klappt? Ein SEK? Herr Kroczek … »

«Jetzt hab ich's!» Conny trat so heftig auf die Bremse, dass der Wagen ins Rutschen kam.

Luka legte die Hand auf den Lautsprecher des Handys und runzelte genervt die Stirn.

«Was mir aufgefallen ist, als ich in Kristofs Wohnung meine ekligen Wiederbelebungsmaßnahmen durchgeführt habe», zischte sie. «Was ich gesehen hab. Mann, Kroczek, das wird dir jetzt nicht gefallen!»

«Haben Sie mich verstanden?», kläffte der Staatsanwalt aus dem Badeparadies.

«Vollkommen», erwiderte Luka und drückte ihn weg.

«Jedenfalls gefällt es mir nicht», sagte Conny, und fuhr auf einen Supermarktparkplatz. Dort stellte sie den Motor aus und legte los. «Also: Ich hab in seiner Bibliothek ein Bild gesehen, ein Foto in einem Zeitungsartikel. Da war 'ne Würstchenbude drauf. Und der Kerl, der die Würstchen briet, hatte einen Strohhut auf. So ein abgefahrenes Ding mit Blumen dran, und in die Blumen hatte er sich einen ausgestopften Vogel gesetzt. Sah völlig daneben aus. Ich weiß selbst nicht, warum ich mir das gemerkt hab.»

«Ich auch nicht.»

«Nun lass mich doch erzählen. Es muss in den Achtzigern gewesen sein, ungefähr fünfundachtzig oder sechsundachtzig. Ich war jedenfalls noch neu bei der Truppe. Wir hatten eins von diesen bescheuerten Festen, bei denen wir auf das sozialistische Vaterland eingeschworen wurden. Nee, war eigentlich ganz nett. Es gab Bier und Würstchen, und weil unsere Chefin was mit 'nem Toningenieur von Radio Berlin hatte, kriegten wir auch tolle Musik. Kombinier das mal mit dem Sonnenuntergang am Selliner Strand ...»

«Conny ...»

«Schon gut. Jedenfalls: Kristof Lenz hatte eine Kiste auf dem Boden seiner Bibliothek stehen. Sentimentaler Kram, Hochzeitsanzeigen, Briefe und so. Hat wohl bei Whiskey und Weltschmerz sein Leben durchgeblättert. Ich hab das kurz durchgesehen, als der Arzt gekommen ist. Zwischen den Sachen lag dieser vergilbte Zeitungsartikel, auf dem der Würstchenverkäufer zu sehen war. Und nun kommt's: Der Mann, dem der Verkäufer das Würstchen reichte, war unser Kristof. Zwar in jung, aber der hatte schon damals diese Max-und-Moritz-Frisur. Ich hab mich auf keinen Fall geirrt.»

«Du meinst, er war Polizist?»

«Nicht hier in Bergen, daran könnte ich mich erinnern. Aber wir hatten ja mit sämtlichen Dienststellen gefeiert. Er muss die Polizei auch bald wieder verlassen haben, wahrscheinlich gleich nach der Wende, sonst wären wir uns begegnet.»

«Und was hat das mit dem Tod von Peggy zu tun?»

Conny hob die Hände. «Ich bin das kleine Licht, das die Fakten zusammenträgt. Den genialen Einfall musst du schon selbst haben. Dafür biste ja der Chef, oder?»

Luka schickte Conny nach Hause, als sie wieder in Bergen waren. Anschließend stieg er in den Keller des Kommissariats hinab. Es handelte sich um ein Duplikat der Sassnitzer Zellen, nur dass die Heizung hier keine Geräusche von sich gab, wohl weil man sie kürzlich ausgetauscht hatte. Akten fand er leider nirgends, zumindest keine aus DDR-Zeiten.

Er ging wieder hinauf ins Einsatzzimmer der Streifenkollegen. Dort brütete man gerade bei Kaffee und Streuselkuchen über den Dienstplänen für die Bäderpolizei, die im Sommer gemeinsam mit den Rügener Kollegen für die Sicherheit der Sommertouristen zu sorgen hatte.

«Bäderpolizei?», fragte Luka.

«In den Urlaubszeiten tanzt hier der Bär. Das kriegen wir nicht allein hin», erklärte einer der Männer – Maibloom, wenn Luka sich recht erinnerte.

Luka ließ sich von ihm die Privatnummer von Karl geben und rief bei ihm durch.

«Ein Polizist namens Lenz? Meinen Sie *unseren* Kristof Lenz, den Ehemann des Opfers? Der soll bei der Polizei gewesen sein?» Karl kramte in seinem Gedächtnis. «Ja, jetzt, wo Sie es sagen: Da war wirklich mal ein Kristof, allerdings in Sassnitz. Aber der war nur wenige Monate bei uns. Ich dachte, er käme aus Berlin. Das ist ja bitter. Warum hat der Mann nicht erwähnt, dass er ein ehemaliger Kollege ist?»

«Manche verdrängen so was offenbar lieber.»

«Die Volkspolizei war was anderes als die Stasi», erklärte Karl milde. «Wir waren einfach die Leute, die für Sicherheit und Ordnung sorgten. Da gibt's nichts zu verdrängen.»

«So hatte ich es auch nicht gemeint.»

«Natürlich nicht. Was macht denn die Kleine?»

«Einen Ausflug in ein Haus, das auf dem Kopf steht.»

«Ah, das wird ihr gefallen. Da war ich auch schon mit meinen Enkeln. Sie ist ein süßer Knopf.»

Luka hörte das Klopfen, das einen eingehenden Anruf signalisierte, und verabschiedete sich. Tobias war dran, sie hatten Nicole Basewitz bergen können. Die Leiche befand sich auf dem Weg nach Stralsund zu einem Beerdigungsinstitut, dessen Namen er Luka durchgab.

Es war ein Fehler, sich die Ertrunkene noch einmal anzusehen. Das war Luka klar, sobald er den kleinen Raum in dem Beerdigungsinstitut betrat, wo sie bis zur Beisetzung untergebracht war. Sie lag auf einem billigen Spitzenkissen. Ihr Gesicht war sehr bleich, auch die Lippen. Der Versuch, sie zu schminken, hatte alles nur noch schlimmer gemacht. Luka hielt es nicht einmal eine Minute aus.

In einem hat Meyer recht, dachte er, während er zu seinem Auto zurückkehrte: Eine junge Frau festzunehmen ist keine große Sache. Er hatte das versaut. Vor allem nach Nicoles Flucht hatte er alles falsch gemacht. Wenn er dem Mädchen nicht gefolgt wäre, wäre sie vielleicht von allein zur Vernunft gekommen und ins Restaurant zurückgekehrt. Oder wenn er es Conny überlassen hätte, mit ihr zu reden ... Wenn er die Polizisten an der Jagd beteiligt hätte ... Wenn er den Koch, den sie vermutlich mochte, um Hilfe gebeten hätte ...

Verflucht noch mal! Er wusste genau, was er einem Kollegen in so einer Situation erklären würde: Du hattest nur einen Augenblick Zeit, dich zu entscheiden, und getan, was du für das Beste hieltest. Mehr ging eben nicht. Trotzdem wollte das saure Gefühl von Schuld nicht verschwinden.

Sein Wagen parkte in einer Tiefgarage bei einem historischen Gemäuer. Luka setzte sich hinters Steuer und folgte den Schildern zurück nach Rügen. Höchste Zeit, dass er sich wieder auf die Arbeit konzentrierte. Also alles noch einmal rekapitulieren.

Sie hatten eine Tote – nein zwei, verdammt! – und einige wenige Verdächtige. War Kristofs Tätigkeit bei der Polizei für den Mordfall relevant? Kaum anzunehmen. Nicht Kristof, sondern Peggy war ermordet worden. Und auch das erst viele Jahre später. Er musste intensiver im Leben des Opfers stochern. Von Peggys Freundinnen gab es Aussageprotokolle, doch die halfen nicht weiter. Peggy Lenz schien eine stinknormale, ziemlich reiche, ziemlich langweilige Frau gewesen zu sein. Aber langweilige Frauen wurden nicht in Stücke gehackt. Was übersah er? Er war blind. Irgendetwas entging ihm.

Kurz hinter der Rügenbrücke meldete sich das Handy. Als er Teresas Namen auf dem Display sah, ließ er es klingeln. Er würde ihr alles später erklären, jetzt fehlte ihm die Ruhe.

In Gedanken versunken folgte er dem Straßenverlauf, ohne auf die Richtung zu achten. Gelegentlich sah er hinter Bäumen das Meer aufblitzen. Die Weiden strotzten vor Kraft, das Gold der Rapsfelder blendete die Augen, die Bäume standen sattgrün vor dem lichten Himmel. Teresa hatte recht: Rügen war ein schöner Flecken Erde. Er kurbelte die Fenster herunter, um sich den Fahrtwind ins Gesicht blasen zu lassen.

Vor ihm tauchte Putbus auf. Er durchfuhr einen Riesenkreisel mit blitzend weißen Villen, vor denen Rosenbäumchen in Tontöpfen wuchsen, und bog in Richtung der Ostseebäder ab. Von Binz folgte er dem Straßenverlauf nach Sassnitz, dann fuhr er an dem verfluchten Naturschutzgebiet vorbei, wo Nicole ertrunken war. Es wurde schon dunkel, als er das Örtchen Vitt erreichte.

Nicht David, sondern Klarissa Vogtländer öffnete ihm die Tür des Rosenhauses. «Scheiße», sagte sie anstelle einer Begrüßung. Na, da musste er wenigstens nicht fragen, ob er störte. «Was wollen Sie?»

«Die Leiche Ihrer Schwester wird nächste Woche zur Beerdigung freigegeben», erklärte er förmlich. Er hatte die Mail am Morgen in seinem Posteingang gefunden, aber den Anhang mit dem endgültigen Obduktionsbericht noch nicht gelesen.

«Ich gehe nicht hin.»

«Warum?»

«Ist meine Sache, würde ich sagen.» Klarissa verschränkte die Arme vor der Brust. Ihr Gesicht hatte etwas Hartes. Kam das von ihrer Tätigkeit als Politikerin? Oder war sie im Gegenteil Politikerin geworden, weil ihr harter Kern sie dazu prädestinierte?

«Weil sie nicht mit Kristof Lenz zusammentreffen wollen?»

«Dieser Dreckskerl hält mich von gar nichts ab.» Sie blies sich eine Haarsträhne aus dem Gesicht. «Und bevor Sie ins Grübeln kommen: Ich trauere um meine Schwester. Ich habe sie geliebt.»

David erschien in der Tür zum Flur.

Aggressiv fragte Klarissa: «Was sollte eigentlich dieser Zeitungsartikel? War es nötig, Peggy nach ihrem Tod noch in den Dreck zu ziehen? Das abservierte Weibchen, das mit der schönen Rivalin nicht mehr mithalten kann ... Wie schäbig geht's denn wohl!»

Es stimmte, so ungefähr hatte es in dem Artikel geklungen. «Tut mir leid, diese Behauptung stammt nicht aus dem Kommissariat.»

«Das glaub ich Ihnen aufs Wort», erwiderte sie ironisch. «Hören Sie, Herr ...»

«Kroczek.»

«Ich bin kein Doofchen vom Land. Ich kenne mich aus: Paragraph hundertneunundachtzig, Verunglimpfung von Verstorbenen. Sie kommen mit Ihren Mätzchen bei mir nicht durch, dass Ihnen das klar ist. Mein Anwalt ...»

«Nun lass ihn schon rein, Klarissa», unterbrach David sie.

Sie drehte sich zu ihm um. Einen Moment maßen die beiden einander schweigend mit Blicken. Dann drängte sie sich an ihrem Freund vorbei, holte eine abgegriffene Ledertasche aus der Stube und kehrte in den Flur zurück. «Ruf mich an, wenn du Stress hast, David.»

Luka blickte ihr nach, während sie zum Tor in der Rosenhecke hastete.

«Hast du nur ein paar Fragen, oder lohnt es sich, Kaffee aufzusetzen?»

Das Gebräu war stark und bitter. David zog sich mit seiner Tasse in einen Sessel zurück, während Luka zum Flügel ging und die Noten anschaute, die auf dem Klappbrett standen. *Non, Je Ne Regrette Rien,* gesetzt für eine Frauenstimme und Klavier. Klarissa sang also Chansons. Das konnte er sich gut vorstellen; sie hatte eine dunkle, rauchige Stimme.

Ich bereue nichts, übersetzte er mit seinem dürftigen Französisch die Überschrift, und wieder tauchte Nicoles Gesicht vor seinem inneren Auge auf, der rasende Schmerz darin. Sie hatte ihre Liebe zu Kristof Lenz bereut. Und falls es ein Jenseits gab, bereute sie den Sprung ins Wasser sicher noch viel mehr. Wenn sie sich nur ein paar Tage Zeit gelassen hätte. Aber in diesem Kurzschlussmoment hatten Scham und Qual wohl alles andere unter sich begraben. «Was würdest du jemandem sagen, der aus Liebeskummer sterben will?»

«Bitte?» David schaute auf.

«Was sagt man so einem Menschen? Dass der Kerl es nicht wert ist? Die Zeit heilt alle Wunden? Denk an deine Familie? Ist alles scheiße, oder?»

«Sprichst du von dem Mädchen, das sich umgebracht hat?»

Luka zuckte mit den Schultern, nahm ungeschickt seine Tasse auf und ging damit zum zweiten Sessel. «Wie war das nun mit Benni? Und hör endlich auf, mir auszuweichen. Bist du einer von den Idioten, die ausrasten, wenn ihr Köter auf den Teppich kackt?»

«Was sagt denn euer Labor zu dem Blut am Beil?»

«Noch gar nichts. Wir haben zu wenig Leute. Aber klär *du* mich doch auf: Was werden sie rausfinden?»

«Ich hab keinen Schimmer. Und um deine andere Frage zu beantworten: Nein, ich lasse meinen Frust nicht an Tieren aus.»

«Aber du wirst dir doch Gedanken gemacht haben, wer Benni erschlagen hat.»

David blieb stumm.

«Hast du jemanden im Verdacht?»

«Ich glaube nicht, dass das Beil aus dem Schuppen die Mordwaffe ist, die du suchst.»

«Sondern?»

«Hast du die Leute im Dorf nicht nach mir ausgefragt?»

«Sie mögen dich nicht.»

«Stimmt.»

«Und warum?»

«Hast du nicht nachgebohrt?»

«Ich würde es gern von dir hören.»

David setzte die Kaffeetasse ab. Er beugte sich vor und rieb sich die Augen. Als er wieder aufsah, war sein Blick kalt. «Pädophilie.»

«Was?»

«Es gab einmal das Gerücht, dass ich meine Hände nicht von Kindern lassen kann.»

Luka brauchte einen Moment, um die Neuigkeit zu verdauen. «Und? Stimmt es?»

«Danke, dass du fragst.»

«Wer hat es denn aufgebracht?» Noch während Luka sprach, dämmerte es ihm. Kristof, der in Sassnitz als Polizist arbeitete ... Möglicherweise war in seinem Zuständigkeitsbereich ein Verbrechen geschehen, bei dem ein Kind missbraucht worden war? Die frustrierende Suche nach dem Täter, der Wunsch, etwas vorzuweisen ... Hatte er Beschuldigungen gegen David erhoben, weil er ihn aus persönlichen Gründen nicht leiden konnte?

Oder hatte Kristof mit David tatsächlich den Täter gefunden, konnte ihm aber nichts nachweisen und wollte zumindest die Menschen warnen, indem er seinen Namen öffentlich machte? Auch das war ja möglich, er durfte, verdammt noch mal, nicht voreingenommen sein.

In jedem Fall verstand Luka jetzt die Feindseligkeit zwischen David und Klarissa auf der einen und Kristof und Peggy auf der anderen Seite. «Du wurdest aber nicht verurteilt?»

«Nein.»

«Es war Kristof, der das Gerücht aufbrachte, ja?», vergewisserte Luka sich.

David begann, die Ärmel seines Hemdes herunterzukrempeln, als wollte er Zeit zum Nachdenken schinden. «Ich weiß es nicht.»

«Hast du versucht, dich zu wehren?»

«Verrat mir mal, wie man gegen Tratsch und Klatsch angeht.»

«Um was für ein Kind handelte es sich?»

«Einen Jungen aus Sagard, der erst missbraucht und dann ermordet wurde.»

Luka stockte der Atem. «Und was hatte Peggy damit zu tun?»

David lachte auf.

«Ist etwas komisch?»

«Peggy hatte gar nichts damit zu tun. Und nein, deine Frage ist auch nicht komisch. Komisch ist nur, wie wir hier zusammensitzen und schwatzen. Solltest du nicht einen zweiten Bullen bei dir haben, der den ganzen Mist protokolliert? Müsstest du mich nicht darauf hinweisen, dass alles, was ich sage …»

«Verdammt, sei nicht so empfindlich!»

David brach in Gelächter aus. Er stand auf und ging zum Flügel. Das Chansonheft fiel auf die Tasten, er bückte sich danach, legte es auf den Deckel des Instruments und begann, Tonleitern zu spielen – wahrscheinlich seine Art, sich abzureagieren.

Luka starrte auf das Foto von Klarissa und David, die auf der

Freilichtbühne musizierten. Die Sache wurde immer verworrener. Hatte David die Frau des Mannes, den er hasste, umgebracht, um späte Rache zu nehmen? Aber warum erst nach so vielen Jahren? Außerdem war Peggy Klarissas Schwester gewesen. Nein, dieses Rachemotiv kam nicht in Frage. Oder war Peggy vielleicht Zeugin des Missbrauchs gewesen, die plötzlich nicht mehr den Mund halten wollte?

Quatsch, dachte Luka. Ich muss mich auf die jüngere Vergangenheit konzentrieren. Peggy Lenz – eine Frau von vierundvierzig Jahren, die hoffte oder befürchtete, schwanger zu sein. Eine Frau mit genügend Geld, um das Leben zu genießen, aber andererseits mit einem Ehemann, der es ihr möglicherweise zur Hölle machte. Eine, die sich nicht durchsetzen konnte und Konflikte scheute. Was hatte sie getan, um einen so fürchterlichen Tod zu provozieren?

Die Tonleitern wurden durch nervtötende Akkorde abgelöst. Alles sehr akkurat, aber trotzdem eine Marter für die Ohren.

Luka fiel wieder die Narbe auf, die sich in weißen Zacken über Davids Finger zog. Sie musste von einer bösen Wunde herrühren. «Wie ist das mit deiner Hand passiert?»

«Ungeschick», sagte David, ohne die Übung zu unterbrechen.

«Schlimm gewesen?»

«Ja.»

«Man merkt dir beim Spielen nichts mehr an.»

«Du vielleicht nicht», erwiderte David, ohne zu lächeln.

Wen scherten alte Narben? Luka rieb seinen Arm, der nicht aufhören wollte zu schmerzen. Er hätte die Schlinge umbehalten sollen. «Du glaubst also, dass dein Hund von einem der Dorfbewohner erschlagen wurde.»

«Peggy wurde ermordet, und außerdem wohnt im Dorf ein Mann, der sich an einem Kind vergriffen hat. Zwei Verbrechen im engen Kreis der Dorfgemeinschaft. Warum sollte da nicht jemand gedacht haben: Vertreiben wir den Dreckskerl, bevor noch mehr geschieht?»

«Warum hast du mir das nicht erklärt?»

«Ich soll ausgerechnet einem Bullen mein Herz ausschütten?»

Luka zuckte zusammen, als der Deckel des Flügels mit einem Knall zuschlug. David legte die Hände auf das Holz und starrte auf die vernarbten Finger. Dann stand er abrupt auf, ging zur Tür und hielt sie auf. Seine übliche Art, Luka hinauszubefördern.

«Was hast du zu dem Mädchen gesagt?», fragte er, nachdem sie den dunklen Flur durchquert hatten und wieder im Licht standen.

«Bitte?»

«Zu der Toten aus dem Herthasee.»

«Ich hatte gar keine Möglichkeit, mit ihr zu reden.»

SECHZEHN

Es war ein furchtbares Wochenende, das auch nicht besser wurde, als Luka spätabends nach Hause kam. Teresa schlief, und Tilda wanderte heulend mit nasser Windel durch die Wohnung. Er packte sein Mädchen und trug es zum Wickeltisch. Das Bett war auch klitschnass. Teresa musste eine teuflische Woche hinter sich haben, wenn Tildas Jammern sie nicht geweckt hatte.

«Tilda Saft!» Die Kleine stand zwischen seinen Beinen und hängte sich an sein Hemd. Er gab ihr zu trinken und nötigte sie, sich danach noch einmal die Zähne zu putzen. Als er sie zurück ins Bett bringen wollte, begann sie zu schreien.

«Psst …» Rasch trug er sie ins Wohnzimmer und schloss die Tür. Er war zu müde, um sich etwas einfallen zu lassen, und stellte den DVD-Player an. Ein kleiner Hase jagte auf einer Blumenwiese einen Goldfisch.

Tilda kuschelte sich an ihn und nuschelte verheult: «Luka.» Ihre kleinen Hände gruben sich in sein Hemd.

«Schwere Zeiten, meine Süße?» Er hob sie auf seinen Schoß. Am Ende schliefen sie beide auf dem Sofa ein.

Teresa war nicht sonderlich erbaut, als sie sie am nächsten Morgen vor dem flimmernden Fernseher entdeckte. «Das tut man doch nicht mit einem kleinen Kind», sagte sie. Ein Satz wie von ihrer Mutter, dachte Luka, verbot sich den Gedanken aber sofort wieder. Teresa hatte mit Rosi außer dem Nachnamen nichts gemein.

Es stellte sich heraus, dass Teresa am Abend zuvor eine Schlaftablette genommen hatte, weil ihr so viel durch den Kopf geschwirrt war. «Aber dass Tilda aus dem Bett klettern kann! Stell dir vor, sie hätte sich was gebrochen», meinte sie bestürzt.

«Sie ist doch wie ein Gummiball.»

«Nein, ist sie nicht!»

Luka blickte bei dem scharfen Ton auf. Teresa presste eine Apfelsine für Tilda aus. In ihren Augen schwammen Tränen. Lief etwas schief bei der Arbeit? Hatte sie Mist gebaut?

«Quatsch. Alles ist bestens», wiegelte sie ab, als er nachfragte.

«Es tut mir leid, dass ich im Moment so viel unterwegs bin.»

«Du hast halt deine Arbeit.»

«Aber du ja auch.»

Teresa zuckte mit den Achseln. «Ich schaff das schon. Kein Problem.»

Und weshalb nimmst du dann Schlaftabletten? Warum hatten sie überhaupt welche im Haus? Luka war alarmiert. Konnte es sein, dass er über der Arbeit das Wichtigste vergaß? Er beschloss, sich seinen Fall aus dem Kopf zu schlagen und an diesem Sonntag nur an die Familie zu denken.

Entsprechend machten sie sich eine Stunde später auf zum Strand von Baabe. Er sprach Teresa erneut auf ihre Arbeit an, und schließlich erzählte sie ihm, dass sie einen Gittermast für Messungen in der Ostsee versenken musste, was offenbar eine hochkomplizierte Angelegenheit war. Zudem hatte ihre Chefin einen Bandscheibenvorfall, sodass die gesamte Verantwortung jetzt auf ihr und den beiden Bauleitern lastete. Er hätte gern Einzelheiten gewusst, doch Teresa lenkte wieder ab. «Was ist mit deinem Arm?»

«Halb so schlimm.»

«Ich soll dir also was über meine Arbeit erzählen, und du lässt mich auflaufen?»

Rums, da hatte er es wieder! Offenbar konnte er ihr heute gar nichts recht machen. Luka sah zu, wie sie Tilda packte und mit ihr zum Wasser ging. Er kam sich abserviert vor.

Nach einer Stunde fuhren sie wieder heim, und er machte sich daran, die letzten Kisten auszupacken, die seine persönlichen Sachen enthielten und die Teresa nicht hatte anrühren wollen. Wie hatte sie es nur geschafft, das Schlafzimmer allein aufzubauen? Plötzlich hatte er ein rabenschwarzes Gewissen. Kein Wunder, dass sie sauer war. Als Single hätte er seinen Kram liegen lassen können, bis er wieder Luft zum Durchatmen hatte, aber mit einer Familie ging das natürlich nicht.

Gerade als er das Abendbrot vorbereiten wollte, klingelte sein Diensthandy. Eine junge, sehr energische Frauenstimme meldete sich. «Herr Kroczek? Kerstin Sonntag ist mein Name. Ich bin eine Ihrer Kolleginnen, aber wir kennen uns noch nicht.»

Die Kollegin, die im Urlaub gewesen war. Ihm war gar nicht bewusst gewesen, dass sie schon wieder Dienst hatte. Wobei: am Sonntag? Vielleicht war sie eine besonders Ehrgeizige. Luka wollte etwas Höfliches murmeln, doch sie fiel ihm ins Wort.

«Ich fürchte, Sie müssen ins Kommissariat kommen.»

Luka blickte zum Flur, wo Teresa gerade einen Nagel für ein Bild in die Wand schlug. Frustration kroch in ihm hoch. «Was ist denn los?»

«Kommen Sie besser rasch», sagte sie.

Sie erwartete ihn in dem Büro direkt neben seinem eigenen, in das er bisher nur einen kurzen Blick geworfen hatte. Kerstin Sonntag war eine gut aussehende Frau etwa in seinem Alter. Er wusste aus den Telefonaten, die seinem Vorstellungsgespräch vorangegangen waren, dass man sie ebenfalls als neue Kripochefin ins Auge gefasst hatte, daher rechnete er mit einem kühlen Empfang. Aber sie stand mit einem Lächeln auf und reichte ihm die Hand.

«Kerstin», stellte sie sich vor, und er nannte ebenfalls seinen Vornamen. Schön, dass zumindest das glattging.

Ähnlich wie Teresa trug sie ihre Haare schulterlang. Vielleicht besaß sie noch ein bisschen mehr Geschick, was den Schnitt und ihr Make-up anging.

«Tut mir leid, dass ich dich gleich bei deinem ersten Schlamassel im Stich gelassen habe. Aber der Urlaub war zu schön, um ihn sausenzulassen. Paragliding. Schon mal gemacht?» Er nickte, und sie lächelte. Als sie ihm den zerknitterten Zettel reichte, dessentwegen sie ihn ins Kommissariat geholt hatte, hörte sie auf zu lächeln. «Das hier gefällt mir gar nicht», meinte sie besorgt.

Es handelte sich um ein Blatt Papier, das offenbar aus einem Schulheft gerissen worden war. *Jehmant hat ein tot gemact.* Die Buchstaben tanzten über die doppelten Linien, der Stift war so hart hineingedrückt worden, dass das Papier an mehreren Stellen durchstoßen war.

«Der Zettel muss in einen öffentlichen Briefkasten geworfen worden sein. Eine Frau von der Postsortierung hat ihn aus den Sendungen gefischt. Das war gestern gewesen. Sie hatte an einen Zusammenhang mit dem Mordfall gedacht, der ja die ganze Insel beschäftigt, wollte aber erst eine Nacht drüber schlafen, bevor sie die Polizei alarmiert. Die Kollegen haben sie mitsamt dem Fund zu mir hochgeschickt.»

«Ist sie schon wieder weg?»

«Sie konnte nichts weiter aussagen, als dass der Zettel am Freitag oder am Samstagmorgen vor acht Uhr in einem Rügener Briefkasten gelandet sein muss. Möglicherweise in Sassnitz, meinte sie. Da kamen jedenfalls die Sendungen her, zwischen denen er steckte.»

«Warum muss man erst schlafen, um so etwas zu melden?»

Kerstin seufzte. «Nach der Schrift zu urteilen, sollte unser Zeuge zwischen sechs und sieben Jahre alt sein.»

«Oder es ist jemand, der möchte, dass wir ihn für ein Kind halten.»

Im Gegensatz zu den Kollegen hatte Kerstin ihr Büro etwas persönlicher eingerichtet. An der Wand hing ein moderner Maler, und zwar kein Druck, sondern ein Original. Ein Elefant, der sich in bunte Dreiecke auflöste. Sah gut aus. Auf dem Aktenschrank stand ein Foto in einem Edelstahlrahmen, der die Form eines Parallelogramms hatte. Es zeigte einen attraktiven jungen Mann an der Pinne eines Segelboots.

Kerstin, die seinen Blick bemerkte, nahm den Fotorahmen, zog das Bild heraus und versenkte es im Papierkorb. «Es gibt jede Menge Idioten», sagte sie, ohne verärgert zu wirken.

Luka bat sie in sein eigenes Büro zum Whiteboard und zeigte ihr den Plan von Vitt, auf dem er das Haus, in dem der Mord geschehen war, mit einem Kreuz markiert hatte.

«Es befindet sich am Rand des Dorfes, und der Eingang zeigt zur Küste. Für den Mörder war es kein Problem, ungesehen hineinzugelangen», stellte Kerstin fest.

«Genau. Außerdem wurde das Opfer zu einem Zeitpunkt ermordet, an dem es wie aus Kübeln schüttete. Die Touristen, die dort üblicherweise Karawane spielen, hatten sich also davongemacht.»

«Dann stammt das Kind vermutlich aus Vitt.»

«Das wäre die naheliegendste Möglichkeit. Hätte es sich um ein Gästekind gehandelt, wäre es sicher zu seinen Eltern gerannt, wenn es einen Mord beobachtet hätte.»

Kerstin blickte skeptisch. «Warum sollte ein einheimisches Kind nicht zu den Eltern laufen?»

«Vielleicht handelt es sich bei dem Mörder um eine Person, die ihm nahesteht und die es nicht verraten will.» Er dachte an einen Vater oder Bruder, aber noch während er sprach, erschien das Bild von David Grosser vor seinem inneren Auge. Pädophilie – da ging es doch auch oft um Gefühle und Abhängigkeiten. Ihm wurde das Herz schwer.

«Jedenfalls ist es sinnvoll, sich zuerst die Kinder aus Vitt vorzunehmen», fasste Kerstin zusammen. «Wann legen wir mit der Befragung los? Heute oder erst morgen?»

Luka schaute auf die Uhr. Es war kurz nach sieben; Zeit vergeudete seine Kollegin jedenfalls nicht. «Morgen, wenn die Kinder aus der Schule zurück sind», sagte er und versuchte, sich die Bitterkeit über das verpatzte Wochenende nicht anmerken zu lassen.

Es gab in Vitt elf Kinder – eine überschaubare Zahl also. Fünf davon waren im Säuglings- oder Kleinkindalter. Außerdem fanden sich vier Jugendliche mit soliden Rechtschreibkenntnissen. Und dann waren da noch zwei sechs- und achtjährige Steppkes, die sie zunächst als Schreiber der beängstigenden Aussage ins Auge fassten. Die beiden Jungs waren befreundet, planten ein Leben als Rennfahrer und wollten bei einer Rallye durch die Wüste mitmachen wie irgendjemand, den Luka nicht kannte.

Er ließ sie auf einem Blatt Papier niederschreiben, wie so eine Rallye ablief. Der ältere hatte eine akkurate Schrift und ordentliche Orthographiekenntnisse, weshalb er ihn zum Spielen entließ. Der andere stand mit der Rechtschreibung noch auf Kriegsfuß.

Unter den Augen der misstrauischen Mutter begann Luka, ihn auszufragen. Nein, er hatte am vergangenen Wochenende nichts Besonders erlebt oder gesehen, außer *Ice Age 4*. Er hatte auch keinen Zettel in einen Postkasten geworfen. «Das darf man gar nicht, ohne Briefmarke», erklärte er großspurig.

«Mist», sagte Conny, die Luka ins Dorf begleitet hatte. «Dann also mal ran an den Rest der Belegschaft.»

Sie knöpften sich die Jugendlichen vor. Auch der Nacktbader Sven Grödel war darunter; ein Mädchen mit violettem Lidschatten kuschelte sich an ihn. Alle antworteten ungezwungen. Am vergangenen Wochenende hatten sie ein bisschen abgehangen. Gesehen hatten sie nichts.

«Da passiert endlich mal was …», seufzte Sven theatralisch. Seine Freundin stieß ihn mit dem Ellbogen an, wohl weil sie seine Flapsigkeit daneben fand.

«Seid ihr eigentlich mal in dem Haus gewesen, in dem die Frau ermordet wurde?», fragte Luka. «Bietet sich doch an. Es steht leer, man ist für sich ...»

«Nein.» Sven antwortete auch für die anderen.

«Wirklich nie?»

Sven schüttelte den Kopf, aber ein ganz reines Gewissen schien er nicht zu haben. Als Luka nach David Grosser fragte, zuckten sie mit den Achseln. Der komische Typ oben am Wanderweg? Den kannten sie eigentlich gar nicht, der blieb immer für sich.

«Und ihr wisst nichts, was uns weiterhelfen könnte?»

«Wenn, dann würden wir es doch sagen», erklärte Svens Freundin.

Luka und Conny verließen die Kapelle, die ihnen wieder als Verhörraum gedient hatte.

«Jetzt also die Erwachsenen?», fragte Conny müde.

«Ein Erwachsener würde uns aufsuchen. Und wenn er das bisher nicht getan hat, wird er auch jetzt den Mund halten.»

«Weißt du, was? An Tagen wie diesen hasse ich meinen Job.»

Sie kehrten zum Auto zurück. «Was macht denn Nina?», fragte Luka, während Conny den Wagen wendete.

«Ich hab ihr verboten, mit ihrem griechischen Amor zusammenzuziehen. Mal sehen, ob sie sich echt traut, deswegen zum Jugendamt zu gehen.»

«Dort würde sie bestimmt achtkantig wieder rausfliegen», tröstete Luka sie.

Conny seufzte. «Warum müssen sie nur so sein? Ich würde mich für meine Mädchen totschlagen lassen, und das wissen sie auch. Warum machen sie dann so ein Tamtam? Ich komm mir vor wie ein Gladiator, dem ständig nur der Daumen nach unten gezeigt wird.»

«So sind sie in dem Alter.»

«Das nenn ich mal 'ne originelle Begründung. Aufs Alter

kannst du alles schieben.» Sie wich einer der weiß-blauen Bahnen aus, die gerade den Weg nach Putgarten einschlug, und Luka rief bei Kerstin an.

Sie und Tobias hatten sich im Nachbarort umgehört und befanden sich bereits auf dem Heimweg. Wie sich herausgestellt hatte, gab es in Putgarten noch weniger Kinder als in Vitt, und keines davon im entsprechenden Alter. Ein Fehlschlag also auf der ganzen Linie.

Luka schaute auf die Uhr. Halb fünf. Vielleicht könnte er mit Teresa und Tilda nach Feierabend essen gehen. Irgendwie mussten sie doch aus dem verdammten Tief herauskommen. Aber als er durchrief, war Teresa mit Tilda bei ihrer Mutter, die gerade ein Hähnchen in den Ofen geschoben hatte. «Weißt du, wo man hier eine anständige Currywurst kriegt?», fragte er Conny.

Am nächsten Morgen rief er als Erstes bei den Kollegen von der Kriminaltechnik an. Nein, die Spuren am Beil waren noch nicht ausgewertet worden, aber man arbeitete daran.

«Was muss ich tun, damit ihr in die Gänge kommt? Euch eine Herde Schweine durchs Labor treiben?»

«Schafe, ich bin Moslem», sagte der Techniker am anderen Ende der Leitung und legte auf.

Der Obduktionsbericht, den Luka sich als Nächstes vornahm, umfasste zwanzig Seiten. Er blätterte sich durch die Fakten und Scheußlichkeiten, die die Rechtsmedizinerin aus Rostock über die Leiche aufgelistet hatte. Peggy Lenz war am Samstagabend zwischen 18 und 21 Uhr getötet worden. Also zu einer Zeit, in der Kinder möglicherweise noch unterwegs waren. Nur dass die Kinder aus Vitt alle brav zu Hause gesessen hatten. Es folgten die übliche Routine über die Körpertemperatur und anschließend die Besonderheiten, zu denen in diesem Fall die Schnitttiefen und die Winkel gehörten, in denen sich das Beil in das Fleisch des Opfers gegraben hatte. Und da, auf Seite sechzehn, fand er tatsächlich etwas Interessantes.

Luka lehnte sich stirnrunzelnd zurück …

Walter Lobenreich, der Anwalt von Kristof Lenz, versuchte vergeblich, seinen Mandanten zur Mäßigung zu überreden.

«Halten Sie die Klappe! Sie sorgen dafür, dass ein Disziplinarverfahren in Gang kommt», fiel Kristof ihm grob ins Wort, «dafür bezahl ich Sie. War das deutlich genug? Der Kerl hat mich angelogen. Der hat sich auf mich eingeschossen und will mich reinreiten.»

Die beiden waren, ohne anzuklopfen, in Lukas Büro gestürmt. Offenbar hatte Kristof erfahren, dass Nicole, die ihm sein Alibi hätte liefern sollen, tot war. Das hatte länger gedauert als erwartet.

Lenz riss seinem Anwalt eine Mappe aus der Hand und zerrte einen Wisch hervor, mit dem er vor Lukas Nase herumfuchtelte. «Hier! Eine Bescheinigung vom Arzt: Sie sind mit äußerster Brutalität vorgegangen … Ich wurde an Kopf und Arm verletzt, als Sie mich verhaftet haben. So können Sie vielleicht mit Besoffenen umspringen, die Sie aus ihrer Kotze aufsammeln. Aber ich bin Steuerzahler. Ich zahle Ihr Gehalt, Mann, und ich …»

Da Lukas Besucher nicht die Tür hinter sich geschlossen hatten, lockte das Geschrei die Kollegen an. Kerstin Sonntag betrat mit kühlem Gesicht das Zimmer. «Sie sind der Anwalt, ja?», wandte sie sich an Lobenreich. «Vielleicht könnten Sie Ihren Mandanten darüber aufklären, dass er froh sein kann, wenn Herr Kroczek ihn nicht selbst anzeigt. Widerstand gegen die Staatsgewalt, Körperverletzung. Und dass es einen Tatbestand der Beamtenbeleidigung gibt, könnten Sie ihm auch noch verraten.» Ein klasse Auftritt.

Lobenreich hob beschwichtigend die Hände. «Mein Mandant befand sich während des brutalen Zugriffs in einem Zustand äußerster emotionaler Erregtheit, was angesichts der Tatsache, dass er gerade Opfer eines perfiden Mordanschlags …»

«Scheiße, das spielt doch jetzt keine Rolle!» Kristof Lenz schwenkte seinen Zeigefinger vor Lukas Gesicht. «Sie kriegen Ihr Fett weg, Mann, darauf können Sie bauen! Ich …»

«Mäßigen Sie Ihren Ton!» Kerstins Stimme war eiskalt und herrisch.

Sie machte eine großartige Figur in ihrem Kostüm, das so überhaupt nicht ins schäbige Kommissariat passen wollte. Weiße Bluse, enger Rock, taillierter Blazer, tolle Beine … Dazu der arrogante Blick. Kerstin war ein Alphaweibchen und legte Wert darauf, dass dies zur Kenntnis genommen wurde. Vor allem von mir, der ihr den Chefposten weggeschnappt hat, dachte Luka.

«Ist schon gut, lass mal», sagte er sanft und nickte zur Tür. In ihrem Blick blitzte etwas auf. Alphaweibchen ließen sich nicht gern fortschicken. Aber was blieb ihr übrig? Luka hörte, wie sie im Flur Tobias anpflaumte. Er konzentrierte sich wieder auf seine Besucher. «Herr Lenz …»

«Mann, dieses Weibsstück ist ja wohl das Hinterletzte!»

«Kennen Sie einen Mann namens David Grosser?»

Luka beobachtete interessiert, wie Kristofs Gesichtsausdruck sich von Wut zu Verblüffung und dann zu Vorsicht wandelte. «Was soll das denn jetzt?» Er schaute mit dem misstrauischen Blick eines Menschen, der eine Falle wittert, zu seinem Anwalt.

«Gerade wegen dieses Mannes sind wir hier», erklärte Walter Lobenreich und versuchte zu überspielen, dass er ebenso überrascht war wie Lenz. «Bei meinem Mandanten hat sich nämlich ein Zeuge gemeldet, der beobachtet haben will, wer für den Versuch, Herrn Lenz zu ermorden, verantwortlich sein könnte.»

«Nicht *könnte*. Ist! Wer dafür verantwortlich ist!» Länger als ein paar Sekunden konnte Kristof sich nicht mit der Rolle des Zuhörers begnügen. «Der Mann hat gesehen, wie David Grosser und meine verfickte Schwägerin vor meinem Haus geparkt haben. Am Abend, bevor ich aus der Flasche getrunken habe. Die haben dort im Auto gesessen, bestimmt eine Stunde lang. Sie saßen da, als er gekommen ist, und sie saßen da, als er wieder weg ist. Aber kein Versuch, beim Haus zu klingeln. Die wollten mich also nicht besuchen. Wozu auch! Ich kann das Pack ja nicht ausstehen. Sie haben sich sogar weggeduckt, als der Mann zu ihnen rübergeguckt hat. Wenn das kein verdammter Beweis ist!»

Luka spürte, wie seine Stimmung weiter sank.

«Nehmen Sie sie fest», forderte Kristof mit einem zornigen Schlag auf den Tisch.

Luka stand auf und ging zur Tür.

«Aha, daran hat der Bulle also kein Interesse. Was passt, wird zur Kenntnis genommen, alles andere ...»

«Bitte, Herr Lenz», warnte Lobenreich.

«Scheiße, sehen Sie nicht, wie das läuft? Die haben mich auf dem Kieker! Die ermitteln nur in eine Richtung.»

Luka winkte Conny aus ihrem Büro zu sich. Er bat sie, sich auf den freien Stuhl zu setzen, der zwischen den Fenstern stand. Es wäre nicht nötig gewesen, sie hinzuzuziehen. Dass er das Aufnahmegerät laufen ließ, hätte im Normalfall ausgereicht. Aber er hatte noch am Samstag mit dem Mann, den Kristof jetzt beschuldigte, Kaffee getrunken. Wie blöd kann man sein! Ich weiß doch, dass mit David was nicht koscher ist, dachte er müde.

Er sprach das Datum und die Namen der anwesenden Personen auf den Recorder und forderte Kristof auf: «Bitte, noch einmal ganz von vorn.»

Der Mann stierte auf das Gerät. «Ich will Anzeige erstatten. Ist das klar?»

«Völlig.»

«Gut. Dann los. David Grosser und Klarissa haben versucht, mich umzubringen. Und Peggy haben sie todsicher auch auf dem Gewissen. Warum haben Sie mich überhaupt nach Grosser gefragt?»

«Vielleicht beginnen Sie damit, dass Sie uns erklären, um wen es sich bei Ihrem Zeugen handelt.»

«Haben Sie was rausgefunden?»

Luka tippte auf den Recorder, und Lobenreich nickte seinem Mandanten beruhigend zu.

«Na schön. Der Mann heißt Günther Winkelmann. Er macht bei mir den Garten.»

Conny hob verwundert den Kopf.

Winkelmann – das war doch einer der Anwohner aus Vitt. Luka erinnerte sich dunkel an das Gespräch im Goldenen Anker über den Mann, der sich um die Jugendlichen kümmerte.

«Er ist ein ehemaliger Nachbar von Peggy. Hat nach der Wende seinen Job verloren und es nicht geschafft, wieder auf einen grünen Zweig zu kommen. Hartz-IV-Kümmerling», sagte Kristof und versuchte gar nicht erst, seine Verachtung zu verbergen. «Aber von Pflanzen versteht er was, und Peggy wollte ihm die Chance geben, sich was dazuzuverdienen. Man hat ja schließlich ein Herz.»

Conny entfuhr ein Lacher, den sie rasch unterdrückte.

«Er hat die beiden also gesehen und sich Gedanken gemacht, weil ihm ihr Verhalten komisch vorkam. Schließlich wurde Peggy umgebracht. Als er später hörte, dass man versucht hat, mich zu vergiften, ging ihm ein Licht auf. Er ist natürlich bereit, das alles vor der Polizei zu wiederholen.»

Und wenn der Mann ein gekaufter Zeuge war? «Warum haben Sie behauptet, David Grosser nicht zu kennen?»

«Das stimmt doch gar nicht.»

Luka langte nach dem Hefter mit den Verhörprotokollen und blätterte. «*Ich kenne keinen David Grosser.* Notiert bei Ihrem ersten Verhör.»

«Dann hatte ich den Namen eben vergessen.»

«Den Namen eines Mannes, den Sie einmal verdächtigten, einen Jungen missbraucht und ermordet zu haben?»

«Was?», entfuhr es dem Anwalt, der sichtlich bestürzt darüber war, dass sein Mandant ihn nicht umfassend informierte. «Herr Lenz, ich möchte Sie bitten, nichts zu sagen, bevor wir miteinander …»

«Warum?», unterbrach ihn Kristof trotzig. «Ich hab nichts zu verbergen.»

«Sie waren also selbst einmal bei der Polizei», hielt Luka fest.

«Ist das verboten?»

«Jedenfalls ist es eine Überraschung, Herr Kollege», meinte Conny ironisch. Sie hob die Hände, um anzudeuten, dass sie das Verhör nicht stören wollte.

«Erzählen Sie doch mal: Was war damals los zwischen Ihnen und David Grosser?»

«Gar nichts.» Kristof überlegte fieberhaft. Ihm schien gar nicht bewusst zu sein, dass er sich mit der Offensichtlichkeit, mit der er seine Aussagen zurechtlegte, verdächtig machte. «Ich war bei der Volkspolizei. Also gut. In Sagard wurde ein totes Kind gefunden. Hier war die Hölle los. Ich weiß die Einzelheiten nicht mehr, aber Grosser war der Klavierlehrer des Jungen, und irgendwie geriet er in Verdacht.»

Sein Klavierlehrer, dachte Luka. Wenn das stimmte – und davon ging er aus –, warum hatte David ihm das verschwiegen?

«Hören Sie, Grosser und meine Schwägerin hassen mich. Das sind Spinner, waren sie immer schon. Als ich bei der Polizei arbeitete, haben sie mich mit ihrer klassenkampffeindlichen Randale auf die Palme gebracht, und nach der Wende konnten sie es nicht ertragen, dass ich erfolgreich war. Das ist blanker Neid. Und glauben Sie nicht, dass die von irgendwelchen politischen Überzeugungen umgetrieben werden. Klarissa war in den Achtzigern schon halb auf dem Sprung in den Westen, aber jetzt macht sie bei der Linken mit. Einmal Hü, einmal Hott – Hauptsache, dagegen. Die ist einfach vom Charakter her auf Krawall gebürstet.»

«Und aus welchem Grund …»

«Mir war das alles egal, aber Peggy hat es fertiggemacht. Die hing an ihrer Schwester. Allein deswegen könnte ich …» Er hielt inne.

«Ja?», fragte Luka.

Kristof holte Luft. «Ich sage Ihnen, wie es war: Peggy war 'ne gutmütige Seele. Die wollte Klarissa ihre Hälfte vom Haus ihrer Eltern schenken, aus lauter Mitleid. Ich hab sie davon abgehalten, weil ich nicht eingesehen hab, dass sie einer Schmarotzerin, die sie doch nur verachtet, was hinterherwirft. Aber natürlich gehörte die Haushälfte nicht mir, sondern ihr. Peggy konnte damit also tun, was sie wollte. Du lässt das sein, hab ich zu ihr gesagt, aber ich bin sicher, dass Klarissa glaubte, sie könnte Peggy irgendwann weichklopfen. Und dann …» Kristof legte eine dramatische Pause ein.

«Dann?»

«Ich sehe es so: Peggy hat Klarissa erzählt, dass sie schwanger ist. Klarissa hat das Haus in der Ferne entschwinden sehen, und da ist sie sauer geworden.» Als Luka nichts entgegnete, ereiferte er sich weiter. «Das ist doch klar. Wenn jemand ein Kind hat, verschenkt er nichts mehr, weil er das dann später vererben will.»

Nur ist es so, dachte Luka, dass Peggy den Test ja erst machte, kurz bevor sie ermordet wurde. War Klarissa an jenem Abend ebenfalls im Haus gewesen? Bei einem Treffen vielleicht, um über das Haus zu sprechen? Und hatte sie spontan nach dem Beil gegriffen, als ihr klarwurde, dass ihr Peggys Haushälfte verlorenging? Aber der Test war doch negativ gewesen. Alles Quatsch.

«Nehmen Sie Klarissa und Grosser in die Mangel. Fragen Sie sie, was sie vor meinem Haus zu suchen hatten und wo sie waren, als Peggy ermordet wurde. Das vor allem. Wenn die Peggy das angetan haben – dann mach ich sie fertig.» Die letzten Worte sprach er halblaut, in einem merkwürdigen Ton.

Als Luka den Kopf hob, sah er, dass Kristof mit den Tränen

kämpfte. Er warf einen raschen Blick zu Conny. Sie kratzte sich am Ohr und war aufmerksam wie ein Luchs.

Lobenreich räusperte sich in die angespannte Pause hinein. «Wir erwarten nichts weiter, als dass Sie sämtlichen Spuren gründlich nachgehen, Herr Kroczek. In diesem Fall wäre mein Mandant auch bereit, von einer Anklage wegen Körperverletzung abzusehen.»

Kristof sprang auf. Sein Stuhl polterte zu Boden, ohne dass er sich darum kümmerte.

«Woher sollten Grosser und Ihre Schwägerin gewusst haben, in welche Flasche sie das Gift schütten mussten?», fragte Luka.

Kristof, der die Tür bereits geöffnet hatte, wandte sich noch einmal um. «Weil sie zwischen den anderen, leeren Flaschen neben meinem Sessel stand. Da werden sie sich schon gedacht haben, wie es am besten geht.»

Luka sah aus dem Augenwinkel, dass Conny nickte. «Sie trinken also regelmäßig?»

«Ich betrinke mich, seit Peggy tot ist», sagte Kristof rau. «Und jetzt werde ich gehen.»

«Donnerwetter», meinte Conny, als sie später im Auto saßen, «wenn das 'ne Show war, dann sollte der Kerl nach Hollywood.»

«Du nimmst ihm den gramgebeugten Ehemann ab?»

«Mach ich, ja. Frag mich nicht, wie das zusammengeht, aber der Dreckskerl liebte seine Ehefrau offenbar und hatte trotzdem keine Skrupel, sich nebenbei was Frisches fürs Bett anzulachen. Ich schließ nicht mal aus, dass Peggy von Nicole wusste und sich sagte: Die ist fürs Bett, aber ich bin fürs Herz, und das reicht mir.»

«Da komme ich nicht mit.»

«Weil du 'n anständiger Kerl bist, Kroczek.» Conny lachte und klopfte ihm auf den Arm.

Es herrschte ein seltsames Wetter. Ein Keil aus schwarzgrauen Wolken hatte sich in den blauen Himmel gefressen, an dessen heller

Seite aber immer noch die Sonne schien. Das nahende Unwetter teilte auch die Landschaft in zwei Hälften: Während die Rapsfelder und die kleinen Wälder im Westen idyllisch leuchteten, verlor der östliche Teil der Insel gerade jegliche Farbe.

Sie erreichten Putgarten. Conny fuhr am Haus der freiwilligen Feuerwehr vorbei und nahm die Kurve nach Vitt. «Weißt du, was ich glaube? Ich glaub, dass Nicole es war, die unserem Opfer ans Leder gegangen ist. Die hatte das einleuchtendste Motiv. Sie dachte, dass nur Peggy zwischen ihr und einer goldenen Zukunft steht. Also wollte sie mit ihr sprechen – gib ihn endlich frei und so – und wumm, schon ist es passiert.»

«Kann nicht sein.»

«Und warum, Herr Besserwessi?»

«Pass auf, du!» Luka erzählte ihr, was er im Autopsiebericht gefunden hatte: Peggy war vermutlich von einem Mann ermordet worden. Falls es sich aber doch um eine Frau handelte, musste sie hochgewachsen und kräftig sein.

«Nicole war ein Hänfling.»

«Eben.»

«Aber Klarissa – der traue ich die Körperkraft und vor allem die passende Wut zu. Obwohl, das gefällt mir nicht.» Conny hupte einen Touristenclan beiseite, der mit seiner Kinderschar vor den ersten Regentropfen zur Kapelle flüchtete. «Klarissa mag ich leiden. Sie sagt, was sie denkt. Und dass sie rüber in den Westen machen wollte, ist für mich erst recht ein Beispiel für Courage. So was sorgte damals nämlich nicht gerade für einen Karriereschub.»

«Querulanten kümmert die Karriere nicht.»

«Wem die Karriere schnurz ist, der schlägt auch das Schwesterchen nicht für ein popeliges Erbe tot.»

«Kristof ist also ein trauernder Witwer, und Klarissa hat für einen Mord eine zu anständige Gesinnung. Mach mir keinen Kummer, Conny. Uns gehen die Verdächtigen aus.»

«Wir haben noch den Klavierlehrer.»

«Mit welchem Motiv?»

Sie parkte den Wagen, stieß die Tür auf und drehte sich zu Luka um. «Nehmen wir mal an, er pflegt mit beiden Schwestern eine Affäre. Mit Peggy vielleicht, um Lenz eins auszuwischen. Aber Peggy redet plötzlich von Scheidung und dass sie ihn heiraten will … Trau ich ihr zu, sie war doch so 'ne spießige Seele. Aber da fällt Grosser ein, dass er in Wirklichkeit nur Klarissa liebt …»

«Tut er das?»

«Hast du keine Augen im Kopf?» Conny lachte.

«Hm.» Es war gegen Mittag, aber beinahe dunkel, als sie über den Parkplatz Richtung Dorf marschierten. Der Wettergott war auf Rügen launisch. Ihnen bliesen Windböen die Haare aus dem Gesicht. «Kriegen wir es aus Winkelmann raus, wenn Kristof Lenz ihn gekauft hat?»

Conny zuckte mit den Schultern. «Werden wir sehen. Jedenfalls hat der Mann bei seiner Vernehmung kein Wort darüber verloren, dass er für Peggy arbeitet. Und das find ich komisch.»

«Vielleicht kam es ihm nicht wichtig vor. Wir wussten damals ja noch nicht, dass sie das Opfer ist.»

«Stimmt auch wieder.» Conny zog den Kopf ein, als sich die Himmelsschleusen zu einem passablen Wolkenbruch öffneten. «Mann, als hätten wir's bestellt.»

Winkelmann lebte mitten im Dorf in einem Haus, an dessen Außenwänden zur Dekoration Fischreusen und Rettungsringe befestigt waren. Leider reagierte er nicht auf ihr Klingeln. Sie versuchten es beim Nachbarhaus und trafen auf Frau Grödel, die gerade eine neue Joghurtmaschine ausprobierte. Weil Conny sich dafür interessierte, ließ Luka die Frauen reden.

Der Regen pladderte vom Himmel, als stünde eine zweite Sintflut bevor. An den Fenstern mit den dunklen Holzrahmen rann das

Wasser herab, aber in der Küche war es gemütlich. Dort stand sogar noch ein alter Ofen, der beheizt wurde. Luka war klatschnass und lehnte sich dankbar gegen die Kacheln.

Frau Grödel füllte Milch in die Joghurtgläser. «Wenn Sie das gegessen haben, rühren Sie keinen Chemiejoghurt mehr an.»

«Genau genommen suchen wir Herrn Winkelmann», erklärte Conny.

«Den Günther!»

«Wir brauchen eine Zeugenaussage von ihm. So ist das ja bei uns. Sammeln, sammeln, wie die Eichhörnchen.» Conny reichte ihr einen Deckel an.

«Günther ist mit den Jungs aus dem Dorf zelten. Drüben, am alten Peilturm.»

«Bei diesem Wetter?» Schaudernd blickte Conny nach draußen, wo der Regen auf dem Rasen Pfützen bildete.

«Für diese jungen Kerle ist das doch gerade die Herausforderung.» Frau Grödel lachte. «Was mich nicht umbringt, macht mich stärker und so ... Ich bin froh, dass Günther diesen Part übernimmt. Hartmut ist nämlich ein Couch-Potato.»

«Ich mochte das damals auch, bei der FDJ. Wir haben in den Sommerferien immer in der Nähe von Dresden gezeltet. Mann, was waren wir drauf», schwärmte Conny. «Je oller das Wetter, umso besser. Wanderungen, bis uns die Füße abfielen, schwimmen, Schnitzeljagden ... Beim Peilturm sind sie, ja?»

Das Zelt war schwarz und rund. «Jurte nennt man so was», klärte Conny Luka auf. «Haben wir damals natürlich noch nicht gehabt, aber meine Mädchen haben in so was gezeltet, als sie bei den Pfadfindern waren. Jurten weisen das Wasser ab, da sitzt du drin wie in Abrahams Schoß.»

«Du hast das wirklich gemocht?», fragte Luka, der Mühe hatte, sein Zähneklappern zu unterdrücken.

«Sicher. Und du hast deine verweichlichte Jugend auf Mallorca verschwendet, wetten?»

«Nee, in Schweden. Wir waren Ökos, und aus irgendeinem Grund ist man da in den Norden gezogen statt mit Hinz und Kunz in den Sonnenschein.»

«Warum jammerst du? Schweden ist doch toll.»

«Sechs Wochen Ferien mit den Eltern in einer einsamen Hütte am See? Ohne Fernseher?»

Conny lachte und wandte sich zum Zelt. «Was machen wir jetzt, Kroczek? SEK-mäßig das Zelt stürmen oder so tun, als hätten wir uns zufällig hierher verirrt?»

«Warte noch mal einen Augenblick.»

Sie standen im Regen und versuchten, den Stimmen der Zeltbewohner zu folgen, die durch die Plane zu hören waren. Ein Junge namens Tim, den sie im Rahmen ihrer Zeugensuche verhört hatten, erzählte von seiner Lehrstelle. Er wollte nach der Schule Kfz-Mechatroniker werden, die Autos, die fand er klasse, aber sein Zeugnis …

Jüngere Stimmen übertönten seine Überlegungen. Die Kinder lachten über etwas, das einer von ihnen im Internet gefunden hatte. Ein Bild von einer Katze, die einen Toaster bediente.

Dann mischte sich Sven Grödel ins Gespräch und zog Tim mit einem Unfall auf, den der offenbar kürzlich gebaut hatte.

«Na und? Das war einfach Pech», wehrte sich Tim. «Vielleicht geh ich auch nach Würzburg zu meiner Schwester. Da könnte ich wohnen, und nach der Lehre hab ich wenigstens 'ne Chance, übernommen zu werden, sagt mein Vater.»

«Ach was.» Das war Günther Winkelmanns Bass. «Autos fahren wir hier auch. Du machst schon deinen Weg. Du reißt dich jetzt einfach am Riemen, und wenn du das Zeugnis erst in der Tasche hast … Ich kenne jemanden, dessen Bruder hat eine Werkstatt. Mal sehen. Wichtig ist, dass du dich jetzt in der Schule ranhältst.»

«Ich könnte auch rüber auf die Bohrinseln in der Nordsee», meinte Tim.

«Und dann wirst du nach zehn Jahren rausgeschmissen, weil die Knochen nicht mehr können? Nee, Junge! Du denkst nicht weit genug. Überleg dir mal ...»

«Was machen wir hier eigentlich?», zischte Conny, die es aufgegeben hatte, sich mit ihrer Kapuze gegen den Regenguss schützen zu wollen.

Ja, was machten sie hier? Warten, ob der nette Herr Winkelmann sich als Pädophiler entpuppte, der irgendwas mit einem Kindermord vor fünfundzwanzig Jahren zu tun hatte, was wiederum irgendwie mit Peggys Tod zusammenhing? Alles Dreck! Luka bückte sich und schob die Zeltplane vom Eingang beiseite.

Winkelmann erkannte sie sofort. Nachdem sie ihr Anliegen vorgebracht hatten, schickte er die Jungs zum Arcun, sich Pommes holen. Widerwillig zogen sie ihre Jacken über. Im Zelt brannte ein kleines Feuer, dessen Rauch durch eine Öffnung nach oben abzog. Überall lagen Luftmatratzen und Schlafsäcke, die ihnen zum Sitzen gedient hatten. Sie hatten es gerade richtig gemütlich gehabt.

«Ich hab meine Jacke vergessen», sagte ein Knirps und sah aus, als hoffte er, dass er nicht mit ins Sauwetter rausmüsste.

Sven packte ihn und stieß ihn ins Freie. Der Kleine kreischte, aber Winkelmann deutete mit dem Daumen nach oben und lachte. «Liegt wohl im Menschen drin, dass er immer den bequemen Weg gehen will. Wir ja auch. Bitte», sagte er und deutete auf eine der Matratzen. Sie warteten, bis die Zeltplane hinter den Jungen zugeklappt war.

«Sie kümmern sich also hier im Dorf um den Nachwuchs?», fragte Luka.

«Einer muss es ja machen. Die Eltern stecken bis zum Hals in der Arbeit. Und so was wie früher – die Jugendorganisationen, die mit den Schulen zusammenarbeiteten – gibt es nicht mehr. Wir haben nur noch die freiwillige Feuerwehr, aber da ist der Schwung raus.»

«Wie kommt's?»

«Der Mann, der früher die Organisation übernommen hat, hatte einen Schlaganfall.» Winkelmann zuckte mit den Schultern. «Man muss sich eben selbst aufrappeln. Aber es lohnt sich. Da kommt eine Menge zurück.»

«An Liebe.»

«Natürlich. Ich hab das ja schon immer gemacht, auch früher, in der DDR. Und ich kriege heute noch Post von meinen Jungs, die inzwischen selbst Kinder haben. Wissen Sie, ich habe keine Familie. Vielleicht ist es deshalb für mich so was Besonderes.» Winkelmanns Miene war ohne Argwohn. «Es tut einfach gut, wenn man jemandem was mit auf den Weg geben kann, das ihm wirklich weiterhilft.»

«Wie Tim eben.»

«Ach, haben Sie gelauscht?»

«Bullenmacke.»

Winkelmann lachte. «Muss aber ja auch sein, solange sich die Verbrecher nicht von selbst bei der Polizei melden.»

Das Feuer prasselte auf, und ein Scheit fiel in sich zusammen. Es knisterte heimelig. So was hätte mir auch Spaß gemacht, in einem Zelt mit Kumpels abzuhängen, dachte Luka. Stattdessen jedes Jahr die ätzend langweilige Hütte in Schweden, wo seine Eltern stundenlang über die Rettung der globalen Ökosysteme redeten. Mit sechzehn hatte er sich geweigert mitzukommen. «Stimmt es, dass Sie manchmal mit den Jungs zum Nacktbaden gehen?»

«Was meinen Sie damit?» Jetzt wurde Winkelmann misstrauisch.

«Nichts Besonderes. Es wurde nur von jemandem erwähnt.»

«Wir gehen an den FKK-Strand, aber bloß, wenn auch andere Menschen dort sind!»

«Tatsächlich?»

«Ich lese Zeitung, ich weiß, was für Sauereien geschehen», sagte Winkelmann ärgerlich. «Aber das ist vor allem in euren Nobelinternaten und katholischen Klöstern passiert. Hier gibt es so was nicht. Bei mir schon gar nicht.»

«Warum überhaupt FKK?»

Conny, die immer noch nach einer bequemen Sitzposition suchte, verdrehte die Augen und stieß ihm in die Rippen. «Weil das bei uns so üblich ist. Wir haben das unserer Regierung abgetrotzt, Kroczek, schon vor vierzig Jahren. Unsere Eltern. Ein Protest gegen die Spießigkeit. Wenn man dran gewöhnt ist, ist es übrigens völlig natürlich. Wir fanden euch ganz schön verklemmt, mit euren Badehosen.»

Winkelmanns Miene glättete sich wieder. «Wenn der Mensch seine Kleidung ablegt, ist er nur noch Mensch. Er kann mit nichts mehr protzen. Dann sieht der Arbeiter genauso aus wie der Manager.»

«Na ja», schränkte Conny ein, «komplette Gleichheit gibt es nie. Einige von uns haben ein appetitlicheres Drumherum als andere.»

«Dafür kann man ja Sport treiben.»

«Klar», sagte Conny säuerlich. «Nur das Alter, das kannste immer noch nicht kündigen.»

Plötzlich klingelte Lukas Handy. Er nahm ab, bekam aber keine Verbindung, auch nicht, als er vor das Zelt trat. Wahrscheinlich lag es am Wetter. Er kehrte unter die schützenden Planen zurück. Sie mussten endlich mit dem Verhör loslegen. Wenn er noch lange in seinen nassen Kleidern rumhing, konnte er die nächsten Tage im Bett verbringen.

«Herr Winkelmann, wir haben gehört, dass Sie bei den Lenzens den Garten in Ordnung halten.»

Ihr Zeuge zog einen der Schlafsäcke glatt. «Dafür schäme ich mich nicht. Ich war früher Baumaschinist und habe bis zur Wende in meinem Beruf gearbeitet. Aber danach ist ja alles kaputtgegangen. Ich gehe trotzdem nicht zum Amt. Nennen Sie es Stolz, aber ich sorge für mich selbst. Ich halte mich mit Gelegenheitsarbeiten über Wasser.»

«Und außerdem engagieren Sie sich noch für die Kinder. Toll», beruhigte Conny den Mann.

«Uns interessiert besonders, was Sie letzte Woche beim Haus von Kristof Lenz beobachtet haben.»

«Ach, das.» Winkelmann zog eine abgegriffene Thermosflasche aus einem Rucksack, schraubte sie auf und trank einen Schluck Tee. «Ja, nach all dem, was passiert war, hielt ich es für meine Pflicht, Herrn Lenz über meine Beobachtung zu informieren.»

«Mögen Sie ihn eigentlich?»

«Wen?»

«Kristof Lenz?»

«Es ist nicht meine Art, über Abwesende herzuziehen», erklärte der ältere Herr steif.

«Wenn die Polizei ermittelt», sagte Conny, die ihren eingeschlafenen Fuß kreisen ließ, «ist alles vertraulich. Da wird nichts weitergetragen, darauf können Sie sich verlassen. Erinnern Sie sich, was Sie mir nach der Befragung in der Kapelle zugeflüstert haben? Dass Kristof Lenz seine Frau geschlagen hat? Wir stellen uns vor, dass Sie uns einiges über das Verhältnis der beiden sagen können.»

Winkelmann stellte die Thermosflasche zwischen seinen Knien ab und stierte in das Feuer. Sein gutmütiges Gesicht hatte sich verdunkelt. «Ich fand das schockierend. Ich meine, so etwas tut man doch nicht, seine Frau schlagen. So geht man nicht mit anderen Menschen um.»

«Ist das Allerletzte», stimmte Conny ihm zu.

«Ich war früher Freiwilliger Helfer bei der Volkspolizei. Das war eine gute Einrichtung. Wir hielten in der Nachbarschaft Augen und Ohren offen, und wenn sich jemand derart furchtbar benahm, sind wir eingeschritten. Wir brauchten dafür gar nicht die Polizei, die alles offiziell und darum nur schlimmer gemacht hätte, sondern redeten den Menschen ins Gewissen. Und meist war die Sache dann erledigt. Ohne Prozess, von Mensch zu Mensch im Gütlichen.»

«Wie hat Peggy Lenz denn auf den Schlag reagiert?», fragte Luka.

«Sie hat natürlich geweint.»

«Hat sie jemals mit Ihnen darüber gesprochen?»

«Aber nein. Sie hatte mich ja gar nicht gesehen.»

«Wann genau hat sich der Vorfall ereignet?»

Winkelmann überlegte. «Vor zwei oder drei Jahren, würde ich sagen.»

«Aha.» Das führte sie nicht weiter. «Und nun zur vergangenen Woche. Was genau haben Sie beim Haus von Herrn Lenz beobachtet?» Luka beugte sich vor, um im Gesicht des Mannes lesen zu können.

«Sie meinen die Sache mit dem Auto?»

Luka nickte.

«Tja, das ist mir eben aufgefallen. Ich habe den Rasen gemäht, und da hab ich den parkenden Wagen gesehen und mich gewundert, weil die Insassen nicht ausgestiegen sind. Das hat mich natürlich misstrauisch gemacht.»

Klar, reiner Reflex bei einem Freiwilligen Helfer, dachte Luka. Für ihn hörte sich der Ausdruck an wie «Blockwart» bei den Nazis. Obwohl das natürlich ungerecht war. Sie warben bei der Polizei ja selbst ständig darum, dass die Menschen aufeinander achteten. «Und dann?»

«Als die Frau zum Haus schaute, habe ich gesehen, dass es sich um Klarissa Vogtländer handelte. Ich ging ein paar Schritte in Richtung des Wagens, aber da wandte sie mir wieder den Rücken zu.

Stattdessen beugte sich der Mann auf dem Beifahrersitz vor – und das war der Herr Grosser. Ich bin völlig sicher.»

«Warum haben Sie uns die Sache nicht gemeldet?»

«Es ist doch nicht verboten, irgendwo zu parken.»

«Aber Sie haben mit Herrn Lenz darüber gesprochen.»

«Ja, als ich von dem Giftanschlag gehört hatte. Einer seiner Nachbarn hat mir davon erzählt. Da fängt man natürlich an, sich Gedanken zu machen. Und egal, ob ich den Herrn Lenz nun mag oder ...»

Das Telefon klingelte erneut. Luka ignorierte es.

«Da kann man nicht mehr schweigen», beendete Winkelmann seinen Satz.

«Was ist David Grosser eigentlich für ein Mensch?»

«Er ist sehr still. Ich kenne ihn kaum. Gelegentlich hört man seine Musik. Aber nur nachts, dann macht er wohl das Fenster auf. Eigentlich ist es ja Ruhestörung, aber solange sich niemand beschwert ...»

«Und Klarissa Vogtländer?»

«Besucht ihn gelegentlich. Jedenfalls sagt man das im Dorf.»

«Wie ist *sie* denn als Person?»

«Das kann ich wirklich nicht beurteilen. Sie ist ja schon lange fort.»

Wieder meldete sich das Handy, und dieses Mal stand Luka auf. Der Regen hatte nachgelassen, als er vor das Zelt trat. Aber die Wolkendecke hatte sich über der Insel komplett zugezogen, und das Meer sah aus, als würde es mit einem riesigen Quirl aufgeschäumt. Die Jungs, die ihre Pommes offenbar vergessen hatten, balgten sich in der Ferne auf einer Wiese.

«Ja?» Dieses Mal kam die Verbindung zustande. Martin Berger war dran.

«Mensch, Luka, ich versuche es schon seit einer Stunde! Wo treibst du dich denn rum?»

«In Mordor», sagte Luka mit Blick auf die beiden Leuchttürme, die wie schwarze Rammen in die Regenwolken stakten.

«Wo?»

«Vergiss es. Was ist los?»

«Na, mein Bester – halte dich fest.»

«Sie haben uns enorm weitergeholfen.» Conny schüttelte Winkelmann die Hand und freute sich, dass sie vor dem Zelt wieder aufrecht stehen konnte. «Ich schreibe über das, was Sie uns gesagt haben, ein Protokoll. Das müssten Sie gegenzeichnen. Wir kommen vorbei, wenn wir mal wieder im Dorf sind.»

Der Mann nickte. «Übrigens, dahinten, in Richtung Putgarten, hat sich auf einem Grundstück, das mal dem Militär gehörte, ein wilder Camper breitgemacht.»

Einmal Blockwart, immer Blockwart, dachte Luka und wartete ungeduldig darauf, dass Conny ihre Jacke zuknöpfte. Winkelmann hob grüßend die Hand und machte sich auf den Weg zu seinen Schäfchen. Die Jungs mochten ihn, das konnte man sehen. Der Kleine ohne Jacke rannte ihm entgegen und zeigte ihm etwas, vielleicht einen ertrunkenen Regenwurm.

«Wer war dran? Und was hat er gesagt, dass es dich dermaßen umhaut?», fragte Conny, während sie sich in Bewegung setzten.

«Berger hat die Ergebnisse aus dem KTI. Das Blut auf dem Beil aus David Grossers Schuppen stammt von Peggy Lenz und außerdem von dem Hund.»

«Haben sie Grossers Fingerabdrücke darauf gefunden?»

«Überhaupt keine, aber das hat ja nichts zu sagen.»

Conny kickte einen Stein in die Büsche. Er knallte durch die Blätter und schoss den Kreidefelsen hinab ans steinige Ufer, wo hoffentlich niemand gerade spazieren ging. «Wie müssen wir uns das nun vorstellen?» Sie überlegte. «Meinst du, Grosser ist ein Psychopath? Künstler sind doch immer ein bisschen schräg.»

«So wie Bullen immer prügeln?»

«Ich sag doch nur.»

«An den Pfoten von Grossers Hund waren außerdem Blutspuren von Peggy.»

Conny stieß einen Pfiff aus. «Also war der Köter in dem Haus.»

«Am Abend des Mordes, ja.»

«Zusammen mit Grosser.»

«Oder mit Klarissa. Die beiden sind befreundet. Vielleicht ist sie mit dem Hund spazieren gegangen.»

«Und dann bringt sie ihre Schwester um, der Hund stapft ins Blut, und Grosser schlägt den Köter mit dem Beil tot und verbuddelt ihn, damit niemand auf die Idee kommt, ihn auf Spuren zu untersuchen. Grosser schützt Klarissa.»

«Oder Klarissa schützt ihn. Jedenfalls zieht sich die Schlinge um seinen Hals allmählich zu. Das Ergebnis müsste für einen Haftbefehl reichen.»

Schon wieder klingelte Lukas Handy.

«Geh ran», drängte Conny. «Heute ist unser Glückstag. Jeder Wurf ein Treffer.»

Dieses Mal war Kerstin Sonntag in der Leitung. Sie schien ihm den Rauswurf aus seinem Büro nicht nachzutragen, denn sie machte eine mitfühlende Bemerkung über das Wetter und wollte wissen, wie er seine Pfingsttage plane. Da sie gerade erst aus dem Urlaub zurück war, fand sie es fair, wenn sie am kommenden langen Wochenende zurückstand.

«Falls es überhaupt so etwas wie ein Wochenende geben wird, bis wir mit diesem Mord durch sind», sagte Luka. «Aber wie es aussieht, geht es in die Endphase.»

«Ach, erzähl doch mal.»

Im Geist sah er seine Kollegin vor sich, wie sie interessiert ihre langen schlanken Beine übereinanderschlug. «Ist ein bisschen kompliziert. Ich würde sagen, wir setzen uns in einer Stunde zusammen, um alles noch einmal durchzugehen. Die komplette Mannschaft. Ich will, dass jeder im Bilde ist. Sag den anderen Bescheid, ja?»

«Können wir das Ganze nicht in ein Restaurant verlegen, wenn wir schon Überstunden schieben?»

«Dafür hab ich jetzt keinen Kopf.» Er versuchte, weniger verdrossen zu klingen, als er sich fühlte, aber das schien ihm nicht zu gelingen.

Kerstin erwiderte kühl: «Dann eben hier», und legte auf.

Sie hatten David Grossers Haus jetzt im Blickfeld. Heute war einer der Tage – vielleicht weil keine Touristen das Örtchen bevölkerten –, an denen er bei geöffnetem Fenster spielte. Der Wind trug melancholische Geigentöne zu ihnen herüber. Wie konnte man so einfühlsam, so beschissen einschmeichelnd Geige spielen, wenn man einer Frau das Gesicht mit einer Axt gespalten, den eigenen Hund zerhackt und einen Menschen zu vergiften versucht hatte? Das tat ja fast körperlich weh.

«Ist schon nett, wie er das macht», brummte Conny.

«Ich find's zum Kotzen!» Luka schlug die Abkürzung ein, die direkt zu den Garagen führte. «Conny», sagte er, «dieses Mal machen wir die Sache sicher. Wir sammeln so lange Aussagen und Informationen, bis wir den Dreckskerl ans Kreuz schlagen können.»

SIEBZEHN

Mama hatte Bauchweh. «Das ist wieder die Galle», stöhnte sie. Sie lag seit dem Mittagessen auf dem Bett und war kreidebleich. «Die haben mir letztes Mal schon gesagt, sie wollen sie mir rausnehmen. Aber das kann ich nicht. Winni, ich hab Angst vor Operationen. Ich denk immer, ich wach dann nicht mehr auf. Oder ich wach auf, während sie noch an mir rumschneiden. Das war bei der Freundin von meiner Schwester so. Die ist aufgewacht, weil die Narko… Auuuu.»

Mama wälzte sich auf der Decke mit den roten Mohnblumen und hatte Tränen in den Augen. Sie weinte sonst nie. Maik steckte vor Schreck den Daumen in den Mund.

«Nun reiß dich schon zusammen, Carmen», brummte Winni. «Ich hab Urlaub. Denkste, den will ich im Krankenhaus verbringen? Außerdem schicken die dich sowieso wieder weg. Das ist ein Anfall. Sagst du doch selbst. Anfälle gehen auch wieder weg.»

Mama versuchte, leiser zu weinen, aber Maik wurde angst und bange, als er sah, wie sie sich an der Decke festkrallte. Und wenn sie nun starb? Was war das überhaupt, die Galle? Er hatte keine Ahnung, aber er wusste, dass Mama es hasste, wenn jemand sich anstellte. Es musste ihr richtig schlechtgehen.

«Soll ich im Dorf klingeln und einen Krankenwagen holen?», fragte er mutig.

Trotz ihrer Schmerzen lächelte Mama. «Du bist mein kleiner Held.»

Dann ließen die Schmerzen plötzlich nach, und Maik wollte schon wieder aufatmen. Aber leider kehrten sie bald zurück.

«Scheiße, das hält man ja nicht aus. Ich geh spazieren», sagte Winni.

Da rastete Mama aus. Sie kreischte ihn an, wie Maik es noch nie von ihr gehört hatte. Sie weinte dabei, aber ihre Wut war noch stärker als die Schmerzen. «Arschloch!», brüllte sie.

Maik sah, wie Winnis Gesicht sich veränderte. «Sag mal, bist du nicht mehr ganz dicht?» Winni brüllte nicht, sondern rieb die Hände an den Oberschenkeln. Der Blick, mit dem er Mama musterte, war kalt und unruhig. Es war der gleiche Blick, mit dem er Maik angesehen hatte, als er ihn über die Klippen hängen ließ.

Mama hatte keine Angst vor Winni. «Gib mir das Handy», schrie sie Maik an. «Ich krepier hier doch nicht, bloß weil der feine Herr Urlaub machen will!» Fahrig tippte sie eine Nummer ein, aber es war die falsche. Sie wählte noch einmal. «Wenn ich selbst kommen könnte, würde ich das tun!», hörte Maik sie kurz darauf den Menschen am anderen Ende der Leitung ankreischen. «Kapieren Sie das nicht? Ich habe gottverdammte Schmerzen!» Tränen liefen über ihr Gesicht. «Ich campe auf einem abgesperrten Platz in der Nähe von Vitt. Das ist hinter dem großen Parkplatz, zwischen Putgarten und dem Dorf. Was? Nein, ich kann das nicht genauer beschreiben. Ein wildes Grundstück mit einer Mauer drum herum. Man muss vor dem Parkplatz von Vitt rechts ab …» Sie konnte nicht mehr sprechen. Ihr fiel das Telefon aus der Hand, sie krümmte sich vor Schmerzen und schrie.

Winni war jetzt fast so blass wie Mama. Wahrscheinlich weil sie verraten hatte, wo sie campten. Er hatte ihnen doch immer wieder eingebläut, dass das ein Geheimnis bleiben musste, unbedingt.

Die Frau im Handy rief nach Mama. Es hörte sich komisch an, sehr besorgt. Einen Moment erwartete Maik, dass Winni das Telefon auf den Boden schmeißen und zertreten würde, so wütend war er. Aber dann stieß er die Wohnwagentür auf und stapfte davon.

Verstohlen schloss Maik die Tür hinter ihm. Ich muss Mama von hier wegbringen, dachte er ängstlich. Nicht nur wegen den Schmerzen, vor allem wegen Winni. In seinem Kopf war wieder das Bild von dem Badezimmer, wo die Frau lag und nur ein Auge zum Gucken hatte. Es würgte ihn im Hals. Er musste Mama in Sicherheit bringen. Aber sie war viel zu schwer zum Tragen, und er war ja nicht in Wirklichkeit Superman. Mama hatte sich zur Wand gedreht und zusammengerollt.

«Mama?»

Sie antwortete nicht.

Maik kaute auf seinen Nägeln. Das Einzige, was ihm einfiel, war, das Handy auszustellen. Telefonieren kostete nämlich Geld, sogar ganz viel, wenn man von hier aus anrief. Und das konnte Mama am allerwenigsten leiden.

ACHTZEHN

Still und beharrlich umkreisten sie ihre beiden Verdächtigen. Es war eine mühsame Jagd, die Kerstin gern aggressiver geführt hätte. Das hatte sie bei der Besprechung am Vorabend verkündet, und sie wiederholte es noch einmal, als sie Luka am folgenden Mittag in der Kaffeeküche des Kommissariats traf.

«Wir haben auf Rügen so gut wie nie spektakuläre Verbrechen. Machen wir also eine Erfolgsgeschichte daraus. Wir müssen uns die beiden Verdächtigen vorknöpfen, sie festnehmen, verhören bis in die Puppen ...»

«Wir waren schon einmal gezwungen, Grosser wieder laufenzulassen. Diesmal will ich die Sache sicher haben.»

«Dann kümmern wir uns um das Kind, das den Mord beobachtet hat. Lass uns die Sache in die Zeitung bringen, ganz groß, mit der Bitte um Mithilfe von der Bevölkerung.»

«Überleg mal, was Grosser ... was der Mörder», verbesserte sich Luka, «anstellen könnte, wenn er liest, dass er bei seiner Tat von einem Kind beobachtet wurde? Vielleicht ahnt er, um wen es sich handelt. Vielleicht hat er es sogar gesehen. Glaubst du, der legt dann die Hände in den Schoß?» O Gott! Würde David ein Kind töten, um sich selbst zu retten? Seinen Hund hatte er offenbar erschlagen. Natürlich war ein Hund nicht dasselbe wie ein Kind. Andererseits ... Peggy ...

«Du bist der Chef.» Kerstin zuckte verärgert mit dem Achseln und ließ ihren Cappuccino stehen. Sie musste sich an Tobias vorbeischlängeln, der mitteilen wollte, dass bei Rappin ein Sendemast von Vodafone stand.

«Und?», fragte sie unwirsch.

«Das kann wichtig sein. So findet man mit ein bisschen Glück heraus, ob sich jemand zur Tatzeit in der Nähe des Tatorts aufgehalten hat.»

«Ist doch alles viel zu vage.» Kerstin ließ ihn stehen.

«Wie viele Kilometer sind es von Rappin bis Vitt?», wollte Luka von seinem jungen Kollegen wissen.

«Ein Katzensprung.» Tobias' enttäuschte Miene hellte sich wieder auf. «Soll ich uns die Erlaubnis für eine Funkzellenabfrage holen?»

«Mach voran, ja.»

Luka kehrte in sein Büro zurück. Er hatte schon den kompletten Vormittag vertelefoniert. Ein weiterer Anruf brachte ihm die Information, dass Kristof Lenz seinerzeit in Sassnitz mit einer Polizistin namens Friederike Wallner zusammengearbeitet hatte. Sie war bereits pensioniert und lebte in Greifswald bei ihrer Tochter. Er ging nach nebenan zu Conny. «Lust auf eine Landpartie?»

«Dieser alte Mord lässt dich nicht los, was?», fragte sie, nachdem er ihr erklärt hatte, was er vorhatte.

«Liege ich falsch?»

«Das weiß man ja am besten hinterher, Kollege.»

Friederike Wallner empfing ihre Besucher in einem kaftanähnlichen Gewand auf einer von rot blühenden Rhododendren beschatteten Terrasse.

«Der Junge aus Sagard?» Ihr Gesicht verdüsterte sich. «Schlimme Sache. Die schlimmste in meiner Laufbahn. Er hieß Fränzchen. Genau genommen Franz, nach seinem Opa, der ihn auch großgezogen hatte. Die Mutter war fünf Jahre vorher an Krebs gestorben, und der alte Mann ist in den Monaten der Untersuchung vor unseren Augen dahingewelkt. Scheußlich.»

«Was war mit dem Vater?», fragte Luka.

«Den gab es nicht. Der Opa wusste nicht mal seinen Namen. In dieser Hinsicht war die Tochter schweigsam gewesen.»

«Und der Junge hatte Musikunterricht bei David Grosser?»

«Wer ist das?»

«Ein Pianist aus Vitt.»

Frau Wallner schenkte ihnen von ihrem selbstgekochten Apfelsaft ein und ließ die Blicke über den liebevoll gehegten Garten schweifen. «Richtig, von einem Klavierlehrer war auch die Rede. Aber die Spur wurde nicht weiter verfolgt. Außer dass die beiden einander kannten, gab es keinen weiteren Anhaltspunkt.»

«Wie stand denn Kristof Lenz zu diesem Musiker?», fragte Conny.

«Weiß ich nicht mehr. Die Hauptermittlungsarbeit lag bei den Kollegen von der Kripo. Wir waren nur das Fußvolk, das die Zeugen vernehmen sollte. Aber von denen ist niemand mehr da, glaube ich. Das war schon damals eine Altherrenmannschaft. Haben Sie die Akte durchgesehen?»

«Die war dürftig geführt.»

«Musste ja auch alles noch mit der Schreibmaschine geschrieben werden, und wir waren dünn besetzt. Aber am Ende waren wir uns einig, dass es sich bei dem Mörder um einen russischen Soldaten handelte, der in der Nähe von Stralsund stationiert gewesen war. Wir konnten es ihm bloß nicht nachweisen. Warum fragen Sie eigentlich? Gibt es neue Hinweise?»

Luka zuckte mit den Schultern. «Haben Sie damals auch einen Mann namens Günther Winkelmann überprüft? Der hatte in Vitt den Job des Blockwarts.»

«FH», korrigierte Conny. «Freiwilliger Helfer. Mein Kollege ist vom Trupp der Ahnungslosen, der kommt aus Düsseldorf.»

Friederike Wallner lachte. «Der Name Winkelmann sagt mir nichts. Wenn, dann stand er nicht auf der Liste der Verdächtigen.»

«Sollen wir Kristof Lenz von Ihnen grüßen?», fragte Conny, als sie sich kurze Zeit später von der alten Frau verabschiedeten.

«Ach nee, ist nicht nötig», wehrte sie ab.

«Nett, dass du mich fahren lässt.» Conny hatte den Ellbogen aus dem offenen Fenster gehängt und genoss den Sonnenschein, der das Unwetter vom Vortag abgelöst hatte.

«Nett, dass ich's nicht machen muss.» Luka rief bei Teresa durch. Sie war noch in Stralsund und hatte es gerade geschafft, einen dritten Taucher zu engagieren, den sie brauchten, um den Gittermast am Fundament in der Ostsee zu verbohren.

«Der Countdown läuft, Luka!», rief sie euphorisch. «Und ich kriege das hin. Heute hat mir einer von meinen Bauleitern beim Schulterklopfen fast die Knochen gebrochen.»

«Hört sich erstklassig an. Aber gib ihm einen Wink, dass du mit einem eifersüchtigen Kerl zusammenlebst, der asiatischen Kampfsport kann.»

«Quatsch!» Teresa lachte glücklich. «Wie läuft es bei dir? Sonne am Horizont?»

«Vor Sonnenschein kommt Regen, oder wie das heißt. Aber ich bin in einer Stunde zu Hause. Dann hole ich Tilda ab.»

«Musst du nicht. Meine Mutter hat versprochen, bis um acht auf sie aufzupassen, bis dann bin ich locker zurück. Du, ich bin so froh, wenn sie in die Krippe kann.»

«Und ich erst.»

«Aber es hat auch sein Gutes. Das Eis ist getaut, Mutti und Tilda haben Freundschaft miteinander geschlossen. Das sagt man doch immer: dass die Großeltern erst die Enkelkinder richtig genießen können.»

Meine Mutter hat auch mich schon genossen, dachte Luka, schluckte die Bemerkung aber herunter.

«Ich freue mich auf dich.»

«Weißt du, was, Teresa? Lass uns heute Abend was unternehmen. Wir könnten wegfahren. Nach …»

«Sellin», soufflierte Conny. «Tolle Brücke, tolles Essen, toller Sonnenuntergang. Schäufelchen und Eimer für die Kleine mitnehmen.»

«Was?», fragte Teresa, die nur die Hälfte mitbekam.

«Kennst du Sellin?»

«Klar. Dort ist es phantastisch.»

«Also dann», verabschiedete sich Luka. «Und was machst du heute Abend?», wollte er von Conny wissen, nachdem er aufgelegt hatte.

Seine Kollegin lachte unfroh. «Meine Große hat mich zu einem Überraschungsessen eingeladen, und ich ahne auch schon, warum. Ich bete zu Gott, dass mir im richtigen Moment einfällt, wie man ‹ihr habt 'nen Knall› so formuliert, dass neben der Botschaft auch noch die Mutterliebe rüberkommt.»

«Was ist denn los?»

«Nina trägt seit gestern einen Ring am Finger, den sie anstaunt, als wär's die heilige Mutter Gottes.»

«Nee, was?» Luka verkniff sich ein Grinsen. «Verlobt zu sein ist aber nicht das Schlechteste. Dann haben die beiden das Gefühl, sie gehören zusammen, und das hält sie vom Heiraten ab.»

«Du bist ja sonnig. Ich stand drei Wochen nach meiner Verlobung im Standesamt.»

«Wiederholungen gibt's nur im Fernsehen, Conny», tröstete er sie.

Schäufelchen und Eimer fand er, als er auf dem Heimweg an einem Supermarkt vorbeifuhr. Er besorgte etwas Gelbes mit Fischen und Seesternen darauf und freute sich auf den Abend. Zumindest versuchte er, sich das vorzumachen. Doch als er an einer Baustelle die Hände ums Steuer krampfte, um nicht entnervt einen trödelnden

Opa beiseitezuhupen, gestand er sich ein, dass ihn der Fall einfach nicht losließ. Nicht der Fall, Beruf und Privatleben konnte er einigermaßen trennen. Aber sein idiotisches Verhalten. Kaffee trinken mit einem Verdächtigen – ging's noch?

Wie kann man einer Frau das Gesicht zerhacken und anschließend Jazz unter Sternen spielen?, zermarterte er sich das Hirn. Herrgott, er war so wütend. Wie ein betrogener Liebhaber, dachte er sarkastisch und ärgerte sich sofort über den bescheuerten Vergleich. Wenn es zu einem Prozess käme, könnte Grossers Anwalt ihm dann einen Strick aus seiner persönlichen Beziehung zum Angeklagten drehen? Egal. Schlussstrich drunter. Den Abend mit seinen beiden Mädchen würde David Grosser ihm nicht versauen, das nahm Luka sich fest vor.

Zu Hause angekommen, stellte er allerdings fest, dass Teresa sich überschätzt hatte, was die Zeit anging. Er rief bei ihr durch und erfuhr, dass sie gerade erst aus Stralsund losfuhr. Na gut, auch nicht weiter schlimm. Er packte eine Decke und ein paar Handtücher ein und kehrte zum Auto zurück, um die Kleine abzuholen. Vielleicht sollte er Rosi einladen mitzukommen? Irgendwie mussten sie sich doch bei ihr für das Kinderhüten bedanken.

Die Wohnung von Teresas Mutter war freundlich und erstaunlich modern eingerichtet. Den Vorhängen und Dekorationen nach zu urteilen, liebte sie Altrosa. Überall standen frische Blumen. Tilda saß inmitten von Legotürmchen und knabberte an einer kleinen Legogärtnerin. Sobald sie Luka bemerkte, sauste sie auf seinen Arm, und er spürte, wie seine Anspannung schwand. Schätzchen, hab ich ein Glück mit dir, dachte er, während er sie im Nacken kraulte.

«Hause!», verlangte sie lauthals.

«Wollen wir schwimmen gehen?»

«Hause.» Sie begann zu weinen. Offenbar hatte der Tag sie geschafft.

«Möchtest du noch ein Stück Kuchen essen, bis Teresa kommt?», fragte Rosi aus der Küche.

Eigentlich hatte er keinen Appetit auf Süßes, aber andererseits musste er sowieso warten. Und hatte er nicht gerade beschlossen, etwas für die Stimmung in der Familie zu tun?

Also bedankte er sich und ging mit Tilda auf die Terrasse, um zu telefonieren. Rosi hatte einen Tisch mit sechs Metallstühlen und eine Unmenge Blumenkübel auf der kleinen, gepflasterten Fläche untergebracht. In den Töpfen drehten sich Windräder aus Plastik. Tilda, die immer noch wie eine Klette an ihm hing, kramte einen Lego-Zoo aus ihren diversen Hosen- und Pullitaschen und stopfte ihm die Tiere in den Hemdausschnitt, während er sich die Nummer des Sana-Krankenhauses geben ließ.

Nach einigem Hin und Her bekam er den Notarzt ans Telefon, der David Grosser in der Nacht aus der Zelle geholt hatte. Er stellte die Frage, die ihn beschäftigte.

«Simuliert?», fragte der Arzt erstaunt. «Na, ich weiß nicht. Außerdem darf ich Ihnen gar keine Auskunft über einen Patienten geben, das ist Ihnen doch …»

«Die Sache interessiert mich eher allgemein», erklärte Luka, während Tilda an seiner Brust nach einem Elefanten angelte. «Kann man so einen Anfall vortäuschen? Was war das überhaupt genau, was sich in der Polizeizelle abgespielt hat? Wie ist der Fachbegriff? Welche Symptome gibt es?»

«Man nennt es Panikattacke», erklärte der Arzt widerwillig. «Bei dem Anfall, wie Sie es nennen, kommt es durch einen starken Reiz des Sympathikus zu Gefäßverengungen mit einem daraus resultierenden Anstieg des Blutdrucks und einer Anspannung der Muskulatur.»

«Kann man das simulieren?», wiederholte Luka seine Frage. Tilda begann zu quengeln. Er strich ihr durchs Haar.

«Sie stellen vielleicht Fragen. Natürlich kann man. Das komplette Geschehen spielt sich hauptsächlich im Kopf des Kranken ab, der in solchen Situationen ja nicht im Tomographen liegt, sodass man überprüfen könnte, ob sein Gehirn Amok läuft. Er hat das *Gefühl,* keine Luft mehr zu bekommen. Er hat das *Gefühl,* ohnmächtig zu werden. Er hat das *Gefühl* zu sterben. Das ist alles extrem unangenehm, aber wenn man nachmisst, befinden sich selbst die Herzrhythmusstörungen und der Pulsanstieg im Rahmen des Normalen. Die Attacke ist also keinesfalls gesundheitsgefährdend und hinterlässt auch keine Schäden. Die Umgebung bekommt davon übrigens meist gar nichts mit, es sei denn, der Kranke äußert sich.»

An der Seite der Terrasse befand sich ein eingebauter Schrank für die Gartenmöbel. Die Tür stand einen Spalt weit offen, und das Bein von Bob dem Baumeister ragte heraus. Luka zwickte Tilda und wies auf ihr Lieblingsspielzeug. «Aber Sie haben Grosser trotzdem in die Klinik eingewiesen?»

«Weil er sich selbst verletzt hatte und in einem schlechten Zustand war.»

Tilda begann zu weinen.

«Wäre es möglich, dass Grosser sich die Verletzung mit der Absicht zugefügt hat, aus der Zelle herauszukommen?», fragte Luka entnervt.

«Woher soll ich das wissen? Von mir bekommen Sie aber kein Gutachten in diese Richtung, falls Sie darauf spekulieren. Nach meiner Einschätzung war die Panik echt und der Kerl ein armes Schwein!»

Rosi kam mit einem Tablett, auf dem drei Kuchenteller und mehrere Stücke Apfelkuchen standen. Als Tilda sie sah, steigerte sich ihr Weinen zu einem Kreischen.

«Besten Dank.» Luka legte auf. «Süße, was hast du denn?» Tilda hatte die Legotiere fallen lassen, inzwischen schrie sie wie am Spieß und kletterte ihm fast ins Gesicht.

Luka rang sich ein Lächeln ab. Er wollte etwas Entkrampfendes zu Rosi sagen, aber da bemerkte er ihr starres Gesicht. Sie blickte zum Schrank, zu Bob dem Baumeister, und murmelte leise: «Schließlich muss sie lernen zu hören.»

Er brauchte idiotisch lange, um zu kapieren, was sie damit meinte. Bob, der in der Schranktür klemmte, das verstörte Kind, Rosis schlechtes Gewissen ... Als es endlich klick machte, stieg eine ungeheure Wut in ihm auf.

Rosi wich zurück, als er aufsprang. Das Tablett fiel ihr aus den Händen. Kaffee spritzte auf die Steinplatten, Scherben flogen. Kuchenbrocken schwammen in der braunen Brühe.

Luka stieg über die Bescherung hinweg und zerrte Tildas Spielzeug aus der klemmenden Tür, die dabei aufging. Er entdeckte einen feuchten Fleck auf dem Boden des Einbauschranks und roch Urin. Weg, dachte er, während ihm die Hitze ins Gesicht stieg. Weg, bevor etwas passiert ...

Rosi sah kreidebleich zu, wie er mit Tilda an ihr vorbeistürmte. Er knallte die Tür hinter sich ins Schloss. Teresa kam ihm im Treppenhaus entgegen.

«Wow», sagte Conny, als Luka, Tilda und sie sich am nächsten Morgen auf dem Flur des Kommissariats trafen. «Das ist ja mal 'ne Überraschung. Na, Kleine, peppst du wieder den Personalschlüssel auf?» Sie wollte Tilda, die es sich auf Lukas Arm bequem gemacht hatte, begrüßen, aber das Mädchen kehrte ihr brüsk den Rücken zu.

«Sie muss die nächsten Tage hierbleiben, wenn mir nicht was Besseres einfällt. Und mir wird nichts einfallen.»

«Schöne neue Welt. Ab August habt ihr eine Garantie auf einen Krippenplatz. Freu dich drauf.»

Conny verschwand in ihrem Büro, und Luka setzte Tilda neben seinem Schreibtisch vor die Kiste mit den Duplosteinen und Autos, die er ebenfalls hinaufgetragen hatte. Sie wartete misstrauisch, ob er vorhatte zu verschwinden, aber als er seinen Laptop hochfuhr, beruhigte sie sich.

Sie waren am vorigen Abend tatsächlich noch nach Sellin gefahren. Tilda war völlig aufgelöst gewesen – aber das war nichts im Vergleich zu ihrer Mutter. Teresa hatte im Auto geweint, als gäbe es kein Morgen mehr. Luka kochte vor Wut auf Rosi, gab sich aber nach außen gelassen und nötigte die beiden zum Strand, wo Tilda mit dem gelben Schäufelchen im Wasser planschte und sich allmählich beruhigte.

«Sie merkt nicht, wenn sie dir weh tut. Sie merkt nicht, wenn du Angst hast. Sie kann sich nicht mal mit dir freuen. Sie ist einfach nur kalt! Wie kann man ein kleines Kind in einen Schrank sperren!», regte Teresa sich auf.

«Hat sie das mit dir auch gemacht?»

«Ja», antwortete sie knapp.

Er war froh, als sie sich am Strand in seinen Arm kuschelte, und schluckte den Schmerz vom Druck ihres Kopfs auf der geschundenen Stelle herunter. Irgendwann gelang es ihm sogar, sie ein bisschen zum Lachen zu bringen, und am Ende war der Abend doch noch schön geworden.

Den Rest kriegen wir auch hin, dachte Luka, während er zusah, wie Tilda auf dem Linoleumfußboden seines Büros die Kiste ausschüttete. Zum Glück störte sie kaum. Sie trottete ein paarmal hinter ihm her, wenn er in eines der anderen Büros ging, aber nachdem sie gemerkt hatte, dass er zuverlässig zurückkam, konzentrierte sie sich auf den Parkplatz, den sie unter der Heizung für ihre Autos angelegt hatte.

Tobias kam und brachte die richterliche Erlaubnis zur Funkzellenabfrage. «Wenn Klarissa Vogtländer zur Tatzeit in Vitt oder der Umgebung war und ihr Handy nicht ausgestellt hatte, kriegen wir sie.»

«Dann können wir nachweisen, dass sie in der Nähe des Tatorts war, aber nicht, was sie oder David Grosser dort getrieben haben», schränkte Luka ein. «Trotzdem, es wäre ein Indiz, und zwar ein wichtiges. Sie hat es nämlich bestritten.» Er tippte auf den Ordner mit den Protokollen.

Tobias grinste.

In diesem Moment erschien Olaf mit einer Zeitung in den Händen. Vorsichtig fragte er: «Haben Sie das schon gesehen, Herr Kroczek?»

Nein, hatte er nicht. Luka ließ sich das Blatt geben und überflog den Artikel, der den Lokalteil dominierte. Bei jedem Wort, das er las, stieg sein Puls. Dass er nicht losbrüllte, lag allein an Tilda, die mit einem sonnigen Lächeln Matchbox-Autounfälle baute.

«Schickt mir Kerstin rüber. Und dann mal eben raus hier, ihr zwei», befahl er knapp.

Das Gespräch mit seiner Kollegin war kurz. Es gab ja auch nicht viel zu reden. «Ich habe gesagt, du sollst es nicht tun. Ich hab's dir ausdrücklich verboten. Keine Zeitung, hab ich gesagt!», schnauzte er sie an. «Herrgott, es geht um ein Kind.»

Kerstin schaute flüchtig auf die Meldung. *Kind war Zeuge des Vitt-Mordes. Polizei bittet um Mithilfe.* «Die Sache ist zu wichtig, um sie nicht an die Öffentlichkeit zu bringen.»

«Und wer, bitte schön, legt das fest?»

Kerstin stützte sich mit den Händen auf seinen Schreibtisch und beugte sich zu ihm vor. «Schon mal daran gedacht, dass ein Kind viel besser geschützt ist, wenn die Eltern wissen, dass es Tatzeuge gewesen sein könnte?»

«Und wenn sie den Artikel gar nicht lesen? Oder nicht verstehen, dass es sich darin um ihr eigenes Kind dreht?»

«Vitt ist ein Dorf. Alle werden jetzt aufpassen.»

«Aber das Kind stammte nicht aus Vitt. Das haben wir doch

überprüft, verdammt. Dafür ist David Grosser jetzt informiert. Und Klarissa liest ebenfalls die Zeitung.»

«Dann nimm sie fest.»

«Nicht, bevor wir sicher sind!», brüllte er jetzt doch los.

Kerstin richtete sich wieder auf. «Wir sind die Kripo, nicht die Caritas», verteidigte sie sich schmallippig. «Wir haben einen Job zu erledigen. Und ich für meinen Teil werde das effizient tun. Denen in Stralsund ist nämlich scheißegal, warum das hier alles so dauert. Die wollen Ergebnisse sehen. Und davon hängt ab, wie es mit uns beruflich …»

«Sag mal, spinnst du?»

Kerstins Gesicht verwandelte sich in eine feindselige Grimasse. «Klugscheißer!» Sie wollte raus.

Aber so einfach ließ er sie nicht ziehen. «Wenn das noch mal passiert, wenn du noch einmal entgegen meiner ausdrücklichen Anweisung handelst, sorg ich dafür, dass du von hier verschwindest.»

Sie zuckte mit einem Lächeln, das ihre Wut nur mühsam verbarg, die Schultern.

Die Stille, die in den nächsten Stunden im Kommissariat herrschte, zerrte an den Nerven. Zum Mittagessen ging Luka mit Tilda zu einem Italiener. Sie matschte mit der Pizza und nuckelte an Bob dem Baumeister – ein sicheres Zeichen, dass sie müde war. Hätte er ein Reisebettchen mit ins Büro nehmen sollen? Na, dann hätten wir endlich das perfekte Kinderkrippenflair, dachte er sarkastisch. Er hatte keine Ahnung, wie man bei der Rügener Kripo mit verzweifelten Eltern umging, aber wenn Kerstin ihm Schwierigkeiten machen wollte, bot er ihr damit vermutlich eine Steilvorlage.

Als er ins Kommissariat zurückkehrte, kam Tobias ihm entgegen. Er hob triumphierend ein Blatt Papier in die Höhe. «Bingo. Wir haben Klarissa Vogtländer dran.»

Luka rief sein Team zusammen. Sie sprachen noch einmal durch, was sie hatten. Am wichtigsten war das Beil mit dem Blut von Peggy Lenz und Benni, das bei David Grosser im Gartenhaus gefunden worden war.

Kerstin starrte auf die Unterlagen, statt Luka anzublicken. «Die Fingerabdrücke darauf …»

«Konnte man wegen der großen Menge des Blutes an der Axt nicht nachweisen», sagte er mehr als kühl.

«Aber …»

Luka schnitt ihr das Wort ab und zählte die weiteren Indizien auf: die Tatsache, dass der Musiker seinen Hund heimlich vergraben hatte und dies vertuschen wollte. Grossers Hass auf den Ehemann des Mordopfers, der enorm sein musste, wenn man davon ausging, dass Kristof Lenz ihn mit seinen Verdächtigungen im Fall des ermordeten Jungen zumindest ein Stück weit ruiniert hatte.

Dann Klarissa, die ihre Schwester nicht leiden konnte, aber von ihr die Hälfte des elterlichen Hauses versprochen bekommen hatte. Wenn Peggy ein Kind gehabt hätte, wäre ihr diese vermutlich entgangen. Gut, das hörte sich immer noch nicht besonders plausibel an. «Aber sie hat bestritten, dass sie zur Tatzeit in Vitt war, und damit hat sie gelogen.»

«Sie wird sagen, dass sie Grosser besucht hat», spekulierte Olaf.

«Und warum hat sie das nicht zu Protokoll gegeben? Zu Beginn der Ermittlungen wäre das noch unverfänglich gewesen.» Luka blickte in die Runde. Niemand sagte etwas. Kerstin schaute betont gelangweilt aus dem Fenster. «Außerdem haben wir noch die Aussage des Zeugen, der David Grosser und Klarissa vor Kristofs Haus gesehen hat, kurz bevor der Whiskey vergiftet wurde.»

«Es könnte sein, dass Klarissa einen Hausschlüssel besaß – dann hätten sie sich nicht einmal gewaltsam Zutritt zum Tatort verschaffen müssen, und es wäre geklärt, warum keine Einbruchsspuren gefunden wurden», sagte Conny.

Luka nickte. «Reicht das aus?» Er schaute seinen Mitarbeitern der Reihe nach ins Gesicht. Nur Kerstin starrte immer noch zum Fenster. «Kristof Lenz ist allerdings nach dem aktuellen Stand der Dinge noch nicht aus dem Schneider.»

«Oh, das habe ich ganz vergessen.» Tobias verschluckte sich an seinem Kaffee, hustete und fuhr mit rotem Gesicht fort: «Ich habe mich vorhin noch mal an die Vermögensverhältnisse der Lenzens gesetzt. Es gab nicht nur die eine Lebensversicherung von Peggy Lenz, die ich schon erwähnt hatte. Kristof Lenz hat vor drei Monaten auch eine für sich selbst abgeschlossen. Wenn er gestorben wäre, hätte Peggy Lenz zweihunderttausend bekommen.»

Sie starrten einander an.

«Ein Ablenkungsmanöver, falls wir ihn verdächtigen?», schlug Olaf vor. «Dann könnte er sagen: Ich hab sie doch gerade für den Fall meines Todes abgesichert.»

Den Tatort vor Augen, schüttelte Luka den Kopf. «Glaube ich nicht. Dieser Mord war nicht geplant.»

Conny räusperte sich. «Eins ist mir noch eingefallen, wegen diesem Zettel von dem kleinen Zeugen. Günther Winkelmann hat doch von einem wilden Camper gesprochen. Würde das nicht passen? Wir hätten ein Kind, das in der Nähe war, aber von dem im Dorf niemand wusste … Also, falls es in dem Campingwagen überhaupt eins gibt.»

«Gute Idee, ja. Das ist eine Spur, der nachzugehen sich noch lohnen könnte. Wer fährt hin?» Luka schaute die beiden Frauen unter seinen Kollegen an.

Die nächste Stunde verbrachte er damit, den Staatsanwalt telefonisch über den Stand der Ermittlungen zu informieren. Meyer ordnete die Festnahme von Klarissa Vogtländer und David Grosser an. Der Grund: dringender Tatverdacht wegen Mordes oder der Beihilfe zum Mord, außerdem Flucht- und Vertuschungsgefahr und zusätzlich die Möglichkeit weiterer Straftaten, die durch den Giftanschlag auf Kristof Lenz als gegeben angesehen werden konnte.

Und nicht zuletzt gibt es auch noch ein Kind, das in Gefahr sein könnte, dachte Luka. Er legte auf und rieb sich die Augen. In ihm brodelte es. Er hätte Davids seltsames Betragen richtig einschätzen müssen. Seine mimosenhaften Befindlichkeiten, die Wut, mit der er sich in der Zelle selbst verletzt hatte, der Groll, der ihn zerfraß. Er hatte das doch alles gesehen.

Sein Blick wanderte zum Telefon. Befanden Conny und Kerstin sich noch in Vitt? Sollte er sie bitten, Grosser gleich mitzubringen? Nein, nicht, bevor der Haftbefehl auf seinem Schreibtisch lag. Er wollte auf Nummer sicher gehen.

Am Display konnte er sehen, dass Conny ihn mehrere Male zu erreichen versucht hatte. Er rief zurück. «Was ist denn los?»

«Mann, Kroczek, dass du dich mal meldest! Es gab hier tatsächlich ein Kind. In dem Caravan lebten eine junge Frau, ein Kerl und ein kleiner Junge, Grundschulalter. Leider hatten wir trotzdem Pech. Heute Morgen hat ein Krankenwagen vor dem Grundstück gehalten und die Frau weggebracht. Und kurz drauf ist der Mann mit dem Kind samt Campingwagen abgehauen.»

«Vermutlich wollte er auch zum Krankenhaus, das werden wir ja gleich sehen. An die Frau sollten wir auf jeden Fall rankommen. Fahrt zum Sana.»

«Wir sind schon fast da.»

«Gut, ich komme auch rüber. Ach, einen Moment noch.» Luka berichtete knapp, was er mit Meyer besprochen hatte. Er hörte Conny einen Pfiff ausstoßen. «Aber der Zugriff muss zeitgleich erfolgen, klar? Das geht jetzt alles in Ruhe und geregelt. Wir warten auf die Haftbefehle.»

Er legte auf und blickte zu Tilda, die eine Schublade geöffnet hatte und seine amtlichen Vordrucke zu Konfetti verarbeitete. Der Fußboden klebte von ausgespuckten Schokokeksen. Kurz dachte er daran, die Kleine Olaf aufs Auge zu drücken oder unten nach Karl zu suchen. Doch der alarmierte Blick, den Tilda ihm zuwarf, als könnte sie Gedanken lesen, ließ ihn die Idee sofort verwerfen. Er breitete die Arme aus.

Er hielt die Augen auf, als er zum Krankenhaus fuhr, aber der Caravan war nirgends zu entdecken. Vielleicht hatte der Mann ihn in dem kleinen Parkhaus gegenüber abgestellt, oder er war doch nicht zur Klinik gefahren. Auch von Conny und Kerstin noch keine Spur. Luka beschloss, auf die beiden zu warten. Mit einem schokoladenverschmierten Kleinkind auf dem Arm zur Zeugenvernehmung in ein Krankenzimmer – das ging dann doch zu weit.

Eine Minute später verwarf er den eigenen Entschluss wieder. Die Unruhe trieb ihn in die Empfangshalle des Krankenhauses. Die Frau an der Rezeption studierte seinen Dienstausweis und schaute zweifelnd von Tilda zu ihrem Computer. Sie rief ihren Vorgesetzten an, bevor sie ihm verriet, dass es sich bei der Frau, die er suchte, vermutlich um eine Carmen Lucht handelte. Die Kranke war vor vier Stunden operiert worden. Gallensteine. Zum Glück ein kleiner Eingriff, alles war gutgegangen. Ein Anruf auf der Station ergab, dass sie bereits ansprechbar war, für den Fall, dass es drängte. Luka ließ sich die Zimmernummer geben.

Als er der Rezeptionistin den Rücken zukehrte, erschienen Conny und Kerstin in der Drehtür. «Und?», fragte Conny.

Er nickte. «Wir können sie vernehmen.»

«Schön, wenn Väter ihre Kinder hüten», meinte Kerstin. Ihr war nicht anzumerken, ob sie es ironisch meinte, aber er ging davon aus.

Die Frau aus dem Caravan lag mit rosigen Wangen in ihrem Klinikbett in Zimmer 32 und schien froh zu sein, die Operation gut überstanden zu haben. Aber ganz so fit, wie sie aussah, war sie wohl doch nicht, denn sie musste zweimal nachfragen, bevor sie verstand, wer die Menschen waren, die sich nach ihrem Sohn erkundigten.

«Polizei? Wieso, was ist denn mit Maik?» Dann entglitten ihr die Gesichtszüge. Es dauerte mehrere Sekunden, und es war grausam mit anzusehen.

«Nein, nein, ihm ist nichts passiert», beeilte sich Conny, ihr zu versichern. «Wir wollen uns nur ein bisschen mit ihm unterhalten.»

«Warum?» Angst und Misstrauen irrlichterten in ihren Augen.

«Wir wollen Ihren Sohn zu einem Verbrechen befragen, das in der Nähe Ihres Campingplatzes geschehen ist», mischte Luka sich ein. Er sah, wie es in ihrem Kopf ratterte.

«Meinen Sie den Mord?» Neue Angst, dieses Mal regelrechte Panik.

«Sie haben davon gehört?»

«Wo ist Maik?»

«Wir hatten gehofft, dass Sie uns das sagen können. Ihr Mann ...»

«Winni ist nicht mein Mann.»

Sie blickten die Frau ratlos an.

«Er ist weg, ja? Winni ist mit Maik weg ...» Carmen Lucht öffnete den Mund und begann zu schreien. Gleichzeitig versuchte sie, aus dem Bett zu klettern. Luka griff hastig nach einem Infusionsständer, der umzukippen drohte.

Kerstin versuchte, die Kranke ins Bett zurückzudrücken. «Bleiben Sie liegen, Sie sind frisch operiert. Frau Lucht, das ist doch unvernünftig ...»

Ein Tablett schepperte zu Boden, ein Glas voller Wasser zerschellte. So plötzlich, wie die Raserei begonnen hatte, hörte sie wieder auf. Die Frau sackte auf das Kissen. «Er bringt ihn um.»

Luka setzte die eingeschüchterte Tilda ab und beugte sich über die Patientin. «Frau Lucht ...»

Sie sah ihn an, den Blick voller Qual. «Er bringt ihn um. Und ich hab's nicht geglaubt. Ich hab Maiki nicht geglaubt, dass Winni ihn umbringen will.»

Die leitende Schwester stellte ihnen das Schwesternzimmer zur Verfügung. Nicht gern, aber im Raum der Patientin wollte man sie noch weniger lassen. Carmen Lucht hatte eine Beruhigungsspritze durch die Luft geschleudert. Sie tobte und wollte aus dem Krankenhaus, um ihren Jungen zu suchen. Maiki hatte behauptet, dass er Winni bei einem Mord beobachtet habe, ja. Sie hatte gedacht, er wäre eifersüchtig, und ihn ausgeschimpft. Aber die Schrift auf dem Zettel, den Luka mitgebracht hatte, war die von Maik, und die Seite stammte aus seinem Schulheft. Er hielt sich für Superman. Er war ein so süßer, kleiner Junge. Hatte Winni wirklich jemand umgebracht? Wenn er Maiki was antat ...

Luka telefonierte, während Conny und Kerstin die Mutter ausfragten und ihn fortlaufend mit Informationen versorgten. Er setzte Martin Berger über die Neuigkeiten in Kenntnis und scheuchte die Kollegen vom Streifendienst diesseits und jenseits der Rügenbrücken auf. Berger vermittelte zwei Eurocopter von der Hubschrauberstaffel in Laage, die die Insel überfliegen sollten. «Auch wenn es natürlich nicht einfach sein wird, zwischen den Hunderten von Caravananhängern den richtigen zu finden.»

«Es handelt sich um einen heruntergekommenen kleinen Caravan, der von einem roten Peugeot Baujahr von vor hundert Jahren gezogen wird.»

«Ich hab's durchgegeben.»

Conny brachte Luka neue Fakten. Der Mann, den sie suchten, hieß Winfried Quade. Carmen Lucht hatte ihn zu Beginn des Jahres auf einer Partnerschaftsplattform im Internet kennengelernt und nett gefunden und beschlossen, einen Urlaub mit ihm zu verbringen. Ja, während der Schulzeit, weil Winni im Juni einen neuen Job antreten wollte.

Auf Lukas Bitte brachte sie Carmen Lucht zu ihm ins Schwesternzimmer. Die Frau fand Winnis Foto über den stationseigenen Computer bei e-darling. Sie wimmerte vor sich hin, von Tilda unruhig beobachtet.

Plötzlich stürmte ein Arzt ins Zimmer, den wohl die Schwestern informiert hatten. «Die Patientin muss unverzüglich zurück ins Bett!»

Luka nickte. Er kopierte das Bild und schickte es den Kollegen, die sich mittlerweile an den Rügenbrücken und bei den Fähren postiert hatten. Das Wimmern der Kranken drang durch den Flur, nicht laut, aber unaufhörlich und nervtötend wie das ferne Kreischen einer Säge.

Als die dringendsten Anrufe getätigt waren, kehrte Luka zu ihr zurück. «Nein, geben Sie ihr nichts, um sie ruhigzustellen», wehrte er die Schwester ab, die gerade einen zweiten Versuch mit der Spritze starten wollte.

«Aber ...»

«Ihr Kind wurde entführt, haben Sie das nicht verstanden? Wir brauchen weitere Informationen.»

«Unsere Patientin ...»

Luka nahm der Schwester die Spritze aus der Hand und versenkte sie im Mülleimer unter dem Waschbecken. Dann instruierte er Conny und fuhr mit Kerstin ins Kommissariat zurück. «Scheißartikel!» Das eine Wort konnte er sich auf der Fahrt nicht verkneifen. Danach herrschte Funkstille.

Während er im Zentralcomputer der Polizei etwas über Winfried Quade herauszufinden versuchte – der Mann war wegen einiger Gewalttaten und sexueller Übergriffe aktenkundig, allerdings fand sich nichts Großes darunter –, bemühte sich Luka, seine Gedanken zu sortieren. Peggy war also von einem Camper erschlagen worden, der ... ja, was? Der in ihr Haus eingebrochen war, um etwas zu stehlen? Aber was denn? Den Dreck in den leeren Räumen? Vielleicht hatte er sie vergewaltigen wollen? Dafür gab es aber laut Autopsiebericht keine Hinweise.

Vielleicht war der Mordvorwurf auch nur der Phantasie des Bengels entsprungen; Maiks Mutter hatte ja von seiner Eifersucht erzählt. Möglicherweise hatte Maik von dem Mord gehört und ihn kurzerhand seinem Nebenbuhler angehängt, um ihn loszuwerden. Machten achtjährige Kinder so etwas? Luka hatte keine Ahnung.

Er fand heraus, dass Winfried in Rostock gemeldet war, gar nicht weit weg von Rügen also. Hatte es eine Verbindung zwischen ihm und Peggy gegeben? Luka konnte es sich kaum vorstellen. Winni schien ein mieser kleiner Typ zu sein, kaum ein Mensch, mit dem jemand wie Peggy sich abgeben würde. Und Winfried Quade hätte sich doch nicht mit einer anderen Frau und deren Kind auf den Weg gemacht, wenn er vorgehabt hätte, sich Peggy zu nähern, in welcher Absicht auch immer.

Außerdem: Wenn er der Mörder war, wer hatte dann versucht, Kristof Lenz zu vergiften? David Grosser und Klarissa, die sich zu Unrecht verfolgt sahen? Oder Nicole, die durchgedreht war, als sie begriff, dass ihr Liebhaber nichts von ihr wissen wollte?

Aber warum war die Tatwaffe dann ausgerechnet in David Grossers Gartenlaube versteckt worden? Hätte Winfried Quade sich ihrer nicht einfach irgendwo entledigt? Das Meer war ganz in der Nähe, und selbst wenn er die Axt irgendwo verscharrt hätte, hätte man sie kaum gefunden. Ein Argument, das übrigens auch für Grosser galt.

Luka starrte auf die beiden Haftbefehle, die er angefordert hatte und die mittlerweile auf seinem Schreibtisch lagen.

«'tschuldigung …» Ein junges Mädchen klopfte gegen die offen stehende Tür. Es war rothaarig, mit einem träumerischen Blick und einem sympathischen Lächeln.

«Ja, bitte?»

Die Besucherin schaute zu Tilda, die sich auf dem Boden zusammengerollt hatte und an einem Stück loser Tapete zupfte. «Meine Mutter hat gesagt, hier wird ein Babysitter gebraucht.»

Luka benötigte einen Moment, um zu schalten. «Nina Böhme?», fragte er erleichtert.

Um zwanzig Uhr neununddreißig kam der Anruf, auf den Luka so inständig wartete. Winfried Quade war den Streifenbeamten beim alten Rügendamm ins Netz gegangen. Angesichts der Waffen, die sich auf ihn richteten, hatte er sofort die Hände gehoben. Die Polizisten durchsuchten seinen Caravan. Sie fanden einen Kinderschlafanzug, eine kleine Zahnbürste und ein paar Spielsachen. «Aber das Kind ist nicht hier», erklärte der Kollege bedauernd. «Bringen wir den Mann zu euch?»

«Nein, ich komm rüber zur PI», sagte Luka. Teresa hatte Tilda abgeholt und sie und Nina auf ein Eis eingeladen. Er schnappte sich seine Jacke.

Winfried Quade war ein schmieriger Typ um die vierzig, und Luka wunderte sich wieder einmal, auf welche Kerle Frauen wie Carmen Lucht, die doch eigentlich ganz nett zu sein schien, sich einließen.

Der Mann bestritt alles, was man ihm nicht nachweisen konnte. Einen Maik Lucht wollte er zunächst gar nicht kennen. Als Luka ihm sein e-darling-Bild zeigte und auf Carmens Aussagen verwies, behauptete er, der kleine Junge sei ausgebüxt, als er in Vitt losgefahren war, um Carmen zu besuchen. «War doch nicht weiter schlimm. Ich hab mir gedacht, er kann da ja spielen, bis ich zurück bin.»

«Sie sind aber nicht zu Carmen gefahren.»

«Ich hab es mir dann anders überlegt.»

«Und es hat Ihnen keine Sorgen bereitet, dass der Junge mutterseelenallein zurückgeblieben ist?»

«Um Kinder kümmert sich doch immer jemand.» Die Augen des Mannes flackerten.

«Warum glaube ich Ihnen nur nicht?»

«Scheiße, ich sag die Wahrheit. Außerdem will ich einen Anwalt!»

Gut, der war schon auf dem Weg. Ein junger Pflichtverteidiger, dem es sichtlich unangenehm war, an einen Mandanten zu geraten, der mit dem Verschwinden eines Kindes zu tun hatte.

Nach anderthalb Stunden Verhör, in denen Winni energisch bestritt, etwas mit dem Mord an Peggy zu tun zu haben oder zu wissen, wo Maik war, klopfte ein Kollege an die Tür. Sie hatten im Peugeot einen Tankzettel mit dem aktuellen Datum gefunden.

«Vielleicht erinnert sich jemand», sagte Luka, wenn auch wenig hoffnungsvoll.

Sie legten eine Pause ein; der Anwalt besprach sich mit Winni und versorgte ihn mit Kaffee.

Eine Stunde später kehrte der Polizeibeamte zurück. Er und sein Kollege hatten die Frau aufgetrieben, die zum fraglichen Zeitpunkt in der Tankstelle bediente. Er hatte ihr Bilder von Maik und Winni gezeigt, und die Verkäuferin konnte sich – der Kollege grinste breit über das unverhoffte Glück – an die beiden erinnern. Ja, an alle zwei. Der kleine Junge hatte ihr leidgetan, weil er so verheult gewesen war und der Mann ihn nicht aus dem Auto ließ, obwohl er, das war ihr Eindruck gewesen, zur Toilette gemusst habe.

«Woher wollte sie das denn wissen?»

«Ich schreib nur auf, was man mir erzählt.»

«Und sie ist sicher, was die Identifizierung angeht?», bohrte Luka nach.

«Sie sagt: ja.»

Luka kehrte in den Verhörraum zurück und konfrontierte Winfried Quade mit der Aussage. Der Mann begann, hektisch auf der Stuhlkante zu kippeln. Sein Blick ging zwanghaft immer wieder zur Tür. Fluchtinstinkt, dachte Luka. Wie ihn wohl sowieso vor allem seine Instinkte steuerten.

«Wenn Sie dem Jungen etwas angetan haben, dann sollten Sie das jetzt zugeben. Irgendwann sitzen Sie vor einem Richter, und der wird sich dafür interessieren, wie weit Sie mit uns kooperiert haben», sagte Luka. War er laut geworden? Martin Berger, der das Verhör gemeinsam mit ihm führte, drückte beruhigend seinen Arm, und der Anwalt runzelte pflichtbewusst die Stirn.

Luka holte Luft. «Also?»

«Ich habe Maik nichts getan. Gut, ich hab ihn mitgenommen. Aber dann ist er abgehauen.»

«So wie in Vitt.»

«Scheiße, ja.»

«Warum haben Sie uns vorhin belogen?»

«Weiß ich nicht. Eigentlich wollte ich doch schon seit Tagen weg. Diese Schlampe nervte nur noch. Die war eifersüchtig wie der Teufel. Ich hatte gelegentlich nebenbei noch was anderes laufen. Schließlich bin ich kein Mönch. Da ist sie hintergekommen und hat mir gedroht. Immerzu musste ich mir einen Scheiß ausdenken, wo ich gerade hinwill, damit sie nicht rumquakt. Ich musste sogar heimlich meine Hose auswaschen, wenn ich mit 'ner anderen ...» Er machte eine fahrige Handbewegung. «Ist doch egal. Die hat jedenfalls alles kontrolliert. Und das hab ich nicht mehr ausgehalten.»

Das Aufnahmegerät lief. Sie fragten weiter, immer dasselbe. Wo war Winfried Quade gewesen, als Peggy starb? Er konnte sich nicht erinnern – vielleicht bei einer Frau im Dorf, mit der er auch was laufen hatte. Wo befand sich der Junge? Winni raufte sich die Haare. Luka sah, dass Berger zur Uhr schaute. Sein Chef hatte recht. Wenn ein Richter zu der Auffassung gelangte, dass sie den Verdächtigen ungebührlich unter Druck gesetzt hatten, konnten sie die Aussage in die Tonne treten.

Luka stellte den Recorder aus. «Sie bleiben vorerst hier», beendete er die Vernehmung, ohne dass der Anwalt protestierte.

NEUNZEHN

Früher war auch nicht alles schlecht», sagte Conny zu Olaf, der über einem Formular brütete.

«Seit wann reitest du denn auf dieser Welle?»

«Nee, ich meine ganz früher. Als man noch auf Streckbank und Daumenschrauben zurückgreifen konnte, wenn einer von den Scheißkerlen partout den Mund nicht aufmachen wollte.»

Sie war frustriert. Maik war seit vierundzwanzig Stunden verschwunden, wenn man sein Auftauchen bei der Tanke als letztes Lebenszeichen nahm. Aber Winfried Quade beteuerte immer noch, dass der Junge einfach abgehauen sei. Nach einer intensiven Beratung mit seinem Anwalt war er mit dem Vornamen einer Frau aus Vitt herausgerückt, mit der er angeblich in der Nacht von Peggys Ermordung ein Schäferstündchen verbracht hatte. Sie waren das Einwohnerregister durchgegangen und hatten tatsächlich eine Susanne gefunden; die Frau hatte allerdings energisch bestritten, den Verdächtigen auch nur zu kennen.

Winfried Quade war ausgerastet, als sie ihm das mitteilten. Sie wurden Zeugen, wie der Kerl sich benahm, wenn er durchdrehte. Der zerhackte Körper von Peggy stand Conny vor Augen, als sich zwei Polizeibeamte auf den Mann warfen und ihn zu bändigen versuchten, während sein Anwalt hilflos zur Ruhe mahnte.

Carmen Lucht hatte das Krankenhaus auf eigene Verantwortung verlassen und war bereits mehrere Male im Kommissariat aufgetaucht. Sie hätte dem Kerl gern die Hände um die Gurgel gelegt, aber das ging ja leider nicht.

«Soll ich dir was vom Bäcker mitbringen?», fragte Conny. Olaf wollte ein Plunderteilchen. Tobias, bei dem sie als Nächstes klopfte, bat um das übliche Käse-Salami-Brötchen mit Salat und Mayonnaise. Kerstins Wünsche interessierten sie nicht, weil sie die Frau nicht ausstehen konnte.

Sie klopfte an Kroczeks Tür, die wie immer offen stand. Ihr Chef reagierte nur durch ein kurzes Aufsehen. Vor ihm lagen die Haftbefehle gegen David Grosser und Klarissa Vogtländer, die der Haftrichter immer noch nicht aufgehoben hatte, vielleicht weil es in der Aufregung untergegangen war.

«Das mit dem Jungen geht dir an die Nieren, was?»

«Jemand hätte ihn doch sehen müssen, wenn er irgendwo herumläuft. Sein Bild war heute in der Zeitung. Er ist die traurige Sensation der Insel.»

«Seine Mutter ist kurz vorm Durchdrehen. Kein Wunder, wäre ich auch.» Conny seufzte. «Willst du was vom Bäcker?»

«Es gibt so vieles, was nicht zueinanderpasst.»

«Ist doch immer so in unserem Job. Die Leute sind einmal so drauf und dann wieder anders, und entsprechend unlogisch ist das, was sie tun. Guck dir Kristof Lenz an. Liebt seine Frau, legt sich aber ein Betthäschen zu.»

Kroczek nickte, ohne wirklich zuzuhören.

«Wie ist nun? Soll ich dir was mitbringen?»

«Für Tilda ein Milchbrötchen?»

Conny schaute zu dem kleinen Mädchen. Es schlief auf einem bunten Kopfkissen, auf dem ein Bär in einer Lokomotive fuhr. Auf Kroczeks Schreibtisch stand ein Plastiktrinkfläschchen voller Saft.

«Danke übrigens», sagte er. «Du weißt schon, Nina.»

Conny klopfte lächelnd mit der Hand auf den Tisch und machte sich auf den Weg.

Vor dem Kommissariat wehte ein frischer Wind. Das Wetter war trübe, Regen zog auf. Sie zerrte am Reißverschluss ihrer Jacke, der wieder mal klemmte. Auf dem Fußballplatz gegenüber spielte ein kleiner Junge mit einem Ball. Wahrscheinlich ein Schulschwänzer aus der Grundschule gegenüber. Jedenfalls zu jung für unseren vermissten Maik, dachte Conny, außerdem trägt er ganz andere Sachen. Maik war in einem weißen Polohemd und Jeans unterwegs. Der Junge drüben hatte etwas knallig Blaues mit einem bunten Aufdruck an, das aussah wie vom großen Bruder geklaut. Einen Moment überlegte sie, ob sie ihm Beine machen sollte. Schuleschwänzen war oft genug der erste Schritt auf der Karriereleiter zu Hartz IV. Aber am Ende konnte sie nicht alles richten.

Sie ging um zwei Ecken und besorgte die Brötchen und Olafs Kuchen. Als sie zurückkehrte, war der Schulschwänzer verschwunden.

Sie wusste selbst nicht, was sie dazu bewog, später trotzdem noch einmal beim Fußballplatz vorbeizuschauen. Vielleicht war es, weil sie das Wühlen in Winfried Quades Vorleben so anödete. Er war ein protziger Klugscheißer, der unter dem Pseudonym «Kugelblitz» seinen Senf zum Thema Migration im Internet beigesteuert hatte. *Deutschland den Deutschen* – dieser ganze durchgekaute Quark, bei dem man nur noch kotzen konnte. Also stand sie auf, um ein paar Minuten an die frische Luft zu gehen.

Der Ball lag einsam vor dem linken Tor, vom Jungen auch jetzt keine Spur. Conny ging quer über den Rasen zu einem baufälligen datschenartigen Gebäude, in dem der Sportverein seine Utensilien aufbewahrte und wo wahrscheinlich die Duschen untergebracht waren.

Ein kleiner Plattenweg führte um die Datsche herum. Die Haupttür war abgeschlossen. Conny schlenderte weiter zu einer Tür mit der Aufschrift *Gartengeräte*. Und hier war das Glück ihr hold: Die Tür schabte über die Platten.

In dem Kabuff roch es muffig. Erst konnte sie kaum etwas sehen, aber als ihre Augen sich an die Dunkelheit gewöhnt hatten, entdeckte sie zwischen einem Rasenmäher, rostigen Gartengeräten und einem Stapel spinnwebenverhangener Plastikkörbe den kleinen Schulschwänzer. Angstvoll starrte er sie an.

Conny schluckte. Das gab's nicht. Das gab's doch gar nicht. «Maik?», fragte sie leise, und ihr schossen Tränen der Erleichterung in die Augen, als der Junge nickte.

Als Erstes fütterte sie ihn mit Zimtschnecken und Fanta, während Luka den Staatsanwalt, die Kollegen und natürlich Maiks Mutter informierte. Als Kerstin einwandte, dass sie den Jungen ohne Frau Lucht, die ihnen sicher ständig dazwischenfunken würde, besser verhören könnten, rastete Kroczek aus. Er wurde dabei nicht laut, sondern leise, aber das machte den Anschiss nur noch schärfer. Gut so, dachte Conny grimmig.

Dass Maik den aufmerksamen Augen der Rügener entwischt war, lag daran, dass er sich ein Superman-Shirt über sein Polohemd gezogen hatte und seine Mähne total verstrubbelt war. Der kleine, jammervolle Superheld besaß kaum noch Ähnlichkeit mit dem Fahndungsfoto, das sie unter die Leute gebracht hatten.

Er erzählte ihnen, wie er bei der Tankstelle hatte abhauen wollen, aber da hatte Winni ihn erwischt. Durch das Superman-Shirt, das er sich danach heimlich übergezogen hatte, hatte er dann aber besondere Kräfte bekommen und bei einer Ampel einen zweiten Versuch gestartet.

«Besondere Kräfte?», fragte Conny.

«Superkräfte», erklärte Kroczek, der vor Maik in die Hocke gegangen war.

«Aber Winni hat gemerkt, dass ich die Tür aufgemacht hab und weggerannt bin. Nur, er konnte nicht hinterher, weil er der Erste an der Ampel war und die anderen Autos gehupt haben», berichtete Maik stolz. Dann war er in einen Supermarkt gerannt.

«Warum hast du keine Verkäuferin angesprochen?», wollte Kroczek wissen.

«Ich kannte die doch gar nicht.»

«Mensch, Junge!»

«Ich wollte zu meiner Mama, aber ich wusste nicht, wo das Krankenhaus ist. Und die Oma, die ich gefragt hab, hat das falsch erklärt.»

«Wusstest du denn, dass du in Bergen bist?», fragte Conny.

Maik schaute sie mit großen, verständnislosen Augen an. Inzwischen hatte er die komplette Tüte Zimtschnecken verputzt, und Olaf brachte Nachschub aus der Küche, wo immer irgendwelche Kekse herumlagen.

«Was hast du dann gemacht?», erkundigte sich Kroczek weiter.

«Ich hab hier die Polizeiautos gefunden. Erst ein Schild und dann die Autos», meinte der Junge stolz.

Glück gehabt, dachte Conny. So klein war Bergen nun auch wieder nicht. «Warum bist du dann nicht reingekommen?»

Maik wurde rot. Er mochte wohl nicht zugeben, dass er Schiss gehabt und sich deshalb lieber im Geräteschuppen verkrochen hatte. Das arme Kerlchen musste eine furchtbare Nacht hinter sich haben. Immer in Angst vor Winni, dem Mörder, der ihm auf den Fersen war.

«Wenn du in Schwierigkeiten steckst, gehst du zur Polizei. Das musst du dir merken! Wir sind zum Helfen da.» Sie tippte ihm auf die Schulter, damit er es sich einprägte. Maik schaute sich mit glänzenden Augen um. Seit er wusste, dass seine Mutter auf dem Weg zu ihm war, ging es ihm prächtig.

«Willst du noch 'ne Fanta?», fragte Olaf. In diesem Moment hörten sie Carmen Luchts aufgeregte Stimme im Treppenhaus.

Conny holte Luft. Denn jetzt würden sie mit dem schwierigen Teil des Verhörs beginnen müssen.

Maik begann zu erzählen. Wie er sich gelangweilt hatte, an dem Abend, auf den es ihnen ankam. Seine Mama war vor dem Fernseher eingenickt und Winni irgendwo draußen. «Da hab ich gedacht, dass ich mir meine Jacke anziehe und zum Strand geh, Muscheln suchen.»

«Nun erzähl bloß nicht wieder diesen Scheiß mit dem Kryptonit», stöhnte seine Mutter.

«Doch», widersprach Kroczek, «erzähl uns alles. Und wir wären Ihnen dankbar, Frau Lucht, wenn Sie bis zum Ende des Verhörs schweigen könnten.»

Carmen Lucht schob beleidigt die Unterlippe vor, und Maik machte weiter. «Wie ich auf dem Weg zum Strand war, hab ich Winni gesehen. Der ist da langgeschlichen.»

«Wie genau meinst du das, er ist geschlichen?»

«Heimlich. Wie einer, den keiner sehen soll. So wie Inkling, nur dass Winni nicht durch Wände gehen kann. Inkling kann nämlich durch Wände gehen, weil er in einem Labor war, und da hat ihn Mr. Thompson ...»

«Mensch, Maiki, nerv nicht!»

Maik nickte mechanisch, als hätte er die Bitte schon tausendmal gehört.

«Und wie ging's dann weiter mit Winni?», fragte Kroczek.

«Er ist in ein Haus rein.»

«Kannst du dich erinnern, in welches?»

Maik begann, erstaunlich präzise zu beschreiben. Vor dem Haus war eine Schubkarre mit roten Blumen gewesen. Im Fenster saß ein Frosch in einem Blumentopf, aber kein echter, sondern einer aus Metall. Neben der Tür stand ein rundes Ding, wie ein Eimer, nur größer und mit Herzen drauf, und dadrin war ein Regenschirm.

«Das kannst du doch gar nicht alles gesehen haben», protestierte Frau Lucht nervös.

Doch, dachte Conny. Kinder waren die besten Zeugen. Sie hielten die Augen offen und sahen, was wirklich da war. Erwachsene dagegen beobachteten die Dinge durch die Brille ihrer Erfahrungen. Die Milchkanne mit dem Herzen und dem Regenschirm hatte sie übrigens ebenfalls bemerkt, und zwar vor dem Haus dieser Susanne, die Winni angeblich gar nicht kannte. Na warte, Schätzchen!, dachte sie.

«Wie ging es weiter?», fragte Kroczek.

Maik war danach zum Strand runtergegangen. Aber er hatte keine Kryptonitmuschel gefunden, nur ganz gewöhnliche, wie er sie schon hatte. Also machte er sich wieder auf den Heimweg. Und da sah er Winni zum zweiten Mal.

«Wo denn?»

Maik schob seine Hand in die von seiner Mutter. Seine Augen wurden feucht und bekamen einen ungesunden Glanz. Conny merkte, wie ihr eine Gänsehaut über den Rücken lief. Der Junge hatte wirklich etwas gesehen!

«Jetzt wird es blöd, ja?», fragte Kroczek.

«Winni kam aus einem ganz anderen Haus.»

«Erzähl mal. Sag uns einfach, wie es war. Du brauchst keine Angst zu haben, wir haben Winni eingesperrt. Wie sah das Haus denn aus?»

Maik beschrieb ihnen den Besitz der Vogtländers inklusive Garten; sogar an Peggys Auto konnte er sich erinnern, die Marke stimmte. In den Fenstern hatte er Licht gesehen. «Zuerst hat eine Frau geschrien, immer wieder, ganz lang. Dann hat ein Hund gebellt, der war auch im Haus. Und dann ist der Hund rausgerannt, und nach ihm sofort Winni.» Maik schluckte. «Winni hatte was in der Hand. Damit wollte er den Hund hauen. Aber der ist durch das Törchen weg.»

«Und was hat Winni da gemacht?»

«Winni hatte überall Blut.»

«Und dann?»

«Im Gesicht und an seinen Sachen. Überall.»

Carmen Lucht presste ihren Sohn an sich. «Scheißkerl», flüsterte sie und hatte ebenfalls Tränen in den Augen.

«Der Hund ist also weggelaufen», hakte Kroczek vorsichtig nach. «Und was hat Winni als Nächstes getan?»

«Der ist auch weggerannt.»

«Und du?»

«Aber er hat die Tür offen gelassen.»

Conny tauschte mit ihrem Chef einen Blick. «Bist du reingegangen? Wolltest du wissen, was drinnen passiert ist?», fragte Kroczek.

Maik hickste vor Aufregung. «Ja, aber …» Er hickste ein weiteres Mal. Dann brach er in ein schreckliches Schluchzen aus.

ZWANZIG

Maik und seine Mutter wurden in einem nahe gelegenen Hotel untergebracht, für den Fall, dass sie von ihnen noch weitere Aussagen brauchten. Außerdem organisierte Luka eine Therapeutin, die versprach, sich des Jungen gleich am folgenden Tag anzunehmen.

Luka hörte seine Kollegen in der kleinen Kommissariatsküche miteinander reden. Erleichterung machte sich breit. Der Junge lebte, der Täter saß in Untersuchungshaft. Da Maik als glaubwürdiger Zeuge einzuschätzen war, konnte ihr Fall als gelöst gelten. Genügend Gründe, euphorisch zu sein.

Unentschlossen starrte er auf das Telefon. Es war mittlerweile zwanzig vor acht. Er sollte Meyer und den Haftrichter anrufen; die beiden würden sich freuen, wenn er ihnen das Wochenende mit einem Erfolg versüßte.

Offenbar hatte Winfried Quade sich mit dieser Susanne – Luka schaute auf seinen Zettel: *Susanne Russmann* – vergnügt und war dann auf dem Weg zurück zum Caravan auf Peggy gestoßen. Er war durch die Hintertür ins Haus gelangt und hatte sie ermordet. Ein Sexualmord, bei dem die Tat an der heftigen Gegenwehr der überfallenen Frau scheiterte – darauf würde es vermutlich hinauslaufen.

Aber statt Meyers Nummer zu wählen, rief er bei Teresa an. Sie hatte ihren Messturm auf der Betonplatte am Grund der Ostsee verankert. Drei fähige Taucher waren vor Ort gewesen, das Wetter hatte ebenfalls mitgespielt. Alles war gutgegangen, und er gratulierte ihr. Sie war zu Nina gefahren, hatte Tilda abgeholt und wollte den Rest des Abends mit ihren Kollegen und den beiden Männern aus

Aurich feiern, die ihr bei ihrem ersten und gleich so schwierigen Einsatz Schützenhilfe geleistet hatten. «Kommst du auch rüber?»

«Klar, es geht nur nicht sofort», sagte er. «Ich muss noch was klären.»

Als er nach Vitt kam, war es etwa halb zehn. Er hatte trotzdem keine Skrupel, bei Susanne Russmann zu klingeln. Zeugen, die aus Angst vor Unannehmlichkeiten die Polizei belogen, hatte er gefressen. Die Frau, die auf sein Läuten öffnete, befand sich schon weit in den Fünfzigern. Sie trug eine raspelkurze Naturkrause, dazu ein Kleid, das entfernt an die Bhagwan-Gewänder aus den siebziger Jahren erinnerte.

«Winfried Quade ist also doch bei Ihnen gewesen», begann Luka, nachdem sie ihn in ein Zimmer geführt hatte, das zugleich ihr Wohnraum und eine Art Maleratelier zu sein schien.

«Und wenn?» Sie zuckte mit den Schultern.

Idiotische Zicke! Im Zimmer herrschte Unordnung, die aber nicht gleichgültig, sondern kalkuliert wirkte. Das Seidentuch auf dem Boden hätte seinen farblichen Reiz an keinem anderen Ort so perfekt entfaltet, und die teilweise erst halbfertigen Bilder, die wie vergessen an der Wand lehnten, standen dem Staub nach zu urteilen schon seit Jahren dort. Ein bisschen viel Inszenierung für Lukas Geschmack. Und das galt nicht nur für das Zimmer, sondern auch für seine Bewohnerin. Luka riss sich zusammen und konzentrierte sich wieder auf die Zeugin. «Wie war das also nun? Und dieses Mal sagen Sie bitte die Wahrheit.»

«Wollen Sie einen Schluck Wein?»

«Ganz sicher nicht.»

«Ach, die Herren von der Polizei. Immer so schroff», schmollte sie. «Ich führe ein anregendes Leben, Herr Kommissar. Da kann man doch mal was vergessen. Wie war noch der Name des Mannes?»

Luka blickte sauer.

«Also schön. Ich habe ihn bei einem Spaziergang am Meer getroffen. Dieser Herr Quade hatte so etwas …», sie lächelte – wahrscheinlich sollte die Grimasse lasziv wirken – «… Anarchisches. Mir hat gefallen, dass er kein Blatt vor den Mund nahm. Er wollte ficken. Ich hatte auch Lust drauf. Was soll's?»

«Und warum nicht gleich einen Quickie am Strand?»

«Einmal, weil Quade zu gut für eine schnelle Nummer war. Und zum anderen, weil es hier nur Steinstrand gibt, und scharenweise dämliche Touristen. Nicht dass ich gegen Zuschauer wäre – ich mag alles, was außergewöhnlich ist.» Sie setzte sich auf einen Tisch, und es war sicher kein Zufall, dass der Stoff ihres Kleides beiseiterutschte, sodass ihr wohlgeformtes Bein bis zur Hüfte sichtbar wurde. «Außerdem wollte Winni es diskret. Er hat noch woanders was laufen, hat er gesagt. Das respektiert man doch.» Susanne Russmann klimperte mit den Wimpern und wirkte billiger denn je. «Verhaften Sie mich nun?»

«Wann genau war Winfried Quade hier?»

«Keine Ahnung. Es muss am Wochenende gewesen sein. Ich habe nämlich am nächsten Tag ausgeschlafen. Wie weit gehen Sie denn bei Ihrer Recherche, Herr Kommissar? Wollen Sie wissen, was Winni in der Nacht hier erlebt hat?»

O Gott! «Ich brauche das exakte Datum mitsamt der Uhrzeit. Und …», Luka holte tief Luft, «ich schwöre Ihnen, dass Sie den Ärger Ihres Lebens kriegen, wenn Sie jetzt keine Fakten liefern. Strafvereitlung, Verschleierung einer Straftat – es gibt Paragraphen, die sich mit dem, was Sie getan haben, beschäftigen. Und ich hab keine Bedenken, der Staatsanwaltschaft entsprechende Informationen zu liefern. War das jetzt klar?»

Die Frau zog beleidigt ihr Gewand über die Beine, stand auf und ging zu einem roh gezimmerten Holztisch, aus dessen Schublade sie eine schwarze Kladde zog, die sie Luka reichte.

Er schlug sie auf. Im ersten Moment erinnerte ihn der Inhalt an die Freundschaftsalben, mit denen die Mädchen in seiner Schulklasse damals rumgezogen waren, um in einer Art früher Facebook-Sammelleidenschaft Fotos und Freundschaftseinträge zu kassieren.

Susanne Russmann sammelte ebenfalls, nur waren ihre Fotos eindeutig anderer Natur. Neben den Bildern, die allesamt von einem diwanartigen Bett aufgenommen worden waren, hatte sie Uhrzeiten und sexuelle Vorlieben aufgeführt, die sich in blumigen Bezeichnungen wie Klammeräffchen ausdrückten. Die Fotos waren zweifellos heimlich gemacht worden, denn die Männer, die sich in den Kissen wälzten, schienen völlig in ihr Tun versunken. Augenscheinlich hatte Susanne sie gefilmt und die aufreizendsten Stellungen ausgedruckt.

Luka ging in den Flur und öffnete die Türen. Im Schlafzimmer knipste er das Licht an.

«Doch Lust bekommen?», hauchte Susanne Russmann heiser in seinem Nacken.

«Kann mich gerade noch beherrschen.» Er entdeckte die Kamera, nahm sein Handy heraus und fotografierte sie. «Das Speichergerät?»

Sie kehrten ins Wohnzimmer zurück, und die Frau zog die verlangte Karte aus ihrem Laptop. «Das werde ich vermissen», seufzte sie, um im gleichen Atemzug zu protestieren: «Warum nehmen Sie denn das Buch mit?»

«Ist ebenfalls konfisziert.»

«Wieso das denn?»

Weil beim vorletzten Eintrag notiert worden war, dass Winfried Quades Besuch bei Susanne von Samstagabend 18:07 Uhr bis 23:22 Uhr gedauert hatte.

Luka ging durch das Dorf. Er drehte eine kleine Runde, dann stieg er die Treppe hinauf, die zum Steilküstenweg führte. Bei David Grosser brannte kein Licht, aber er konnte durch das Fenster im

Obergeschoss – vermutlich vom Schlafzimmer – das Flackern eines Fernsehers sehen. David war also zu Hause.

Luka machte kehrt. Ein Mann fegte in der einbrechenden Dunkelheit das Pflaster der schmalen Terrasse beim Goldenen Anker, wo tagsüber Fischgerichte serviert wurden. Unten im Hafen bewunderten ein paar ausdauernde Touristen das Spiegelbild des Mondes auf dem Meer. Luka ging zu der Stelle, an der er bei seinem ersten Besuch in Vitt Saxophon gespielt hatte. Er wischte mit dem Taschentuch einen Vogelschiss von seinem Stein und setzte sich. Das Rauschen der Wellen klang heute wie ein schlecht eingestelltes Radio. Neben dem Stein lagen ein Fischkopf und einen Meter entfernt die dazugehörigen Gräten. Sicher die Möwen, dachte Luka.

Er ging im Kopf noch einmal die möglichen Szenarien durch. Winfried Quade war aus dem Schneider. Hatte Maik also gelogen? Nein, das glaubte Luka nicht. Was der Junge ihnen nach seinem Weinkrampf über das Innere des Hauses und Peggys Leiche erzählt hatte, belegte eindeutig, dass er dort gewesen war. Offenbar hatte er sich getäuscht. Hatte er stattdessen Kristof gesehen? Der Mann war Winfried Quade von Statur und Größe her kaum ähnlich. Und David Grosser? Das war schon eher möglich. Klarissa? Im Dunkeln konnte man eine Frau leicht mit einem Mann verwechseln.

Luka stand auf und ging die kurze Strecke bis zum Tatort. Das Haus lag im Dunkeln. Als Maik den Mörder beobachtet hatte, musste es noch hell gewesen sein. Andererseits hatten der starke Regen und der bedeckte Himmel die Sicht bestimmt stark eingeschränkt.

Im Garten flatterte ein Stück vom Absperrband, das in ein Gebüsch geflogen war. Luka starrte auf die Haustür und versuchte zu sehen, was Maik damals gesehen hatte. Und plötzlich drängte sich ihm ein Bild in den Kopf. Er schob es beiseite, nur um es sofort wieder hervorzukramen. Die Idee, die ihm auf einmal kam, war befremdlich. Sie machte ihn nervös, weil sie ihm viel zu weit hergeholt erschien. Aber er kam trotzdem nicht von ihr los. Was, wenn er sich zwar die ganze Zeit mit den richtigen Menschen befasst hatte, aber gescheitert war, weil er sich bei den Motiven verrannt hatte? Er überlegte und drehte und wendete die Fakten. Er ließ den Abend des Mordes in Gedanken Revue passieren. Er fügte Puzzleteile zusammen und klopfte sie auf Widersprüche ab.

Schließlich kehrte er in Gedanken versunken zum Strand zurück und schaute auf das Meer, das in dieser Nacht wie der glitzernde Umhang eines Magiers aussah. Ihm war beklommen zumute. Wenn er recht hatte, würde er den Mörder nicht überführen können, das war die traurige Wahrheit. Er sah einfach keinen Weg.

Oder vielleicht doch?

Wieder hing er seinen Gedanken nach. Schließlich zog er sein Smartphone hervor und starrte es an. Wenn er jetzt einen Fehler machte, würde er richtigen Mist bauen, das war ihm klar. Es dauerte lange, ehe er wählte. Beim Kommissariat meldete sich ein Polizeiobermeister namens Kranberg. «Ich brauche eine Streife, die einen Mann in Vitt festnimmt», erklärte Luka und nannte Grossers Namen und seine Adresse. «Er wohnt zwischen dem Ufersteilweg und einem Garagenkomplex. Bringen Sie ihn bitte in eine der Zellen in Bergen.»

Nachdem der Anruf erledigt war, machte er sich auf den Weg zu Teresa, die in ihrem Büro mit den Kollegen chinesisch aß. Tilda hielt auf einer flauschigen Allwetterjacke ein Nickerchen. Teresas Kollegen waren nett, es war nicht halb so schwer, mit ihnen ins Gespräch zu kommen, wie Luka vermutet hatte. Er lud sie spontan zu einer Einweihungsparty ein und genoss es, dass Teresa sich an ihn schmiegte.

Es war weit nach Mitternacht, ehe sie zurück in Bergen waren. Er trug Tilda ins Bett, dann gab er Teresa einen Kuss. «Ich hasse es, noch einmal wegzugehen.»

«Muss das denn wirklich sein?» Sie schmiegte sich an ihn, verschlafen, glücklich und besorgt zugleich.

«Ich bekomme allmählich eine Vorstellung davon, wie sich alles abgespielt haben könnte, Süße, aber ich habe nicht das Fitzelchen eines Beweises. Ich hänge fest. Und ich weiß einfach nicht, wie ich weiterkommen soll, außer …»

Sie schaute ihn an. An ihren Zähnen sah er einen Streifen Lippenstift. Sie hatte sich für ihren großen Abend zurechtgemacht und sah verdammt hübsch aus. Wie er sie liebte …

«Außer?», fragte sie.

«Außer, ich tue etwas wirklich Ekliges.»

«Und du bist sicher, dass du das willst?» Sie wartete seine Antwort nicht ab, sondern drückte ihn nur einmal heftig und schob ihn dann zum Flur.

Das Polizeirevier kam ihm fremd vor, als er mitten in der Nacht die Tür öffnete. Es roch nach Putzmittel, und aus einem Büro der Streifenpolizisten klang leise Radiomusik. Kranberg schob immer noch Dienst; er hatte Lukas Auftrag gemeinsam mit einem Kollegen selbst ausgeführt. Nein, der Festgenommene hatte keinen Widerstand geleistet; sie hatten ihn wohl im Halbschlaf erwischt. «Wenn man sie aus dem Bett holt, ist das die beste Zeit», meinte er lächelnd.

«Alles in Ordnung mit ihm?»

«Zumindest hat er noch nicht randaliert.»

Luka ließ sich den Schlüssel zu der Zelle geben.

Wie er erwartet hatte, saß David Grosser hellwach auf seiner Pritsche. Die Decke lag gefaltet neben ihm. Er hatte sich gegen die Wand gelehnt, die Beine angezogen und die Hände darum verschränkt. Seine Knöchel traten weiß hervor.

Die Zelle war gekachelt, weil die Betrunkenen, die hier normalerweise zur Ausnüchterung eingesperrt wurden, sich regelmäßig übergaben. Ein kleiner Tisch und ein Schemel, beides am Boden festgeschraubt, vervollständigten die Möblierung. Gemütlich war es wahrhaftig nicht, aber wenigstens nicht kalt.

«Wie sieht's aus?», fragte Luka und schloss übertrieben umständlich die Tür hinter sich ab.

David blickte ihn an, ohne zu lächeln. Das Licht der mit einem Gitter geschützten Lampe leuchtete grell. Luka konnte den Schweiß auf seinem Gesicht sehen. Auch sein Shirt war unter den Armen und quer über der Brust durchgeschwitzt. Zwischen Ohr und Kinn zog sich ein Ratscher, den er sich wohl selbst zugefügt hatte, da die Festnahme ja ohne Probleme über die Bühne gegangen war. Die Panikattacken hatten ihn also im Griff gehabt.

«Tut mir leid, dass ich dir eine so ungemütliche Nacht beschere.»

«Und ich hatte schon gedacht, das würde mit Absicht passieren», sagte David schroff.

Luka lächelte. Er ließ sich auf dem Schemel nieder und streckte die Beine aus.

«Nennt man das Weichkochen?»

«Ich glaube nicht, dass es dafür einen Fachterminus gibt.»

«Ist es womöglich sogar illegal?»

«Kommt drauf an, wie man es verkauft.»

David lachte kurz. «Mann, bist du ein Arschloch.» Er langte nach der Decke, schüttelte sie auseinander und zog sie sich bis zum Hals über seinen Körper. «Was bezweckst du mit der Scheiße hier?»

«Ich komme mit dem Mordfall nicht weiter.»

«Kann nicht jeder ein Ass in seinem Beruf sein.»

Luka ging auf den Seitenhieb nicht ein. «Es ist nicht so, dass wir keine Erkenntnisse gewinnen würden. Mir fallen die Motive und Verdächtigen nur so in den Schoß. Aber immer wenn ich zupacken will, greife ich ins Leere.»

«Soll ich dich jetzt bedauern?» Unwirsch warf David die Decke wieder von sich. Er stand auf, stolperte ein paar Schritte durch die Zelle, klopfte mit den Fingerknöcheln gegen die Wand und drehte sich dann wieder um. «Was zur Hölle willst du?»

«Wie gesagt: Die möglichen Täter fliegen mir praktisch zu. Aber das mit den Pennern war ein Schlag ins Leere. Und Kristof, der mir gut in den Kram gepasst hätte …»

«Ja?»

Luka schüttelte den Kopf. «Wenn er Peggy umgebracht hat, wer soll dann versucht haben, ihn zu vergiften?»

«Ich jedenfalls nicht.»

«Es gibt einen Zeugen, der dich und Klarissa bei seinem Haus gesehen hat, um die Zeit, als der Whiskey vergiftet wurde.»

«Wir waren einmal dort», gab David überraschend zu. «Klarissa hatte eigene Vorstellungen von Peggys Beerdigung. Aber ich konnte sie im letzten Moment davon abbringen, mit ihm zu reden. Hätte eh nichts gebracht.»

«Könnte sie später noch einmal allein hingefahren sein?»

«Nein.»

«Was du so sicher weißt, weil du Tag und Nacht mit ihr zusammensteckst.»

«Du kannst mich mal.»

Luka versuchte, seine verspannten Nackenmuskeln zu lockern. Er merkte, dass er Kopfschmerzen bekam. «Was mich am meisten beschäftigt, sind der Hund und das Beil. Ich mag es nicht, wenn man mich anlügt, und das hast du definitiv getan.»

«Ich kann es eben nicht leiden, wenn sich ein beschissener Polizist in mein Privatleben drängt.»

«Schwaches Argument in einem Mordfall.»

«Damit habe ich nichts zu tun.»

«Natürlich nicht. Willst du was trinken?»

«Champagner?»

Luka grinste schwach. «Ich frag das nur, weil es Vorschrift ist. Dies ist ein Verhör, und wir sind angehalten …»

«Scheiß drauf.»

«Auch gut.» Es war unmöglich, auf dem Schemel irgendwie bequem zu sitzen. Da David sich wieder zur Liege begeben hatte, nahm Luka seinen Platz neben der Tür ein. «Gestern und heute sah es so aus, als hätten wir den Täter erwischt. Wir hatten einen Zeugen gefunden, der zur fraglichen Zeit am Tatort war und jemanden aus Peggys Haus kommen sah.»

Zum ersten Mal wirkte David wachsam.

«Leider besitzt der Mann, den er genannt hat, ein schmieriges, aber hammerfestes Alibi. Ich drehe mich also im Kreise. Egal, welche Spur ich verfolge, am Ende lande ich immer wieder bei dir.»

David schloss die Augen. Er versuchte, gelassen zu wirken, aber Luka sah, wie er zitterte. «Und nun?»

«Nun fange ich an, mich zu fragen, ob ich die Sache nicht von vornherein falsch angegangen bin. Vielleicht hätte ich mit meinen Ermittlungen zeitlich viel früher ansetzen müssen. Beispielsweise in den achtziger Jahren.»

Zwei, drei Minuten verstrichen, ohne dass ein Wort gesprochen wurde. Luka beobachtete, wie sich auf der Haut seines Gefangenen der Schweiß sammelte, bis ihm die Tropfen in Bächen an den Schläfen und zwischen den Augenbrauen über das Gesicht herabrannen. Was hatte der Arzt über Panikattacken gesagt? Man hat das *Gefühl*, ohnmächtig zu werden. Man hat das *Gefühl*, keine Luft mehr zu bekommen, das *Gefühl* zu sterben. Es bestand keine wirkliche Gefahr, aber das *Gefühl* … Wie auch immer man sich das vorzustellen hatte: David Grosser ging es dreckig. Das war kein Theater.

Luka verschränkte die Arme und wartete.

Plötzlich sprang David auf. Er begann, hektisch durch den winzigen Raum zu laufen, mit den Händen wühlte er in den Haaren. «Oben in meiner Jacke sind Tabletten.»

Das wusste Luka, er hatte sie an sich genommen. Umständlich zog er den kleinen Alublister aus der Hosentasche, zeigte ihn vor und steckte ihn wieder ein. «Wenden wir uns also der Vergangenheit zu, David. Mich interessiert das Jahr 1988, in dem der kleine Junge aus Sagard umgebracht wurde. Ich will wissen, was mit diesem Kind passiert ist. Und vor allem, was damals zwischen dir und Kristof Lenz abgelaufen ist.»

David brach in Gelächter aus.

«Übrigens stimmt es nicht ganz, was ich vorhin gesagt habe: Dies ist kein offizielles Verhör. Du könntest unser Gespräch als eine Chance für dich betrachten. Ich habe mir nämlich bis jetzt noch kein Urteil gebildet und würde dir tatsächlich zuhören.»

Er wartete. David legte den Kopf in den Nacken und ballte die Hände zu Fäusten. «Gib mir die Tabletten.»

Luka zögerte. Dann reichte er ihm den schmalen Alustreifen. «Also?»

David drückte beide Tabletten heraus und schluckte sie herunter, ohne nach Wasser zu fragen.

«Schieß los», sagte Luka. «Aber gnade dir Gott, wenn du mich noch einmal anlügst.»

Es war vier Uhr vierzehn, als er Conny anrief. Es tat ihm leid, seine Kollegin aus dem Bett holen zu müssen, aber es ließ sich nicht ändern. Conny hatte mit David Grosser keine verdammte Jazzsession verbracht und deshalb einen klareren Blick als Luka. Sie würde mitkriegen, wenn er in die falsche Richtung marschierte.

Die Tabletten, die Aufregung oder schlicht die späte Stunde hatten David müde gemacht. Luka brachte ihn aus der Zelle in sein Büro. Das Risiko kam ihm überschaubar vor, und allmählich ging ihm sein eigenes beschissenes Verhalten an die Nieren.

Conny stieß eine halbe Stunde später mit ungekämmten Haaren zu ihnen. Das T-Shirt, das sie in die Jeans gestopft hatte, hatte ihr todsicher als Schlafanzug gedient. «Herrgott, mach mich tot», stieß sie mit einem Seufzer hervor, als sie sich auf den freien Stuhl plumpsen ließ. «Was ist denn nun los?»

Luka lächelte entschuldigend und stellte das Aufnahmegerät an. «Jetzt also alles noch mal von vorn für meine Kollegin», sagte er zu David.

«Was willst du? Widersprüche finden?»

«Nun fang schon an.»

Und so berichtete ihr Hauptverdächtiger zum zweiten Mal. Nicht von dem ermordeten kleinen Franz, von dem er angeblich nichts wusste, sondern von einer verregneten Nacht im Jahr 1988, als er und Klarissa mit ein paar Freunden nach einem Kneipenbesuch zu der neu errichteten Konzertmuschel am nördlichen Strand von Sassnitz gepilgert waren, um dort ein spontanes Konzert zu geben.

«Die Kurmuschel vor dem Jasmundpark?», vergewisserte sich Conny.

Er nickte.

«Für ein Konzert im Regen? Mann, wer macht denn so was? Die Muschel ist ein Betonmonstrum in Form von ... na, einer Muschel eben», klärte Conny Luka auf. «Die Überdachung ist kümmerlich. Und für die Zuhörer ist nur der blanke Himmel da. Wussten Sie das nicht?» Die letzte Frage ging wieder an Grosser.

«Wir waren betrunken», sagte David, und das reichte vielleicht wirklich als Erklärung aus.

«Wieso hatten Sie denn Instrumente dabei?»

«Wir hatten in einem Raum neben der Kneipe geprobt.»

«Und wer war mit von der Partie?»

In Davids Augen flackerte das alte Misstrauen auf. Nur nichts preisgeben, obwohl doch mittlerweile egal war, wer sich damals bei der Muschel vergnügt hatte. «Ein paar Freunde.»

«Darunter Klarissa Vogtländer», ergänzte Luka.

«Und wer hat zugehört?»

«Keine Ahnung. Irgendwelche Leute, die aus der Kneipe mitgekommen sind.»

«Und dann?»

«Haben wir gespielt.»

Conny schaute Luka genervt an. «Ich warte auf die Pointe.»

«Unter anderem haben wir die *Ballade vom kleinen Otto* vorgetragen», sagte David. «Nicht die Hardrockversion, sondern verjazzt, Klarissa hat gesungen.»

«Vom Otto?» Conny starrte ihn entgeistert an. «Sag mal, wart ihr bescheuert?»

«Kommt vielleicht darauf an, aus wessen Sicht man es betrachtet», meinte David frostig.

«Markier jetzt bloß nicht den Feinen. Ich fass das mal zusammen: Ihr wart besoffen und habt einen auf Randale gemacht.» Conny war zum Duzen gewechselt, ohne es selbst zu merken. «*Der kleine Otto* – dieses Lied war pure Provokation», erklärte sie Luka. «Inhaltlich ging es da um einen DDRler, der in den Westen abhauen, also Republikflucht begehen will und der den großen Otto in Hamburg um die nötige Kohle angeht, weil ... Ach, ein Scheiß.»

«Ein bewegender Scheiß», sagte David, «mit einem anrührenden Ende.»

«Was ist daran anrührend, wenn eine Leiche in Richtung Hamburg treibt?»

«Doch, finde ich schon.»

«Dann war's eben anrührend. Aber musstet ihr ...?» Conny unterbrach sich und schlug verärgert mit den Händen auf den Tisch. «Schön. Ihr wart also Revoluzzer, die sich getraut haben, dem Staat den Stinkefinger zu zeigen. Ist respektabel, hat aber offensichtlich kein gutes Ende genommen. Wieso?»

«Wir hatten mehr Publikum als gewünscht.»

«Wer hat euch verpfiffen?»

«Ein FH.»

«Günther Winkelmann», ergänzte Luka. «Der Nachbar aus Vitt.»

«Warum war der denn in Sassnitz? Das ist doch ein ganzes Stück weit weg.»

«Mit dem Rad ist das kein Problem», sagte David.

«Der hat im Regen eine Radtour gemacht?»

«Das Wetter ist erst zum Abend hin umgeschlagen. Passiert ja schnell da oben. Er hatte eine Kamera dabei, vielleicht wollte er Naturaufnahmen machen, ich weiß es nicht. Jedenfalls war es ein blöder Zufall.»

«Seine Nachbarin aus Vitt hat er natürlich erkannt», mutmaßte Conny.

«Ist ja keine Glanzleistung, bei einem Dorf mit vierzehn Häusern.»

Sie schüttelte den Kopf. «Trotzdem kapier ich's nicht. Wenn es um Jugendliche geht, ist Winkelmann doch so 'ne Art Pestalozzi. Ich glaube nicht, dass der euch verpfiffen hat.»

«Wahrscheinlich hatte er das ursprünglich auch gar nicht vor. Aber wir waren ...», David suchte das passende Wort, «unhöflich.»

«Ihr habt ihn auf die Palme getrieben?»

«Kann sein, ja.»

«Und dann?»

«Hat er mit den Behörden gedroht und angefangen, uns zu fotografieren. Da sind die meisten abgehauen. Aber ich wollte nicht.»

«Warum?»

Dieses Mal ließ David sich mit der Antwort Zeit. «Es war eine besondere Stimmung damals: das Meeresrauschen im Rücken, die Blitze, die von Westen näher kamen. Ich hatte den *Kleinen Otto* noch im Ohr, und da stand jemand, der den Staat repräsentierte und zuhörte. Also hab ich weitergespielt. Es war toll. Die Bühne, davor der tobende kleine Mann mit seiner Kamera und dahinter die Akustikmauer. Es war, als hätte der Otto unseren Freiwilligen Helfer umzingelt …»

Conny stöhnte. «Wie ging die Geschichte aus?»

«Ich bin in Sassnitz in der Ausnüchterungszelle gelandet.»

«Bei Kristof Lenz.»

«Günther Winkelmann sind die Pferde durchgegangen, und er ist zur Polizei rüber. Ich glaube nicht mal, dass er es böse meinte. Wahrscheinlich hat er gedacht, ich wäre längst weg, wenn die Streife kommt.»

«Warst du aber nicht.»

David zuckte mit den Schultern.

«Und Klarissa?»

«Die war zum Glück hinter der Muschel zum Ufer verschwunden, als Lenz mit seinem Kollegen kam. Sie war noch betrunkener als ich. Ich glaube, sie ist zwischen den Steinen eingeschlafen.»

«Also hat Kristof sie nicht entdeckt?»

«Nein.»

«Aber du und dein kleiner Otto – ihr standet parat. Red nicht weiter, den Rest kann ich mir denken», seufzte Conny.

David brachte seinen Bericht trotzdem zu Ende, Luka bestand darauf. Alles musste auf das Aufnahmegerät. Schweigend lauschten sie, während der Musiker erzählte, wie Kristof Lenz ihn in den Keller der Sassnitzer Polizeistation brachte und wie sie in einen Streit gerieten, der immer persönlicher wurde, bis Kristof die Zelle schließlich in den Vorhof der Hölle verwandelte, wo er seinem renitenten Häftling die Finger brach.

Als er fertig war, ging Conny in die Küche, setzte Kaffeewasser auf und brachte die vollen Tassen in Lukas Büro zurück. «Warum hast du den Kerl nicht angezeigt?»

«Wäre das denn möglich gewesen?», fragte Luka.

Sie riss den Kopf zu ihm herum. «Was ist denn das schon wieder für eine bescheuerte Art zu denken!», fauchte sie ihn an. «Ich war damals *auch* hier. Ich hab bei der Rügener Volkspolizei gearbeitet. Unser Chef hätte seinen Leuten so was nicht durchgehen lassen. Der war anständig bis in die Knochen. Wie übrigens ziemlich viele meiner Kollegen!»

«Muss wohl so gewesen sein», pflichtete David ihr überraschenderweise bei. «Kristof hat jedenfalls befürchtet, Ärger zu bekommen. Er hat mir die Kamera gezeigt, die er Günther abgenommen hatte, und gesagt, was passiert, wenn ich rede.»

«Bitte?», fragte Luka. Davon war bisher noch nicht die Rede gewesen.

«Später ist er mit einem Abzug zu mir gekommen und hat seine Drohung wiederholt.»

«Das Bild in deiner Stube? Das mit Klarissa?», begann es Luka zu dämmern. «Herrgott, warum hängst du dir so was auf?»

Conny war an der Antwort nicht interessiert. «Ihr hättet den Dreckskerl anzeigen müssen, trotz allem.»

«Um mitzuerleben, wie Klarissa ihre Ansichten über unseren sozialistischen Musterstaat vor Gericht ausbreitet und in die Mühlen der Apparatschiks gerät? Die wusste nicht, was möglich ist. Die hätte geredet, wie …» Er hob die Arme und lächelte unglücklich. «Wie sie eben redet.»

«Warst du in sie verknallt?», fragte Conny.

«Geht das jemanden was an?»

«Hm.» Sie lehnte sich zurück. Keiner hatte seinen Kaffee angerührt. Sie begann, mit den Fingern auf die Tischplatte zu trommeln, ein nervtötendes Geräusch. «Und was hat nun der ermordete Junge, dieser Franz, mit alldem zu tun?»

«Das weiß ich nicht. Ich nehme an, Kristof wollte sich doppelt absichern, indem er Gerüchte streute. Wer glaubt schon einem Kindermörder? Kann auch sein, dass er mir nur eins reinwürgen wollte. Oder dafür sorgen, dass Peggy misstrauisch ist, sollte ich plaudern.»

«Weiß Klarissa über all das Bescheid?»

David schüttelte den Kopf.

«So», sagte Conny. «Und damit wären wir wieder beim Thema, dem Mord an Kristofs Ehefrau. Was hat diese ganze Geschichte mit Peggys Tod zu tun?»

«Gar nichts», antwortete David.

Conny schaute zu Luka. Der beugte sich vor und drückte den Knopf, der die Aufzeichnung beendete. Dann stand er auf und ging zum Fenster. Draußen war es hell geworden. Ein früher Jogger lief am Fußballfeld entlang, sein rotes Shirt klebte ihm am Körper. Glücklich sah er nicht aus, eher verbissen. Luka mahlte mit den Kiefern, um seine Müdigkeit zu vertreiben. Hatte die Befragung sie weitergebracht? Nicht wirklich. Als er sich umdrehte, blickte er in zwei erschöpfte Gesichter. «Wenn sich das alles wirklich so zugetragen hat – warum hast du es mir nicht längst erzählt?»

«Einem Polizisten? Einem Scheißkerl, der sich darin gefällt, den Herrn des Planeten zu spielen?» Davids Lächeln war kalt und schnürte Luka den Hals zu.

«Fahr du», brummelte Conny, als sie später zum Parkplatz gingen. «Mir fehlt noch was vom Schönheitsschlaf.» Sie ließ sich auf den Beifahrersitz des Dienstwagens plumpsen und schloss die Augen. «Was hast du eigentlich mit ihm?»

«Bitte?»

«Tu nicht so. Du lässt diesen Kerl mitten in der Nacht festnehmen, für ein Verhör, das man auch tagsüber hätte führen können. Du sperrst ihn in eine bescheuerte Zelle, obwohl du weißt, dass er das nicht aushält. Dann lässt du ihn einfach wieder laufen. Dafür gibt's ein Wort: *willkürlich.*»

«Ohne Druck hätte er nichts preisgegeben.»

«Dafür gibt's auch einen Ausdruck: *scheiße.*»

Luka bog in die Hauptstraße ein, wo die ersten Bäcker ihre

Läden öffneten. Er merkte, dass sein Magen knurrte. «Glaubst du, dass er Peggy umgebracht hat?»

«Hab ich 'ne Kristallkugel? Wenn Kristof in dem verdammten Badezimmer gelegen hätte, würde ich sagen: Er war's. Schnapp ihn dir.» Sie ließ das Fenster runter, um sich den Fahrtwind ins Gesicht wehen zu lassen. «Wo fahren wir überhaupt hin? Mit wem hast du eben telefoniert?»

«Mit einer Frau, die mit Klarissa Vogtländer zusammenwohnt. Klarissa weiht heute Vormittag einen Kindergarten ein, das wollen wir uns ansehen.»

«Klar, ist exakt meine Vorstellung davon, wie ein perfekter freier Samstag aussieht.»

«Tut mir leid, Conny.»

«Hm», grummelte sie, rutschte tiefer in den Sitz und nickte ein. Als sie die Rügenbrücke überquerten, weckte er sie und erklärte ihr, wen der kleine Maik seiner Meinung nach in der Nacht des Mordes aus Peggys Haus hatte kommen sehen.

Sie musterte ihn, erst überrascht, dann skeptisch. «Und das Motiv?»

«Ich weiß es nicht. Ich zermartere mir das Hirn.»

«Dann mach mal weiter.» Sie sackte wieder in sich zusammen, blieb dieses Mal aber wach. Nach einigen Minuten sagte sie: «Selbst wenn du das Motiv hättest – du weißt, dass du das nie beweisen kannst?»

Er nickte frustriert. Genau das war es ja, was ihn quälte. Die Nacht mit David Grosser hatte ihn nicht weitergebracht.

Es war noch zu früh, als sie den Kindergarten in der Rostocker Chaussee erreichten, darum lud Luka seine Kollegin auf ein Frühstück in ein Café ein. Sie langte mit kräftigem Appetit zu, er selbst schluckte eine Kopfschmerztablette. Der Hunger war ihm schon wieder vergangen.

Pünktlich um zehn Uhr standen sie zwischen Eltern, Kindern, Erziehern, Nachbarn und einigen Offiziellen auf der frisch gemähten Rasenfläche des Kindergartens und hörten zu, wie Klarissa Vogtländer die neue «Zwergenhöhle» pries, die unter der Aufsicht des Kommunalen Sozialverbands Mecklenburg-Vorpommern nach europäischen Standards errichtet worden war und nun der erstklassigen Nachwuchsförderung dienen sollte, in der sie die Zukunft des Landes sah. Die Kinder zappelten und lugten begehrlich zu den Spielgeräten. Die Erwachsenen gähnten verstohlen.

Klarissa störte das nicht. Entweder war sie blind, was ihre Umgebung anging, oder sie hörte sich gern reden. Vom Kindergarten, an den auch eine Krippe angeschlossen war, kam sie auf andere Projekte des Landkreises zu sprechen. Die Vertiefung der Städtepartnerschaft mit Trelleborg, besonders im Bereich des Schüleraustauschs, die Umwandlung eines leerstehenden Hauses im Zentrum von Stralsund zu einer Kinder- und Jugendbibliothek …

Einem Mädchen in einem Buggy fiel der Schnuller aus dem Mund. Conny ergriff die Gelegenheit, sich danach zu bücken und in der Küche zu verschwinden, um ihn unter den Wasserhahn zu halten.

«Besonders am Herzen liegt mir auch die Unterstützung des Internationalen Jugenddorfes Hinter der Düne drüben auf Rügen», hallte Klarissas Stimme über das Kindergartengelände. «Auf diese Einrichtung können wir besonders stolz sein. Und um in dem Zusammenhang noch einmal auf Trelleborg zu sprechen zu kommen: Jugendtreffen in einem Jugenddorf sind eine hervorragende Möglichkeit …»

Conny kehrte zurück und drückte dem Mädchen den Schnuller in die Hand. «Für das hier hasse ich dich, Kroczek», flüsterte sie Luka ins Ohr. Sie trat zur Seite, um einen Jungen mit einem Drachenrucksack auf dem Rücken durchzulassen, der sich beherzt auf den Weg zur Rutsche machte, die in einen Hügel eingelassen war.

«Unter dem Aspekt der Völkerverständigung wäre ein polnisch-schwedisch-pommersches Sommertreffen gar nicht hoch genug einzuschätzen», schwärmte Klarissa. «Wir müssen uns öffnen. Unsere Kinder sollen lernen, dass hinter den Grenzen andere Kinder leben, mit denen sie gemeinsam Spaß haben und lernen und arbeiten können. So etwas bleibt im Kopf. Und am Ende sind es diese Erfahrungen, die uns vielleicht den Frieden in Europa bewahren werden.»

«Damit hat sie recht», murmelte Conny.

Der kleine Junge hatte mittlerweile den Hügel erklommen und starrte zweifelnd die Rutsche hinab. Dann fasste er den Entschluss, mit dem Kopf voran zu rutschen, was nicht besonders clever war. Der Schwung trug ihn mit dem Gesicht in die Sandkuhle. Sein Geplärre übertönte Klarissas Stimme, und seine Mutter eilte ihm verlegen zu Hilfe.

Luka sah, dass Klarissa die Aufregung nutzte, um einen Blick auf ihr Handy zu werfen. Sie runzelte die Stirn und versenkte das Gerät rasch wieder in der Blazertasche.

«Natürlich kosten all diese Projekte Geld. Aber machen wir uns nichts vor: Dieses Geld ist vorhanden. Die Frage ist nur, wie wir es verteilen.» Sie begann, über die Vermögen der Deutschen zu sprechen, über die Umverteilung von unten nach oben, die gerade schleichend stattfand und viel zu wenig Beachtung fand. «So etwas wie die Zwergenhöhle ist ein positives Projekt, weil es unser aller Zukunft mitgestaltet. Kinder sind das Potenzial …»

Luka merkte auf. Irgendetwas von dem, was sie gesagt hatte, irritierte ihn. Worum ging es? Zwergenhöhle? Jugendliche?

Der Junge plärrte immer noch, und Klarissa gab es auf, gegen den Lärm anzureden. Sie ging zu dem Kerlchen und beugte sich zu ihm hinab. «Alles heil geblieben?»

Der Kleine schniefte.

«Dass die Erwachsenen auch immer so viel quatschen müssen, was? Hast recht. Ich halt jetzt mal die Klappe, und wir legen los mit dem, was Spaß macht!» Die Leute lachten, als sie in die Hände klatschte, um den neuen Spielplatz zur Eroberung freizugeben. Durch ihre blonden Naturlocken wehte der Wind. In diesem Moment sah sie beinahe hübsch aus – eine Frau Mitte vierzig, mit Lachfältchen um die Augen und einem eigensinnigen, aber offenen Gesicht.

Luka beobachtete, wie sie erneut in ihre Tasche griff und eine SMS öffnete. Ein Schatten huschte über ihr Gesicht. Nein, es war mehr als ein Schatten. In ihren Augen flackerte Angst auf, die sie nur unvollkommen hinter einem verzerrten Lächeln verbarg. Sie blickte sich um, als wollte sie abschätzen, wie entbehrlich sie war. Nach einem kurzen Gespräch mit der leitenden Erzieherin und einer kleinen Anstandspause zog sie ihren Autoschlüssel aus der Jackentasche.

«Kroczek ...»

«Was?»

«Du machst ein komisches Gesicht.»

Geld, dachte Luka, ohne Conny wirklich wahrzunehmen. Natürlich, darum geht es. Oder vielleicht nicht wirklich um Geld ... Er packte seine verblüffte Kollegin am Arm und eilte der Politikerin hinterher. Klarissa beschleunigte ihren Schritt. Sie holten sie ein, als sie gerade mit einem Klick die Zentralverriegelung ihres Wagens öffnete.

«Was wollen Sie?» Ungeduldig zwängte sie sich hinters Steuer.

Luka beugte sich zu ihr hinab. «Sie waren an dem Abend, an dem Ihre Schwester ermordet wurde, in Vitt, Frau Vogtländer. Uns liegen Mobilfunkdaten vor, die das beweisen. Außerdem gibt es jemanden, der Sie dort gesehen hat.»

«Und?» Klarissa wandte ihm trotzig das Gesicht zu.

«Sie würden sich selbst einen riesigen Gefallen tun, wenn Sie endlich aufhörten, mich anzulügen.»

«Lassen Sie mich in Ruhe!» Sie startete den Motor.

Er langte durch das Fenster, drehte den Zündschlüssel und würgte so den Motor ab. «Ihre Schwester wurde ermordet. Ich erwarte, dass Sie uns helfen. Wenn nicht wegen Peggy, dann zumindest wegen David.»

Eigentlich hatte er erwartet, dass sie ihn erneut abblitzen lassen würde. Umso erstaunter war er, als sie in die Tasche griff und ihr Handy herauszog. Sie starrte auf das Display und sagte leise: «Scheiße! Scheiße, Scheiße!»

Sie wehrte sich nicht, als Luka es ihr abnahm. Er tippte sich zur letzten SMS durch. *Bin so sauer. Fahre zu Kristof. Muss ein Ende haben.*

Conny riss die Hoheit über den Dienstwagen wieder an sich, und Luka telefonierte auf dem Beifahrersitz mit der Leitstelle. Sie brauchten mehrere Streifenwagen, die nach Binz fuhren. Ja, zu Kristof Lenz. «Der Mann ist in Gefahr. Die Kollegen sollen reingehen, auch wenn es so aussieht, als wäre niemand zu Hause.»

«Wir haben die Bäderpolizei vor Ort. Die sind in fünf Minuten da.»

«Es kann gefährlich werden. Muss nicht sein, ist aber möglich. Bereiten Sie die Kollegen darauf vor. Wir sind selbst erst in einer halben Stunde da.»

Conny blickte in den Rückspiegel. «Ich fass es nicht», knurrte sie. «Madame hat sich an unsere Stoßstange gehängt.»

Luka steckte sein Smartphone wieder ein. «Ist egal. Davon können wir sie sowieso nicht abhalten.»

«Ich hätte nicht gedacht, dass unser Musiklehrer Amok laufen könnte. Der hat 'ne Kodderschnauze, aber … Den hätt ich anders eingeschätzt. Ehrlich.» Vielleicht sagte sie das ja, um ihn zu trösten.

Sie erreichten Binz nach rekordverdächtigen siebenundzwanzig Minuten. Die Tür von Kristof Lenz' Haus stand offen. Die Männer von der Bäderpolizei waren mit drei Wagen vor Ort; sie lehnten an den Autos und unterhielten sich. Keine Hektik, kein Krankenwagen.

«Wir haben im Haus niemanden gefunden. Es sieht auch nicht so aus, als hätte ein Kampf stattgefunden», erklärte ein Kollege, der Luka und Conny entgegenkam. Er war noch jung und wirkte enttäuscht. Der Bäderdienst war vermutlich eine öde Angelegenheit.

«Die SMS ist eine knappe Stunde alt», sagte Conny. «Wenn Grosser schon in Binz war, als er gesimst hat ... Mann, nun fallen Sie uns mal nicht auf den Wecker!», fuhr sie Klarissa Vogtländer an, die ihren Wagen mitten auf der Straße geparkt hatte und zu ihnen eilte.

«Als Bürgerin habe ich das Recht ...»

Luka nickte dem Kollegen zu. «Nehmen Sie die Personalien auf. Die Dame ist mit hundertachtzig über die Landstraßen gefahren.»

«Davon will ich erst mal ein Radarfoto sehen!» Klarissa wollte zum Haus, aber der Polizist verstellte ihr den Weg und wies mit einem routinierten Lächeln auf seinen Streifenwagen.

«Einen Moment mal», sagte Conny plötzlich und lief auf die andere Straßenseite. In einem weiß verputzten Einfamilienhaus mit blauen Fenstern stand halb durch eine Gardine verborgen eine alte Frau. Conny klopfte gegen die Scheibe, und nachdem sie einige Alpenveilchen verrückt hatte, öffnete die Dame. Sie wechselten wenige Worte, dann kam Conny zurück.

«Es sieht bös aus. Kristof hat vor etwa einer Dreiviertelstunde in Begleitung eines schwarzhaarigen Mannes sein Haus verlassen. Und er sah dabei wohl überhaupt nicht glücklich aus.»

«Das konnte sie erkennen?»

«Man wird mit dem Alter doch nicht automatisch blind. Und klar im Kopf ist sie auch.»

Luka hielt Klarissa, die zu ihrem Auto zurückwollte, fest. «Wohin kann er sein? Nach Vitt? Zu Peggys Haus?»

«Hören Sie auf. David ist doch keine beschissene Filmfigur, die vor dramatischer Kulisse einen Showdown …»

«Jedenfalls verschickt er idiotische SMS, und er hat Kristof Lenz entführt. Wenn Sie eine Idee haben …»

«Hab ich aber nicht!» Hektisch riss sie am oberen Knopf ihrer Bluse.

«Was hat er mit Kristof vor?», fragte Conny.

«Wie soll ich das wissen!»

«Besitzt er eine Waffe?»

«Quatsch. Woher denn?», blaffte Klarissa sie an.

Luka packte Connys Arm. «Ruf Berger an und schildere ihm die Situation. Sag ihm, wir brauchen Hilfe, am besten wieder die Hubschrauber.»

«Hören Sie auf! David ist doch kein Mörder!», brüllte Klarissa.

«Er steht seit fünfundzwanzig Jahren unter Adrenalin. Und nun ist er durchgedreht!» Luka blickte zu seinem Wagen. «Kriegst du das allein hin, Conny?»

«Klar. Was hast du denn …?»

Er nahm sie zur Seite. «Ich hab so eine Idee, wohin die beiden sind», flüsterte er ihr zu.

Er stellte das Blaulicht an und raste in seinem Dienstwagen an der Küste entlang. Prora mit seinen Parkplätzen, links fuhr die Bahn, rechts tauchte ein kleiner See auf, Sassnitz … Er bretterte durch ein Waldgebiet, bis er den Schlagbaum erreichte, der das Naturschutzgebiet vom Rest der Halbinsel trennte. Ein Mann kam mit den Armen wedelnd aus seinem Wärterhäuschen gerannt. Luka fuhr um ihn herum, ohne ihn zu beachten.

Es hatte zu regnen begonnen. Hier goss es wohl schon eine ganze Weile, denn auf der Straße standen Pfützen. Ihm kam ein Bus mit Licht und angestellten Scheibenwischern entgegen. Luka trat auf die Bremse und hielt an einem Waldweg. Verkehrt. Erst beim nächsten Pfad bestätigte ihm ein Hinweisschild, dass es hier zum Herthasee ging.

Er ließ den Wagen mit offener Tür stehen. Nach etwa hundert Metern erreichte er den See. Einige Jugendliche standen mit T-Shirts bekleidet im Wolkenguss und fotografierten sich gegenseitig. Ein Mädchen hing mit den Knien am Steggeländer, ihr Kopf baumelte über dem Wasser und spiegelte sich darin. Luka blickte rasch zur Seite – er hatte sofort wieder Nicoles Gesicht vor Augen.

Von David und Kristof war nichts zu sehen. Lag er mit seiner Ahnung daneben? David musste in der Zeitung von Nicoles Selbstmord gelesen haben, aber das hieß ja nicht, dass ihr Tod ihn berührte. Nun gut, wenn er nach Vitt zu Peggys und Klarissas Haus gefahren war, würde ihn die Streife schnappen, die Luka zeitgleich auf den Weg geschickt hatte. Und wenn es ihn an irgendeinen einsamen Küstenabschnitt getrieben hatte, weil er einfach nur zuschlagen wollte …

Luka rannte weiter. Er würde das Gewässer umrunden, so groß war es ja nicht. Conny teilte ihm per Handy mit, dass sie Berger erwischt hatte und er sich um die Hubschrauber kümmerte. Den Staatsanwalt hatte sie ebenfalls informiert.

«Halte mich über alles auf dem Laufenden.»

Er lief schneller. Wie stellte David sich seine Rache vor? Wie hatte er es überhaupt geschafft, Kristof zu zwingen, mit ihm zu gehen? Besaß er vielleicht doch eine Waffe?

Das Lachen der Jugendlichen verklang. Der Weg lag verlassen vor Luka. Von den Bäumen pladderte Regenwasser, das sich im Laub gesammelt hatte, und seine Schuhe schmatzten im Matsch. Er hatte Seitenstechen und rieb über die schmerzende Stelle, ohne es selbst zu merken.

Eine Plastiktüte wehte den Weg entlang. Er blieb stehen. Schlecht gemacht, Kroczek, dachte er. Ihn überkam ein überwältigendes Gefühl der Hilflosigkeit. Der Geruch des Scheiterns hing in der Luft.

Hier hatte er vor acht Tagen vergeblich versucht, Nicole von ihrem Selbstmord abzuhalten. Hier verrannte er sich gerade von neuem. Es war verkehrt gewesen, David unter Druck zu setzen. Die Nacht in der Zelle hatte seine Sicherungen endgültig durchbrennen lassen. *Ich hab's versaut.* Er ging weiter.

Und dann sah er zwischen den Büschen etwas Rotes aufblitzen. Sein Puls beschleunigte sich wieder. Hatte er doch richtiggelegen? Vorsichtig tat er einige Schritte Richtung See.

David stand auf einem Steg, der nicht mehr benutzt wurde und von Büschen und Unkraut beinahe zugewachsen war. In der Nähe hing ein verrottendes, schon halb versunkenes Ruderboot im Schilf. Kristof war an Davids Seite. Die beiden boten ein friedliches Bild: zwei Männer, die aufs Wasser schauten und über das Leben philosophierten.

Aber Luka bemerkte die Anzeichen, die bewiesen, wie trügerisch die scheinbare Harmonie war. David hielt einen Arm angewinkelt und presste etwas gegen Kristofs Rücken. Er besaß also tatsächlich eine Waffe. Bitte nicht noch einen Toten, betete Luka still, während er sich so geräuschlos wie möglich an die beiden heranschlich. David redete, doch er sprach so leise, dass Luka ihn nicht verstehen konnte.

Leider war es auf einem von mürben Blättern übersäten Waldboden unmöglich, jedes Rascheln zu vermeiden. Er war schon fast bei ihnen, als David herumfuhr. Luka nutzte das Überraschungsmoment zu einem kräftigen Hieb, der David die Waffe aus der Hand schlug.

Inzwischen war es Nachmittag.

Die Pistole lag auf dem Tisch im Besprechungsraum des Kommissariats. Eine SIG Sauer P6; mit dem geriffelten Griff sah sie wie eine Spielzeugpistole aus. Klein und handlich, aber geeignet, damit zu töten.

Luka verstand, warum Meyer tobte. Der Mann konnte sich minutenlang auf höchstem Level aufregen – dieses Mal hatte er auch allen Grund dazu. Conny gefiel sein Gebrüll nicht, aber sie hielt die Klappe. Kerstin stand mit einem breiten Lächeln, das Luka ihr übelnahm, beim Fenster.

«Das ist doch nicht möglich. Es ist doch nicht möglich, dass ein Verdächtiger an eine Polizeiwaffe kommt!» Der Satz war schon mindestens ein Dutzend Mal gefallen.

Es war aber doch möglich. Wenn man das Ding nämlich entgegen der Dienstanweisung nicht im Waffenschrank, sondern in der Schreibtischschublade abgelegt hatte und dämlich genug gewesen war, seinen Verdächtigen damit allein im Büro zurückzulassen – auch wenn es nur ein, zwei Minuten dauerte.

Luka kapierte immer noch nicht, was David Grosser auf die Idee gebracht hatte, nach der Pistole zu suchen. Jedenfalls musste er sie bei seinem letzten Verhör am Morgen an sich gebracht haben, und zwar in der Zeit, als Luka in den Flur gegangen war, um Conny aus dem Bett zu klingeln. Etwas anderes war nicht möglich.

Martin Berger betrat den Raum. Man sah ihm an, dass er es nicht mochte, wenn die Staatsanwaltschaft seine Leute zur Minna machte, aber starke Einwände konnte er nicht vorbringen. Übellaunig wechselte er das Thema. Er wollte wissen, was David Grosser dazu getrieben hatte, mit Kristof Lenz an den Herthasee zu fahren.

«Er glaubt, dass der Mann Peggy umgebracht hat und ihm und Klarissa die Schuld dafür in die Schuhe schieben will», sagte Luka.

«Wollte er ihn umbringen?»

«Die Pistole war nicht geladen.»

«Wusste er das?»

«Ja», sagte Luka, obwohl er keine Ahnung hatte. War David bei der Armee gewesen? Dann hatte er es sicher überprüft. Das würde wichtig sein, falls diese Entführung vor Gericht käme.

Es war siebzehn Uhr dreißig. Er hatte seit sechsunddreißig Stunden nicht geschlafen, und anders als bei den Typen von *CSI* machte sich das bei ihm bemerkbar. Es kam ihm vor, als müsste er sich zu jedem Gedanken durch ein Gebirge aus Watte wühlen. Der Kopfschmerz pulsierte wieder hinter seinen Schläfen.

«Wir können dankbar sein, dass die Hubschrauber noch nicht gestartet waren», giftete Meyer. «Aber diese verkorkste Geschichte wird auch so die Runde machen. Mensch, Berger, ich erwarte, dass Sie Ihre Leute unter Kontrolle haben.»

Luka sah, wie sich Kerstins Lächeln vertiefte.

«Bis Montag früh habe ich eine detaillierte Zusammenfassung sämtlicher Ermittlungsergebnisse auf dem Tisch.» Meyer knallte die Tür, als er hinausging, um sich wieder seinem Wochenende zu widmen.

«Mensch!», sagte Martin, als sie unter sich waren. «Mensch, Mensch!» Er winkte Kerstin und Conny an den Tisch und ließ sich ächzend auf einen der Stühle fallen. «Nun mal in allen Einzelheiten. Was genau ist passiert?»

Es vergingen zwei weitere Stunden, ehe sich ihre kleine Versammlung auflöste und Luka Zeit hatte, in den Zellentrakt hinabzusteigen. Grosser war in derselben Zelle wie in der vergangenen Nacht untergebracht. Erschöpft ließ Luka sich auf den festgeschraubten Schemel fallen. «Hättest du ihn umgebracht?», fragte er ohne Umschweife.

«Weiß ich nicht.» David saß wieder auf dem Bett, doch dieses Mal waren keine Symptome einer Panikattacke zu erkennen. Weder Schweiß noch Unruhe.

«Waren Patronen in der P6?»

«Nein, und ich hatte leider keine Zeit, in deinem Büro danach zu suchen.»

«Das ist ein Satz, den du so besser nicht wiederholst.» Der Schemel war seit dem letzten Mal nicht bequemer geworden. Luka stand auf und ging ein paar Schritte auf und ab. «Hattest du vor, Kristof zu töten? Bist du mit dieser Absicht zum See?»

«Hab ich doch schon gesagt: Ich weiß es nicht.» Auf Davids Gesicht schimmerte ein Lächeln. Luka musste an einen Film mit Richard Gere denken, in dem ein junger Mörder den Ermittler gegen dessen Willen zu seinem Verbündeten machte, indem er eine Schizophrenie vortäuschte. War David ein Manipulator? Führte er ihn an der Nase herum wie der junge Bursche den Gere-Kommissar? Er merkte, wie seine Frustration in Ärger umschlug, und versuchte sich von beidem zu befreien.

«Klarissa hat zugegeben, dass sie an dem Abend, als Peggy ermordet wurde, in Vitt war.»

Davids Lächeln erlosch. Wenn es um seine Freundin ging, hatte man ihn am Haken. Klarissa war seine Achillesferse.

«Weißt du, was ein Indizienprozess ist?», fragte Luka.

«Warum?»

«Weil es darauf am Ende hinauslaufen wird. Uns fehlen handfeste, eindeutige Beweise. Der Staatsanwalt hat drei Möglichkeiten für eine Anklage. Er denkt schon drüber nach, für welche er sich entscheidet. Hörst du mir zu?»

David blickte ihn an, ohne sich zu rühren.

«Als Erstes wäre da Kristof Lenz. Meyer bevorzugt ihn, weil er sich schon zu Beginn der Ermittlungen auf ihn festgelegt hat. Demzufolge hätte Lenz seine Frau während eines Ehestreits ermordet und dann versucht, mit einem Medikamentencocktail Selbstmord zu begehen. So was passiert andauernd. Man kriegt es leicht durch.»

«Aber du glaubst das nicht.»

«Nein. Es wäre auch meine Wunschlösung gewesen, aber ich hab den Dreckskerl während der Verhöre und im Krankenhaus beobachtet ...» Luka schüttelte den Kopf. «Er ist an Nicoles Tod schuld, aber Peggy hat er nichts getan. Die Nächste in der Liste wäre Klarissa», fuhr er fort. «Da gibt es schon bessere Anhaltspunkte:

Die Schwestern fahren am selben Tag zur selben Zeit nach Vitt. Kann das ein Zufall sein? Kaum. Ich gehe davon aus, dass sie verabredet hatten, sich in dem Haus zu treffen. Vielleicht wollten sie es verkaufen? Kristof brauchte davon ja nichts zu wissen. Vielleicht kam es dabei zu einem Streit.»

«Klarissa macht sich nichts aus Geld.»

«Dann anders: Möglicherweise hast du Klarissa *doch* erzählt, was sich 1988 in Sassnitz in der Zelle abgespielt hat. Sie hat Peggy klarzumachen versucht, mit was für einem Schwein sie verheiratet ist. Aber Peggy wollte sich nicht drauf einlassen, sie explodierte ... die Sache eskalierte ...»

«Klarissa weiß nichts von 88.»

«Ist nur blöd, dass ich dir fast nichts mehr glauben mag.»

David schüttelte den Kopf. «Das nimmt dir kein Richter ab.»

«Die Anklage ist Sache des Staatsanwalts. Ich bin nur der Bulle, der für ihn im Dreck wühlt.»

«Klarissa hat mich an dem Abend, als Peggy umgebracht wurde, besucht. Sie war bei mir. Die ganze Zeit.»

«Dieser Zug ist abgefahren. Ich habe sie vorhin noch einmal befragt. Sie behauptet, dass sie nach Vitt wollte, um ein bisschen Heimatgefühl zu tanken. Sie sagt, dass sie bei den Dorfgaragen geparkt hat und zum Haus gegangen ist. Als sie Peggys Wagen vor der Tür entdeckt hat, ist sie ihrer Aussage zufolge zurück zum Auto und wieder nach Stralsund, weil sie keine Lust hatte, mit ihrer Schwester zu sprechen.»

«Und das ist die Wahrheit.»

«Eine von den vielen, mit denen du meine Akten füllst.»

«Wenn Klarissa Peggy wirklich umgebracht hätte – wäre sie dann nicht anschließend zu mir gekommen, um sich ein Alibi zu verschaffen und sich saubere Klamotten anzuziehen?»

«Vielleicht hat sie genau das getan.»

«Nein! Ich habe sie erst ein paar Tage später hier in deinem

Büro gesehen. Wir haben in der letzten Zeit immer wieder über den Mord gesprochen, und sie hat mir dasselbe gesagt wie dir. Aber *mich* hätte sie auf keinen Fall angelogen.»

«Gut. Nehmen wir an, das stimmt. Dann kommen wir zur dritten Möglichkeit: Klarissa hat das Auto gesehen und ist wieder abgehauen. Aber Peggy war gar nicht in ihrem Elternhaus, sondern bei dir, weil ihr eine Beziehung hattet, die auszumalen dem Staatsanwalt das größte Vergnügen bereiten wird. Es kam zum Streit, Peggy ist rüber in ihr Elternhaus, du bist ihr gefolgt und hast sie erschlagen, und dein Köter, der wie verrückt bellte, musste ebenfalls ...»

«Ich und Peggy? Hast du 'nen Knall?»

«Vielleicht – Möglichkeit vier – hat Klarissa beim Anblick von Peggys Auto auch gedacht: Dann schau ich eben bei David rein. Sie hat euch beide überrascht. Peggy ist beleidigt abgerauscht, Klarissa ist ihr gefolgt ... oder ihr seid beide zusammen hinterher ...»

«Mann, ja. Eine Theorie bezaubernder als die andere.»

«Ich weiß, ich hab einen Scheißberuf.»

«Auch mit dieser idiotischen Konstruktion kommt der Staatsanwalt nicht durch.»

«Versuchen könnte er's.»

«Sag mal, was willst du eigentlich von mir?»

Um wacher zu werden, öffnete und schloss Luka die Fäuste. «Ich bin sauer, David. Deinetwegen bekomme ich wahrscheinlich ein Disziplinarverfahren an den Hals.»

«Warum?»

«Weißt du doch – wegen der Pistole.»

David ließ sich an die Wand zurücksinken. Er war ebenfalls müde, aber Luka entdeckte auch jetzt kein Anzeichen, dass es ihm körperlich schlechtging. Schon wieder musste er an den Richard-Gere-Film denken. «Waren deine Panikattacken eigentlich gespielt?»

«Was?»

«Egal, vergiss es. Worauf ich hinauswill: Ich bin stinksauer, aber ich bleibe trotzdem fair. Es wäre mir lieb, wenn du das irgendwie zur Kenntnis nehmen könntest – dass ich einer von den Polizisten bin, denen es jenseits allen Ärgers um die Wahrheit geht.»

«O Gott!» David lachte bitter auf.

«Deshalb habe ich noch eine fünfte Möglichkeit erwogen. Ja, David, ich war fleißig letzte Woche. Ich habe von sämtlichen Einwohnern Vitts die Fingerabdrücke nehmen lassen und festgestellt, dass ich angelogen worden bin. Mindestens ein halbes Dutzend Leute aus dem Dorf hat sich erst kürzlich in Peggys Haus aufgehalten. Nur hilft mir das nicht weiter. Alle hatten einleuchtende Gründe zu lügen.»

«Meinst du etwa die Jugendlichen?»

«Du weißt, dass sie im Haus waren?»

«Sie haben dort ab und zu ihre Saufgelage abgehalten. Aber die bringen doch keinen Menschen um.»

Luka nickte. «Glaube ich auch. Und so komme ich am Ende immer wieder auf die beiden Fragen zurück, die der Schlüssel zu allem sind: Warum Peggy? Und was ist das Motiv für diesen Mord?» Er zögerte – dann gab er sich einen Ruck. «David, ich brauche deine Hilfe.»

EINUNDZWANZIG

«Du machst dir Sorgen, hm?» Teresa wühlte in der Kiste mit den Lampions. Glücklicherweise wurde das Terrassendach von Holzpfählen getragen, in denen bereits Haken steckten, sodass es kein Aufwand war, die Schnüre mit den kleinen Laternen zu befestigen. Eine Außensteckdose gab es ebenfalls. Es war eine Woche vergangen, seit er das Gespräch mit David geführt hatte, und sie wollten am folgenden Abend die Housewarming-Party schmeißen, die fällig war. Luka konnte sich nichts vorstellen, wozu er im Moment weniger Lust hatte. Aber das behielt er lieber für sich.

Teresa trug eine Schnur mit Lampions daran zu ihm herüber und reichte sie ihm. «Bist du sicher, dass du Berger und Meyer nicht einweihen willst?», fragte sie besorgt.

Er zuckte mit den Schultern.

«Sie sind bestimmt sauer, wenn sie von deinem Alleingang erfahren.»

«Meyer wird sauer sein. Aber wenn ich ihm Bescheid gebe, bläst er die ganze Aktion ab. Und Berger kann ich nicht einweihen, weil er sonst an meiner Stelle den Ärger abbekommt, den ...»

«... den du natürlich viel gelassener einstecken kannst als er?» Teresa lächelte über das Gesicht, das er zog. «Sturkopf.» Sie schlängelte sich in seine Arme und küsste ihn. Es tat gut, sie zu spüren.

Luka ließ die Lampions mit einer Verrenkung auf ein Tischchen gleiten, drückte Teresa an sich und vergrub sein Gesicht in ihrem süß duftenden Haar. *Herrgott, wenn du wüsstest, wie ich dich liebe.* Sie hatte ihm am Nachmittag erklärt, dass sie auch ihre Mutter zum Housewarming eingeladen hatte. «Sie ist eine arme, einsame Frau, und ich werde darauf achtgeben, dass sie sich von Tilda fernhält», hatte sie gesagt. Er hasste zwar die Vorstellung, Rosi gegenübertreten zu müssen, aber er liebte Teresa für ihr großes Herz.

Es schellte an der Haustür.

«Ist das schon Conny?» Das Strahlen in Teresas Augen erlosch.

«Wahrscheinlich.»

«Kommst du gut mit ihr klar?»

«Irgendwie schon. Sie ist clever.»

«Na, dann hast du ja Glück, bei der vielen Zeit, die du mit ihr verbringst.» Teresa ging zur Haustür, um zu öffnen.

Die kleine Freilichtbühne von Sassnitz war direkt ans Ufer der Ostsee gebaut, von der sie nur ein breiter Streifen hässlicher Betonplatten und eine Aufschüttung faust- bis kürbisgroßer Steine trennte. Luka kannte das Areal, er hatte sich die Anlage um die Konzertmuschel vor ein paar Tagen angesehen. Auf der anderen Seite des Platzes, der Bühne gegenüber, ragte eine Schallreflexmauer aus weißem und rotem Mauerwerk auf. Sie war in einen Hang eingelassen, über dem Häuser standen, deren Besitzer für den traumhaften Blick aufs Meer sicher ordentlich etwas hingeblättert hatten.

«Hier hat er also den Aufstand geprobt, unser Musikant», stellte Conny fest.

Die Konzertmuschel war ein etwa fünfzig Meter breites Bauwerk mit einer halbrunden Bühne. Darüber wölbte sich eine Überdachung, die der Anlage wohl wegen ihrer ungewöhnlichen muschelartigen Form den Namen gegeben hatte. Rechts und links hatte der Architekt zwei kleinere Gebäude errichtet, ehemals vermutlich Künstlergarderoben oder Aufbewahrungsorte für die Technik.

Über die Jahrzehnte war der Komplex heruntergekommen. Putz blätterte von den Wänden, die Stahltüren waren angerostet und durch Schmierereien verunziert. Auch das Pflaster vor der Bühne wirkte verwahrlost. Nur eine spalierartige, weiträumige Einfassung des Platzes, an der rotes und grünes Laub emporrankte, gab dem Platz ein wenig Flair.

«Und wo ist nun der Logenplatz, den du mir versprochen hast?», fragte Conny.

Luka ging mit ihr zu einer Stelle an der Seite der Akustikwand. Dort befand sich die Ruine eines ebenfalls in den Hang gebauten Gebäudes, von dem nur noch riesige, bröckelnde Mauerwände und zimmergroße Flächen in luftiger Höhe vorhanden waren.

Die Ruine musste älteren Ursprungs als die Konzertmuschel sein. Auf den Mauervorsprüngen und überall dort, wo der Boden aufgebrochen war, wurzelten Büsche und sogar Bäume, die teilweise meterhoch aufragten und mit ihren Kronen die Sicht zum Himmel versperrten. Efeu und Unkraut hatten sich ausgebreitet, welke Blätter, Moos, Erde und Steine türmten sich in den Mauerecken. Das verfallene Gebäude sah aus wie der Rest einer mittelalterlichen Burg. Die provisorischen Stufen in die oberen Bereiche waren geborsten, und eine Tafel warnte nachdrücklich vor umstürzenden Bäumen und Hangabbrüchen.

Etwa sechshundert Meter weiter ging die Steilküste in den Jasmunder Nationalpark über. Ein möglicher Fluchtweg für jemanden, der misstrauisch war, und damit hoffentlich eine Beruhigung für den Menschen, auf dessen Kommen er hoffte.

Conny schaute unglücklich die steile Wand hinauf. «Was machen wir, wenn es eskaliert?»

Luka hatte Olaf und Tobias gebeten, den Abend in einem der beiden Gebäude neben der Bühne zu verbringen. Einen gezielten Schuss traute er ihnen nicht zu, aber er hoffte, ihre Präsenz würde im Fall des Falles ausreichen. Verstohlen tastete er nach seinem Holster, in dem seine Dienstwaffe steckte, die ihm solchen Ärger bereitet hatte. Er war ein passabler Schütze, aber absolute Sicherheit gab es nicht, da machte er sich keine Illusionen. Gerade wollte er es

Conny gegenüber einräumen, da sah er die Kollegen zwischen den eufeuumwucherten Spalieren auftauchen.

«Ihr seid einfach da, in Ordnung?», sagte Luka, nachdem sie die beiden begrüßt hatten. «Falls euer Eingreifen nötig werden sollte, bestimme ich den Zeitpunkt.»

Tobias nickte und überprüfte mit ausdrucksloser Miene sein Funkgerät. Olaf grinste schief. Im selben Moment rollte ein VW-Bus auf den Platz, gefolgt von Klarissa Vogtländers rotem Golf.

David kletterte aus dem Bus. Ein Mann in seinem Alter, der den ergrauten Schopf zu einem Pferdeschwanz gebunden hatte, rutschte nach ihm über den Mittelsitz ins Freie. Ein dritter Mann mit Brille und Schnauzer, der hinterm Steuer gesessen hatte und auf der Fahrerseite ausgestiegen war, ging um den Wagen herum und öffnete die Seitentür. Klarissa stieß zu ihnen, und gemeinsam begannen sie, Musikinstrumente, Notenständer und Stühle aus dem Bus zu laden.

David entdeckte Luka und schlenderte mit einem Klappstuhl unter dem Arm zu ihm herüber. Man merkte ihm an, dass er sich in den altmodischen Achtziger-Jahre-Klamotten unwohl fühlte, die zu tragen Luka ihn genötigt hatte. Das taillierte Hemd, das einer von Karls Söhnen vom Dachboden geholt hatte, wirkte irgendwie falsch geschnitten, zu eng, mit zu breitem Kragen. Die Jeans klebte ihm an den Beinen.

«Steht dir doch», sagte Luka. «Ihr alle seht gut aus.»

In Wirklichkeit traf es nur auf Klarissa zu. Sie trug ein hautenges silbernes Glitzerkleid, das zeigte, dass sie ihre Jugendfigur perfekt bewahrt hatte. Die Art, wie sie ihre Haare hochgesteckt hatte, verwandelte sie in eine Frau mit Klasse. Wer hätte gedacht, dass solch eine Person in der quirligen Kratzbürste steckte?

«Hatte sie damals auch so etwas Auffälliges an?», fragte Luka.

«Nicht ganz so edel, aber es ging in diese Richtung.»

«Für einen Abend in einer Kneipe?»

«So ist sie eben», sagte David.

«Gut. Meine Kollegen halten sich im rechten Häuschen bereit. Ich werde mit Conny Böhme die Aussicht von dort oben genießen.» Er deutete zur Ruine.

«Er wird nicht kommen. Er ist doch nicht blöd.»

«Aber besessen.» Luka trat beiseite, um den Grauhaarigen vorbeizulassen, der einen Bass zur Bühne trug.

«Was, wenn er eine Schusswaffe hat?»

«Hätte er dann Peggy mit der Axt abgeschlachtet?»

«Weiß man doch nicht. Ach, Scheiße!» David wandte sich zur Bühne. «Nicht zentral aufstellen, wir rücken ein Stück weiter nach links.» Wenn es um Musik ging, blieb er penibel. Luka hatte keine Ahnung, woher er wusste, von welcher Stelle aus seine Stücke am besten klingen würden, aber er war überzeugt, dass David recht hatte, mit jedem Zentimeter, den er die Notenständer versetzte.

Er wandte sich wieder an seine Kollegen. Olaf hatte eine Metallschale, die wohl zum Schutz vor Randalierern vor das bullaugenartige Fenster geschraubt worden war, gelöst, damit sie freie Sicht auf die Bühne hatten. Das musste zur Überwachung ausreichen. Sie hatten nicht den gesamten Platz im Auge, aber dafür saßen er und Conny ja in der Ruine. «Gut, dann verschwindet mal. Wir wissen nicht, wie früh er kommt.»

Olaf und Tobias gehorchten.

Luka schaute zum Meer. Er hätte sich schlechtes Wetter gewünscht, einen Regenguss wie an dem Abend 1988, an dem Klarissa, David und ihre Freunde das Konzert gegeben hatten. Aber der Himmel war kaum bewölkt und wirkte beinahe freundlich. Mit einem Blick auf die Uhr stellte er fest, dass es Viertel nach fünf war.

Er kletterte mit Conny zur Ruine hinauf. Der Platz, den er ausgesucht hatte, bot einen perfekten Überblick über das Gelände. Und auch wenn der Aufstieg mühselig war – den Abstieg schaffte man in weniger als fünfzehn Sekunden.

«Du hast das ausprobiert?», fragte Conny. Sie machte es sich auf einer weißen Bank, die man aus unerfindlichen Gründen hier oben aufgestellt hatte, bequem.

«Sicher ist sicher.»

«Sicher ist, dass gar nichts sicher ist. Willst du auch?» Sie bot ihm Bienenstich aus einer Plastikdose an.

Er schüttelte den Kopf.

«Von Aufregung krieg ich immer einen Mordshunger. Von Aufregung und Ärger. Ein Wunder, dass ich noch nicht fett geworden bin.»

«Glück mit den Genen, Conny.»

Mittlerweile hatten alle Notenständer und Instrumente unter der Muschel ihren Platz gefunden. Der Bass lehnte hinten an der Wand. David hielt eine Klarinette in der Hand, auf den Stühlen lagen ein Saxophon, eine Flöte und eine Tuba. Der zweite Mann hatte eine Gitarre umgehängt und zupfte an den Saiten, während er sich gleichzeitig misstrauisch umschaute. Luka hatte ihn und den anderen Musiker ebenfalls eingeweiht, auch wenn er das Risiko, das sie eingingen, für gering hielt.

Er sah wieder zur Ostsee. In der Ferne zog ein Schiff vorbei, dessen Aufbau in den schwarz-rot-goldenen Farben der Bundesrepublik gestrichen war. Eine Segeljolle kreuzte am Horizont. Die wenigen Wolken hatten sich verzogen. Das Licht war so grell, dass es blendete.

«Meyer glaubt übrigens, dass Grosser in der U-Haft schmort», sagte Conny zwischen zwei Bissen.

«Echt? Da muss er mich missverstanden haben.»

Sie schluckte ein Stück Bienenstich hinunter und schnalzte missbilligend mit der Zunge. «Warum hast du den Burschen überhaupt rausgelassen? Wäre doch gar nicht nötig gewesen. Du hättest ihn auch direkt aus der Zelle hierherbringen können.»

«Er musste Klarissa und seine Kumpels überreden.»

«Und was hättest du gemacht, wenn er die Freiheit zum Abhauen genutzt hätte?»

«Ohne Klarissa würde er nicht gehen. Und sie ist eine Kämpferin. Die erträgt keine Niederlage.» Argumente, die er sich selbst hundertmal vorgesagt hatte, seit Dienstagabend, nachdem Meyer sein erstes und letztes Verhör mit David geführt hatte.

«Mann, Kroczek, manchmal wundere ich mich, auf welchen Annahmen du deine Karriere aufbaust. Echt kein Kuchen?»

Er schüttelte den Kopf und nahm wieder die Bühne in Augenschein. Der Bassist hatte auch damals, vor fünfundzwanzig Jahren, bei dem Konzert mitgespielt. Der Gitarrist war ein neuerer Kollege und Freund von David. Die drei stimmten ihre Instrumente. Klarissa, die am Rand der Bühne stand, trällerte sich durch die Tonleitern und klopfte dabei mit der Faust auf die Brust, um die Bronchien frei zu bekommen. Luka hatte angenommen, dass ihre Singstimme, ähnlich wie die von Dinah Washington, verraucht klingen würde, aber sie war hell und glockenrein.

Promenadenbummler hielten inne, einige setzten sich vor der Bühne ins Gras. Das war zwar lästig, doch Luka rechnete nicht damit, dass ihr Mörder vor Einbruch der Dunkelheit erscheinen würde.

«Welche Uhrzeit hast du denn auf den Flyer geschrieben, den du dem Kerl in den Briefkasten geworfen hast?», fragte Conny, als hätte sie seine Gedanken gelesen.

«Neun.»

Sie seufzte.

«Was ist?»

«Ihm muss doch klar sein, dass das hier kein normales Konzert ist. Es riecht alles nach …»

«… einer Falle? Was kann ihm schon passieren? Er geht eben in ein Konzert.» Luka zog seine Jacke aus, hängte sie über die Lehne der weißen Bank und setzte sich neben seine Kollegin. Die Instrumente waren gestimmt. David Grosser spielte ein paar Takte. Es wunderte Luka nicht, dass er auch seine Klarinette perfekt beherrschte. Die Töne wurden von der Meeresbrise zu ihnen hinaufgetragen und klangen so leicht wie der Frühsommerabend.

«Nicht ganz schlecht, was?», brummte Conny. «Obwohl ich mehr auf Klassik stehe. Wiener Walzer und so, André Rieu. Aber das hier ist auch okay. Nina hört Heavy Metal, damit kannste mich jagen.»

Der Graue begann, den Bass zu zupfen. Dann setzte Klarissa ein. Die Leute auf der Bühne waren ein eingespieltes Team, das wurde schon nach wenigen Takten klar. Hatte David nicht von verschiedenen Bands erzählt, in denen er sich engagierte? Dies musste eine davon sein. Vielleicht hatte er auf diese Weise die Verbindung zu Klarissa aufrechterhalten?

Luka stand auf und ließ sich am Hang der Ruine nieder. Das Holster mit der Pistole und dem Funkgerät war ihm im Weg, aber er mochte es nicht ablegen. Dass Grosser ihm die Waffe abgenommen hatte, hing ihm immer noch nach.

«Und Western-Musik, die geht auch», redete Conny, die ihm folgte, weiter. «Bei mir muss es aber immer eine Melodie geben. Sonst werd ich nervös. Mann, die hat ja richtig Power in der Stimme!»

Klarissa, die vor die Männer getreten war, dominierte jetzt mit ihrem Gesang das Stück. Sie war keine Profimusikerin. Zu improvisieren lag ihr nicht, und sie konnte auch nicht immer die Spannung einer Sequenz halten. Aber David trug sie mit seiner Klarinette über die schwierigen Passagen. Er gab ihr Anregungen, übernahm die Führung, wenn ihre Stimme nachgab – er stellte sich ganz in ihren Dienst. War es wirklich möglich, dass sie nicht mitbekam, wie intensiv er jedem ihrer Atemzüge lauschte? Scheißliebe, dachte Luka. Aber es musste ja nicht so laufen. Er selbst hatte mit Teresa Glück gehabt.

«Da unten.» Conny deutete zu einem der Spalierbögen, und Luka beugte sich elektrisiert vor.

Aus der Richtung des Jasmundparks kam eine Person, die trotz des warmen Wetters eine Regenjacke trug und die Kapuze über den Kopf gezogen hatte. Luka beobachtete, wie sie mit hochgezogenen Schultern den Weg entlangschlurfte. Er tastete nach dem Funkgerät, aber dann schüttelte er den Kopf. «Die falsche Körperhaltung.»

«Ja, hast recht.» Conny rieb sich erschöpft die Augen. «Weißt du, ich brauch so was nicht, Kroczek. Ich führe auch ohne diesen Krimischeiß ein glückliches Leben.»

«Wie läuft's denn gerade mit Nina?»

«Im Moment schleift sie mich durch Läden mit Hochzeitskleidern. Aber sie ist nicht richtig bei der Sache. Wahrscheinlich will sie mich nur auf die Palme bringen.»

«Gib ihr noch ein paar Jahre.»

«Hast du *Jahre* gesagt?»

«Wie alt waren wir denn, bis unser Verstand eingesetzt hat?»

«Also, was mich angeht … Na gut, ich war auch durchgeknallt. Aber ich hatte zwei Kinder an der Backe, da kann man sich nicht mehr alles leisten.»

Die Zeit verstrich. Es wurde acht, dann halb neun. Die Band legte eine längere Pause ein, und die Zuhörer – es mochten vierzig oder fünfzig sein – erhoben sich und zogen weiter. Der Grauhaarige mit dem Pferdeschwanz hatte eine Thermoskanne dabei und reichte sie an die anderen Bandmitglieder weiter. Sie unterhielten sich, aber worüber, war oben in der Ruine nicht zu verstehen.

«Man merkt dem Grosser beim Spielen gar nicht an, dass seine Hand kaputt ist, oder?», meinte Conny, die sich mit ein paar Kniebeugen wieder in Schwung brachte.

«Ich jedenfalls nicht.»

«Weißt du, was ich nicht kapiere? Wie man jemanden so hassen kann. Lenz war Polizist, und Grosser eine Nervensäge, die's draufhat zu provozieren. Klar. Ich muss mir bei ihm selbst immer auf die Zunge beißen, gewissermaßen kann ich Lenz also verstehen. Aber die Situation war doch geklärt. Kristof Lenz hatte den Ruhestörer einkassiert und ihm Hand- und Fußfesseln anlegen lassen. Grosser war wehrlos. Der hätte ihn einfach quasseln lassen können. Wenn er ihm eins hätte reinwürgen wollen, dann hätte er ihn noch bei der Stasi anschwärzen können – der Junge hätte danach keinen Fuß mehr auf die Erde gekriegt. Das hätte doch gereicht. Aber stattdessen durchsucht er den Hausmeisterkeller nach dem verdammten Werkzeugkasten. Was geht im Kopf von jemandem vor, wenn er überlegt, auf welche Weise man eine Schraubzwinge ...»

«Hör auf, Conny.»

«Das war doch kein spontaner Wutausbruch. Der Kerl hat in seinem kranken Gehirn das Szenario durchgespielt und ist anschließend in die Zelle gegangen.»

«So was kommt doch ständig vor, überall auf der Welt.»

«Weiß ich auch. Aber es deprimiert mich, wenn jemand es tut, der die gleiche Uniform trägt wie ich. Was meinst du, Kroczek – der da drüben vielleicht, der am Ufer langläuft?»

«Zu klein.»

«Er wird nicht kommen. Der Kerl ahnt, dass wir etwas vorhaben.»

Sie verbrachten zwei weitere Stunden mit Warten. Allmählich wurde es dunkel. Ein hinreißender Sonnenuntergang färbte das Meer dunkelrot und ließ einen späten Segler wie Charons Schiff durch eine Unterwelt aus Feuer und Finsternis ziehen. Auch die Konzertmuschel stand für eine Viertelstunde in Flammen. In dieser Zeit spielte nur noch David. Er war wie besessen, was die Musik anging. Er erzeugte Töne, wie andere atmeten. Ihm war nicht die geringste Müdigkeit anzumerken.

Als die Sonne verschwunden war, drehte die Band noch einmal

richtig auf. Sie hatten die Notenständer beiseitegeräumt. Was sie jetzt spielten, war reiner, improvisierter Jazz. Erstaunlicherweise sang Klarissa besser, wenn sie müde war. Sie ließ sich in die Rhythmen fallen und von den Tonfolgen mitreißen. Aber die Zuhörer hatten sich sattgehört. Einige hielten noch ein Weilchen durch, doch irgendwann, es mochte auf Mitternacht zugehen, leerten sich auch die letzten Bänke.

Tobias meldete sich aus dem Häuschen neben der Bühne. «Wie lange wollen wir denn noch machen, Chef?»

«Wir geben uns noch eine halbe Stunde.»

«In Ordnung», tönte es aus dem Funksprechgerät.

Ein Hund jagte über den Platz. Er verbellte die Musiker, dann stromerte er weiter. Mittlerweile war Klarissa heiser geworden. Luka sah sie mit David sprechen und mit den Schultern zucken.

«Das war's dann wohl», meinte Conny und gähnte herzhaft.

Luka versuchte, nicht allzu niedergeschlagen auszusehen, als er sich mit ihr zusammen an den Abstieg machte.

«Fehlschlag?», fragte Olaf, der die Tür zum Kabäuschen öffnete.

«Jepp.»

«Er hat zu viel Schiss.»

«Sieht so aus.»

«Und nun, Chef?»

«Gehen wir nach Hause.»

«Und der Herr Grosser?»

«Lass nur – ich kümmere mich um ihn.» Luka setzte sich auf die Stufen vor der Bühne und sah zu, wie seine Kollegen zwischen den Efeuspalieren verschwanden. Der Bassist trug die Stühle zum VW-Bus zurück und kam mit einem Sechserpack Bier zurück.

«War echt schön, eure Musik», sagte Conny zu David. «Nicht so wie André Rieu, nichts fürs Herz also, aber ... Vielleicht schaut ihr mal bei dem Rieu vorbei, könnte 'ne Inspiration für euch sein.»

«Möglicherweise», sagte David lächelnd.

«Ich versteh natürlich nichts von Musik.»

«Herr Rieu betont die erste und die dritte Note im Takt, wir die zweite und die vierte», erklärte er.

«Na, wenn das so einfach ist ...» Conny fühlte sich veräppelt. «Brauchst du mich noch, Kroczek?»

Luka schüttelte den Kopf und blickte ihr nach, wie auch sie hinter dem Spalier verschwand. Anschließend genehmigte er sich ein Bier. Er hörte mit halbem Ohr zu, wie die Bandmitglieder über eine Probe im nächsten Monat sprachen. Klarissa hatte sich eine rote Fleecejacke über das silberne Kleid gezogen und machte ein verdrossenes Gesicht.

«Es war eine Chance», sagte Luka, als sie zu ihm kam.

«Der Kerl ist nicht nur ein brutales Miststück, er ist auch noch feige. Aber ich krieg den. Ich mach ihn fertig, verlassen Sie sich drauf!»

«Das hab ich jetzt mal nicht gehört!»

«Keine Sorge, Herr Oberwachtmeister, Klarissa Vogtländer schlägt nicht mit der Axt drein. Das schaff ich auf subtilere Art. Aber danach ist er platt!» Sie hatte getrunken, Luka roch ihren Alkoholatem. «Und jetzt muss ich dieses idiotische Kleid loswerden.» Sie kehrte zu ihrem Auto zurück und fuhr es dichter an den Waldrand, damit sie sich ungestört umziehen konnte.

Der Bassist klopfte David auf die Schulter und verabschiedete sich, sein Freund mit der Gitarre saß bereits hinter dem Steuer des VW-Busses. Bei dem Gedenkstein für ertrunkene Seeleute jenseits des Spaliers heulte der Motor von Connys alter Karre auf. Wahrscheinlich hatte sie an diesem Abend ein Dutzend Knöllchen kassiert, parken durfte man dort gewiss nicht.

Schließlich kam David zu Luka und setzte sich neben ihn. Einen Moment tauchten die Scheinwerfer des Busses den Platz in gelbes Licht. Nachdem er gewendet hatte und davongefahren war, wurde es richtig dunkel. Nur die Innenbeleuchtung von Klarissas Wagen spendete noch Helligkeit, die aber von der Nacht schon nach wenigen Metern aufgesogen wurde. Eine Weile schwiegen sie.

«War nicht sonderlich erfolgreich.»

«Nein», sagte Luka.

«Wie geht es nun weiter?»

«Ich hab nicht den geringsten Schimmer.» Luka bemerkte, dass David zu Klarissas Auto starrte. «Da ist niemand», sagte er. «Ich behalte sie im Auge.»

Sie zog gerade das Kleid über ihren Oberkörper. Ihre schlanke Silhouette mit den Rundungen der Brüste hob sich wie ein Scherenschnitt vor dem schwarzen Hintergrund ab.

David stieß ihn mit dem Knie an. «Kannst du *mir* überlassen, sie im Auge zu behalten.»

Luka lachte.

«Im Ernst. Könntest du vielleicht aufhören zu starren.»

«Ich starre überhaupt nicht.»

«Natürlich tust du das!» David rieb sich die Augen. «Mann, bin ich fertig. Nimmst du mich jetzt wieder fest?»

Luka nickte. Staatsanwalt Meyer hatte sich aus der Gruppe der Verdächtigen David Grosser gekrallt. Mit Kristof Lenz' Entführung hatte der Pianist ihm eine Steilvorlage geliefert. Ein Mann, der zur Gewalttätigkeit neigte und vor Verbrechen nicht zurückschreckte ... Da konnte man sich den Rest doch zusammenreimen. Wahrscheinlich feilte Meyer bereits an der Anklageschrift. Und er würde es gar nicht zu schätzen wissen, wenn sein Chefermittler den Mann, der eigentlich in Haft sitzen sollte, frei herumlaufen ließ. «Besorg dir einen guten Anwalt.»

«Na, das ist ja mal ein Rat.» David stand auf.

«Wo willst du hin?»

«Du schuldest mir was, von wegen miserable Polizeiarbeit.» David griff nach seiner Klarinette und deutete auf das Saxophon. «Komm schon – heute ist heute und morgen ist morgen», lockte er.

Luka zögerte. Conny hätte gesagt: Mann, bleib professionell. Aber er war so frustriert, dass er aufstand und sich das Instrument griff, das Davids Kollegen auf der Bühne zurückgelassen hatten. Er drehte sich zur Akustikmauer. Die Dunkelheit schien nicht mehr ganz so allumfassend zu sein; er konnte die Häuser ausmachen, die wie ein Publikum aus klobigen Schatten über der Mauer hockten, bereit, etwas gepflegten Jazz abzustauben. David begann zu spielen, und hier vorne auf der Bühne lieferte die Akustik einen doppelt phantastischen Sound. Nur ein, zwei Lieder, sagte sich Luka. Damit das beklemmende Gefühl in seiner Brust wich.

Als Nächstes wählte David *Something Stupid*. Das hätte Conny jetzt doch gefallen, dachte Luka. Er genoss den romantischen Song, der vielleicht gar nicht so schmalzig war, wenn man ihn mit der nötigen Coolness interpretierte. Er hörte auf, sich Gedanken zu machen. David hatte in seine Instrumente mindestens so viel Geld investiert wie in die Küche. Das Saxophon spielte sich wie eine Königin.

Klarissa kehrte zur Bühne zurück und stieg die Stufen hinauf. Sie schmiegte sich an David, schob ihre Hand unter sein Hemd und begann, ihm ihren Gesang ins Ohr zu hauchen.

«*... and then I go and spoil it all, by saying something stupid like ...*»

Da hab ich also auch falschgelegen, dachte Luka. Klarissa ist nicht halb so kühl, wie ich geglaubt hab. Vielleicht ist noch gar nicht raus, wer von den beiden der Liebesidiot ist.

«*... and afterwards we drop into a quiet little place ...*» Klarissa hustete und räusperte sich. «*... though it's just a line to you, for me it's true ...*»

Das Räuspern half nichts, ihre Stimme versagte. Da sie nicht mehr singen konnte, begann Klarissa nun zu tanzen. Es hätte in dem silbernen Kleid umwerfend ausgesehen, aber auch in ihren ausgefransten Jeans und der roten Fleecejacke bot sie einen verführerischen Anblick. Keine Elfe, eher eine Hexe, dachte Luka und grinste innerlich, als er sich vorstellte, wie sie vor fünfundzwanzig Jahren nackt durch Vitt marschiert war. Synkopen stiegen in den Himmel, Tonkaskaden schlängelten sich durch die Luft, Frank Sinatra lächelte auf sie herab, es war verrückt, was sie hier machten, es war toll …

Klarissa bewegte sich mit lasziven Bewegungen auf ihn zu und hauchte ihm einen alkoholgeschwängerten Kuss auf die Wange. Na, besten Dank! Plötzlich ging Luka auf, wie exponiert er auf der Bühne stand. Einen Moment sah er Meyer vor sich, wie der seine Aussagen zerpflückte, indem er auf die skandalöse Beziehung zwischen seinem Kommissar und dem Verdächtigen hinwies. Schluss, dachte er, es reicht.

Aber er brauchte keine Entscheidung mehr zu treffen. Klarissa, die zu David zurückgetänzelt war, legte ihre Hände um die ihres Freundes, sodass die Klarinette mit einem Misston verstummte.

«Was machen wir hier eigentlich, Leute?», schrie sie, deutlich angetrunken, in die Nacht hinaus. «Das ist doch keine Musik. Das is Romantikscheiß. Das is Tünche über … über …» Sie breitete die Arme aus und taumelte unsicher vor den Stufen über den Betonboden. «Weißt du nicht mehr, Davie, damals, vor der Wende? Da war'n wir noch echt. Wir ham unser geliebtes Vaterland mit dem kleinen Otto zur Hölle geschickt! Das war toll. Und schau dich um …» Sie grinste glücklich. «Wir ham gekriegt, was wir wollten. Die DDR ist abgesoffen, der Sozialismus zum Teufel. Ein Hoch auf die Wiedervereinigung. Applaus für unser schönes neues Leben, liebes Publikum. Ein Hoch auf die Bananendampfer. Aldi schlägt Honni, H&M schlägt Exquisit. RTL schlägt … Verdammt, hatten wir überhaupt Fernsehen? Beifall, los …»

Sie riss sich die rote Jacke herunter, und dann – Luka schloss kurz die Augen – ihr T-Shirt. Er begann, die dunklen Ecken des Platzes abzusuchen. Drehte Klarissa auf, weil sie jemanden bemerkt hatte? Er konnte nichts entdecken, aber der Druck seines Holsters hatte plötzlich etwas entschieden Beruhigendes.

«Den Sozialismus in seinem Lauf halten weder Ochs noch Esel auf. Was war das für 'ne beschissene Poesie, Honni? War'n wir nicht schon lächerlich genug?»

David begann, wieder zu spielen. Doch dieses Mal lag ein deutlich aggressiver Ton in der Musik. Luka kannte die Melodie nicht, Klarissa schon. Sie krächzte eher, als dass sie sang: «Seine Kinderjahre lagen ihm im Magen wie Steine, doch er weint nicht mehr ...»

Verzweifelt um Unauffälligkeit bemüht, beobachtete Luka das Gebüsch um den Platz. Wer verschmolz dort mit der Dunkelheit? Wer beobachtete sie?

«Manchmal sagte Otto: Leben is wie Lotto ...» Klarissa hustete, aber David überspielte das Geräusch. «... die Kreuze macht der Funktionär! Ob ich nach Norden, ob ich nach Norden flieh?»

Lukas Augen brannten vor Anstrengung. Und plötzlich kam ihm ein ganz anderer Gedanke. Wie gut waren sie eigentlich selbst zu erkennen? Das wenige Mondlicht fiel auf die Muschel, sie standen hier wie Tontauben. Hellwach und zutiefst beunruhigt zog er sich in den hinteren Teil der Bühne zurück. Er musste zusehen, dass er diskret im Spalt zwischen Bühne und Häuschen verschwand, und dann den Platz absuchen.

«Die deutschen Mark, die harten, ließen auf sich warten ...» Klarissa zischte die Silben. «Da ging er an die Autobahn und fuhr ungefährdet bis nach Wittenberge, dort sprang er auf 'n Elbekahn ...» Sie wedelte mit den Armen. «O Mann, ihr Arschlöcher!», brach sie angewidert ab. «Er ist ertrunken. Der kleine Otto ist in der Elbe ersoffen, und ihr seid schuld – ist euch das klar? Wer hat euch denn erlaubt, unsere Telefone abzuhören? In unsere Betten zu kriechen? Mit uns pinkeln zu gehen? Das war privat, klar? Das Klo un das Bett un ... geht niemand was an. Was ich mach, geht niemand ...» Sie stolperte. War das noch Show? Oder hatte sie wirklich so viel intus? «Mein Scheißleben ...»

Endlich hatte Luka den Spalt erreicht. In diesem Moment blendete eine starke Lampe auf. Der gebündelte Strahl richtete sich … Nein, nicht auf David oder Klarissa, sondern direkt auf ihn. Er versuchte, die Augen mit der Hand zu schützen. Runter! Auf den Boden!, wollte er schreien.

Durch den grellen Schleier aus Licht erkannte er den Quadratschädel von Kristof Lenz.

ZWEIUNDZWANZIG

Der Kroczek. Conny hätte es ihm so sehr gegönnt, dass er den verdammten Kerl schnappte, der Peggy Lenz ermordet hatte. Nun konnte man nur noch hoffen, dass nichts über diese Pleitenacht an die Öffentlichkeit drang, wobei sie dabei vor allem an Meyer dachte. Es war schon ein starkes Stück, den Staatsanwalt zu übergehen. Mit so was kam man durch, wenn man Erfolg hatte. Aber wenn nichts dabei rumkam ... Er hätte zumindest Berger ins Vertrauen ziehen sollen.

Es ist dieser verdammte Grosser, dachte Conny, während sie das Fenster ihres Autos herunterkurbelte, weil sie völlig übermüdet war. Wenn sie nicht mit eigenen Augen gesehen hätte, wie ihr Kollege vor ein paar Stunden zum Abschied seine Teresa abgeknutscht hatte, hätte sie ernsthaft überlegt, ob zwischen den beiden etwas lief. Aber nee, korrigierte sie sich. Was sich zwischen Grosser und Kroczek abspielte, hatte mit Musik zu tun. Oder vielleicht auch mit Sympathie? Freundschaft?

Ach, was wusste sie schon. Sie konnte sich nicht entsinnen, abgesehen von Nina und Katja wirklich an einem Menschen so sehr gehangen zu haben, dass sie seinetwegen Dummheiten gemacht hätte. Nicht mal an Trãi, den sie sofort in den Wind geschossen hatte, als sie ihn im Müllkeller mit Franziska von gegenüber erwischt hatte.

Sie fuhr mit der Hand in ihre Jeanstasche und suchte nach dem MP3-Player. Ein bisschen gepflegter André Rieu – das könnte sie jetzt zur Nervenberuhigung brauchen. Wir betonen die zweite und die vierte Note, äffte sie Grosser in Gedanken nach. Dachte er, sie merkte nicht, wenn man sie verarschte?

Doch in der Hosentasche fand sich nur ein zerknülltes Taschentuch. Als sie sich zum Fach beim Beifahrersitz beugte, verriss sie das Steuer. Sie brachte den Wagen gerade eben noch am Straßenrand zum Stehen. Scheiße! So landeten die Leute an den Bäumen.

Sie beugte sich zum Handschuhfach, aber der MP3-Player war weder dort noch in dem Fach in der Beifahrertür aufzutreiben. Na und? Dann hörte sie eben keine Musik! Sie war ja sowieso fast schon zu Hause. Andererseits hätte sie schwören können, dass sie ihre schnucklige kleine Musikkiste eingesteckt hatte. Sie tastete mit den Fingern zwischen den Sitzen, fand aber nur eine leere Eisbonbontüte.

Erstaunlich, wie lange sie brauchte, um an ihre Jacke zu denken. Die lag nämlich auch nicht im Auto. Mann, so ein Dreck! Conny legte die Stirn auf das Steuer. Die Jacke musste oben in dieser Ruine unter die Bank gerutscht sein. Aber sie hatte keinen Bock mehr auf irgendwas, außer unter die Bettdecke zu kriechen. Einfach bis morgen liegen lassen und das Beste hoffen? Nein, da war auch ihr Portemonnaie drin. Und die Polizeimarke und der ganze Kram.

Mit einer Grimasse wendete sie den Wagen.

Die Strandpromenade lag still vor ihr, kein Wunder um diese Zeit. In drei Wochen, wenn die ersten Bundesländer Ferien bekamen, würde hier auch um zwei Uhr morgens noch der Bär los sein, aber Anfang Juni schliefen die Rügener nachts brav in ihren Betten.

Conny fuhr am Restaurant Zur Mole vorbei und parkte den Wagen dann bei der Bürgerstube, einem kleinen Gasthaus direkt am Meer, das jetzt ebenfalls geschlossen war. Damit musste sie zwar einen kleinen Fußweg in Kauf nehmen, aber sie hatte keinen Nerv mehr, mit irgendjemandem zu sprechen. Falls Kroczek und seine beiden Irren immer noch auf der Bühne herumturnten, würde sie sich an ihnen vorbeischleichen, die Treppe raufkraxeln, die Jacke holen und ungesehen wieder verschwinden.

Doch als sie sich dem Promenadenplatz näherte, blieb alles still. Nur ein paar frühe Vögel – oder späte, wer wusste das schon – sangen in den Baumkronen. Umso besser, dachte sie.

Und dann sah sie den Polizeiwagen.

Sie fühlte sich, als hätte man ihr eine Faust in den Magen gerammt. Es war also doch noch passiert. Der Kerl, Peggys Mörder, war erschienen, und zwar während sie weg gewesen war. Aber sicher war alles gutgegangen? Mann, Kroczek! Ihr Herz klopfte schneller.

Der Streifenwagen parkte auf dem Kinderspielplatz, hinter dem Holzschiff. Kein Mensch war zu sehen. Unheimlich. Warum hörte sie kein Geschrei? Conny beschleunigte ihren Schritt. Wilde Szenarien geisterten durch ihren Kopf. Hatte der Killer gewartet, bis seine Opfer schutzlos waren, und dann einfach losgeballert? Redete keiner, weil die Streifenbeamten betreten auf die Leiche des Kollegen starrten?

Sie begann zu laufen.

Als sie das Spalier erreichte, blieb sie wie angewurzelt stehen. Mitten auf dem weiträumigen Platz stand ein Polizist mit einer starken Taschenlampe, einer Cree vielleicht. Der Lichtkegel zeigte auf die Bühne, wo David Grosser am Boden saß und die Nervensäge Klarissa ziemlich besoffen auf Kristof Lenz einbrüllte. Was zum Teufel hatte den denn hierhergetrieben? Jetzt verstand Conny gar nichts mehr.

Lenz ließ sich nichts bieten und keifte im gleichen Tonfall zurück. «Verdammtes Miststück …»

«Du bist das größte Stück Scheiße, das jemals auf die Erde geschissen wurde!», fiel Klarissa ihm ins Wort. Wenn sie betrunken war, wurde sie nicht feiner in ihrer Ausdrucksweise. «Du hast Peggy umgebracht. Du hast sie schon umgebracht, da warst du noch nicht mal mit ihr verheiratet. Die war mal toll, früher, kapierste? Die hatte 'ne Meinung. Die hatte …»

Auch Kroczek war noch da. Er ging auf den Polizisten zu. Gerald

Schröter, ein Kollege von der Sassnitzer Wache, soweit Conny es erkennen konnte. Ein ruhiger Mann. Den Jungen, der mit ihm Streife fuhr, kannte sie ebenfalls. Stefan Dingsbums.

Kroczek begann mit den beiden zu reden, die Hände in den Hosentaschen, ganz entspannt. Entspannt? Nee, nichts da. Über dieses bescheuerte Konzert würde es jetzt mehr als nur eine Aktennotiz geben. Conny konnte schon hören, wie der Staatsanwalt sich vor dem Richtertisch aufplusterte und Kristof als Zeugen aufrief. «Der Bergener Kripochef hat den beiden Hauptverdächtigen ohne Erlaubnis gestattet, ein Konzert zu geben …» O ja, das würde sich prima vor Gericht machen.

Sie blickte zur Ruine, wo ihre Jacke lag.

Und dann entdeckte sie den Kerl zwischen den Efeuspalieren. Obwohl er nur wenige Meter von ihr entfernt stand, hätte sie ihn fast übersehen. Er war völlig in Schwarz gekleidet und rührte sich nicht. Sie brauchte zehn, zwölf Sekunden, ehe sie kapierte, dass der Mann, für den sie diesen Abend inszeniert hatten, nun doch noch aufgetaucht war.

Genau wie sie beobachtete er den Platz. Wie lange mochte er dort schon stehen? Seit Stunden? Oder war er auch gerade erst gekommen? Was nun? Connys Gehirn arbeitete träge, darauf war sie nicht vorbereitet. Zum Glück war der Mann von dem Geschehen auf dem Promenadenplatz so fasziniert, dass er keinen Blick für sie übrig hatte. Vielleicht war sie ihm auch schlicht egal.

Plötzlich bemerkte Conny, dass er den Arm gestreckt hielt. Und jetzt, als sie darauf aufmerksam wurde, konnte sie auch deutlich den Lauf einer Pistole erkennen. Scheiße.

Denken war nicht mehr gefragt. Conny hechtete los. Während ihr etwas Dorniges die Wade aufriss, dachte sie komischerweise an das Hochzeitskleid, das Nina sich ausgesucht hatte und in dem sie wie ein Käse aussah. Dann hatte sie den Schützen erreicht.

Günther Winkelmanns Gesicht war nicht zu erkennen. Sie sah

nur ein weiches Profil, ein Ei ohne Konturen. Genau dasselbe Ei, das der kleine Maik in der Nacht von Peggys Tod mit dem Kahlkopf von Winfried Quade verwechselt hatte.

Conny schlug seinen ausgestreckten Arm beiseite und sprang Winkelmann an. Irre. Das funktionierte alles genau so, wie sie es in besseren Zeiten trainiert hatte. Leider zeigte sich rasch, dass sie seit Jahren keine Sporthalle mehr betreten hatte. Winkelmann schüttelte sie ab wie ein lästiges Insekt. Obwohl er noch ein paar Jährchen mehr auf dem Buckel hatte als sie selbst, bewegte er sich geschmeidiger und war geradezu erschütternd kräftig.

Erneut hob er die Pistole. Conny klammerte sich an seinen Arm. Inzwischen war ihr klargeworden, dass sie ihm egal war. Er war auf den Platz fixiert, auf sein Opfer. Und da fiel ihr endlich das Nächstliegende ein: Sie brüllte eine Warnung. Als Winkelmann ihr die Faust ins Gesicht rammte, wurde daraus ein Jammerschrei. Scheiße, tat das weh! Sie biss beherzt in seinen Arm, der sich wie ferngesteuert immer wieder zur Bühne richtete.

Es knallte ... Sie hielt die Luft an. Im selben Moment fühlte sie einen Riesenschmerz. Plötzlich lag sie auf dem Boden. Omannomannomann ... Über ihr glänzten Blätter, schwarz, nicht grün. Als sie den Kopf drehte, sah sie Kroczek, der sich mit Winkelmann auf dem Boden wälzte. *Ja, zeig's dem Dreckskerl* ... Leute kamen dazu, jemand telefonierte ...

«Ich werde Sie alle anzeigen. Unverschämtheit!»

Sie hörte das beruhigende Geräusch zuschnappender Handschellen, dann war Kroczek über ihr.

«Es tut so weh.»

«Bleib ganz ruhig», flüsterte er. «Fühlt sich schlimmer an, als es ist. Alles gut, Conny, ich pass auf. Das wird schon wieder ...» Na, man wusste ja, was von solchen Behauptungen zu halten war. Er band etwas um ihren Arm – verflucht, wer hatte ihn darum gebeten? Sie heulte, und er strich ihr die Haare aus dem Gesicht und sah so wütend und bekümmert aus und quasselte, als gäb's kein Morgen.

Sie war verdammt erleichtert, als ein bulliger Kerl ihr mit professioneller Miene eine Spritze reinrammte und etwas Kaltes in ihre Adern floss.

DREIUNDZWANZIG

Da Conny mit dem Arm in der Schlinge nicht fahren konnte, holte Luka sie und Nina mit dem Wagen ab. Er hatte die Housewarming-Party um eine Woche verschoben, weil er wollte, dass Conny mit dabei war. «Sie ist mir wichtig», hatte er Teresa erklärt.

«Sicher, ist doch kein Problem», hatte Teresa erwidert, in einem Ton, als wäre es trotzdem eines. Wenn es nicht so verrückt gewesen wäre, hätte er angenommen, dass sie auf seine Kollegin eifersüchtig war.

Conny hatte einen Haarseilschuss abbekommen. Kurzzeitig hatte es übel ausgesehen. Ihre Temperatur war auf über vierzig Grad gestiegen, und es war von einer Sepsis die Rede gewesen. Das hatte sich zum Glück nicht bestätigt, und vor drei Tagen war sie aus der Klinik entlassen worden. Er bekam immer noch weiche Knie, wenn er daran dachte, wie knapp sie am Tod vorbeigeschlittert war.

«Ich heirate im Sommer», verkündete Nina von der Rückbank.

«Glückwunsch.»

«Aber mit Kindern lass ich mir Zeit.»

«Daran ist hoffentlich nicht Tilda schuld?»

«Nee, die ist süß.» Luka sah im Rückspiegel, dass Nina lächelte. «Aber Leandros meint, wir sollten das Leben erst noch ein bisschen genießen.»

«Kluger Mann.»

Conny rollte mit den Augen.

Schließlich erreichten sie das Reihenhäuschen. Teresa hatte die entspannteren Tage genutzt, um rasch noch Blumen zu pflanzen.

Es sah hübsch aus, bunt, optimistisch. Tilda hatte zwei Windräder und einen gelben Plastikhamster zur Deko beigesteuert. Im Garten waren bereits Teresas Kollegen eingetrudelt, auch Olaf, Tobias und Karl standen unter den Bäumen.

Teresa kam zu ihnen, reichte Conny die Hand und erkundigte sich nach ihrer Wunde. Conny murmelte etwas, woraufhin Teresa rasch wieder zu Karl zurückkehrte, der mit Tilda in dem Sandkasten, den Luka ihr an einem der vergangenen Abende gezimmert hatte, Sanddinosaurier fabrizierte. Na, das hätte ein bisschen herzlicher ausfallen können, dachte Luka. Aber Conny nahm Teresas distanzierte Begrüßung gelassen.

Luka entdeckte Klarissa, die mit einem der beiden Bauleiter über die Verschandelung der Landschaft durch Windkraftanlagen stritt.

«Das muss man ihr lassen – sie vertritt ihre Meinung. Kann sein, dass ich sie nächstes Mal wähle», meinte Conny.

Tilda, die ihre Lieblingsbabysitterin erspäht hatte, kam auf Nina zugestürmt, um sie in Beschlag zu nehmen.

«Setz dich doch auf die Liege», schlug Luka seiner Kollegin vor.

«Sag mal, bin ich jetzt für den Rest meiner Tage invalide?», brummte sie und ging zu Grosser, der am Grill stand, um ihm zu erklären, wie man ein vernünftiges Steak briet.

Nach dem Essen ließ sie sich aber doch von Luka auf die Liege nötigen. Sie sah blass und erledigt aus. «Verklicker mir das Ganze noch einmal, damit ich's nicht versaue, wenn ich vor dem Richter stehe», murmelte sie. «Wir haben also Winkelmann, nachdem wir ihn als Täter ausgemacht hatten, aus ermittlungstaktischen Gründen an den Tatort zurückgelockt?»

«Nicht wir, sondern die Staatsanwaltschaft.»

«Meyer hat sich auf diese Version eingelassen?»

«Er hat einen Täter mit einem Geständnis. Getobt hätte er nur, wenn die Sache schiefgegangen wäre.»

«Und Berger?»

«Der *ist* sauer.» Aber das wird die Zeit richten, hoffte Luka. Er mochte Martin Berger wirklich gern.

«Na schön. Wir haben Winkelmann also hingelockt, in der Hoffnung, dass er ein zweites Mal ausrastet ...»

«Was ja auch passiert ist.»

«Mann, ich kapier noch immer nicht, wie der Mann tickt. Es ging doch nur um ein bisschen Geld.»

Klarissa, die sich vom Bauleiter genervt abgewandt hatte und zu ihnen gekommen war, schüttelte den Kopf. «Das war nur der berühmte Tropfen, der das Fass zum Überlaufen bringt», mischte sie sich ein. «Gehasst hat Günther mich wohl schon seit langem, seit ich ihn zusammen mit David vor fünfundzwanzig Jahren veräppelt habe. Und ich hab das gar nicht mitbekommen. Ich hab den immer gegrüßt, und er hat zurückgegrüßt ...»

«Scheißheuchler», sagte Conny.

«Man muss das verstehen», meinte Klarissa überraschenderweise. «Er war damals kein Mitläufer im System. Der wollte wirklich die Welt verändern. In seinen Augen waren wir hier im Osten die Guten, die sich um die kleinen Leute kümmern. Im Westen saßen die gierigen Kapitalisten. Günther hätte sich das Herz rausgerissen, um uns vor diesen Schweinen zu beschützen. Der hat glasklar gesehen, dass der kleine Mann keinen Fuß auf die Erde kriegt, solange Kapital und Ellbogen die Welt regieren. Da bin ich übrigens seiner Meinung, brauchst gar nicht so ein Gesicht zu ziehen, David.»

«Ich ziehe kein Gesicht», sagte David, der sich einen Hocker zur Gruppe herangezogen hatte. «Ich glaube nur nicht an politische Systeme. Es kommt überall die gleiche Sorte Mensch an die Macht.»

Luka hob die Hände. «Keine Politik und keine Religion. Eiserner Grundsatz in diesem Haus.»

«Ich glaube an Menschen», sagte David.

Klarissa schüttelte mit einem spöttischen Grinsen ihre Mähne aus dem Gesicht. «Menschen werden durch das System, in dem sie …»

«Jedenfalls hast du schöne Musik heute Abend», versuchte Conny die Debatte zu beenden. Aus der Musikanlage erklang leise die *Ballade für Adeline* von Rieu.

«Hat David mitgebracht», sagte Luka grinsend.

«Ach nee. Da hör ich aber gar nichts von wegen zweite und vierte Note im Takt und so.»

David schenkte ihr ein breites Lächeln. «Das kommt, weil ich Sie so gut leiden kann, Frau Böhme. Hat ja nicht jeder 'ne gute Fee.»

«Blablabla.» Conny bediente sich mit knallrotem Kopf bei den Erdnüssen. «Was genau hat der Günther denn nun zu Protokoll gegeben?», fragte sie mit vollem Mund.

«Ihm ist alles wieder hochgekommen, als er vor zwei Jahren für seinen Jugendclub Gelder beim Sozialverband beantragt hat», übernahm Klarissa die Erklärung. «Sein Antrag ist auf meinem Tisch gelandet, ich bin ja mit zuständig für die Verteilung der Gelder. Aber ich hatte gar nicht registriert, worum genau es ging. Der Name Vitt stand nicht in der Beschreibung, und Günther Winkelmann – das hab ich einfach überlesen. Und selbst wenn ich verstanden hätte, dass sich da jemand aus der Heimat meldet … Das Jugenddorf war wichtiger, da lief schon der Jugendaustausch. Ich hätte das vielleicht ein bisschen freundlicher erklären und keinen Formbrief schicken sollen – das gebe ich zu.»

«Sie konnten ja nicht ahnen, wie es im Kopf dieses Idioten rappelt», versuchte Conny sie zu trösten.

Klarissa ging nicht darauf ein. Was sie jetzt erzählte, kam ihr sichtlich schwer über die Lippen. «Einen Tag bevor Peggy nach Vitt kam, war ein zweiter Antrag von Günther abgelehnt worden. Daraufhin hat er bei mir durchgerufen, aber ich hab seinen Namen nicht verstanden. Und als er dann mit der FDJ und dem ganzen Scheiß anfing und wie gut alles früher war ... Da hab ich Frust abgelassen. Und in diesem Moment hat die Lunte wohl angefangen zu brennen.»

Sie schmiegte die Hände um das Bierglas, als könnte es sie wärmen. David legte ihr einen Arm um die Schulter. Einen Moment sah es so aus, als wollte sie ihn abschütteln, aber dann ließ sie die Geste zu. Luka übernahm es, den Rest zu erzählen.

«Dass Peggy und Klarissa sich beide am nächsten Tag auf den Weg nach Vitt machten, war tatsächlich nur ein Zufall. Als Klarissa Peggys Wagen vor dem Haus sah, kehrte sie um.»

«Nicht nur, weil ich keine Lust hatte, mit Peggy zu reden. Ich war einfach nicht gut drauf. Deshalb bin ich danach auch nicht zu David rüber, sondern nach Stralsund zurück.»

«Aber Günther Winkelmann hatte Klarissa durch das Dorf gehen sehen. Er war gerade dabei gewesen, mit der Axt in seinem Schuppen eine Fuhre Holz zu zerkleinern. Nach ein paar Minuten ging er zum Haus der Vogtländers. Das Licht brannte, und er nahm an, dass Klarissa hineingegangen wäre. Angeblich wollte er nur noch mal mit ihr reden. Doch dann erinnerte er sich an die Demütigung bei der Konzertmuschel 88, an die abgeschlagenen Fördergelder, an den Anpfiff am Telefon ... Peggy sah von hinten aus wie ihre Schwester. Bei schlechtem Licht konnte man die beiden durchaus verwechseln.»

«So ist es also passiert. Scheiße, ja», sagte Conny.

«Er ließ die Tür offen stehen, und Benni – der Hund von David – roch anscheinend das Blut. Jedenfalls kam das Tier hoch und kläffte wie verrückt. Als Günther das Beil hob, flitzte Benni davon. Günther lief hinterher, konnte ihn aber nicht erwischen. Das war der Moment, den Maik beobachtet hat.»

«Armer Bengel», murmelte Olaf, der sich zu seinen Kollegen gesellt hatte.

«Günther ist dann zum Strand runter. Rechts vom Hafen gibt es eine Ecke, die von umgestürzten Baumstämmen abgeschirmt wird. Dort hat er sich gewaschen und ist die halbe Nacht geblieben, um zu grübeln. Inzwischen war ihm aufgegangen, dass er die falsche Schwester erwischt hatte.»

«Aber so ein Saubermann kann ja kein Mörder sein», meinte David bitter.

Luka nickte. «Das hätte er nicht ertragen. Er war das Vorbild, der Kämpfer für das Gute, der letzte Ritter. Deshalb konnte er nichts verbrochen haben. Bis der Morgen anbrach, hatte er sich die Sache zurechtgelegt: Natürlich war Klarissa schuld. Sie und der Kapitalismus, bei dem sie sich angebiedert hat. Keine Ahnung, an der Stelle bin ich nicht mehr mitgekommen. Da muss ein Psychologe ran.»

«Und der Hund?», fragte Conny.

«Günther hatte sich überlegt, dass es nur richtig wäre, wenn die wahren Schuldigen für Peggys Tod büßten. Er trug also das Beil, das er eigentlich ins Meer hatte werfen wollen, zu Davids Haus. Dort traf er auf Benni, der sofort wieder zu kläffen begann, und dieses Mal erwischte er den Hund. Anschließend legte er das Beil in den Schuppen – das war's.»

Ohne dass Luka es gemerkt hatte, war Teresa zu ihrer kleinen Gruppe getreten. «Habt ihr denn gar keine Fingerabdrücke oder DNA von ihm im Haus gefunden?», fragte sie.

«Doch. Aber dafür gab es eine Erklärung. Die Jungs aus dem Dorf haben das Haus für gelegentliche Saufgelage genutzt. Günther hat sie einmal ertappt und ihnen ins Gewissen geredet. Das haben die Jugendlichen bezeugt, und deshalb wusste ich auch nicht, wie ich ihm etwas hätte nachweisen sollen.»

«Schlimm. Furchtbar.» Teresa passte nicht in die kleine Gruppe der Kriminaler, und das Gespräch erlahmte. «Hat jemand Lust auf Maibowle?»

«O Gott, die hab ich ganz vergessen. Hol ich gleich rauf», versprach Luka und wollte sich auf den Weg in den Keller machen.

«Nur noch eins», hielt Conny ihn zurück. «Was hatte Kristof bei der Muschel zu suchen? Da steh ich immer noch auf dem Schlauch.»

«Als Günther die Einladung zum Konzert von Davids und Klarissas Band bekam, war ihm natürlich klar, dass die Sache einen Haken hatte. Er wusste nicht, inwieweit wir ihm auf die Spur gekommen waren. Die Ungewissheit machte ihn kirre. In seiner Not rief er Kristof an und erzählte ihm von dem Abend und dass David und Klarissa schon wieder auf Provokationskurs seien. Aber Kristof lachte ihn aus. Alles Schnee von gestern, hat er gesagt, und dass er ihn in Ruhe lassen soll.»

«Und warum ist Kristof dann doch gekommen?»

«Aus Neugierde, behauptet er. Dann sah er David und mich gemeinsam spielen ...»

«Das kommentier ich jetzt nicht», brummte Conny.

«... und fand die Gelegenheit günstig, mir eins reinzuwürgen, indem er den Streifenwagen rief.»

«Wie sieht's denn nun mit der Maibowle aus?», fragte Teresa dazwischen.

David tippte Luka auf die Schulter, und sie gingen gemeinsam in den Keller, wo ein alter Kühlschrank von Lukas Eltern stand. «Du hast noch was vor dir, hm?», fragte David mit einem Blick auf die Kisten, die Luka und Teresa ungeöffnet in dem muffigen Raum abgestellt hatten.

«Kannst gern kommen und helfen.»

David hielt die Kühlschranktür auf. Fruchtbowle – für so was hatte Teresa ein Händchen. Luka drückte ihm ein Schüsselchen Erdbeeren und ein Glas Zitronensirup in die Hand, die Teresa vor dem Servieren noch dazugeben wollte. Er selbst schnappte sich die Bowlenschale. Als er wieder die Treppe hinaufwollte, hielt David ihn zurück.

«Kristof wird für das, was er damals getan hat, nicht mehr belangt, stimmt's?»

«Das ist verjährt, ja.»

«Und Günthers Anwalt wird auf Schuldunfähigkeit plädieren, von wegen Blackout, Kurzschlussreaktion …»

Luka stützte sich mit dem Bowlenglas auf dem Geländer ab und drehte sich zu David um. «Man nennt so etwas Affekthandlung. Aber davon abgesehen lassen die ihn *nicht* laufen. Warum hat er die Axt mitgenommen, wenn er nur mit Klarissa reden wollte? Warum hat er das Mordwerkzeug in deinen Schuppen gebracht? Warum ist er letzte Woche mit einer Pistole zur Konzertmuschel gekommen? Er hat überlegt gehandelt. Und damit ist er dran!»

«Natürlich.»

«Genau: natürlich! Wenn du endlich ein bisschen Vertrauen zu unserem Rechtsstaat fassen könntest.» Luka nahm die Bowle wieder auf und machte sich auf den Weg die Stufen hinauf. «Ich hatte übrigens nicht erwartet, dass du heute kommst, wenn ich ehrlich bin.»

«Ich auch nicht.»

«Warum der Meinungsumschwung?»

David schwieg. Sie erreichten das Ende der Kellertreppe, und der Musiker schlug mit dem Hacken die Tür zu. Er blieb stehen. «Dein zweigestrichenes b ist übrigens nicht sauber.»

«Beim Saxophon? Quatsch.»

«Doch, du hast beim Spielen den falschen Ansatz. Das hat mit der Spannung im Kiefer zu tun. Mir ist natürlich klar, dass dir die Dissonanz nicht auffällt, dafür braucht man nämlich ein Ohr. Man muss in der Lage sein, genau hinzuhören und Zwischentöne wahrzunehmen und …»

«Hör mal …»

«Aber der Rest ist gar nicht schlecht. Gelegentlich zu viel Verstand und zu wenig Gefühl …»

«Wir reden über mein Saxophonspiel, ja?»

«Worüber sonst?»

Luka schaute in das weiche Gesicht, in dem die schwarzen Augen wie immer mehr versteckten als offenbarten. «Mann, du bist eine Nervensäge. Ich hab für dich meinen Hals riskiert.»

David zögerte, dann begann er zu lächeln. «Weiß ich. Kann ich damit rechnen, dass du gelegentlich bei mir reinschaust?»

«Trotz mangelhafter Kieferspannung?»

«Es würde mir etwas bedeuten. Im Ernst», sagte er und drängte sich mit seiner Schüssel an Luka vorbei, um Teresa die Erdbeeren zu bringen.

Luka kehrte noch einmal ins Haus zurück, weil er die Kelle vergessen hatte. Als er wieder zur Terrasse kam, blieb er einen Moment in der Tür stehen.

Teresa hatte sich mit einem verkrampft freundlichen Gesichtsausdruck zu ihrer Mutter gesetzt, der zeigte, wie schwer ihr das Gespräch fiel. Aber ihre Miene verriet auch, dass sie sich um die alte Frau sorgte. Ihr blondes Haar leuchtete in der Abendsonne. Sie war selbst eine Quelle von Wärme und Licht. Und zwar *seine* Quelle – das würde er dem Bauingenieurfritzen, der sie mit den Augen beinahe auffraß, beiläufig klarmachen. Nicht, dass da ein Missverständnis aufkam.

Conny war eingeschlafen, und Klarissa nutzte die Gelegenheit, um André Rieu dezent durch eine von Lukas CDs zu ersetzen. David hockte auf dem Sandkastenrand und ließ sich von Tilda mit Matsch zubuddeln. Natürlich schau ich bei dir vorbei, dachte Luka. Wahrscheinlich öfter, als dir lieb ist.

Teresa winkte ihm zu. Die Bowle, klar. Luka begann, die Gläser auf dem kleinen Terrassentisch zu füllen.

Doch, dachte er, Rügen hat was.

Rockballade vom kleinen Otto

Seine Kinderjahre
Lagen ihm im Magen
Wie Steine, doch er weint nicht mehr
Manchmal sagte Otto
Leben ist wie Lotto
Doch die Kreuze macht ein Funktionär!

Ob ich nach Norden
Ob ich nach Norden
Ob ich nach Norden flieh?

Als er mal ein Foto
Sah vom großen Otto
Aus Hamburg an der Reeperbahn
Schrieb dem Namensvetter
Er: Du bist mein Retter
Der mir die Freiheit kaufen kann!

Hol mich nach Norden
Hol mich nach Norden
Hol mich oder ich flieh!

Die deutschen Mark, die harten
Ließen auf sich warten
Da ging er an die Autobahn
Und fuhr ungefährdet

Bis nach Wittenberge
Dort sprang er auf'n Elbekahn

Hol mich nach Norden
Hol mich nach Norden
Hol mich oder ich flieh!

Nimm mich mit oh Kapitän
Auf die Reise!
Nimm mich mit oh Kapitän
Durch die Schleuse!

Nach dem Tütenkleben
Wollt er nicht mehr leben
Er fuhr nach Wittenberge rauf
Und ging in die Elbe
Die Stelle war dieselbe
Vielleicht taucht er in Hamburg wieder auf

Hol mich nach Norden
Hol mich nach Norden
Hol mich oder ich flieh!

(Text: Gerulf Pannach, Musik: Thomas Schoppe)

Was noch zu sagen wäre

Der kleine Fischerort Vitt existiert tatsächlich, mitsamt den blau-weißen Arkonabahnen, der achteckigen Kapelle, dem Gasthaus Zum Goldenen Anker, dem Hafen und den Touristenströmen. Wahr ist auch, dass man im Goldenen Anker lecker essen kann, besonders der Fisch ist zu empfehlen.

Die Einwohner des Ortes mussten diesem Ostsee-Krimi allerdings weichen und wurden von mir durch die Figuren ersetzt, die ich für den Roman brauchte.

Auch bei den Gebäuden habe ich mir Freiheiten erlaubt: Auf dem Grundstück zwischen Klippenweg und Parkplatz, wo ich das Haus von David Grosser angesiedelt habe, gibt es nur eine Wiese. Und das Haus, in dem der Mord geschah, ist komplett erfunden.

Dass die alten Rügener Seebäder mit ihren Villen und offenen Stränden beeindrucken, ist klar, aber die Kurmuschel in Sassnitz mit dem Steinstrand dahinter lohnt ebenfalls einen Abstecher. Ich hatte mir die Szenen, die dort spielen sollten, bereits mit Hilfe von Bildern und Beschreibungen ausgedacht und war überwältigt, als ich bei einer meiner Rechercheireisen feststellte, dass die Realität mit meiner Vorstellung eins zu eins zusammenpasste. Die Ruine im Hang war der kleine Sahneklecks obendrauf und wurde natürlich in das entsprechende Kapitel eingefügt.

Auch der Nationalpark Jasmund mit dem Herthasee ist einen Besuch wert, und mit ein bisschen Glück und dem richtigen Sonneneinfall bekommt man dort tatsächlich das mystische grüne Licht zu sehen.

Dass die Handlung und auch die Besetzung des Bergener Kommissariats komplett meiner Phantasie entsprungen sind, brauche ich sicher nicht zu betonen.

August 2013
Klara Holm

MIX
Papier aus verantwortungsvollen Quellen
FSC® C083411

Das für dieses Buch verwendete FSC®-zertifizierte Papier *Holmen Book Cream* liefert Holmen, Schweden.